L'horloge du temps

Antoine PRIOLO

A tous les auteurs de fantastique et de science-fiction qui, depuis mon enfance, bercent mes lectures. Ils m'ont donné l'envie d'écrire et de partager mes propres histoires.

Chapitre I

« Il faut sauver le monde »

«Vite, faites vos bagages professeur, nous n'avons pas de temps à perdre, nous devons sauver le monde !»

Le professeur Darlington regarda tour à tour ses deux interlocuteurs, un peu paniqué à l'idée de devoir partir ainsi, précipitamment, sans prévenir personne, laissant ses étudiants en milieu d'année. Il ne pouvait pas faire ça, non, c'était impossible !... Il scruta les regards insistants posés sur lui, voulut protester, dire qu'il ne partirait pas, qu'il avait des devoirs envers l'université, envers ses étudiants, ses proches, mais il n'en fit rien, déglutit, regarda Théo avant de dire :

« Mais enfin, que se passe-t-il donc pour que vous me pressiez ainsi ? Vous ne vous rendez pas compte de ce que vous me demandez ! Partir en plein milieu de mon année de cours... C'est tout simplement impensable !»

Théo regarda Lisa, atterrée, se tourna vers Darlington en haussant les épaules, avant de dire :

« Bon, comme vous voulez professeur, mais si notre monde disparaît, ce sera en partie de votre faute.

— Comment ça ? Expliquez-moi au moins, que je comprenne cette précipitation. Pourquoi le monde devrait-il disparaître ?

— Nous n'avons pas le temps de discuter, prof ! lança sèchement Théo en tournant les talons, direction la porte. Ou vous nous suivez maintenant, ou vous restez ! C'est à vous de voir... »

Les deux jeunes gens sortirent, laissant seul Darlington, debout dans son salon, immobile, bouche bée, estomaqué par la façon dont Théo venait de le planter là.

« Mais quelle mouche l'a piqué ? » pensa-t-il, pour se comporter ainsi. Il entendit claquer les portières d'une auto, le moteur démarrer, le véhicule rouler. Il n'arrivait pas à se décider : que fallait-il faire ? Rester ou partir ? Le bruit s'éloignait lentement. Soudain, Darlington se précipita vers la porte, enjamba la volée de marches qui menait au perron de la maison, fut dans la rue aussitôt et courut dans la direction de l'auto qui s'éloignait, faisant de grands signes avec ses bras et criant :

« Eh, ho ! Attendez-moi ! Attendez-moi ! Je viens avec vous ! »

§

L'immense pièce, froide, austère et lugubre, dominait New York. Depuis sa vaste baie vitrée, l'on pouvait admirer le gigantisme de cette cité érigée vers le ciel. Derrière son imposant bureau, callé dans un confortable fauteuil de ministre, Oswald Graham fumait un énorme Havane. Son regard se portait plus particulièrement sur sa fille Jessie, qu'il aimait par-dessus tout, mais qui lui causait bien des soucis depuis quelque temps. Théo et ses camarades, Lisa, Yu, Jessie et le professeur Darlington, étaient installés dans un vaste canapé disposé perpendiculairement au bureau. Le professeur, très surpris de se trouver là, face à l'homme qui leur avait causé bien des misères[1], susurra à l'oreille de Théo :

« Que faisons-nous ici ? Je croyais que Graham était votre ennemi ?

---

[1] Oswald Graham est l'un des principaux ennemis de Théo. (Cf. Tome I)

— Oui, il l'est en effet professeur, mais les circonstances ont un peu changé ces derniers temps et nous avons décidé de mettre nos différents de côté, pour l'instant.

— Ah ! je vois. Mais pour quelles raisons ?

— Vous allez comprendre dans un moment. Nous allons tout vous expliquer. »

Sur ces mots, Théo se dressa sur ses jambes et alla se camper au centre de la pièce, à égale distance du canapé et du bureau. Il inspira profondément avant de prendre la parole :

« Nous sommes tous réunis ici, ce soir, car il s'est produit un ensemble de faits, au début anodins pour la plupart, qui nous ont interpellés, Lisa, monsieur Graham et moi.

— De quel genre de faits s'agit-il ? interrogea Darlington.

— Notre monde est en train de changer. » laissa tomber Théo sans ménagement, laissant le professeur dans l'expectative. Celui-ci fronça les sourcils avant de demander :

« Que voulez-vous dire mon jeune ami ?

— Je veux dire qu'il paraît évident que quelqu'un manipule le temps de façon dangereuse et que les répercussions sur notre présent se font de plus en plus sentir. »

Le professeur voulut parler mais Théo ne lui en laissa pas le temps.

« Si vous ne vous en rendez pas compte, vous, professeur, mais aussi Jessie et Yu et l'ensemble de l'humanité, c'est parce que chaque changement qui se produit dans notre présent devient pour tous la seule réalité.

— Mais alors, réfléchit Yu, si ce que tu dis est vrai, comment peux-tu le savoir ?

— Il se trouve que Lisa, monsieur Graham et moi sommes les seuls, pour l'instant, à en avoir conscience. Je vous donne un simple exemple : j'ai un ami, Ali Massarat, qui est, ou plutôt était, dans mon collège. Il a disparu.

— Disparu ? Comment ? s'étonna Jessie.

— Il n'est plus dans le collège, plus à Genève, plus nulle part. Et le pire, c'est que personne ne semble le connaître parmi mes camarades de collège.

— Etonnant. Comment est-ce possible ?

— Je vous l'ai dit, quelqu'un manipule le temps depuis le passé, le présent ou le futur. C'est la seule explication plausible.

— Mais comment se fait-il que vous trois, dit Darlington, en balayant d'un revers de la main, de Théo jusqu'à Lisa et Graham, ayez conscience de ces changements ? Avez-vous une explication ?

— Nous supposons que c'est à cause des bijoux de l'Archange, en tout cas pour Lisa et moi. Pour monsieur Graham, je suppose qu'il faut chercher l'explication dans la nature profonde de son être, dit-il en fixant l'homme dans les yeux.

— Je ne suis pas différent de vous, Théo, rétorqua Graham.

— De moi non, mais des humains, oui. »

Graham sentit le reproche dans la voix de l'adolescent. Il ne lui en voulait pas pour autant. Après tout ils étaient dans deux camps diamétralement opposés. Théo, descendant des Mikelians, était l'Elu qui devait rebâtir cet Ordre ancien, créé à l'initiative de l'Archange Saint-Michel, afin de lutter contre les forces du mal. Lui, richissime homme d'affaires, magnat de l'industrie et de la finance, rêvait de dominer ce monde, comme tant d'autres avant lui. Ils avaient lutté pour trouver les bijoux sacrés de l'Archange et il en était sorti victorieux, du moins le pensait-il. C'était sans compter sur la ruse de Théo qui lui avait laissé emporter une fausse arche d'Alliance avec deux des trois bijoux[2]. Ainsi, il conservait un lien indéfectible entre les trois et pouvait user de l'ensemble des pouvoirs qu'ils lui prodiguaient. Ça, Oswald Graham ne le savait pas. Il était con-

---

[2] (Cf. Tome I, chapitre XXI)

vaincu d'avoir en sa possession l'ensemble des bijoux et la véritable arche d'alliance. Théo continua :

« Ce qui est grave, c'est que ceux qui jouent avec le temps ont connaissance de l'existence des bijoux et s'en sont emparés. C'est la raison pour laquelle monsieur Graham m'a contacté voici deux jours. Les bijoux étaient cachés dans un coffre réputé inviolable qui se situe dans un laboratoire secret tout aussi impénétrable. Ceux qui sont derrière tout ça ont plusieurs longueurs d'avance sur nous et nous devons rapidement trouver de qui il s'agit, afin de les arrêter avant qu'il ne soit trop tard.

— Trop tard ? s'étonna Darlington.

— Oui, professeur, trop tard. Ceux qui manipulent le temps ainsi, sans scrupules, sont en train de provoquer des modifications qui pourraient devenir irréversibles. Pire encore, l'ensemble de notre univers pourrait basculer dans un chaos indescriptible et finir par imploser !

— Oh! mon Dieu ! Mais c'est terrible !

— Nous devons unir nos forces, car notre tâche est rude cette fois. Ça risque d'être plus compliqué que de retrouver les bijoux de l'Archange.

— Qu'allons-nous faire ? questionna Jessie, inquiète.

— Il nous faut retrouver l'époque exacte à partir de laquelle les évènements ont été modifiés. Ça devrait nous permettre de trouver qui est derrière tout ça.

— Tu crois que de retrouver l'époque suffira à découvrir qui fait ça ? demanda Yu d'un air perplexe.

— Ça nous aidera en tout cas. Ceux qui sont capables de voyager dans le temps et de le manipuler ne sont pas très nombreux, affirma Théo. Nous en avons discuté avec monsieur Graham. Nous pensons tous les deux que ceux qui font ça, modifient les évènements vers leur futur plutôt que vers leur passé.

— Pourquoi cela ? interrogea le professeur.

— Parce que les répercussions d'un changement sont innombrables et incalculables. Si je suis celui qui modifie le temps et que je décide de modifier le passé, disons, avant ma propre naissance, je ne suis pas certain que les changements me seront bénéfiques. Pire même, il se peut que je ne naisse pas, tout simplement !

— Ou que vous vous retrouviez dans une situation pire qu'avant les modifications, peut-être.

— Vous avez tout compris, prof. Il est plus intelligent de modifier le présent ou le futur que le passé.

— Tu as dit, reprit Yu, que les gens capables de voyager dans le temps n'étaient pas très nombreux, mais tous ces types qui étaient à nos trousses pouvaient franchir les barrières du temps. Ce ne serait pas eux ?

— Non, affirma Oswald Graham, qui venait de quitter son fauteuil. Ces hommes sont à mon service et ils n'ont aucune possibilité de manipuler le temps.

— Comment pouvez-vous en être aussi sûr ? douta Yu.

— Parce qu'ils utilisent une technologie qu'ils ne maîtrisent pas. Sans moi ils ne peuvent franchir les barrières temporelles.

— D'accord. Alors, peut-être d'autres personnes comme toi ? lança Jessie en fixant son père droit dans les yeux, le regard plein de reproches.

— Non, ma chérie, ce n'est pas possible.

— Pourquoi ?

— Parce qu'il y a une chose que vous ignorez : il y a des lois que nous ne pouvons transgresser. Depuis toujours les forces qui s'affrontent en ce monde peuvent traverser le temps et l'espace. Et il aurait été tentant de bousculer les évènements au gré des intérêts de chacun. Heureusement pour nous tous, il existe une loi qui nous l'interdit.

— Les lois sont faites pour être contournées, affirma Jessie.

— Pas celle-là. Si nous manipulons le temps, nous sommes condamnés à errer dans les limbes pour l'éternité. Et, croyez-moi, même le plus féroce ou le plus courageux d'entre nous se liquéfie à la simple évocation de ce châtiment !

— Et si un humain manipule le temps, que se passe-t-il ? s'enquit Théo, un peu inquiet.

— Les humains ne sont pas concernés par les lois qui nous régissent.

— Donc, si je comprends bien, expliqua Théo, ceux qui jouent avec le temps sont des humains.

— C'est plus que probable.

— Mais quels humains peuvent avoir accès aux voyages dans le temps ? se demanda Lisa.

— C'est bien ce que nous devons découvrir, confirma Graham. Il se trouve que ces changements survenus dans notre présent coïncident avec votre escapade dans le passé, Théo.[3]

— Que voulez-vous insinuer ? Que c'est moi qui suis à l'origine de ces changements ? s'insurgea le jeune homme.

— Je ne crois pas que ce soit vous, bien sûr, mais vous êtes humain et vous ne connaissiez pas les règles. Vous avez pu modifier le passé de telle sorte qu'il ait engendré un futur différent, dans lequel des humains ont pu avoir accès à la technologie des voyages temporels. »

Théo se pinça les lèvres, réfléchissant à ce que venait de dire Graham. Avait-il modifié le passé ? Oui. Avait-il permis à un humain d'accéder à la technologie des voyages temporels ? Oui, bien qu'involontairement. Mais cet humain, c'était Fra Paolo, le moine érudit, scientifique et homme de Dieu[4]. Ça ne pouvait pas être lui. Pourquoi aurait-il fait cela ? C'était un vieillard qui ne pouvait plus avoir d'ambition d'avenir, de pouvoir ou qui sait quelle autre motivation. De plus Fra Paolo était un homme intègre, un religieux profondément croyant. Non, la seule explication plausible était que la technologie découverte

---

[3] Un savant du XVIe siècle qui va construire une machine à remonter le temps, suite à sa recontre avec Théo. (cf. tome I, chapitre XIV)

[4] (Cf. tome I, chapitre XIV)

par Fra Paolo, soit tombée entre les mains de gens qui ont vu en elle la promesse de l'enrichissement et du pouvoir. Il fallait s'en assurer et, pour cela, retourner dans le passé voir Fra Paolo. Toutefois Théo ne devait pas dévoiler à Graham ce qu'il soupçonnait, car Fra Paolo avait fait partie de son plan qui le conduisit à falsifier l'arche d'alliance.

Ce qui inquiétait Théo, pour le moment, c'est qu'il n'avait plus aucun lien avec les deux bijoux dérobés : le médaillon et la chevalière de l'Archange. Même loin, même enfermés dans les profondeurs de la terre et même transportés dans le temps, le lien entre l'arche, la dague[5] et les deux autres bijoux ne pouvait disparaître. C'est ce qui l'avait conduit à laisser Oswald Graham les lui prendre. Non seulement il ne les perdait pas, mais de plus, grâce à eux, il pouvait espionner son ennemi. Les bijoux étaient liés à lui par un lien mental très fort, qui lui permettait de communiquer avec eux, voir et entendre dans un rayon assez large autour d'eux. Ils agissaient comme des sortes de caméras distantes, avec lesquelles il pouvait se déplacer sur des centaines de mètres de l'endroit où ils se trouvaient. Cela lui avait permis de surveiller les agissements de Graham durant les cinq derniers mois. Le contact avait été rompu brutalement voici trois jours.

Juste avant, un sentiment étrange l'avait envahi, angoissant, oppressant. Les bijoux l'appelaient et il fit un rêve. C'était ainsi que les bijoux communiquaient avec lui lorsqu'ils étaient à l'initiative du contact.

Il se vit dans une immense clairière, couverte d'herbe grasse, parsemée de fleurs rouge sang. Au loin flottait une brume légère qui semblait s'approcher rapidement. La brume semblait s'épaissir au fur et à mesure de son avancée. Elle finit par devenir un gros nuage noir, aux volutes

---

[5] L'Archange Saint-Michel a donné au Mikelians un médaillon et une chevalière aux pouvoirs magiques, mais également une dague. (cf. tome I.)

menaçantes. Théo, conscient du danger, se mit à courir en sens opposé. Il entendit alors des voix féminines qui le suppliaient :

« Théo ! Théo ! Sauve-nous ! Tu es des nôtres Théo, sauve nous ! »

Théo se retourna et vit deux silhouettes graciles de jeunes femmes qui flottaient au-dessus de l'herbe, les bras tendus vers lui, les regards implorants. Il voulut aller vers elles, mais le nuage les enveloppa rapidement. Des éclairs fusèrent et le tonnerre gronda. Leur lumière était si éblouissante qu'elle aveugla le jeune homme. Lorsqu'elle disparut, il ne restait plus rien dans la clairière, hormis l'herbe grasse et les fleurs, dont les pétales commencèrent à saigner abondamment, noyant celle-ci dans un véritable lac écarlate.

Théo comprit qu'il venait de se produire quelque chose de grave.

N'ayant plus aucun contact avec le médaillon et la chevalière, le jeune homme se demandait comment il allait bien pouvoir faire pour retourner dans le passé retrouver Fra Paolo. Il aurait pu faire appel à Graham, mais celui-ci aurait su immédiatement où se rendait l'Elu et aurait pu sans peine retrouver Fra Paolo et l'espionner, à l'époque même où Théo, aidé du moine savant, avait échafaudé et mis en pratique son plan. Sans les bijoux, Théo ne pouvait franchir la barrière du temps. La dague ne permettait pas, à elle seule, une telle prouesse. Utiliser la puissance de l'arche d'alliance comportait le risque de dévoiler son emplacement et la supercherie. L'arche devait rester là où elle était, bien à l'abri des regards.

Le jeune homme sortit de ses pensées et répondit à Oswald Graham :

« Si j'ai modifié le passé, c'est involontairement et je n'ai pu provoquer que des changements minimes.

— Ce n'était qu'une supposition, rien de plus, se défendit Graham. Bien, nous ne devons pas perdre plus de temps et mettre vos amis et ma fille dans le caisson.

— Le caisson ? s'inquiéta Yu.

— N'aie pas peur, le rassura Théo. Nous allons vous placer, Jessie, le professeur et toi, dans un caisson qui va vous permettre d'être comme nous.

— Comme vous ?

— Oui, vous ne serez plus affectés par les changements temporels et vous vous souviendrez de votre passé jusqu'à ce jour. Toutes les modifications du présent vous apparaîtront. Ça nous permettra de ne pas nous perdre en cours de route.

— Comment est-ce possible ? interrogea Jessie.

— Le caisson va, en quelque sorte, vous ancrer dans notre présent grâce à un fil temporel.

— Encore un de tes gadgets ? lança la jeune femme à son père.

— Nous sommes obligés, expliqua Oswald Graham, lorsque nous nous déplaçons dans le temps, de passer par ce caisson afin de créer ce fil temporel. Lui seul peut nous ramener dans notre présent.

— Théo et Lisa n'ont pas besoin de tous ces artifices, eux ! souligna-t-elle en se gaussant.

— Les bijoux de l'Archange font exactement la même chose, mais d'une manière plus mystérieuse, rétorqua-t-il. Suivez-moi, nous allons prendre l'ascenseur. »

Oswald Graham quitta le loft, suivi de ses hôtes et se dirigea vers un ascenseur, différent de celui qu'ils avaient pris pour atteindre le sommet de l'édifice. Sa cabine, spacieuse, pouvait accueillir une dizaine de personnes. Graham sortit une commande de sa poche et composa un code sur un clavier à trois chiffres seulement. L'ascenseur s'ébranla et prit rapidement de la vitesse. Il descendit ainsi durant près de trois minutes. Tous comprirent qu'il s'enfonçait, sans aucun doute, profondément dans le sous-sol de New York. Il finit par ralentir et s'arrêta en douceur. Les portes s'ouvrirent sur une pièce aux murs gris, pas très grande, au milieu de laquelle trônait un comptoir blanc. Derrière était assis un homme, en uniforme bleu pétrole, sur lequel plusieurs blasons de la G.C.A, initiales de la *Graham Company of America*, étaient cousus sur les épaules et la poitrine. L'homme salua monsieur Graham qui, d'un geste vif de la main, lui intima d'ouvrir une large porte d'acier, à deux vantaux, située à la droite du comptoir.

Après avoir encore traversé un long corridor et une autre porte, tout aussi solide que la première, ils entrèrent dans une vaste salle, grouillante de techniciens en uniforme gris et de scientifiques en blouses blanches. Au centre de la salle se trouvait un cylindre de trois bons mètres de diamètre et de dix de long. Tout autour, des câbles souples, de différentes couleurs, côtoyaient des tubulures en acier zingué et de solides poutrelles. Sur le devant, l'on pouvait apercevoir une lourde porte cylindrique percée d'un hublot.

« Voici notre caisson temporel, indiqua Graham. Vous allez y passer une petite heure afin de fixer votre fil temporel dans le présent. Vous devrez porter en permanence cette montre-bracelet, expliqua-t-il en montrant l'exemplaire qu'il venait de saisir sur une petite table. On la nomme UTA : Unité Temporelle d'Ancrage.

— A quoi sert-elle ? demanda Yu, curieux.

— Elle est, en quelque sorte, l'autre bout du fil temporel, qui vous relie au présent via le caisson. Si, par malheur, vous vous retrouvez séparés de votre UTA, vous subirez dans les minutes qui suivent, les changements temporels. Vous ne pourrez plus revenir en arrière. Faites donc bien attention. »

Graham insista particulièrement sur ce dernier point.

§

« Je n'ai quasiment plus aucun pouvoir ! » s'exclama Théo, qui se tenait debout face à ses amis, dans la suite du grand hôtel Kampinski de Genève, où Jessie avait élu domicile et qui était devenue leur quartier général. Tous restaient muets devant cette affirmation, chacun se demandant comment l'on allait pouvoir résoudre l'énigme du manipulateur de temps, sans les pouvoirs de l'Elu. Ils avaient décidé de donner le nom de Chronos, Dieu du temps, dans la Grèce antique, à celui ou ceux qui modifiaient le temps. Une manière de personnifier la nouvelle cible de leurs investigations.

Théo continua :

« Sans mes pouvoirs, pas de voyages dans le temps. Et comme on ne peut pas se permettre d'utiliser la technologie de monsieur Graham, inutile de vous dire qu'on est un peu dans la mouise !

— Mon père va trouver ça louche que nous ne lui demandions pas d'utiliser sa machine, s'inquiéta Jessie.

— Je sais bien, Jess, mais tu connais notre problème : si nous utilisons sa machine, il nous pistera et finira par découvrir ce que nous avons fait pour le duper. Dès lors que nous aurons rétabli le cours du temps, ton père va repartir à la recherche de l'arche, mais aussi de la dague. Nous avions un gros avantage sur lui, sur Dragan Kovac et les autres, car nous sommes les seuls à connaître l'existence de celle-ci.

— Tu es sûr qu'avec l'arche et la dague tu ne peux rien faire ? questionna Yu.

— Certain. » affirma Théo d'une voix assurée.

Le téléphone de la chambre sonna, surprenant tout le monde. Tous regardèrent Jessie avec interrogation. Celle-ci secoua la tête en signe de négation. Elle n'attendait rien ni personne. Elle décrocha l'appareil, écouta son interlocuteur et raccrocha, perplexe :

« Le groom va porter un courrier pour toi, Théo. »

Le jeune homme fronça les sourcils. Il se dirigea vers la large baie vitrée qui donnait sur le lac Léman et le fameux jet d'eau, regarda longuement dans le lointain, jusqu'à l'arrivée du groom. Lorsque celui-ci fut sorti, il saisit l'enveloppe posée sur un plateau argenté, regarda le cachet de la poste, parut surpris et la décacheta. Il en sortit une feuille de papier recyclé de couleur brun clair, qu'il regarda sous toutes les coutures avant de la tendre à Yu, en disant :

« Tiens, jette un œil là-dessus, j'ai l'impression que c'est du chinois. »

Yu prit la feuille, traduit son contenu et lut à haute voix :

« Mon cher Théo, j'ai fait un rêve.

Le monde se mourait et disparaissait dans le néant.

J'ai vu l'homme double. Il est le bien et le mal.

Je t'ai vu combattre l'homme de mal.

L'homme de bien t'aidera.

J'ai vu un sage. Il tient entre ses mains l'horloge du temps.

Il est au sommet d'une pierre tombée du ciel.

Voilà ce que j'ai vu, Théo.

Je ne peux être plus précis.

J'espère que tu trouveras ton chemin.

Gopal ».

Théo regarda ses amis, médusé. Il se gratta la tête avant de s'exclamer :

« Gopal[6] !

— Oui, Gopal. C'est ce qui est écrit, confirma Yu en hochant la tête.

— Mais comment a-t-il pu savoir où envoyer la lettre ? se demanda Jessie.

— Gopal a beaucoup plus de ressources que nous ne pouvons l'imaginer, affirma Théo. Je ne comprends pas grand-chose à ses propos. Il parle d'un homme double, d'un sage qui tient l'horloge du temps et qui serait au sommet d'une pierre tombée du ciel…

— Une nouvelle énigme à résoudre, ça nous change de notre quotidien, plaisanta Lisa.

---

[6] Gopal est un sage Bhoutanais du monastère de Taktshang, où Théo s'est rendu pour y chercher sa sœur Véra. (cf tome I, chapitre XIII)

— J'aurai bien aimé que le professeur soit ici avec nous, pour nous aider à la résoudre, avoua Théo.

— Il revient quand ?

— Il règle ses affaires avec l'université d'Oxford et nous rejoint, sans doute dans la journée, ou demain.

— Je fais des recherches sur le Net, ça pourra peut-être nous aider, proposa Yu, qui déjà s'affairait sur son clavier d'ordinateur.

— Un homme double, ça signifie peut-être que c'est un traître, songea Lisa à haute voix.

— Ou un schizophrène, plaisanta Jessie.

— Un traître ? Que veux-tu dire ? s'informa Théo.

— Un type qui travaille pour le camp de Chronos mais qui ne partage pas ses idées. Il pourrait nous aider dans ce cas.

— Hum, fit l'Elu, dubitatif. Gopal a dit qu'il était le bien et le mal. Ça ne correspond pas vraiment à la définition d'un traître, il me semble. Qu'est-ce qu'il a dit d'autre, Yu ? »

Yu n'entendit pas la question de Théo, trop occupé à faire ses recherches. Théo s'agaça :

« Yu !

— Hein ? Oui, quoi ?

— Tu peux nous traduire la lettre de Gopal et l'imprimer s'il te plaît, qu'on puisse réfléchir dessus. »

§

Après un certain temps passé à faire des recherches sur le Net, Yu rendit ses conclusions :

« Alors, j'ai commencé par *l'homme double*, exposa-t-il. J'ai trouvé un récit fantastique de Marcel Schwob, un autre de Victor Serge, un texte biblique... et c'est à peu près tout ce que j'ai sur le sujet.

— Un texte biblique ? Il dit quoi ? »

Yu retrouva la page web et lut :

« Alors, ça dit ça :

Le vaurien, l'homme injuste, marche la fausseté aux lèvres.

Il lance des clins d'œil, s'exprime du pied, fait des signes avec ses doigts...

— Ok, c'est bon, le coupa Théo. Je ne crois pas que ça ait un lien avec ce que nous cherchons.

— Ensuite, j'ai cherché pour *pierre tombée du ciel*. Là j'ai eu des centaines de résultats. La plupart parlent de météorites, quelques-uns de météores.

— C'est quoi la différence ? interrogea Lisa.

— Euh... J'en sais rien à vrai dire, avoua Yu. Attends, je fais des recherches » dit-il, tout en pianotant. Il finit par lire :

« Une météorite est :

Un corps solide naturel d'origine inter solaire (dans le système solaire) ou extrasolaire (à l'extérieur du système solaire) à qui sa traversée dans l'atmosphère n'a pas fait perdre toute sa masse et qui atteint la surface de la Terre ou d'un autre astre (planète, exoplanète, satellite naturel, astéroïde), le corps rocheux ou ferreux n'ayant pas été complètement volatilisé lors de l'impact avec cette surface.

Dixit Wikipédia. Et un météore, toujours selon Wikipédia :

Tout phénomène observé dans l'atmosphère, à l'exception des nuages.

Phénomène lumineux qui résulte de la chute dans l'atmosphère terrestre d'un corps solide venant de l'espace.

C'est aussi le nom des pitons rocheux situés au nord de la Grèce ; sur ces pitons ont été construits des monastères :

— Des monastères ? releva Lisa. C'est intéressant ça. Gopal dit : *J'ai vu un sage.* Un sage, ça pourrait être un religieux, comme lui.

— C'est possible, ajouta Théo. Je crois qu'on tient peut-être une piste. Un sage au sommet d'une pierre tombée du ciel, ça semble bien correspondre. Tu as plus de renseignements sur ces météores ?

— Oui, ce sont des monastères orthodoxes situés au nord de la Grèce, en bordure de la plaine de Thessalie. Il reste seulement six monastères encore occupés, de nos jours. »

Théo fit une pause, le temps de la réflexion. Son intuition, d'habitude facilitée par les bijoux de l'Archange, lui faisait cette fois défaut. Pourtant, il sentait qu'il y avait une corrélation entre les propos de Gopal, l'ermite, le sage du monastère de Taktsang au Bhoutan et les météores de Grèce. Après tout, peut-être avait-il la bonne intuition, même sans les bijoux. Il regarda ses camarades et voulut leur avis :

« Qu'est-ce que vous en pensez ? leur lança-t-il.

— Ça pourrait le faire, répondit Lisa en hochant la tête.

— On a résolu des énigmes avec moins d'infos que ça, ajouta Yu.

— Bon, tout le monde semble d'accord, on ne va pas perdre notre temps ici dans ce cas. On attend le retour du professeur et on met le cap sur la Grèce. » termina Jessie.

§

Chapitre II

« L'horloge du temps »

La journée avait été chargée et, à vrai dire, assez rude. Le jet privé de Jessie Graham avait conduit les quatre amis et le professeur Darlington jusqu'à Athènes. Ils avaient ensuite loué un gros 4x4, comme les affectionnait particulièrement Jessie et avaient roulé en direction de la plaine de Thessalie et des Météores. Six monastères étaient encore occupés. Ils en avaient déjà visité trois. A chaque fois, il fallait atteindre le sommet de ces rochers monumentaux qui culminaient à plusieurs centaines de mètres au-dessus de la plaine. Chercher le sage qui possédait l'horloge du temps n'était pas chose facile, compte tenu des maigres indices dont ils disposaient. Ils avaient interrogé les divers moines qui dirigeaient les monastères mais n'en avaient rien tiré de concret. Ils arrivaient devant le quatrième de ces Météores. Haut de près de cinq cents mètres, il faisait penser à un énorme doigt pointé vers le ciel. Depuis le parking, au bord de la route qui traversait les Météores, un chemin dallé de pierre ocre serpentait jusqu'au pied de l'énorme rocher. D'ici il n'y avait guère plus d'une centaine de mètres jusqu'au sommet. L'à-pic se trouvait à l'opposé. Un portail de fer forgé, encore ouvert à cette heure tardive, donnait sur un étroit chemin taillé dans la roche. Celui-ci montait rapidement, alternant pentes et volées d'escaliers. L'ascension était difficile à cause des marches de différentes hauteurs. Le chemin faisait le tour d'une partie du rocher et finissait devant l'entrée principale du monastère. Un moine vêtu d'un Klobouk noir, toge des moines orthodoxes et d'une Skoufeïka, coiffe cylindrique traditionnelle, arborait un large sourire derrière sa longue barbe grise hirsute. Il se tenait assis derrière un petit secrétaire, sur lequel un petit écriteau indiquait le montant à payer pour la visite : deux euros. Jessie sortit un billet de vingt euros, qu'elle déposa dans une corbeille prévue à cet effet et fit signe au moine qu'il était inutile de lui rende la monnaie. Il remercia, sans doute en grec et indiqua le chemin à suivre pour la visite. Théo se hasarda à lui parler, ne sachant s'il comprenait autre chose que le Grec :

« Bonjour, nous cherchons l'horloge du temps. Est-ce que ça vous dit quelque chose ?

— Horloge du temps ? répondit le moine avec un fort accent. Oui, oui, bien sûr, je connais, affirma le religieux, avec enthousiasme.

— Vraiment ? Elle est ici ?

— Ici ? s'étonna le moine. Non, pas ici. Dans réfectoire.

— Est-ce qu'on peut visiter le réfectoire ? On peut voir l'horloge ?

— Oui, oui, bien sûr. Vous traversez cours, là, sur droite. Ensuite, vous montez escalier jusqu'à premier étage. Ensuite, vous traversez couloir et c'être au fond. » termina le moine qui ne maîtrisait pas parfaitement la langue.

§

Le réfectoire n'était pas bien grand. Deux rangées de tables se faisaient face, longées de bancs d'allure inconfortable. Le monastère était austère, meublé du strict nécessaire, décoré par endroit de niches peintes de figures religieuses, seules fantaisies visibles ici. La partie basse, par laquelle l'on entrait, avait été consolidée par des piliers de parpaings et de ciment gris. Le sol était recouvert de dallage couleur sang de bœuf, les murs étaient de pierre brute.

De nombreuses fenêtres laissaient entrer la lumière du jour, égaillant un peu l'ensemble.

Lisa approcha de l'horloge murale, seul luxe que s'accordaient apparemment les moines. Elle la décrocha du mur, la retourna et la remit en place avant de dire :

« Horloge *made in china*. Je pense que le moine n'a pas dû vraiment comprendre ce que tu lui demandais, Théo.

— Je me disais aussi que c'était trop beau de trouver si facilement, ajouta Yu.

— Bien, je crois qu'il nous faut chercher le moine responsable de ce monastère, suggéra Darlington. Il est certainement le seul à pouvoir nous renseigner correctement.

— Le professeur a raison, dit Théo. Faisons comme pour les autres monastères, cherchons le moine supérieur. Séparons-nous et retrouvons le. »

La porte du réfectoire s'entrouvrit avec un grincement strident. Dans l'encadrement se tenait un moine, dont la toge était ornée d'une croix blanche. Il était âgé d'une soixantaine d'années, portait une longue barbe grise, lui aussi. Dans son visage impassible brillaient deux yeux noirs profonds qui scrutaient les cinq amis. Jessie sourit à pleines dents et vint vers le religieux, une main tendue :

« Bonjour, nous cherchons le moine supérieur de votre monastère. Est-ce que vous comprenez notre langue ? »

Le moine dévisagea longuement Jessie, sans dire mot, toujours aussi impassible. La jeune femme fut mal à l'aise devant son attitude aussi froide. Elle recula.

« Il ne doit rien comprendre, lança Yu.

— Pas sûr. Je crois plutôt qu'il nous jauge, affirma Lisa.

— Eh bien, parlons-lui de ce que nous sommes venus chercher ici, proposa le professeur.

— Patiente, prof. Attendons de voir ce qu'il a à nous dire. »

dit Théo, dont le regard plongeait dans celui du moine. Le religieux finit par franchir le pas de la porte, vint se camper au milieu du réfectoire et dit, avec une parfaite maîtrise de la langue, mais avec un fort accent :

« Que faites-vous ici ? Cette partie du monastère ne fait pas partie de la visite. »

Le ton était courtois, mais sans chaleur. Darlington prit la parole :

« Vraiment ? C'est pourtant le moine guichetier qui nous a indiqué l'endroit.

— Pétros ? s'étonna le moine. Pourquoi Pétros vous aurait indiqué le réfectoire ?

— Parce qu'il n'a pas bien compris ce que nous lui demandions.

— Hum, fit-il, perplexe. Et que lui avez-vous demandé ?

— Excusez-moi, mais avant de parler de tout ceci, pourrions-nous savoir à qui nous avons affaire ?

— Je suis le père Nikólaos. Je dirige cette congrégation monastique.

— Bien, je crois que vous êtes la personne que nous recherchons alors, c'est parfait. Nous voulions savoir s'il connaissait l'horloge du temps. »

Le moine fronça les sourcils, dévisagea tour à tour les cinq intrus, comme s'il cherchait à déterminer à qui il avait affaire. D'un geste de la main, il les pria de s'asseoir. Ils s'alignèrent sur l'un des bancs. Le Père supérieur vint s'installer face à eux, avant de demander :

« Que savez-vous sur l'horloge du temps ? »

Personne n'osa prendre la parole. Que répondre à cette question ? Que savaient-ils vraiment sur le sujet ? Pas grand-chose à vrai dire, même s'ils se doutaient que l'horloge du temps devait à voir avec le temps et, espéraient-ils, avec les déplacements temporels. Cela restait toutefois une simple supposition et rien, pour l'instant, ne venait en apporter la moindre preuve. Alors, que dire ?

Ce fut finalement le professeur Darlington qui se lança :

« Eh bien, dit-il, de l'hésitation dans la voix, nous ne savons pas exactement à quoi elle sert, bien que nous en ayons une vague idée, mais nous croyons qu'elle se trouve ici, dans l'un des monastères.

— Qu'est-ce qui vous fait penser que vous la trouverez ici ? questionna le moine.

— C'est un bon ami qui nous a donné l'information, expliqua Théo.

— Un ami ? fit le moine, dubitatif.

— Oui, il est religieux, comme vous.

— Un moine ?

— C'est exact, un moine ermite. »

Théo fouilla dans l'une des poches de sa veste et en retira la lettre de Gopal qu'il tendit au moine, en disant :

« Voici le courrier qu'il nous a fait parvenir hier, dans lequel il nous donnait des informations au sujet de l'horloge du temps. »

Le père Nikólaos se saisit de la lettre et fronça à nouveau les sourcils, tant son étonnement fut grand. Il ricana avant de dire :

« C'est une plaisanterie ? Une lettre en chinois ou je ne sais quelle autre langue asiatique !

— Oui, le moine est bhoutanais. Heureusement pour nous il sait écrire le chinois, sachant que Yu, ici présent, est Chinois.

— Vraiment ? De quelle région êtes-vous jeune homme ? demanda Nikólaos qui ne croyait visiblement pas un mot de cette histoire.

— Je suis de Hong Kong.

— Et vous êtes venu jusqu'ici, depuis Hong kong, à cause de cette lettre ?

— Oui… enfin non, pas vraiment. Nous venons de Suisse.

— Que dit exactement cette lettre ? » s'enquit le moine, en tendant le papier à Yu, qui s'empressa de la lire.

Nikólaos demeura silencieux un moment, comme plongé dans la méditation, le visage toujours aussi impassible. Darlington jeta un œil à sa montre et soupira. Il était fatigué de cette journée et aspirait à un bon bain chaud. Il en eut assez d'attendre le bon vouloir du moine. Il lui dit :

« Nous avons fait un long voyage pour venir vous voir. Nous avons besoin de savoir, si oui, ou non vous savez quelque chose. Nous ne pouvons vous dire pourquoi nous cherchons cette horloge, mais c'est extrêmement important pour nous et aussi pour l'humanité tout entière. Nous avons besoin de savoir si elle est ici, maintenant. »

Le Père Nikólaos plongea son regard dans celui du professeur. Il expliqua :

« L'horloge du temps est dans ce monastère depuis près de deux siècles. Elle fut confiée à notre congrégation par un prêtre catholique français, le père Benoît. Il nous a demandé de la garder en lieu sûr le temps qu'il faudrait, jusqu'à l'arrivée de quelqu'un qui viendrait la réclamer.

— Voilà qui est parfait, se félicita Darlington, nous sommes ce quelqu'un. Pourriez-vous nous la remettre, s'il vous plaît ?

— Il y a toutefois un petit problème.

— Un problème ? s'inquiéta Théo.

— Notre monastère a été pillé durant la Seconde Guerre mondiale, par les nazis. Le commandant de l'unité qui s'est installée dans le monastère, le major Von Strudel, s'est emparé de tous les trésors qui s'y trouvaient.

— L'horloge a été volée par les nazis ?

— Oui, Von Strudel l'a emporté avec lui. Les moines de l'époque ont rapporté que Von Strudel semblait fasciné par l'horloge. Il se serait enfermé dans son bureau avec elle et n'en serait ressorti que sept jours plus tard. Après cela l'horloge fut mise dans une caisse et emportée par camion spécial jusqu'à Athènes, pour être envoyée à Berlin.

— L'horloge serait en Allemagne, alors ? en conclut Lisa.

— Non, elle n'a jamais quitté le sol grec. Le débarquement des troupes alliées a stoppé son départ. Elle fut retrouvée dans un entrepôt d'Athènes et nous a été restituée par la suite.

— Elle est donc ici ! lança avec soulagement Darlington.

— Ne vous réjouissez pas trop vite cher professeur, ajouta le moine, créant la stupeur dans les yeux de Darlington.

— Comment m'avez-vous appelé ?

— Professeur. N'est-ce pas là votre titre officiel ? s'amusa-t-il.

— Comment ?...

— Le professeur James Darlington, sommité mondialement connue pour ses travaux sur la période du Moyen Âge en particulier, auteur de nombreux ouvrages de vulgarisation sur le sujet. Vous êtes célèbre, professeur. En tout cas pour les gens comme moi, amateurs éclairés.

— Je ne pensais pas que vous puissiez me connaître, je l'avoue. Mais pourquoi ne devons-nous pas nous réjouir ?

— L'horloge nous a été restituée incomplète. Son mécanisme interne a disparu.

— Sait-on quelque chose sur cette disparition ?

— Non, pas grand-chose, mais il y a fort à parier que c'est l'œuvre de Von Strudel. Sa fascination pour l'horloge, le fait qu'il l'ait étudiée durant sept jours, seul dans son bureau, sont des indices.

— Pourquoi avoir emporté seulement le cœur ? se demanda Théo.

— Lorsque les alliés ont débarqué, les choses sont allées très vite. Les Allemands ont dû partir précipitamment, n'emportant avec eux que ce qui pouvait tenir dans leur baluchon. Von Strudel a certainement pris le mécanisme, plus petit et plus léger que l'horloge tout entière.

— Pouvons-nous voir ce qui reste de l'horloge ? demanda Lisa.

— Oui, suivez-moi, elle se trouve dans mon bureau. »

Le bureau du Père Nikólaos était simple, sans fioritures. Toutefois, par rapport au reste du monastère, il était richement meublé. Il y avait un bureau en bois massif, assez grand, sur lequel s'empilaient des tas de livres anciens, ainsi que de la paperasse. Sur le côté gauche, une bibliothèque, qui prenait tout le pan de mur, était remplie de ces vieux livres. A droite, un argentier exposait divers bibelots et objets religieux dans sa vitrine. Ce qui attira le regard de Théo et ses amis, était l'horloge qui y trônait, sur l'étagère supérieure. Elle n'était pas très grande mais façonnée avec soin. Son bâti de couleur or était sculpté de petites colonnes tressées, sur lesquelles s'accrochaient des feuilles de vigne et des grappes de raisin. Mais ce qui était le plus étonnant était le cadran. Il était composé de quatre cadrans plus petits disposés en carrés au centre d'un cadran plus grand. Chacun le détailla, essayant de comprendre ce que chaque cadran pouvait bien vouloir indiquer. Ce fut Yu qui s'en approcha au plus près. Il regarda chacun d'entre eux, composés de deux aiguilles, une grande et une petite, avec des chiffres différents. Après un examen minutieux, il prit la parole :

« Les trois premiers cadrans sont numérotés entre zéro et neuf et ont deux aiguilles, une petite et une grande. Le quatrième est numéroté de un à douze et ne comporte qu'une aiguille. Quant au cadran principal, il est numéroté de un à douze et comporte deux aiguilles. Si on suppose que chacun des cadrans qui possèdent deux aiguilles, donne comme résultat la combinaison des chiffres auxquels elles pointent, on doit pouvoir les utiliser pour fixer une date précise dans le temps.

— Sois concret, lui intima Théo, qui n'avait strictement rien compris aux explications de son ami, qu'il trouvait confuses.

— Je m'explique : on suppose que, sur le premier cadran, la petite aiguille fixe le millénaire et la grande, le siècle. On peut, par exemple, mettre la petite sur le un et la grande sur le quatre, ce qui nous donne mille quatre cents.

— Ok, c'est clair comme ça.

— On fait la même chose pour le second cadran, supposant qu'il permette de fixer l'année. Exemple : petite aiguille sur le huit et grande sur le cinq nous donne…

— Quatre-vingt-cinq.

— Exact. Nous en sommes à mille quatre cent quatrevingt-cinq.

— Et les autres cadrans ? s'impatienta Darlington.

— Le troisième permet de fixer le mois. Là, c'est simple, il n'y a qu'une aiguille et douze chiffres. Le quatrième permet de fixer les jours. Exemple : petite aiguille sur le deux et grande aiguille sur le six.

— Ça nous fait vingt-six. Mais il y a quelque chose qui cloche dans ta théorie, remarqua Théo.

— Quoi ? fit Yu avec étonnement.

— Si je mets la petite aiguille sur le sept, ça ne marche plus. Il n'y a que trois chiffres pour les dizaines sur un mois.

— C'est vrai, tu as raison Théo. Je n'y avais pas pensé. A moins que… »

Yu ouvrit la vitrine de l'argentier avec la permission de Nikólaos et bougea la petite aiguille du quatrième cadran. Elle resta bloquée sur le trois. Il la fit revenir jusqu'au un sans problème. Il fit tourner la grande aiguille qui fit le tour du cadran. Il sourit, car c'était la confirmation qu'il avait eu la bonne intuition :

« Voilà, nous avons la confirmation de ce que je pensais : la petite aiguille fixe bien la dizaine des jours du mois et la grande, l'unité.

— Bravo, bien joué, reconnut Lisa.

— Merci.

— Et le grand cadran ?

— Il fixe l'heure et les minutes du jour déterminées par les autres cadrans.

— C'est parfait. Notre intuition concernant l'horloge du temps était bonne.

— Je ne comprends pas tout, avoua Nikólaos qui n'avait

pas perdu une miette des explications de Yu. A quoi sert de déterminer le millénaire, le siècle et l'année sur une horloge ? Tout le monde sait dans quel siècle il vit et à quelle année, non ? »

Yu regarda Théo, l'air interrogateur. Devait-il expliquer à quoi servait vraisemblablement l'horloge du temps ? Théo secoua légèrement la tête en signe de négation. A quoi est-ce que cela pouvait servir de mettre Nikólaos dans la confidence ? Sans doute à rien, pour la mission qu'ils devaient accomplir. De plus ce ne serait pas lui rendre service que lui avouer que l'on pouvait voyager à travers le temps. C'était bien assez déstabilisant pour éviter de le faire sans raison. Théo s'adressa à Nikólaos :

« Bien, je crois que nous n'avons plus rien à faire ici. Merci de nous avoir donné toutes ces explications et de nous avoir permis de voir l'horloge du temps.

— Qu'allez-vous faire maintenant ? Retrouver le cœur du mécanisme de l'horloge ne sera pas chose facile.

— Retrouver le cœur ? fit Théo, feignant l'étonnement. Pourquoi voudrions-nous retrouver le cœur ?

— Je ne suis pas stupide, jeune homme, vous savez. Je n'ai pas tout à fait compris à quoi servait l'horloge du temps jusqu'à maintenant, mais je crois que je commence à l'entrevoir. Mon esprit est vieux et plus lent qu'auparavant, mais je ne suis pas encore sénile. Vous êtes venus jusqu'ici, de loin pour cette horloge. Sans son cœur, elle n'est rien. Mais vous avez eu confirmation de ce qu'elle représentait, n'est-ce pas ?... Maintenant, il vous faut le cœur pour la faire fonctionner. Je me trompe ?

— Non, c'est exact. Nous avons besoin de son cœur. Nous ne voulions pas vous en dire trop, car ce n'est pas facile à concevoir pour tout un chacun. Vous avez commencé à comprendre à quoi elle pouvait bien servir et vous vous demandez si vous êtes sûr d'avoir bien compris, n'est-ce pas ?

— J'avoue.

— Vous avez bien compris. Sachez que ça ne doit rien changer à vos convictions religieuses.

— Pourquoi cela devrait-il les changer ? Tout ce qui est, est l'œuvre de Dieu. Ne l'oubliez jamais, jeune homme.

— J'en suis certain, mon Père. Nous allons partir maintenant.

— Allez en paix, Dieu veillera sur vous. »

§

« Je crois que nous avons trouvé Chronos, affirma James Darlington, d'un ton enjoué.

— Espérons-le, tempéra Théo. Il est vrai que si Von Strudel a réussi à faire fonctionner l'horloge du temps, il est probable qu'il soit à l'origine de toutes ces manipulations. Toutefois il reste une question qu'il faudra résoudre.

— Ah, laquelle ?

— Qui a fabriqué l'horloge ?

— Est-ce donc si important ?

— Je pense que oui. Pourquoi un prêtre français a-t-il débarqué, un beau jour, dans le monastère des météores pour y laisser l'horloge ?

— Pour la cacher sans doute, émit Lisa.

— Oui. Mais d'où et de qui la tenait-il ? Et pourquoi la cacher ? Qui ne devait pas la trouver ?

— Ça fait beaucoup de questions.

— Peut-être que Von Strudel est Chronos, mais peut-être pas. Ça peut-être aussi celui qui a fabriqué l'horloge ou quelqu'un qui l'aurait subtilisée à celui qui l'a fabriquée.

— Le prêtre français qui sait ? proposa Yu.

— Non, je ne pense pas. S'il l'avait volée, il ne serait pas venu la cacher ici, en Grèce. Non, je crois que, pour le moment, nous sommes encore loin d'avoir résolu le mystère. En attendant nous devons continuer de suivre la piste Von Strudel, car nous n'avons rien d'autre à nous mettre sous la dent.

— J'ai fait une recherche sur Von Strudel dans les archives de l'université d'Oxford, expliqua Darlington.

— Vous avez trouvé quelque chose ? questionna Théo.

— Le major Mathias Von Strudel a servi dans la Wehrmacht, l'armée Allemande d'Hitler, de 1941 jusqu'en 1945, date à laquelle il fut démobilisé. Il a commandé plusieurs bataillons, en France, en Pologne et pour finir, en Grèce. Il avait une formation d'ingénieur en génie mécanique, était marié et avait trois enfants.

— Vous dites *avait*. Il est mort ?

— Eh bien, en fait il semblerait que l'on perde sa trace à partir de 1949.

— On perd sa trace ? C'est intéressant, pensa Lisa qui se servait une tasse de thé. Comment peut-on perdre la trace de quelqu'un ?

— Si ce quelqu'un décide de disparaître, ça peut s'expliquer, répondit Jessie.

— Il était où, juste avant de disparaître ? questionna Théo.

— A Stuttgart.

— Hum… fit l'ado plongé dans ses réflexions. Si Von Strudel est bien celui qui a emporté le cœur du mécanisme de l'horloge, il faut que nous retrouvions sa trace. Il nous faut ce cœur.

— Je vais essayer de pénétrer les archives municipales de la ville, proposa Yu. On en apprendra peut-être plus.

— Très bonne idée.

— Oh ! mon Dieu ! s'écria Jessie qui regardait les informations télévisées.

— Qu'y a-t-il ?

— Regardez ! Il y a un reportage sur New York. »

Tous se tournèrent vers l'écran. Un reportage sur les taxis new-yorkais, sans intérêt, était diffusé. Lisa dit :

« Et alors ? C'est quoi le problème ?

— Attendez qu'ils fassent un plan large de la ville, vous allez comprendre. »

Le plan large sur les tours de la mégapole américaine se fit attendre un peu. Lorsqu'il arriva enfin, le professeur Darlington s'écria à son tour :

« Mon Dieu ! C'est impossible !

— Quoi ? demanda Lisa qui ne comprenait pas.

— Les tours jumelles ! »

La jeune femme regarda à nouveau plus attentivement et comprit enfin. Les deux tours jumelles du World Trade Center étaient là, fièrement dressées dans l'azur new-yorkais. La veille encore elles n'existaient plus depuis longtemps et aujourd'hui, elles étaient là, comme si rien n'était arrivé !

« Il faut qu'on retrouve Von Strudel, le temps presse ! lança Théo. Nous devons retourner dans le passé voir Fra Paolo, de toute urgence.

— Ça y est, je suis entré ! claironna Yu, l'air satisfait sur son visage poupon.

— Super ! Tu trouves quelque chose ? s'impatienta Théo.

— Un peu de patience, je cherche… C'est étrange… On dirait…

— Quoi ?

— Attends, j'ai pas fini. Vous êtes sûr que Von Strudel est bien de Stuttgart ?

— Certain, affirma Darlington. Il y est né en 1906.

— Un problème, Yu ? s'inquiéta Lisa.

— Je n'ai aucune trace du major. J'ai bien retrouvé ses parents, Matilda Geuber et Hans Von Strudel, mais sur les registres de naissance, leur fils Mathias n'apparaît pas. Ils ont eu deux enfants, Linda et Jonas, mais pas de Mathias !

— Linda et Jonas sont bien ses frères et sœurs, confirma Darlington. Comment est-ce possible ?

— On dirait que Von Strudel a tout fait pour disparaître, constata Théo. Mais pourquoi ?

— Je vais essayer de pénétrer le fichier de la banque centrale afin de retrouver sa trace.

— Tu crois pouvoir faire ça ? douta Lisa. La banque centrale ne doit pas être facile à forcer ?

— J'ai bien dit : *essayer*. J'ai bon espoir quand même. J'ai réussi à forcer le système de sécurité de la tour Naberejnaïa à Moscou[7] et ce n'était pas de la tarte, souvenez-vous. Depuis j'ai affiné la technique et, avec mes amis hackers, nous avons mis au point de nouveaux outils pour forcer les firewalls les plus pointus, grâce à l'aide financière de Jessie … Ça y est, c'est fait !

— Tu es entré ?

— Oui, j'ai accès au fichier de tous les comptes d'Allemagne et d'Europe ! Je peux vous rendre tous milliardaires si vous voulez !

— Désolée, mais c'est déjà fait, plaisanta Jessie dont la fortune était colossale.

— Moi je veux bien une dizaine de milliers d'euros, s'il te plaît, dit Lisa, toujours sur le ton de la plaisanterie.

— Quelques milliers, c'est tout ? Je peux te créditer cent millions si tu veux !

— Yu, ne te laisse pas distraire par ces bêtises ! le rappela à l'ordre Théo.

— Ah ! Voilà qui est mieux !... hum, hum ! Je t'ai retrouvé !

— Tu l'as ?

— Oui, Mathias Von Strudel possédait un compte à la Dresdner Bank, qu'il a ouvert en 1927. Ce compte a été fermé le 23 mars 1949.

— Tu as accès à des comptes aussi vieux ? demanda Jessie.

— Toutes les archives papier des banques ont été transcrites en numérique, quasiment jusqu'au début du vingtième siècle.

— C'est bizarre. Si Von Strudel avait tout fait pour

---

[7] C'est dans cette tour moscovite que Théo récupéra les bijoux de l'Archange qui lui avaient été dérobés.(Cf. tome I, chapitre XI)

qu'on ne le retrouve pas, pourquoi est-ce qu'on retrouve aussi facilement sa trace ? se demanda Théo.

— Parce qu'il n'a pas pu accéder aux données bancaires, tout simplement, affirma Yu. S'il a fait ça en 1949, il aurait fallu qu'il pénètre physiquement dans les locaux de la banque centrale d'Allemagne de l'époque. A mon avis, il n'a pas dû pouvoir. De toute façon, même aujourd'hui, à moins de posséder un matériel équivalant au mien, il n'y serait pas plus arrivé. La question, c'est plutôt : pourquoi vouloir disparaître ? Il n'a pas été accusé de crime contre l'humanité après la guerre, que je sache ?

— Non, en effet, confirma Darlington. Il était soldat mais pas bourreau. Il n'avait pas de raison de se cacher pour cela.

— Et si la raison était tout autre ? proposa Jessie.

— Précise ta pensée ?

— Von Strudel découvre l'horloge du temps, l'étudie longuement et comprend ce qu'elle représente. Le débarquement allié en Grèce l'oblige à fuir précipitamment en emportant le cœur du mécanisme de l'horloge. S'il l'a fait, c'est qu'il a bien compris l'enjeu énorme qu'il représente. Revenu dans sa ville natale, une fois la guerre terminée, il entreprend de vendre cette fabuleuse invention au plus offrant : Russes, Américains, Allemands ou même Français, qui sait.

— Oui, c'est une théorie qui se tient. Mais pourquoi disparaître une fois l'argent en poche ? Ça n'a pas de sens.

— A moins d'avoir été obligé de disparaître avant.

— S'il a contacté les autorités de certains pays, poursuivit Théo. A cette époque, en pleine guerre froide, il s'est peut-être attiré des ennuis d'un camp ou de l'autre. Ça peut tenir la route dans ce cas. Mais comment le retrouver ?

— J'ai une petite idée, affirma Yu qui pianotait à vive allure sur le clavier de son ordinateur. Lorsqu'il a fermé son compte, Von Strudel a retiré une somme assez conséquente pour l'époque. A mon avis, il n'a pas dû la garder sur lui bien longtemps car ça devait tenir dans une bonne valise !

— Von Strudel était ingénieur certes, mais il ne devait pas posséder un compte très important, surtout au sortir de la guerre, expliqua Darlington. D'où pouvait bien provenir tout cet argent alors ?

— Il a peut-être vendu tous les biens qu'il possédait pour pouvoir disparaître.

— Ah ! Voilà, j'ai trouvé quelque chose ! affirma Yu, l'air toujours aussi satisfait. J'ai lancé une recherche sur toutes les opérations bancaire, survenues entre le 23 mars et le 30 mars 1949. Il se trouve qu'un certain Johan Hessling a ouvert un compte et y a déposé quasiment la même somme, à trois mille Marks près, le lendemain, 24 mars.

— A Stuttgart ?

— Non, à Munich.

— Oui, mais ce n'est pas la même somme exactement ? Difficile de faire le rapprochement tout de même, douta Darlington.

— Trois mille Marks, c'est une grosse somme pour l'époque, renchérit Yu, voulant défendre son idée. C'est largement suffisant pour payer le déménagement de Stuttgart à Munich et l'installation dans sa nouvelle vie.

— Ok, trouve tout ce que tu peux sur ce Johan Hessling, l'encouragea Théo. On n'a pas trop le choix, il faut suivre les maigres pistes qui s'offrent à nous. A moins que quelqu'un n'ait une autre idée ? »

Théo regarda ses amis. Tous répondirent par la négative. On suivrait donc la piste de Yu.

Le soleil se couchait sur Athènes. Depuis la large baie vitrée de la suite de Jessie, l'on pouvait admirer la ville avec, au loin, l'Acropole surmontée du Parthénon, qui rougeoyait dans la lumière rasante du soir. Dehors il faisait frais, mais déjà l'on sentait ici les prémices du printemps qui arrivait plus tôt dans ce pays que dans la plupart des autres en Europe. Demain, Théo, Jessie, Lisa, Yu et le professeur Darlington, s'envoleraient pour l'austère climat de Munich, du mois de février.

§

Chapitre III

« Munich »

Le 4x4 s'engagea dans une allée calme et ombragée au sud de Munich. Elle traversait un tranquille quartier de belles maisons bourgeoises, aux jardins plantés de grands arbres centenaires. Le véhicule s'arrêta devant le portail de l'une d'entre elles. C'était une grosse bâtisse, sur trois niveaux, aux murs beiges, couverte d'une toiture de tuiles rouges, avec deux chiens-assis en façade. Le jardin, en majorité situé sur le côté gauche de la maison, était planté de grands épicéas, d'aulnes et de chênes. Théo et le professeur Darlington sortirent du véhicule et se dirigèrent vers l'interphone, situé à droite du grand portail de couleur vert sombre, à battants pleins. Les deux hommes lurent le nom inscrit sur la boîte aux lettres : Hessling. Théo appuya sur le bouton de l'Interphone. Un certain temps s'écoula. Personne. Il sonna à nouveau. Après trente secondes la voix d'un homme d'un certain âge se fit entendre, en allemand :

« Qui est là ?

— Monsieur Hessling ? demanda Darlington. Parlez-vous notre langue ?

— Qui le demande ? répondit la voix, inquiète, avec une pointe d'accent allemand.

— Je me présente : Professeur James Darlington, de l'université d'Oxford, en Angleterre. Nous aimerions vous parler monsieur Hessling.

— Monsieur Hessling n'est pas là, je regrette. »

Darlington regarda Théo, l'air dubitatif. Le jeune homme lui souffla, à voix basse :
« Parlez-lui de l'horloge du temps, nous verrons bien sa réaction.
— Monsieur Hessling, reprit le professeur, nous sommes venus vous parler de l'horloge du temps. »
Il y eut un long moment de silence, si long qu'ils pensèrent que leur interlocuteur avait interrompu la conversation. Puis, alors qu'ils s'apprêtaient à repartir, l'interphone grésilla et siffla et la voix se fit de nouveau entendre :
« Qui vous envoie ?
— Personne, monsieur Hessling, personne. Nous arrivons tout juste d'Athènes, pour vous rencontrer.
— Que voulez-vous exactement ? dit l'homme sur un ton sec et cassant.
— Nous aimerions pouvoir vous l'expliquer de vive voix, si vous n'y voyez pas d'inconvénients. Sachez simplement que nous avons besoin des capacités de l'horloge.
— Je ne vois pas de quoi vous voulez parler. Je ne sais pas ce que c'est que cette horloge dont vous parlez, mentit l'homme.
— Je vous en prie, monsieur Hessling, il s'agit d'un problème vital pour l'ensemble de l'humanité ! Des gens manipulent le temps dangereusement. Nous devons nous servir de l'horloge pour contrecarrer leurs projets. »
Il y eut un nouveau silence interminable au bout duquel l'homme dit :
« Désolé, je ne peux rien pour vous. Vous devez vous tromper de personne. Au revoir. »
La conversation fut définitivement coupée.

§

Le portail vert s'ouvrit. Une limousine de marque Mercedes en sortit rapidement et s'engagea sur l'allée, en direction du centre de Munich. Jessie se mit à la suivre discrètement, à bonne distance. La Mercedes contourna le centre par des artères de la banlieue Est de la ville, jusqu'à atteindre une zone industrielle située au nord. Après plus d'une demi-heure de route, elle vint s'immobiliser sur le parking d'un bâtiment récent, couvert de panneaux de tôles gris souris, assez bas, sans aucune enseigne visible.

Jessie arrêta son véhicule à quelques dizaines de mètres du bâtiment, sur la rue. Lisa en descendit et marcha sur le trottoir jusqu'au large portail fermé, chercha un nom, une enseigne. Sur une plaque posée sur l'un des piliers de béton du portail, elle lut : *Hessling Corp. Gmbh. Forschungslaboratorium*. Elle retourna discrètement à la voiture. Théo, qui parlait l'allemand, expliqua que *Forschungslaboratorium* voulait dire : Laboratoire de recherche. Pourquoi monsieur Hessling s'était-il précipité ici juste après leur visite ? Il fallait en avoir le cœur net. L'Elu décida d'entrer dans le bâtiment. Jessie se proposa de le suivre. Les autres resteraient à attendre dans la voiture, dans un premier temps.

Le portail était fermé et un haut grillage clôturait le bâtiment. Devant l'entrée principale, il y avait le parking et sur le pourtour, une bande engazonnée de quelques mètres de large, plantée d'arbres, ceinturait le laboratoire. Après avoir fait le tour, il apparut évident qu'il n'y avait pas d'autre accès que le portail. Au-dessus de celui-ci, sur les piliers, deux caméras scrutaient les allées et venues. D'autres étaient juchées sur des mâts tout autour de l'enceinte. Il serait impossible d'entrer sans être immédiatement repérés. Les jeunes gens retournèrent dans la voiture. Théo s'adressa à Yu :

« Tu vas encore devoir faire des miracles, Yu. Il faut que tu nous trouves un moyen d'entrer dans le labo. »

Immédiatement le jeune Chinois pianota sur son ordinateur portable, connecté via un satellite à une batterie de matériels sophistiqués, installés à grands frais dans un laboratoire informatique situé à Hong Kong. Cette installation ultraperformante, financée par Jessie, était accessible depuis n'importe quel lieu de la planète, même au milieu du désert de Gobi ou des glaces du pôle sud !

« J'ai un accès au labo, confirma Yu. C'est beaucoup plus facile que d'entrer dans la banque centrale... Voilà, j'ai les caméras vidéo, l'ouverture du portail, des portes externes et internes du bâtiment... Je bidouille un peu... J'enregistre quelques secondes prises par chaque caméra, je mets une boucle de répétition et voilà ! On peut entrer ni vu ni connu... Il me reste à entrouvrir le portail pour vous laisser passer, déverrouiller la porte principale et le tour est joué ! Vous pouvez y aller. Ah, au fait, j'en ai profité pour charger le plan des locaux. Je pourrai vous guider comme ça. Mettez vos oreillettes. »

Après avoir franchi le portail, Théo et Jessie coururent vers la porte principale, entièrement vitrée. A l'intérieur un hall d'accueil, avec un vaste comptoir couleur hêtre, était vide de monde. Ils entrèrent. Il y régnait un silence de mort. Il ne semblait pas y avoir âme qui vive dans tout le bâtiment. Sur la droite un escalier menait à l'étage. Devant eux, sur le côté droit du comptoir, deux portes battantes avec de larges hublots donnaient accès aux labos, comme l'indiquait la pancarte au-dessus de l'encadrement. Ils se dirigèrent dans cette direction. Les portes étaient fermées. Yu ne mit que quelques secondes pour les déverrouiller. Un large corridor peu éclairé s'ouvrait devant eux. Il y avait une dizaine de portes, cinq de chaque côté, toutes fermées. Jessie essaya d'ouvrir la première, sans succès. Yu fit encore des miracles. Elle poussa le battant, l'entrouvrant légèrement pour y jeter un œil. La salle était vide. Il n'y avait absolument rien dedans !

« C'est bizarre, tu ne trouves pas ? chuchota-t-elle.

— Oui, plutôt. Essayons la suivante. »

La suivante était tout aussi vide. Et la troisième et la quatrième aussi. Tout ça devenait de plus en plus étrange. Pourquoi ce grand bâtiment, soi-disant laboratoire, au milieu d'une zone industrielle, complètement vide ? Et pourquoi n'y avait-il personne ? Que cachait Hessling ici ? Arrivés au bout du corridor, ils durent faire demi-tour. Toutes les salles étaient vides. Revenus dans le hall d'accueil, ils voulurent monter à l'étage, mais se ravisèrent. Un bruit leur parvint, situé sur leur gauche, derrière une porte qui indiquait les toilettes. Théo avança à pas feutrés et colla son oreille sur celle-ci. Il entendit des bruits diffus qui semblaient lointains. Il poussa le battant. La porte était verrouillée.

« Etrange pour une porte de toilettes. » songea-t-il. Yu la débloqua, non sans mal cette fois. Théo et Jessie la poussèrent et entrèrent, non pas dans des toilettes, mais dans une cage d'escalier qui menait au sous-sol. C'est de là que provenaient les bruits. Ils descendirent l'escalier plongé dans la pénombre. Arrivés en bas, ils butèrent sur une lourde porte :

« Yu, il faut encore que tu nous l'ouvres, expliqua Théo.

— J'ai un petit problème, le sous-sol et la porte ne sont pas sur les plans du bâtiment.

— Et Alors ?

— Alors je ne sais pas comment elle est répertoriée informatiquement. Je ne sais pas comment l'ouvrir.

— Ouvre toutes les portes en même temps, ballot ! plaisanta Jessie.

— C'est pas bête, reconnut Yu.

— Lisa, professeur, rejoignez-nous, leur demanda Théo. Nous risquons d'avoir besoin de renforts. »

Sitôt dit, sitôt fait. La lourde porte coulissa et s'éclipsa dans le mur, découvrant une vaste salle bien éclairée, au milieu de laquelle trônait une étrange machinerie faite d'une grosse boule métallique luisante, sur laquelle se raccordaient des dizaines de tubes et des kilomètres de câbles électriques, flanquée de plusieurs pupitres et de consoles couvertes de boutons, de potentiomètres, de voyants lumineux et d'écrans informatiques. Il n'y avait personne en vue, mais des bruits parvenaient de l'arrière de la machine. Théo fit signe de rester le plus silencieux possible. Il s'avança à pas feutrés, contourna la machine et vit un homme d'une soixantaine d'années, affairé, les mains dans les entrailles d'un mécanisme complexe.

L'homme n'entendit pas Théo et continua son activité. Il était en train de dévisser un ensemble de boulons qui maintenaient en place une plaque métallique luisante, en acier sans doute. Il finit de dévisser le dernier boulon et retira la plaque délicatement. Une lumière d'un blanc intense l'obligea à détourner le regard. Il plongea sa main à l'intérieur de la machine et après quelques secondes la lumière disparut. Il retira une pièce, qu'il plaça avec d'infinies précautions dans une petite mallette de forme carrée, qu'il referma aussitôt. L'homme prit la mallette et se retourna, manifestement pour quitter les lieux. Il fut si surpris de voir Théo qu'il recula à perdre l'équilibre. Il se rattrapa de justesse à un pupitre. La peur se lisait dans ses yeux et sur son visage. Il serra instinctivement la mallette contre lui et cria, en allemand :

« Qui êtes-vous ?! Comment êtes-vous entrés ?! C'est une propriété privée ici !

— Vous êtes monsieur Hessling ? l'interrogea Théo.

— Partez immédiatement ou j'appelle la police ! cria l'homme.

— Ne paniquez pas, monsieur, dit l'Elu d'une voix calme. Nous ne vous voulons aucun mal. Nous souhaiterions juste vous parler, c'est tout.

— Je ne veux pas vous parler ! Partez !

— Non, monsieur, nous ne quitterons pas cet endroit, affirma-t-il d'une voix déterminée. Nous devons avoir une petite conversation et nous l'aurons. »

Devant la froide détermination de Théo, l'homme se calma et reprit ses esprits. Il vit les autres membres de l'équipe, qui arrivaient, venir se poster derrière le jeune homme et comprit qu'il ne pourrait leur échapper. Il posa délicatement la mallette sur une table et leva les mains au ciel en demandant, d'un air dépité :

« Mais enfin, qui êtes-vous et que voulez-vous au juste ?

— Nous sommes ici pour l'horloge du temps. Vous êtes bien monsieur Hessling, n'est-ce pas ?

— Oui, oui, c'est bien moi, s'agaça l'homme qui regardait nerveusement sa montre.

— Je suppose que vous n'êtes pas Johan Hessling ?

— Non, Johan était mon père. Il est mort depuis longtemps.

— Que savez-vous sur l'horloge du temps ? demanda le Professeur Darlington.

— Rien du tout, mentit Hessling.

— Allons, monsieur Hessling, inutile de nous raconter des bobards, nous sommes persuadés que votre père vous a mis dans la confidence. »

Théo avança vers Hessling, regarda tout autour de lui cette étrange machinerie. Il avait l'intuition qu'elle avait un rapport avec l'horloge du temps. Pourquoi ? Comment ? Il ne le savait pas, mais c'était ainsi. Même s'il n'avait plus les deux principaux bijoux, la chevalière et le médaillon de l'Archange, il était mentalement plus fort. Ses intuitions étaient plus développées, son esprit plus vif, son raisonnement plus pointu. Il montra la machine d'un geste ample de la main et dit :

« Dites-moi que tout ceci n'a aucun rapport avec l'horloge ?

— Ecoutez, dit Hessling qui ne cessait de regarder sa montre et dont on sentait monter la nervosité. Je dois partir, j'ai un avion à prendre. J'ai un rendez-vous très important que je ne peux pas rater.

— Parfait. Plus vite vous nous parlerez de ce que vous savez et plus vite vous pourrez partir à votre rendez-vous.

— Vous ne comprenez pas.

— Nous comprenons très bien, au contraire. Comprenez-nous également. Nous avons besoin de retrouver le mécanisme de l'horloge. Il en va de l'avenir même de l'humanité.

— Je dois partir ! s'écria Hessling. Laissez-moi partir !... Il faut sortir d'ici tout de suite ! Tout va brûler ! Il faut sortir ! cria-t-il de toutes ses forces, complètement paniqué.

— Arrêtez tout ! lui intima Théo.

— Je ne peux pas, c'est trop tard ! Le compte à rebours est lancé, tout va s'enflammer d'ici quelques secondes !

— Comment est commandée la mise à feu ? questionna Yu.

— C'est programmé sur les serveurs, on ne peut plus la désactiver. Il faut sortir, vite !»

Yu posa son ordinateur portable sur une console et se mit à pianoter furieusement. Il fouilla dans les entrailles des serveurs de la société d'Hessling, comme il l'avait fait pour ouvrir toutes les portes et neutraliser les caméras de surveillance. Il finit par tomber sur le programme qui commandait la mise à feu du système de destruction du bâtiment. Il voulut entrer, mais la séquence était codée sur 256 bit et il n'aurait jamais le temps de la décoder. Il se tourna vers Hessling et lui cria :

« Le code, vite ! Il ne reste que vingt secondes ! Donnez-moi le code !

— M.A.T.H.I.A.S.L.I.N.D.A.J.O.N.A.S. »

Yu entra le code. L'horloge du compte à rebours indiquait neuf secondes. Il entra les dernières lettres et le valida. L'horloge s'arrêta net sur trois secondes. Il se frotta les mains en disant :

« Waouh ! On a eu chaud aux fesses cette fois ! Trois petites secondes de plus et on finissait tous au barbecue ! »

Tout le monde souffla, conscients qu'ils venaient d'échapper à la mort de justesse. monsieur Hessling était assis à même le sol, dégoulinant de sueur. Il tremblait de peur. Jessie l'approcha et lui prit une main :

« Ça va aller, monsieur Hessling ? demanda-t-elle d'une voix douce. C'est fini, vous n'avez plus rien à craindre.

— Comment a-t-il fait ? s'interrogea-t-il, abasourdi.

— Qui ça, Yu ?

— Oui, comment a-t-il réussi à faire ça ?

— C'est un véritable petit génie. Bon, j'ai aussi pas mal contribué à ses petites prouesses, plaisanta-t-elle. Mais c'est quand même lui le plus fort, vous ne trouvez pas ?

— Tu es un champion, Yu ! le félicita Lisa qui avait du mal à se remettre de ses émotions.

— Je ne vois pas ce qui peut encore vous étonner de sa part, s'amusa Théo. Il nous a habitués à ce genre d'exploits depuis longtemps, non ? »

§

Monsieur Hessling avait retrouvé ses esprits. Il était assis sur une chaise, dos à l'un des pupitres de commande de la machine. Théo ne comprenait pas pourquoi cet homme avait voulu tout détruire dans ce bâtiment. Il décida de lui poser la question :

« Pourquoi vouloir tout brûler ?

— C'est à cause de vous. Quand vous êtes venus sonner chez moi pour me parler de l'horloge du temps, j'ai immédiatement décidé de tout détruire et de partir.

— Mais pourquoi ? Que craignez-vous ?

— Mon père a tout fait pour disparaître, pour qu'on ne le retrouve pas. Il a réussi puisqu'il a vécu une vie entière sans être inquiété.

— Inquiété par qui ? Expliquez-nous, s'il vous plaît.

— Pourrais-je vous poser une question ?

— Allez-y.

— Pour quel camp travaillez-vous ?

— Quel camp ? s'étonna l'Elu. On ne travaille pour aucun camp. En tout cas pas dans le sens où vous semblez l'entendre.

— Je crois, dit Jessie, que nous devrions lui donner des explications, tu ne crois pas Théo ? Cet homme est visiblement terrorisé. Il nous prend pour ce que nous ne sommes pas. »

Théo se lança dans une longue explication sur leurs motivations afin de rassurer monsieur Hessling. Après cela, espérait-il, l'homme aurait confiance en eux et leur livrerait les secrets qu'il possédait. Ce fut le cas et monsieur Hessling se mit à raconter, lui aussi :

« Mon père a rapporté l'horloge du temps, du moins, son mécanisme interne, de Grèce durant la Seconde Guerre mondiale. Il avait compris à quoi il servait et avait vu tout le potentiel qu'il pourrait en tirer s'il arrivait à le faire fonctionner. Mais, malheureusement, il n'était pas le seul à connaître le secret de l'horloge. Deux de ses officiers apprirent, sans doute par les indiscrétions d'un moine grec, ce que l'horloge pouvait faire.

Lorsqu'ils furent rentrés en Allemagne, ils se lancèrent à la recherche de mon père. Ils le retrouvèrent à Berlin, où il était en poste alors et voulurent l'obliger à partager les bénéfices de cette trouvaille fabuleuse avec eux. Les deux hommes voulaient se servir de l'horloge afin de gagner beaucoup d'argent, ce que mon père refusait. De plus il eut beau leur expliquer qu'il manquait un élément essentiel pour la faire fonctionner, ils ne le crurent pas et le menacèrent. Alors, afin de leur échapper, dès lors qu'il fut démobilisé, il décida de disparaître. Il réussit, grâce à son cousin fonctionnaire, à effacer toutes traces de son existence et vint s'installer ici. Mon père était ingénieur et avait de bonnes connaissances en mécanique et dans de nombreux domaines.

Pour concevoir ce que vous voyez ici, il dut en acquérir de nombreuses autres au fil des ans. Après quinze années de recherches et de travaux, durant lesquels il a englouti tout l'argent qu'il possédait, il est enfin arrivé à faire fonctionner partiellement cette machine. Lorsque j'ai terminé mes études d'ingénieur en informatique, mon père décida de tout me raconter et de m'associer à ses travaux sur la machine. Il me mit en garde contre d'éventuelles personnes qui pourraient débarquer un jour et me parler de l'horloge du temps. C'est pour cela que j'ai piégé tout le bâtiment et que j'ai décidé de filer quand vous êtes arrivés chez moi. Voilà, vous connaissez à peu près toute l'histoire.

— Vous avez dit que la machine fonctionnait partiellement. Que voulez-vous dire ? questionna Lisa.

— Lorsque mon père a trouvé l'horloge du temps, il l'a étudiée longuement et a vite compris à quoi elle servait, mais aussi qu'elle ne pourrait fonctionner, car il manquait un élément essentiel, son cœur énergétique. Il fouilla tout le monastère, mais ne le retrouva pas. Après quinze années de travail et avoir construit la machine, il se rendit vite compte que l'énergie électrique nécessaire pour propulser un objet quelconque dans le temps était colossale. Il installa dans le sous-sol un ensemble de vingt générateurs de forte puissance afin de produire l'énergie voulue. Mais malgré cela, ce fut un demi-succès seulement. Il s'aperçut que, plus on voulait se projeter loin dans le passé ou le futur, plus la dépense d'énergie serait importante. Il ne put se projeter que trois ans dans un sens ou dans l'autre.

— Seulement trois ans ! s'exclama Théo, déçu.

— A l'époque, oui. Aujourd'hui, après une vie entière passée à perfectionner la machine et avec une source d'énergie différente, nous avons atteint près de dix fois ce qu'il avait réussi à l'époque.

— Ça veut dire que vous ne pouvez dépasser une trentaine d'années, constata l'Elu, dépité.

— Oui, nous ne pouvons pas plus pour le moment. Il nous faudrait une source d'énergie gigantesque, l'équivalent d'au moins une centrale nucléaire, voire deux, pour espérer atteindre le millier d'années.

— Ce ne sera pas suffisant, dit Théo à ses amis.

— Nous avons une source d'énergie quasi inépuisable, objecta Lisa.

— Tu penses à quoi ?

— Tu le sais très bien, l'arche.

— Non, c'est impossible. Nous ne pouvons prendre le risque de la sortir de sa cachette. C'est trop dangereux.

— Pas plus que ce qui se passe en ce moment, tu ne crois pas ?

— Non, oublie ça. Si nos ennemis apprennent que nous sommes toujours en sa possession, ils se précipiteront pour nous la prendre. Je ne veux pas courir le risque.

— Alors on peut abandonner l'idée de trouver qui se cache derrière Chronos.

— J'ai peut-être une idée, proposa Yu. On pourrait utiliser la dague. En la couplant à la machine, elle pourrait peut-être suffire pour remonter assez loin dans le passé. »

Théo réfléchit longuement, pesant le pour et le contre de cette idée. La dague possédait sa propre source d'énergie, puissante certes, mais le serait-elle assez pour les projeter jusqu'à l'époque de Fra Paolo ?

« On peut toujours essayer. » finit-il par dire.

§

Coupler la dague à la machine temporelle d'Hessling ne fut pas chose facile. Il leur fallut presque trente heures de travail ininterrompu pour le faire. Après une pause bien méritée, ils se remirent au travail pour tester la machine.

Monsieur Hessling était aux commandes et programmait un premier essai :

« Nous allons commencer par faire un test sur la base actuelle de trente ans, deux mois et quatorze jours. C'est le maximum que nous puissions atteindre. Je vais ajouter un jour de plus et voir si ça fonctionne. Si le test est concluant, nous ajouterons progressivement du temps. »

Hessling demanda à Yu de prendre un lapin vivant dans une pièce adjacente et de le mettre à l'intérieur de la sphère. Lorsque ce fut fait, il enclencha la séquence de programmation de la machine. Un léger ronronnement se fit entendre, de nombreux voyants lumineux passèrent progressivement au vert, les écrans informatiques se mirent à afficher d' impressionnantes séquences de nombres qui défilaient rapidement. Le ronronnement se changea en sifflement de plus en plus aigu, alors que tout semblait s'affoler. Tous les regards se portèrent sur monsieur Hessling qui les rassura : tout était normal.

Après deux minutes le sifflement diminua et fut remplacé par le ronronnement et les voyants s'éteignirent les uns après les autres :

« Bien, tout semble avoir parfaitement fonctionné, se félicita Hessling. Allez chercher le lapin, nous allons vérifier qu'il est en bonne forme. »

Il l'était, assurément. Hessling décida d'augmenter la distance dans le temps, un peu plus rapidement que ne le prévoyaient les protocoles de tests, sur les conseils appuyés de Théo qui estimait que l'on avait déjà perdu assez de temps. Le lapin fut projeté d'abord 31, puis 40, puis 50 ans dans le passé. Chaque fois il revint en parfait état. Les choses se gâtèrent lorsque de 50, ils décidèrent de sauter à 100 ans. Là, la machine satura et au dernier moment perdit toute sa puissance. Hessling comprit que l'énergie de la dague ne permettrait pas d'atteindre cette distance et coupa tout avant de causer des dégâts à l'installation tout entière.

Ce fut un coup rude pour toute l'équipe. Tous leurs espoirs s'envolaient. Ils ne pourraient jamais retourner voir Fra Paolo.

« C'est fichu ! s'exclama Théo. L'horloge du temps était notre seul espoir de retourner dans le passé chercher des réponses.

— Qu'allons-nous faire ? questionna Lisa. Il doit bien y avoir un moyen ? Nous devons trouver. »

Théo reconnaissait bien là le caractère volontaire de Lisa. Elle ne lâchait jamais l'affaire. Pourtant, cette fois, il ne voyait pas comment ils allaient bien pouvoir se débrouiller. Si la puissance de la dague ne suffisait pas, il n'avait

qu'une solution, c'était l'arche d'alliance. Mais Théo ne pouvait se résoudre à la faire sortir de sa cachette pour l'amener jusqu'ici. C'était bien trop dangereux, pire sans doute que tous les changements qui se produisaient :
« Il nous faut l'arche, reprit-elle.
— Non, il n'en est pas question, rétorqua-t-il.
— Mais c'est notre seul espoir.
— Non, on ne fera pas ça. L'arche est notre plus grand atout dans la lutte que nous menons. La discussion est close, laissa-t-il tomber sèchement.
— Il y a peut-être une solution, expliqua Hessling. »
Tous les regards se tournèrent vers lui :
« L'horloge du temps fonctionnait avec un cœur d'énergie miniature, mais d'une puissance sans doute impressionnante. Je ne sais pas comment cela est possible, mais ceux qui ont conçu l'horloge maîtrisaient des technologies qui nous sont inconnues de nos jours. Ce cœur n'était plus dans l'horloge quand mon père l'a trouvé. Je reste persuadé qu'il est toujours dans le monastère. Malheureusement, je ne sais pas comment il se présente et où le chercher. Mais je viens d'avoir une idée : si nous pouvons remonter au moins jusqu'à l'époque où mon père s'y trouvait, l'on pourrait peut-être le récupérer en faisant parler les moines de l'époque. Je pense qu'eux seuls savaient où se trouve ce cœur.
— Vous croyez que la machine sera assez puissante ? Ça fait quand même loin dans le passé.
— On doit essayer. Je vais programmer la machine pour vous propulser en 1944. Les troupes allemandes se sont retirées vers la mi-octobre, je pense qu'il vaut mieux, pour que vous ne vous retrouviez pas dans les combats, que je la programme pour le mois de juillet par exemple. Qu'en pensez-vous ?
— Que si vous arrivez à nous envoyer en 1944, au milieu des troupes allemandes, ça ne va pas être de la tarte, répondit Théo.

— C'est de la folie ! s'exclama Darlington. Vous ne vous rendez pas compte ? Si nous sommes pris, les Allemands nous passeront par les armes ! Pire, ils nous tortureront avant !

— Le professeur a raison, intervint Jessie. Nous devons nous préparer au pire. Si monsieur Hessling parvient à nous envoyer à cette époque, il nous faudra un équipement et surtout des armes. Nous n'aurons pas affaire à des enfants de chœur.

— Ok monsieur Hessling, testez la machine et voyez si vous pouvez nous envoyer en 1944. » suggéra l'Elu.

§

Chapitre IV

« 1944 »

Darlington regarda Théo, puis autour de lui. Ils étaient dans le cellier du monastère, au milieu de paniers d'osier remplis de légumes, de dames-jeannes d'huile d'olive, de saucissons pendus à une poutre et de bouteilles de vin, de messe sans doute. Ils entendirent des bruits de bottes qui couraient, des cris et des invectives. Soudain, des tirs d'armes automatiques crépitèrent au loin. Les cris redoublèrent. Vinrent ensuite des bruits d'explosion dans le lointain. Darlington n'était pas rassuré :

« Oh ! mon Dieu ! Nous avons atterri au beau milieu de combats !

— Gardez votre calme, prof. C'était à prévoir. Nous ne craignons rien pour le moment. »

Théo colla son oreille contre la porte du cellier. Les bruits de bottes s'étaient éloignés. Il entrouvrit la porte et jeta un œil à l'extérieur. Au bout d'un couloir sombre, un escalier conduisait à l'étage supérieur. Deux soldats allemands passèrent alors sans voir la porte entrouverte et continuèrent leur chemin en se hâtant. Théo regarda l'uniforme de Darlington et lui dit :

« Roulez-vous sur le sol, mettez le plus de poussière et de terre possible sur vous.

— Quelle drôle d'idée.

— Faites ce que je vous dis. Nos uniformes sont trop neufs et trop propres. On est en guerre ici. Les soldats ont des uniformes râpés et sales. »

Lui et Darlington frottèrent leurs uniformes contre les murs crépis et se roulèrent sur le sol poussiéreux afin de les rendre plus crédibles. Jessie et Lisa avaient déniché une friperie de vêtements militaires dans Munich. Ils ne trouvèrent que ces deux uniformes neufs à la taille de Théo et Darlington. Théo fut désigné pour la mission, car il était le seul à parler couramment l'allemand. Darlington le fut, car il était le seul, en dehors de Théo, qui pouvait porter l'uniforme de façon crédible. Yu, avec son visage de Chinois, ne serait pas passé inaperçu. Quant à Lisa et Jessie, inutile d'en préciser les raisons.

Le gros problème fut que, malheureusement, la puissance de la dague ne leur permit pas de remonter dans le temps jusqu'au mois de juillet 1944, comme le préconisait Hessling. Ils se retrouvaient donc en plein mois d'octobre, durant les combats qui se déroulaient contre les partisans grecs et juste avant l'arrivée des alliés ! La pire situation en somme. Dans le chaos ambiant, ils devaient retrouver la source d'énergie de l'horloge du temps et ils ne savaient même pas à quoi elle ressemblait, ni qui pouvait les mettre sur la voie.

Théo vérifia que leurs oreillettes et leur système de communication fonctionnaient correctement. Ils devaient se séparer et fouiller le monastère. Les deux hommes savaient que ce ne serait pas facile et qu'ils risquaient leur vie, mais ils n'avaient pas le choix. Il leur fallait la source d'énergie. Le jeune homme poussa la porte du cellier, s'assura que personne ne venait par ici et prodigua ses dernières recommandations au professeur :

« Je pars par là et vous dans le sens contraire, ok ?

— D'accord.

— Rappelez-vous les consignes : si quelqu'un vous parle, feignez d'avoir une rage de dents, faites croire que vous n'arrivez plus à parler. Si l'on découvre que vous ne comprenez pas un mot d'allemand, vous serez dans de beaux draps. Regardez partout et ouvrez bien l'œil, prof. Si quelque chose d'étrange ou d'anormal vous interpelle, dites-le-moi. Essayez de trouver les moines et interrogez-les…

— Ne vous en faites pas, Théo, je sais ce que je dois faire, le coupa Darlington, amusé.

— Bon… oui, excusez-moi prof, dit le jeune homme, un peu gêné.

— N'ayez craintes, nous allons réussir.

— J'espère prof, j'espère. »

Théo s'en faisait, non pour lui, mais pour Darlington. Cette mission était très dangereuse et il craignait pour son ami. Lui savait qu'il pourrait toujours s'en sortir. Il possédait toujours la dague et celle-ci était reliée à l'arche, ce qui lui conférait une puissance suffisante pour le protéger.

Chacun quitta le cellier et prit une direction opposée. Théo arriva devant un escalier de pierre qui montait, tandis que Darlington longea un couloir qui tournait sur la gauche et finissait sur une porte qui donnait sur une petite cour. Le jeune homme gravit l'escalier qui menait à l'étage où se trouvait le réfectoire. Il reconnut immédiatement les lieux qui n'avaient guère changé. De nombreux soldats couraient en tous sens et ne prêtaient pas attention à lui. Il poussa une porte sur sa gauche. Dans une petite pièce, s'entassait tout un bric-à-brac d'objets, mis là sans doute pour faire de la place aux soldats, dans les autres pièces du monastère. Un peu plus loin, sur la droite, une autre porte donnait sur une chambrée dans laquelle il y avait une douzaine de lits de camp et une forte odeur de chaussettes sales. Théo s'approcha de la porte suivante et, alors qu'il s'apprêtait à l'ouvrir, fut surpris par un officier qui s'arrêta à sa hauteur en hurlant d'une voix ferme :

« Qu'est-ce que tu fais là, toi ?!

— Je… balbutiait l'ado. J'ai oublié mon arme.

— Mets-toi au garde-à-vous et salue, espèce de poltron! »

Cria l'officier, hors de lui. Théo se redressa, claqua les talons, comme il l'avait vu faire dans les films sur la Seconde Guerre mondiale et fit une sorte de salut à l'américaine... L'officier roula de grands yeux et Théo sentit la colère l'envahir. Il était évident qu'il n'avait pas fait le bon salut. Mais comment se rattraper ? Comment saluer correctement cet officier ? Il fallait qu'il cherche dans ses souvenirs et qu'il le fasse très vite. Soudain, il eut l'idée de lever le bras devant lui, la main tendue, paume en avant en disant :

« Heil Hitler ! » L'officier sembla se détendre un peu et répondit au salut de l'ado :

« Heil ! Allez, file au combat immédiatement, pleutre, ou je te fais exécuter pour l'exemple ! »

Théo salua à nouveau l'officier et fila en direction des escaliers, suivant d'autres soldats qui partaient défendre le monastère contre les assaillants.

« Ton arme ! » cria l'officier.

Théo revint sur ses pas et entra dans la chambrée avec l'espoir qu'un fusil s'y trouve. Il embrassa du regard la pièce, mais ne vit rien qui ressemble à une arme. Cette fois il était dans de beaux draps. Il ressortit de la pièce au bout d'une minute, se demandant ce qu'il allait pouvoir dire à l'officier.

Sa surprise fut grande en voyant que celui-ci ne l'avait même pas attendu et avait disparu. Il faut dire que ce n'était guère étonnant avec la cohue qui régnait dans tout le monastère. Le jeune homme reprit son exploration des lieux. Il ouvrit plusieurs portes qui donnaient sur des pièces sans intérêt avant d'arriver sur celle du réfectoire. Il essaya de l'ouvrir. Elle était fermée à clé. Il colla son oreille sur la porte, distingua des voix qui ne parlaient pas allemand. Sans doute grec. Ce devait être les moines. Théo sortit la dague, seul instrument divin qui lui restait. Celle-ci était avant tout une arme et il était difficile de l'utiliser pour autre chose. Il la pointerait sur la serrure, mais avant cela, il devait prévenir les moines afin qu'ils s'éloignent de la porte. Il frappa contre le battant. Les moines se turent. Il leur cria :

« Vous m'entendez ? Est-ce que vous comprenez ce que je dis ? »

Il n'y eut pas de réponse.

« Je vais faire sauter la serrure. Eloignez-vous de la porte, ça peut être dangereux. Est-ce que vous comprenez ?

— Oui, je vous comprends, répondit un moine. Vous pouvez y aller, nous sommes loin de la porte. »

Théo pointa la dague sur la serrure et lui transmit l'idée de la faire sauter. Immédiatement un rayon d'énergie fusa entre la pointe du poignard et celle-ci, la faisant fondre. La porte, qui n'était plus retenue par le penne de la serrure, s'entrouvrit. Théo entra dans le réfectoire. Une dizaine de moines le regardaient, apeurés. Il comprit que cette peur venait du fait qu'il portait l'uniforme allemand. Il sourit et leur dit :

« N'ayez aucune crainte, je suis de votre côté. Je ne suis pas un soldat allemand.

— Mais qui êtes-vous alors ? demanda un vieux moine, sans le moindre accent.

— Je suis Théo, citoyen suisse, en mission secrète ici.

— Une mission secrète ? Quel genre de mission ?

— Je travaille pour les alliés, mentit l'ado. Je suis ici pour récupérer une source d'énergie.

— Je ne comprends rien à ce que vous dites, jeune homme. De quelle source d'énergie parlez-vous ? Il n'y a rien ici. Nous sommes dans un monastère. Nous n'avons même pas l'électricité ! semblait s'excuser le religieux.

— Peut-être, mais vous possédez néanmoins une source d'énergie très importante. Je suis ici pour la récupérer. Elle permettra de sauver l'humanité. Du moins, je l'espère.

— Mais de quelle énergie parlez-vous ? Je ne comprends pas.

— Vous avez dans vos murs un objet qui a été confié à

vos prédécesseurs, il y a longtemps : une horloge qu'un prêtre français a déposée ici. »

Le moine fronça les sourcils, sembla réfléchir longuement avant de dire :

« Je ne vois pas de quoi vous voulez parler.

— Bien, ce n'est pas grave. Pouvez-vous demander au supérieur de votre monastère s'il sait, lui, de quoi je parle.

— Je suis le Père supérieur, indiqua le moine d'un ton sec.

— Alors, vous savez très bien de quoi je parle, mon Père » , soutint Théo.

L'ado se rendait compte que le moine ne lui faisait pas confiance. Comment le lui reprocher après tout ? Il était là, devant eux, dans un bel uniforme de l'armée allemande, à leur parler de l'horloge du temps, arguant qu'il recherche une puissante source d'énergie pour sauver le monde... Il reprit :

« Ecoutez, mon Père, je comprends bien votre méfiance envers moi. Vous ne savez pas qui je suis et vous vous demandez si ce n'est pas une ruse de Von Strudel pour s'emparer du cœur d'énergie de l'horloge. Je ne sais pas si vous connaissez l'utilité réelle de l'horloge, j'espère que oui, car ce que je vais vous raconter va vous éclairer sur moi et le pourquoi de ma présence ici. Je viens du futur, grâce à l'horloge. »

Théo fit une pause, guetta la réaction du moine. Celui-ci releva un sourcil, mais ne montra aucune émotion. Il semblait plongé dans une profonde réflexion. Ses yeux fixaient ceux du jeune homme, qui continua :

« Von Strudel a emporté le mécanisme de l'horloge en Allemagne et a réussi à le faire fonctionner. Toutefois, la source d'énergie qu'il a utilisée n'est pas suffisante pour se déplacer dans le temps sur plus de soixante-dix ans environ. Donc, il est évident que, lorsqu'il a découvert l'horloge, sa source d'énergie ne s'y trouvait plus. On peut facilement imaginer que, si vous connaissiez la fonction de l'horloge, vous avez caché son cœur à l'arrivée des Allemands, je me trompe ?

— Poursuivez, dit le moine.

— Une telle invention entre les mains d'Hitler serait une catastrophe pour l'humanité tout entière. Vous avez bien fait. Hitler et son armée ont été battus. Le monde du futur n'est pas parfait, mais une paix durable règne sur une grande partie de celui-ci depuis des décennies et les nations européennes ont créé une union commerciale et politique et même instaurée une monnaie unique.

— Vraiment ? fit le moine, dubitatif.

— Oui, vraiment. Ça peut paraître incroyable aujourd'hui, mais sachez que les deux pays à l'origine de cette union sont l'Allemagne et la France.

— Incroyable, en effet.

— C'est pourtant la vérité, je vous assure.

— Vous pouvez me raconter tout ce que vous voulez, je ne pourrai jamais le vérifier, objecta le vieil homme.

— Je sais.

— Si ce que vous dites est vrai, jeune homme, si le monde est en paix, pourquoi avoir besoin de cette source d'énergie pour, dites-vous, sauver le monde ? De quoi le monde a-t-il besoin d'être sauvé dans ce futur idéal ? ironisa-t-il.

— Quelqu'un possède une autre horloge du temps, ou un appareil similaire et s'en sert pour modifier l'histoire de l'humanité. Les changements qu'il provoque risquent de détruire notre monde et même l'univers tout entier. Je dois me rendre dans le passé, à sa recherche. Il faut que je le trouve et que je l'empêche de continuer.

— Je vous trouve bien jeune pour porter un poids aussi lourd, vous ne croyez pas ? »

Théo sentait que le moine ne croyait pas un mot de ce qu'il venait de lui raconter. Comment le convaincre ? Il devait y arriver pourtant. Il était persuadé que le religieux savait où se trouvait le cœur d'énergie. Une idée lui vint. Il retira l'oreillette de son talkie et la montra au moine en disant :

« Regardez mon Père, ceci est une technologie du futur.

— Ah, et à quoi cela sert-il ?

— C'est un moyen de communication miniaturisé. Je ne suis pas venu seul. Mon camarade est quelque part dans le monastère, à la recherche, lui aussi, de la source d'énergie. Mettez cet appareil à votre oreille et parlez-lui. Vous verrez, il va vous répondre. »

Le moine installa l'oreillette et attendit. Théo lui dit :

« Allez-y, parlez, il vous entend.

— Allo ! Allo ! Vous m'entendez ? »

Le moine attendit, stoïque, une réponse qui ne vint pas. Théo l'encouragea à recommencer. Rien n'y fit, Darlington ne répondit pas. Le moine retira l'oreillette et la tendit au jeune homme :

« Ça ne fonctionne pas, désolé. Il va falloir trouver autre chose. »

Théo vérifia l'oreillette et le talkie qu'il portait à la ceinture, sous sa veste. Tout semblait pourtant ok. Il tenta, lui aussi, de joindre le professeur, sans succès. L'inquiétude l'envahit. Pourquoi ne répondait-il pas ? Que lui était-il arrivé ? Théo espérait qu'il ne s'agissait que d'une panne du matériel. Il fallait le retrouver au plus vite, mais il ne devait pas perdre son objectif premier : le cœur d'énergie. Il décida d'utiliser la dague et d'en faire une démonstration. Il la sortit de son étui et dit :

« Je vais vous montrer une autre technologie du futur, mentit-il. C'est une arme très puissante. Je vais m'en servir sur cette cruche en métal posée sur la table. Je vais la désintégrer devant vos yeux. Après ça, j'espère que vous me croirez. »

Théo pointa la dague sur la cruche et l'imagina se désintégrer. Un vif rayon de lumière irradia l'objet qui se vaporisa littéralement sous les yeux ébahis des moines. Le père supérieur approcha de l'endroit où se trouvait la cruche et passa la main sur la table, comme pour bien s'assurer qu'il n'avait pas rêvé. Il se tourna vers Théo et demanda :

« Comment avez-vous fait ça ?

— Je vous l'ai dit, il s'agit d'une technologie du futur. Vous me croyez maintenant ?

— Je n'en sais trop rien, avoua le moine. Mais je reconnais que ce que vous avez fait est impressionnant.

— Reconnaissez qu'il n'existe pas d'armes capables de faire ça, pour le moment.

— Oui, je sais, s'agaça-t-il. Mais avouez qu'il est difficile de croire à votre histoire.

— Je n'ai plus d'autres moyens de vous convaincre, mon Père, se désola Théo. Si vous ne me faites pas confiance, je n'ai plus qu'à fouiller tout le monastère et à tenter de retrouver la source d'énergie, seul.

— Evitez-vous cette peine, jeune homme, vous ne la trouverez pas ici.

— Vous savez donc bien où elle se trouve, n'est-ce pas ?

— Oui.

— Me le direz-vous ?

— J'y réfléchis. Ne soyez pas trop impatient.

— D'accord. Prenez le temps de la réflexion, mon Père. Mais, s'il vous plaît, faites vite quand même. Je dois retrouver mon camarade. J'ai peur qu'il ne lui soit arrivé quelque chose de grave.

— Dans quelle direction est-il parti ?

— Depuis le cellier, vers la droite.

— Hum, fit le moine, perplexe. Il a dû tomber sur la petite cour.

— Et alors, vous en déduisez quoi ?

— Qu'il s'est jeté directement dans la gueule du loup.

— Il aurait été pris ?

— Certainement. Il y a une batterie d'artillerie dans cette cour et pas mal de soldats. De plus, une porte donne directement dans le bureau de Von Strudel.

— Je vois, fit Théo, dépité, aucune chance de passer

inaperçu dans ce cas.

— Aucune, je le crains.

— Où mettent-ils les prisonniers ?

— Dans le cellier.

— Le cellier ? Nous y étions et nous n'avons pas vu de prisonniers.

— Ils ne restent pas longtemps. En général, ils sont interrogés puis rapidement exécutés. »

Ces paroles firent froid dans le dos du jeune homme. Il devait se dépêcher de retrouver Darlington avant qu'il ne soit trop tard. Tant pis pour la source d'énergie. Il reviendrait plus tard voir le Père supérieur pour connaître l'endroit où elle se trouvait. Il serra la dague entre ses doigts et s'apprêta à quitter le réfectoire lorsque celui-ci l'interpella :

« Attendez, jeune homme ! »

Théo se tourna vers le moine. Celui-ci arbora un timide sourire avant de dire :

« La source d'énergie est un cristal accroché à un lustre. Le seul problème est qu'il se trouve dans le grand hall de l'hôtel de Grande-Bretagne, à Athènes, qui est le siège de la kommandantur.

— A quoi le reconnaît-on ce cristal ?

— Il est à la pointe du lustre. Mais tenter de le récupérer est de la folie !

— Pourquoi l'avoir mis là dans ce cas ?

— Il s'y trouve depuis que le prêtre français l'a fait intégrer au lustre dans l'atelier de son fabricant, à Athènes, lors de la construction du palace. Le but était que l'horloge ne puisse être utilisée tant que celui qui devait la récupérer ne viendrait pas. Mais je crois qu'en fin de compte il est venu. Il est donc temps que l'horloge lui revienne dans son ensemble.

— Merci mon Père de m'accorder votre confiance. Grâce à vous je vais pouvoir accomplir ma mission et retrouver celui qui manipule dangereusement le temps.

— Comment allez-vous entrer dans l'hôtel ? Il est plein de soldats allemands.

— Dans votre présent seulement, mon Père.

— Ah je vois ! Mais vous n'avez pas peur que dans votre présent il ne soit plus là ?

— Je reviendrai dans ce cas. Merci pour tout. Je dois aller retrouver mon ami, maintenant.

— Une dernière question. Comment vous appelez-vous ?

— Théo. Orgone. »

§

Les tirs s'étaient un peu calmés. Les mouvements de soldats au sein du monastère aussi. Théo avait redescendu les marches et traversé le couloir jusqu'à la porte du cellier. Elle n'était pas fermée. A l'intérieur, il n'y avait, bien entendu, pas de professeur Darlington. Il marcha jusqu'au bout du couloir et entrouvrit la porte qui donnait sur une petite cour, dans laquelle une pièce de mortier était disposée au milieu de sacs de sable qui la protégeaient. Des soldats s'activaient, acheminant des caisses de munitions, déblayant les gravats causés par les tirs des assaillants et retirant les corps de ceux qui étaient tombés sous le feu ennemi.

Les combats avaient maintenant cessé, bien que l'on entende encore quelques tirs sporadiques dans le lointain. Où était Darlington ? S'il n'était pas dans le cellier, c'est qu'il devait être en cours d'interrogatoire, quelque part dans une pièce du monastère. Pourvu qu'il n'ait pas été conduit directement au peloton d'exécution ! Théo en avait la chair de poule. Le moine avait expliqué que, depuis la cour, une porte donnait directement dans le bureau de Von Strudel. Il fallait atteindre son bureau. C'était certainement là que devaient avoir lieu les interrogatoires. Enfin, il l'espérait. Comment passer devant tous ces soldats sans attirer l'attention ?

Soudain des bruits de bottes emplirent le couloir et des soldats arrivèrent juste derrière Théo. L'un d'eux lui dit :

« Tu cherches quelque chose, soldat ? »

Le jeune homme se retourna. L'homme le dévisagea et ajouta :

« T'es nouveau ici, je t'ai jamais vu !

— Je suis arrivé en renfort, ce matin même.

— Bienvenue en enfer ! plaisanta l'homme. Tiens, rends-toi utile, y'a des caisses dans la grande cour, va en prendre une et apporte la aux gars qui sont là, dans cette cour.

— D'accord, j'y vais. »

Théo se hâta d'aller chercher une caisse de munitions, qu'il mit sur son épaule gauche et revint jusque dans la cour. Il profita des allées et venues des uns et des autres pour se diriger vers la porte du bureau de Von Strudel. Il l'avait presque atteinte lorsqu'une voix lui dit :

« Eh ! Où tu vas toi ? C'est ici qu'il faut mettre ta caisse ! »

Théo fit demi-tour et vint poser la caisse sur d'autres, déjà installées là, au pied des sacs de sable, tout près de la pièce d'artillerie.

« Tu peux pas entrer là, lui dit le soldat. C'est le bureau du major. Il est en plein interrogatoire. On a chopé un espion tout à l'heure. Il doit être en train de passer un sale quart d'heure ! Bon, allez, va me chercher encore deux caisses, ça devrait suffire pour l'instant. »

Théo retourna prendre une caisse. Il revint, pénétra dans la cour. Les tirs venaient de reprendre de plus belle. Le mortier faisait un boucan de tous les diables chaque fois qu'un obus était tiré. Des tirs d'armes automatiques fusaient et le jeune homme entendait siffler les balles autour de lui. Un soldat lui cria de s'accroupir. Des hommes étaient cachés derrière un parapet et se redressaient tour à tour pour tirer vers l'extérieur du monastère. L'un d'eux fut touché à la tête et s'effondra dans une mare de sang. Un autre le tira en arrière, s'assura qu'il était mort et prit sa place.

Théo regardait le spectacle surréaliste et affligeant de la guerre. C'était la première fois qu'il voyait quelqu'un mourir ainsi, dans une telle violence. Une sensation de froid intense traversa tout son être et une impression de dégoût l'envahit. La guerre était quelque chose de terrible, d'inhumain, de froid et d'impitoyable. Y être confronté était une expérience traumatisante.

L'adolescent se ressaisit rapidement, n'oubliant pas son but. La confusion qui régnait était propice à une tentative d'incursion dans le bureau de Von Strudel. Il s'élança vers la porte, qu'il atteignit d'un bond, tourna la poignée et poussa le battant, qu'il referma aussitôt derrière lui, après s'être précipité à l'intérieur.

« Qu'y a-t-il soldat ?! » s'écria une voix que Théo reconnut.

Il s'agissait de l'officier qu'il avait croisé quelque temps auparavant dans le couloir. C'était donc lui Von Strudel ? Il était plutôt grand, la quarantaine, l'air pas commode, une petite cicatrice sur le menton et des tempes grisonnantes. Théo jeta un œil dans la pièce. Au fond, sur la droite, se trouvait un bureau encombré de paperasses et sur lequel trônait l'horloge du temps. Ligoté sur une chaise, au milieu de la pièce, James Darlington avait le visage rougi par les coups et du sang coulait de ses narines. L'interrogatoire était musclé, en effet.

Théo déglutit, serra les poings et envisagea la situation. Deux officiers en uniforme noir, l'air pas commode du tout, dévisageaient le jeune homme. L'un d'eux avait déjà porté sa main à la ceinture, empoignant la crosse d'un revolver, qu'il ne sortit pas de son étui. Théo avait eu la mauvaise idée de ne pas sortir sa dague avant d'entrer. Maintenant, il ne pouvait plus le faire. Les autres avaient été plus prompts. Il fallait trouver quelque chose à dire pour se sortir de cette situation. Ici, en ces temps troublés, ils n'hésiteraient pas à faire feu et ça, sans le moindre état d'âme. Von Strudel ajouta :

« Encore toi ! Qu'est-ce que tu veux, soldat ? Tu n'as rien à faire ici !

— Pardonnez-moi, major, fit Théo en se mettant au garde-à-vous. Mais les partisans grecs sont en train d'investir le monastère !

— Quoi ?! s'écria le major, abasourdi. C'est impossible !

— Ils ont réussi à escalader par la falaise, mentit l'ado.

— Par la falaise ? »

Von Strudel sembla sceptique tout à coup. Il sortit prestement son revolver de son étui et le pointa sur le jeune homme, en criant :

« Mets les mains en l'air, immédiatement ! Vous deux, emparez-vous de lui ! »

Les deux autres officiers se précipitèrent sur Théo et le saisirent chacun par un bras, l'entraînèrent ensuite vers une chaise, l'assirent et le ligotèrent. Cette fois la situation devenait incontrôlable et extrêmement dangereuse. Darlington tourna légèrement la tête et regarda son ami, l'air inquiet. Von Strudel vint se camper devant Théo. Son regard était froid, son visage impassible. Il le dévisagea longuement avant de l'interroger :

« Qui es-tu ? Pour qui travailles-tu ? Les Anglais ? Les Américains ? Les Grecs ? Parle ! »

Théo ne répondit rien. Que pouvait-il dire ? Il n'était dans aucun de ces camps. De toute façon, quoi qu'il puisse dire, son sort ainsi que celui de Darlington était scellé. Après un interrogatoire musclé, sans doute accompagné de tortures, les deux hommes seraient fusillés sans autre forme de procès. Ou alors, il fallait tenter le tout pour le tout. Théo ne voyait pas vraiment d'issue favorable et se dit qu'il n'avait plus rien à perdre. Il s'adressa à Von Strudel :

« Je vais vous expliquer la raison de notre présence ici.

— Je t'écoute.

— Mais avant cela, j'aimerais que ces deux types sortent.

— Quoi ? Tu dictes tes conditions ?

— Je ne parlerai pas autrement.

— Tu n'es pas en position de négocier quoi que ce soit ! s'emporta Von Strudel.

— Dans ce cas, considérez que je n'ai plus rien à dire, répondit calmement le jeune homme.

— Après ce que mes amis, ici présents, vont te faire subir mon jeune ami, tu nous raconteras tout ce que nous voulons savoir, dit le major, un large sourire sadique sur le visage.

— Ce n'est pas certain. Et en plus vous allez perdre du temps et de l'énergie pour rien. S'ils sortent vous saurez tout, tout de suite. » insista Théo qui n'en menait pas large, mais qui ne le montrait pas, feignant une belle assurance. Von Strudel prit le temps de la réflexion, une main posée sur le menton. Il regarda les deux autres officiers et leur fit un signe de la tête, leur indiquant la sortie. Les deux hommes protestèrent vainement et s'éclipsèrent, non sans avoir lancé des regards mauvais au jeune homme.

« Allons, parle maintenant ! ordonna le major.

— Nous sommes ici à cause de l'horloge. » dit Théo, de façon laconique, pour piquer la curiosité de Von Strudel. Celui-ci fronça les sourcils en penchant la tête sur la droite avec un petit mouvement de recul. Il jeta un œil sur l'horloge posée sur son bureau puis revint sur le jeune homme :

« L'horloge ? Quelle horloge ?

— Celle que vous venez de regarder, sur votre bureau.

— Je ne comprends pas. Vous avez pris tous ces risques pour cette vulgaire horloge ?

— Ce n'est pas une vulgaire horloge, vous le savez très bien, major. Vous l'avez étudiée longuement depuis que vous êtes en poste ici et vous avez compris quelle était sa fonction, n'est-ce pas ?

— Qui êtes-vous ? Comment pouvez-vous savoir tout ça ? dit-il, abasourdi.

— Vous avez compris, mais vous n'avez pas réussi à la faire fonctionner, car il manque un élément essentiel à l'horloge : son cœur d'énergie. Lui seul permet de l'utiliser pleinement.

— Continuez, ordonna l'officier, piqué par la curiosité.

— Je vais vous parler de votre avenir. Les armées alliées vont gagner cette guerre. Hitler mourra et avec lui, le régime nazi. Dans quelques jours, vous quitterez définitivement la Grèce. Vous emporterez le mécanisme de l'horloge dans vos bagages et, de retour à Stuttgart, vous passerez des années à mettre au point une machine qui fonctionnera avec ce mécanisme. Vous réussirez à la faire fonctionner avec l'aide de votre fils Mathias.

— Mais comment savez-vous ?...

— Vous allez comprendre très vite, je vous l'assure, le coupa Théo. Si je sais tout ça sur votre avenir, c'est parce que nous venons de cet avenir, grâce à votre machine.

— C'est impossible ! s'écria Von Strudel, dépassé par ce qu'il entendait.

— Ce n'est pas impossible. Réfléchissez : vous savez que cette horloge permet de se déplacer dans le temps. Vous l'avez compris après vous être enfermé dans votre bureau avec elle durant des jours entiers. Comment pourrais-je savoir tout ça si je ne l'avais appris dans le futur ?

— Les moines ont pu vous en parler, rétorqua le major.

— Les moines ne savent pas à quoi sert l'horloge. Interrogez-les, vous verrez.

— Je ne peux pas croire ce que vous dites, c'est une ruse ! Vous êtes des espions et vous essayez de faire de l'intox avec vos paroles !

— C'est votre fils qui a amélioré votre machine et nous a permis de nous retrouver ici, dans le passé.

— Et qu'êtes-vous censés venir faire ici dans ce cas ?

— Nous sommes venus tenter de retrouver le cœur d'énergie de l'horloge.

— Pour quoi faire ? Vous pouvez voyager dans le passé, non ? douta-t-il.

— Nous le pouvons, en effet. Le seul petit bémol est que nous n'avons pas de source d'énergie suffisante pour aller loin. Votre présent est la limite que nous pouvons atteindre depuis le nôtre.

— Admettons. Avez-vous trouvé ce que vous êtes venu chercher ? »

Là, Théo savait qu'il intéressait Von Strudel. S'il lui dévoilait qu'il l'avait trouvé, le major se précipiterait pour le récupérer. Alors, Dieu sait ce qu'il adviendrait. L'on risquerait de se retrouver avec deux Chronos au lieu d'un ! La catastrophe serait plus terrible encore. Il fallait mentir :

« Non, malheureusement vous avez pris mon camarade et j'ai tout laissé tomber pour le retrouver. Du coup, nous n'avons pas pu fouiller tout le monastère.

— A quoi ressemble cette source d'énergie ?

— Nous ne le savons pas non plus. Mais vu la taille de l'horloge, c'est quelque chose qui ne doit pas être bien grand, comme une balle de golf ou à peine plus.

— Hum, je vois. Et vous êtes certain qu'elle se trouve dans le monastère ?

— Certain. C'est pour ça que votre fils nous a envoyé ici. Si nous pouvons la récupérer, nous pourrons nous rendre n'importe où dans le passé ou le futur. Vous imaginez le pouvoir que ça pourrait nous procurer ?

— Très bien, oui. »

Von Strudel se rendit jusqu'à la porte, l'ouvrit, appela les deux officiers qui attendaient dehors et leur dit :

« Enfermez ces deux hommes et faites préparer le peloton d'exécution dès que les combats auront cessé ! »

Le professeur Darlington ouvrit deux grands yeux horrifiés et se tourna vers Théo, l'air interrogateur. Celui-ci lui fit un petit sourire en coin, ce qui le rassura un peu. Il ne comprenait pas toujours où le jeune homme voulait en venir, mais il devait reconnaître qu'il savait mener sa barque. Les deux officiers retirèrent leurs liens et les conduisirent, sous la menace de leur arme, dans le cellier où ils les enfermèrent à double tour.

Le jeune homme se précipita vers son ami :

« Ça va aller, prof ? Vous avez l'air salement amoché.

— J'ai mal, mais je tiendrais le coup. Au fait, bravo ! Vous avez été très rusé avec Von Strudel. Lui parler de la source d'énergie était bien vu. Mais comment saviez-vous qu'il nous ferait enfermer dans le cellier ?

— La cupidité, prof. Von Strudel voulait l'horloge du temps pour pouvoir profiter de son pouvoir afin, principalement, de s'enrichir. C'est ce qu'il a fait dans son futur, grâce à sa machine. Celui qui connaît le futur peut très vite devenir très riche. Les numéros gagnants du loto, les actions qui vont prendre de la valeur en bourse, etc.

— Tout ça juste pour l'argent ?

— Je sais, prof, ce n'est pas très original, mais c'est l'un des mobiles les plus courants. L'argent et le pouvoir que donne celui-ci.

— C'est bien triste. Au fait, vous avez appris quelque chose sur la source d'énergie ?

— Mieux, je sais exactement où elle se trouve. Nous allons rentrer chez nous et irons tranquillement la chercher après.»

Théo contacta Munich grâce à un petit appareil qu'il avait bien dissimulé dans l'une de ses poches et demanda qu'on les rapatrie immédiatement. Le cellier était leur point d'arrivée et leur unique point de départ. C'est ainsi que fonctionnait la machine de Von Strudel : on ne pouvait pas repartir d'un autre lieu que celui d'où on était arrivé. C'est pourquoi il fit tout pour que Darlington et lui s'y retrouvent, ne serait-ce qu'un instant.

§

Chapitre V

« Le cristal »

L'hôtel *Grande-Bretagne* était une grosse bâtisse sur huit niveaux, située en plein centre d'Athènes, sur une très jolie place du nom de Syntagma. Construit dans les années 1870, sur trois niveaux seulement, il fut rehaussé par la suite pour satisfaire la demande croissante du tourisme au XIXe siècle.

Le véhicule de Jessie Graham stationna devant l'entrée du palace. Un voiturier s'avança, ouvrit la portière, fit descendre sa conductrice tandis que le bagagiste sortait les valises du coffre.

Jessie n'était pas seule. Théo et Lisa l'accompagnaient. Ils s'engouffrèrent dans le hall de l'hôtel, vaste et luxueux, avec son magnifique sol en marbre, ses colonnes, son mobilier cossu et ses éclairages qui le mettaient en valeur. Un majordome accourut pour recevoir ses hôtes de prestige, tout au moins Jessie, qui résideraient dans la plus belle suite. Lisa regarda le plafond et remarqua qu'aucun lustre n'y était accroché. Elle fit un petit signe à Théo qui l'avait déjà remarqué. Il haussa les épaules en signe d'impuissance.

Ils étaient pourtant venus pour ce fameux lustre qui était censé décorer le hall du palace et qui recelait le cœur d'énergie de l'horloge. Où était-il passé ? Et depuis quand n'était-il plus là ? Encore des questions qu'il faudrait résoudre.

Après s'être installés chacun dans leurs chambres respectives, ils rejoignirent Jessie dans sa suite. Lisa prit la parole :

« Le lustre n'est plus là. Qu'a-t-il pu devenir ?

— Comment ça, le lustre n'est plus là ? se désola Jessie qui n'y avait pas prêté attention.

— Non, pas de lustre ! Tu n'as donc pas regardé autour de toi en arrivant ? s'agaça Lisa.

— Tu m'excuseras de devoir me coltiner des abrutis dans le genre de ce majordome, qui n'arrêtait pas de me passer la pommade ! s'énerva la jeune américaine.

— Ça ne te gêne pas d'habitude !

— Ça veut dire quoi ? s'énerva Jessie, qui n'apprécia pas la pique que Lisa lui avait envoyée.

— Oh ! Oh ! Les filles, on se calme ! s'écria Théo qui sentait l'air se charger d'électricité entre les deux filles.

— C'est elle qui me cherche ! dit Jessie.

— N'importe quoi ! rétorqua Lisa.

— Bon, allez, calmez-vous. Vous croyez que de vous crêper le chignon va faire avancer les choses ? S'il n'y a pas de lustre, c'est qu'il doit y avoir une raison. On doit la découvrir, c'est tout. C'est pas un petit problème comme ça qui va nous arrêter, vous ne croyez pas ?

— Oui, c'est sûr, reconnut Lisa.

— On doit être fatigués, ajouta Jessie pour calmer les tensions.

— Je contacte Yu. Il va peut-être pouvoir trouver ce qu'est devenu le lustre.

— On aurait dû commencer par là avant de venir jusqu'à Athènes, ronchonna Jessie.

— On fait ce qu'on peut, rétorqua Lisa.

— Salut Yu, dit Théo qui venait d'établir le contact sur l'ordinateur portable. Tu peux faire des recherches sur l'hôtel et essayer de trouver ce qu'est devenu le lustre qui ornait le hall ?

— Un problème ?

— Il n'est plus là.

— Je vois. Ok, je vous recontacte dès que j'ai du nouveau. »

Théo rejoignit Lisa qui était sortie sur la terrasse de la suite, admirant le magnifique panorama sur Athènes et l'acropole qui se dressait juste en face. Il posa les mains sur ses épaules, sentit un léger tressaillement, puis la douce main de la jeune femme se poser sur la sienne. Une sensation de bonheur l'envahit. Il déposa un baiser dans le creux de son cou :

« Qu'est-ce qu'il y a ? Ça n'a pas l'air d'aller ? s'inquiéta-t-il.

— Si, si, ça va. Ne t'inquiète pas pour moi.

— Tu ne veux rien me dire ?

— C'est rien, je t'assure. Un peu de fatigue, c'est tout.

— Je te sens distante en ce moment, je me trompe ?

— C'est pas ça.

— Non ? C'est quoi alors ? Quelque chose te préoccupe ?

— C'est pas le mot. Je réfléchis sur nous deux, c'est tout.

— Ah. Et alors ?

— Je me pose des questions.

— Quel genre ?

— Je me demande si je suis vraiment tombée amoureuse de toi, Théo, ou de ce que tu es devenu grâce aux bijoux.

— Quelle différence ?

— C'est très différent, au contraire. Si c'est du jeune homme timide et sensible que j'ai connu au début, c'est une chose. Mais si c'est du héros sans peur, sûr de lui, bravant tous les dangers, c'est autre chose.

— Je crois que je suis un mélange des deux désormais, Lisa. Je suis le jeune homme timide qui est tombé amoureux fou de toi et qui n'osait se l'avouer et je suis l'Elu des Mikelians, tout comme tu l'es également. Du reste, pour ma part je ne me pose pas de questions à ton sujet.

— Que veux-tu dire ?

— Que toi aussi tu es différente.

— Vraiment ? Tu trouves que j'ai changé ?

— Non, ce n'est pas ce que je veux dire. Tu es différente de ce que tu aurais été si tu n'étais pas une Elue. Nous sommes différents depuis toujours, quoi qu'on en pense.

— Tu as peut-être raison, reconnut-elle. J'ai peut-être tort de me poser des questions.

— Non, c'est naturel de s'en poser, mais tu ne trouveras les réponses qu'au fond de ton cœur. »

Lisa se retourna, enlaça Théo et déposa un doux baiser sur ses lèvres. L'amour était un sentiment nouveau pour elle, comme pour lui du reste et elle n'était pas très sûre d'elle-même et de ses sentiments. Toutes ces interrogations la mettaient mal à l'aise et la faisaient souffrir. Le jeune homme ne se posait pas de questions au sujet de l'amour qu'il lui portait. Il était sûr de lui et de ses sentiments. Lisa était la femme de sa vie, il le savait, en était certain. Bien qu'il pût le comprendre, le fait qu'elle remette en question leur amour, le chagrinait. Il ne lui en voulait pas pour autant, comprenait qu'elle ait besoin de réfléchir, de faire le point. Ils étaient encore si jeunes tous les deux et si inexpérimentés dans le domaine des sentiments. Elle avait le droit de douter.

La voix de Yu vint le tirer de ses réflexions :

« C'est étrange, j'étais pourtant persuadé que j'avais vu des photos de l'hôtel avec le lustre qui pendait dans le grand hall d'entrée. Et là, plus moyen de les retrouver. On dirait qu'elles ont totalement disparu ! »

Lisa regarda Théo, fronça les sourcils et dit :

« Tu penses ce que je pense ?

— Oui, je crois que nous sommes victimes d'une nouvelle manipulation du temps de la part de Chronos.

— On dirait que nous avons bien trouvé en Von Strudel notre Chronos.

— Ça m'en a tout l'air, en effet.

— Vous croyez ? se demanda Yu.

— Oui, pourquoi, tu en doutes ?

— Ben, je me dis que si Von Strudel est bien Chronos, pourquoi est-ce qu'il n'est resté qu'un obscur chercheur ? Il aurait pu devenir quelqu'un d'important, d'influent, de célèbre. Sinon pourquoi modifier ainsi le temps ?

— Ce n'est pas faux, reconnut Théo. Pourtant le fait que le lustre ait disparu de l'hôtel, alors que tu es certain de l'avoir vu sur des photos récentes, semble prouver que Von Strudel n'est pas étranger à toutes ces modifications. Nous venons d'aller en 1944 et lui avons parlé du cœur d'énergie. Comme par hasard celui-ci disparaît de notre présent, alors qu'il y était encore pas plus tard qu'hier.

— Je crois que Théo a raison, admit Lisa. Nous finirons bien par comprendre toute cette histoire.

— Bien, puisque le lustre a disparu, reprit Théo, il faut savoir quand il a disparu. Ça pourra peut-être nous en apprendre plus.

— Je vais aller voir le majordome, proposa Jessie. Il pourra nous renseigner, qui sait.

— Très bonne idée. Toi, Yu, cherche ce qui a pu changer dans les données que nous avons sur Von Strudel. S'il est bien à l'origine de la disparition du lustre, il a certainement réussi à coupler le cristal d'énergie à sa machine et a pu se rendre n'importe où dans le temps. Il aura pu alors faire toutes les modifications qui se sont produites depuis.

— Mais alors, songea Lisa, si Von strudel n'a eu accès au cristal qu'après ton incursion en 1944, tous les changements survenus seraient de notre faute.

— J'ai bien peur que ce soit une possibilité, reconnut Théo.

— Oui, mais c'est absurde ! Si Von Strudel n'avait pas modifié le temps, nous ne serions pas partis à la recherche de l'horloge du temps et nous n'aurions donc pas pu l'aider à trouver le cristal !

— C'est un paradoxe temporel, expliqua Yu. Les évènements s'enchaînent et s'entremêlent sans chronologie. Von Strudel a pu utiliser le cristal parce que nous lui en avons parlé et il a modifié le passé, nous poussant à agir. Sans notre intervention, il n'aurait pas pu aller plus loin que 30 ans en arrière, ce qui ne lui aurait pas permis de faire tous les changements auxquels on assiste.

— Je comprends mieux, dit la jeune femme, pourquoi il existe des règles qu'il ne faut pas enfreindre, même pour les démons.

— C'est un jeu dangereux auquel se livre Von Strudel, dit Théo. Nous devons l'arrêter rapidement et tenter de remettre les évènements en ordre avant qu'il ne soit trop tard.

— J'ai trouvé quelque chose, affirma Yu. Von Strudel, alias Johan Hessling, est mort à l'âge de 102 ans. Je me rappelle avoir lu qu'il était mort à 93 ans. Il a vécu neuf ans de plus.

— C'est bien Von Strudel qui a récupéré le cristal. Nous devons retourner à Munich voir son fils. » conclut Théo.

Jessie fut de retour rapidement. Elle fit son compte-rendu :

« J'ai vu le majordome. Il ne savait pas ce que le lustre était devenu, mais m'a conduite à un employé qui est dans l'hôtel depuis plus de 40 ans. Celui-ci se souvient que le lustre a été démonté vers la fin des années soixante. Je lui ai demandé s'il avait eu vent d'un vol du cristal à la pointe du lustre. Il m'a affirmé que non, que le lustre était tel qu'il avait été fabriqué à l'origine, jusqu'à son démontage.

— Attends, tu es sûre de ce qu'il t'a dit ? s'étonna Lisa.

— Oui, pourquoi ?

— Parce que si ce qu'il dit est vrai, ça change tout. Nous étions persuadés que c'était Von Strudel qui l'avait récupéré en 1944.

— C'est ce que j'ai pensé aussi, dit la jeune américaine.

— Il n'a peut-être pas pu le faire à ce moment-là, proposa Yu. Il sera revenu plus tard.

— Ce n'est pas très logique, réfléchit Théo. Von Strudel

n'avait aucun mal à entrer dans la kommandantur d'Athènes puisqu'il était officier allemand. De plus il aurait pu très bien profiter de l'agitation du départ de son armée pour s'emparer du cristal, sans que ça attire l'attention. Et quand bien même il n'aurait pu le faire à ce moment-là, pourquoi attendre près de 25 ans pour revenir le chercher ? Il avait besoin du cristal pour faire fonctionner la machine. S'il avait su où il se trouvait, je ne crois pas qu'il l'aurait laissé là.

— Si ce n'est pas lui qui est venu le récupérer, qui alors ? se demanda Jessie.

— Et comment se fait-il que Von Strudel ait vécu 9 ans de plus ? ajouta Yu.

— Quelqu'un a bien modifié le temps et ça a certainement conduit à des changements pour tout le monde, pensa Théo, mais ce n'est peut-être pas Von Strudel.

— L'employé de l'hôtel m'a dit qu'il se souvient d'une chose étrange. Le lustre a été enlevé lors de travaux de rénovation qui ont été effectués à l'époque. D'après lui le patron de l'hôtel avait des difficultés à ce moment-là et il envisageait même de le vendre. Et puis un jour il annonce à ses employés qu'il va entreprendre la rénovation complète de celui-ci, à leur grand étonnement.

— Quelqu'un aurait financé la rénovation de l'hôtel afin de récupérer le lustre ? douta Lisa.

— Pourquoi se donner autant de mal ? Il suffisait de récupérer directement le cristal, ajouta Yu.

— Ça ne devait pas être si simple, songea Théo. Un hôtel comme celui-ci est ouvert 365 jours par an, 24 heures sur 24. Il y a toujours quelqu'un dans le hall, à la réception, mais aussi dans les salons adjacents, ouverts sur celui-ci. Impossible sans doute de récupérer le cristal sans attirer l'attention des employés.

Celui qui voulait s'emparer du cristal devait être pressé et n'était sans doute pas un voleur spécialisé. Il a préféré investir dans la rénovation de l'hôtel plutôt que de monter une opération risquée, à ses yeux. Ça veut dire aussi que cette personne ne manquait pas de moyens financiers.

— Mais si ce n'est pas Von Strudel, qui a bien pu le faire ?

— Je crois que j'ai ma petite idée. » affirma Théo, un petit sourire laconique aux coins des lèvres.

§

La voiture emprunta l'allée, longea des immeubles et entrepôts industriels divers, ralentit à l'approche des locaux de l'entreprise Hessling et stoppa devant ce qui aurait dû être un bâtiment moderne et propre. En lieu et place, l'on pouvait voir une friche industrielle abandonnée datant sans doute des années trente ou quarante !

« Waouh ! s'exclama Yu. C'est impressionnant !

— Mais où est passée l'usine d'Hessling ? se demanda Jessie.

— Elle n'a jamais existé, ici en tout cas, dans cette nouvelle réalité, expliqua Théo.

— C'est donc bien Hessling fils qui a récupéré le cristal, tu avais raison Théo, reconnut Lisa.

— A part nous, il était le seul qui pouvait savoir où il se trouvait. Son père ne l'a jamais découvert.

— Comment a-t-il pu le savoir, nous ne lui avions rien dit pourtant ? s'interrogea Jessie.

— Je ne sais pas encore, mais nous le découvrirons. Dès que nous sommes partis pour Athènes, il a dû voir où se trouvait le cristal. Un petit saut dans le passé et il a convaincu le patron de l'hôtel de rénover celui-ci. Il fait démonter le lustre et récupère rapidement le cristal, le couple à la machine et le tour est joué ! Il peut aller où bon lui semble, modifier à loisir les évènements du passé pour effacer toutes traces de son existence, à nos yeux.

— Tout ça en à peine plus de 24 heures ?

— 24 heures pour nous. Pour lui, avec des sauts répétés

à diverses époques, ça a pu lui prendre des semaines, des mois peut-être !

— Il va falloir retrouver sa trace maintenant, dit Yu.

— Met-toi au travail tout de suite. Fais chauffer tes serveurs et trouve-nous quelque chose. Nous devons mettre fins aux agissements de cet homme. »

Retrouver la trace d'Hessling ne fut pas chose facile. Yu dut user de toutes ses compétences et de sa malice pour cela. Il y travailla près de deux jours, presque sans interruption, fit même appel à ses amis hackers d'Hong kong pour lui donner un coup de main. Hessling était très malin et avait si bien brouillé les pistes que Yu crut un moment ne pas pouvoir y arriver. Mais avec ses amis, ils représentaient une force de frappe, en matière de piratage de données informatiques, hors du commun. Il fallut bien cela pour enfin retrouver sa trace.

§

La Potsdamer Platz de Berlin était noire de monde. Un franc soleil brillait, qui n'arrivait pas à réchauffer l'air glacial de ce mois de février. Théo et Jessie traversaient l'esplanade en direction d'un immeuble de bureaux d'une quinzaine d'étages, aux façades de verre. Ils franchirent les larges portes vitrées qui donnaient sur un hall, dont le centre était occupé par le comptoir de l'accueil. Un concierge, qui se tenait derrière, fixa les arrivants de ses petits yeux vitreux. Il n'était pas très grand et son surpoids, dû sans doute à une vie d'absorption régulière de grandes quantités de bière, déformait son uniforme vert-de-gris. Les jeunes gens approchèrent du comptoir. Le concierge leur demanda :

« Bonjour, que puis-je pour votre service ?

— Nous venons voir monsieur Gerhard Müller. » répondit Théo.

Le concierge plissa les yeux, eut un léger mouvement de

recul et fixa un moment le jeune homme avant de dire :

« Vous avez un rendez-vous ?

— Non, mais…

— Sans rendez-vous, le coupa l'homme, impossible de voir monsieur Muller.

— Pouvez-vous, s'il vous plaît, dire à monsieur Muller que Théo Orgone est là.

— Ce ne sera pas la peine, répondit le concierge, dédaigneusement.

— Pourquoi ? rétorqua Théo, sur un ton plus sec.

— J'ai des consignes très strictes. Pas de rendez-vous, on n'entre pas. »

Le concierge plongea les yeux vers un livre de comptes, ignorant complètement Théo et Jessie. La jeune femme sentit monter en elle la colère. Ses joues s'empourprèrent. Elle passa une main par-dessus le comptoir et referma prestement et avec force le livre sur la main droite du concierge, qui s'attardait sur une colonne de chiffres. L'homme cria, voulut retirer la main, mais sentit une force puissante la retenir sous celle de la jeune femme. Théo n'y était pas étranger. Il leva les yeux, apeuré, incapable de comprendre comment cette frêle silhouette arrivait à le retenir ainsi. Elle le tira par la cravate, approchant son visage au plus près du sien, le regarda droit dans les yeux et dit sur un ton hargneux :

« Décrochez votre téléphone et appelez Muller immédiatement ! »

Le concierge transpirait à grosses gouttes et son visage devint plus rouge qu'à l'accoutumé. Il s'écria :

« Lâchez-moi ! Vous me faites mal !

— Prenez ce téléphone ! rétorqua-t-elle. Je ne vous lâcherai pas avant ! »

Le concierge décrocha le combiné et composa le numéro du bureau de Muller. Après quelques instants il parla à son interlocuteur :

« Bonjour monsieur. J'ai ici deux jeunes gens qui désirent vous parler.

— Comment ça, deux jeunes ? Qui sont-ils ? demanda Muller, interloqué.

— Qui dois-je annoncer ? demanda le concierge en s'adressant à Jessie.

— Jessie Graham et Théo Orgone. »

Théo arracha le combiné des mains du concierge et écouta la réponse :

« Théo… Ne les laissez surtout pas monter ! cria-t-il, soudain pris de panique.

— Trop tard, lui lança le jeune homme. Nous vous avons trouvé monsieur Hessling. Inutile d'essayer de fuir, nous savons tout de votre nouvelle vie.

—Hessling ? dit-il, feignant l'étonnement. Je m'appelle Muller, vous faites erreur…

— Nous arrivons, le coupa Théo. »

Il se tourna vers le concierge :

« L'étage et le numéro de son bureau, s'il vous plaît ?

— 15e, bureau 156.

— Y'a-t-il plusieurs issues possibles ?

— Oui, il y a un ascenseur de service, là-bas, tout au fond du couloir de gauche. »

Jessie prit l'ascenseur principal tandis que Théo emprunta celui de service.

Arrivé au 15e étage, il tomba nez à nez avec Hessling, alias Muller, qui bien sûr tentait de fuir. Passée la surprise de voir Théo dans l'ascenseur de service, il plongea la main droite dans une sacoche qu'il avait emportée et en extirpa un revolver qu'il pointa aussitôt sur le jeune homme en criant :

« Laissez-moi passer ! »

Théo ne se départit pas de son calme et lui dit :

« Et puis ? Où comptez-vous aller ? Vous allez modifier le passé et le futur encore longtemps pour nous échapper ? Nous vous retrouverons toujours, où que vous soyez.

— Je ne sais pas de quoi vous voulez parler. Alors,

poussez-vous ou je vous jure que je n'hésiterai pas à tirer !

— C'est comme vous voudrez. » ajouta Théo.

Il tendit son bras droit devant lui, main ouverte, en direction d'Hessling, qui fut projeté et plaqué contre la cloison derrière lui, les bras en croix, incapable de bouger. Jessie, qui était arrivée un peu plus tôt et avait vu toute la scène, dit à son ami :

« Je croyais que tu n'avais plus aucun pouvoir ?

— Je n'en avais plus, c'est vrai.

— Mais alors, comment ?...

— Je n'en sais trop rien. Il semblerait que la dague ait trouvé le moyen de se reconnecter à l'arche d'une façon ou d'une autre.

— Mais alors nous n'avons plus besoin de lui, dit-elle en montrant Hessling.

— Malheureusement non. La force de la dague est très limitée et ce que tu viens de voir est à peu près tout ce que je peux en tirer, pour le moment.

— Ça ne vous ferait rien de me libérer ? » demanda Hessling.

Théo approcha, retira l'arme qu'il tenait toujours en main et, après avoir reculé, libéra l'homme de son étreinte. Celui-ci regarda Théo avec une curiosité mêlée de crainte :

« Mais qui êtes-vous à la fin ? Comment pouvez-vous faire ça ?

— Allons dans votre bureau pour discuter, ordonna l'Elu, nous avons perdu bien assez de temps comme ça. »

§

« C'est vous qui êtes à l'origine de tous les changements survenus ! affirma Théo. Vous êtes Chronos.

— Pas du tout, je vous l'assure, se défendit Hessling.

— Inutile de nous mentir, les faits parlent d'eux-mêmes.

— Je vous assure que vous vous trompez.

— Ah oui ! lança Jessie. Et comment expliquez-vous

que vos locaux de Munich n'existent plus ? Comment expliquez-vous que vous ayez disparu ? Comment expliquez-vous que nous ayons dû faire des pieds et des mains pour retrouver votre trace ? »

Hessling baissa les yeux, prit sa tête entre les mains et se frotta vigoureusement le cuir chevelu. Il releva la tête et dit :

« Je ne comprends pas de quoi vous voulez parler. Je me nomme Gerhard Muller, je suis directeur général de *Muller & Muller* et j'habite Berlin depuis toujours. Je n'ai jamais eu de locaux à Munich.

— Et votre père ne s'appelait pas Von Strudel et il n'a jamais mis au point une machine à voyager dans le temps, je suppose, ajouta Théo.

— C'est ridicule ! Mon père était cantonnier, ici, à Berlin.

— Oui, ça c'est ce qui est écrit dans votre nouvelle biographie. N'essayez pas de nous la jouer comme ça, monsieur Hessling, nous savons exactement qui vous êtes et vous savez exactement qui nous sommes.

— Vous délirez !

— Vous avez bien brouillé les pistes, je l'avoue, mais nous avons des moyens que vous ne soupçonnez pas, ce qui nous a permis de vous retrouver, malgré tout.

— Mais enfin, puisque je vous dis que vous faites erreur ! s'entêta Hessling.

— Pourquoi avoir tenté de nous fuir, si vous n'êtes pas Hessling ?

— Je... balbutia Hessling. J'ai cru que vous étiez envoyés par...

— Par qui ?

— Marshall.

— Marshall ? Qui est ce Marshall ? Vous nous prenez vraiment pour deux idiots ! s'énerva Théo, qui trouvait que ce petit jeu avait assez duré.

— C'est vrai, je vous assure ! continua de mentir

l'homme.

— Ça suffit ! Vous êtes Hessling et vous possédez une machine à remonter le temps que vous utilisez de façon très dangereuse ! C'est vous qui modifiez le temps depuis le début, causant des dégâts irréversibles !

— Non !

— Si ! Et vous le savez bien ! »

Les yeux de Théo plongèrent dans ceux d'Hessling. Le jeune homme était déterminé, sûr de lui et le faisait sentir à son interlocuteur.

L'homme soupira, se pinça les lèvres et dit, avec étonnement et dépit dans la voix :

« Comment m'avez-vous retrouvé ?

— Je vous l'ai dit, vous ne pouvez pas nous échapper. Pourquoi faites-vous tout ça ? »

Hessling demeura silencieux un long moment, le regard dans le vague, paraissant réfléchir à ce qu'il allait dire. Jessie soupira, impatiente. Théo attendit dans le calme que l'homme se décide à parler.

« J'ai voulu réaliser le rêve de toute une vie, finit-il par dire. Vous ne vous rendez pas compte. J'ai passé mon existence dans l'ombre de mon père pour l'aider à mettre au point sa machine. Lorsque enfin nous avons réussi à la faire fonctionner, nous fûmes déçus de ne pas pouvoir aller plus loin, à cause du manque d'énergie. Alors, lorsque vous avez débarqué chez moi, à Munich, que nous avons couplé cette dague à la machine, j'ai compris que vous étiez peut-être mon dernier espoir de retrouver le cœur d'énergie de l'horloge.

Je travaillais depuis des années à améliorer l'utilisation de l'énergie afin d'atteindre l'époque où mon père était au monastère, pour avoir une chance de récupérer ce cœur. Grâce à vous j'allais enfin réaliser ce rêve. Vous ne vous doutiez de rien, mais la machine était équipée d'un système d'enregistrement qui permettait de suivre tout le déroulement des missions dans le temps. C'est ainsi que j'ai eu connaissance de l'endroit où se trouvait le cristal, presque en même temps que vous. J'ai eu le temps de prendre mes renseignements sur l'hôtel de Grande-Bretagne d'Athènes et j'ai découvert qu'il avait des difficultés financières. La suite, vous devez la connaître, très certainement.

— En effet, dans les grandes lignes, tout au moins. Mais pourquoi modifier le temps jusque dans un passé lointain ? Quel est votre but ?

— Ce n'est pas moi qui modifie le temps depuis ce passé lointain ! s'insurgea Hessling. Je ne suis pas ce Chronos que vous recherchez. Tout ce que j'ai fait, c'est disparaître afin que vous ne puissiez me retrouver. Pour cela je me suis installé ici, à Berlin, dix ans dans le passé. Ensuite j'ai commencé à voyager à travers le temps et l'Histoire dans le seul but de satisfaire ma curiosité. Je l'ai fait aussi en mémoire de mon père. Il aurait tant aimé pouvoir aller au cœur de l'Empire Romain, rencontrer Jules César, se rendre à Athènes, discuter avec Socrates et Platon, par exemple. Mon père n'était pas un homme mauvais. Il ne désirait pas le pouvoir qu'aurait pu lui conférer sa machine. Oh, bien sûr il a profité de l'avantage d'avoir un tel instrument pour gagner beaucoup d'argent, mais c'était dans le but de l'améliorer surtout. Tout ce qui l'intéressait était la connaissance.

— Lui peut-être, mais vous ? »

Hessling esquissa un sourire :

« J'avoue que j'ai profité de l'avantage que me procurait la machine pour m'enrichir aussi, mais j'avais commencé avant même de vous rencontrer. Sans attendre de pouvoir aller très loin dans le passé, il m'a suffi de connaître les résultats des fluctuations boursières d'un avenir très proche pour cela.

— Vous dites être allé dans le passé, à différentes époques. Avez-vous modifié les évènements, même de façon involontaire, qui auraient pu nous conduire à la situation actuelle ? »

Hessling prit le temps de réfléchir avant de répondre :

« Non, pas à ma connaissance. J'ai gardé à l'esprit ce que vous m'aviez dit sur le fait que modifier le passé entraînait des changements dangereux dans le présent, voire le futur. J'ai pris garde de ne pas interférer avec l'Histoire. Partout où je suis allé, je me suis fait le plus discret possible. Jamais je n'ai tenté d'infléchir les positions de qui que ce soit, même si parfois cela était tentant.

— En êtes-vous sûr ? insista Théo.

— Certain, affirma Hessling, sans l'ombre d'un doute. »

Théo attira Jessie dans un coin de la pièce pour lui parler discrètement :

« Tu en penses quoi ? Il dit la vérité ?

— Je n'en sais rien, reconnut-elle. Si ce n'est pas lui qui est à l'origine de tous ces changements, alors qui ?

— Je sais pas, mais je crois que si Hessling l'était, il en aurait sans doute profité pour détenir bien plus de richesses et de pouvoir qu'il ne semble en avoir, tu ne crois pas ?

— C'est aussi mon avis. Si ce n'est pas lui, ça veut dire que nous devons absolument le convaincre de nous conduire à la machine.

— Je sais. »

Les deux jeunes gens revinrent vers Hessling. Jessie prit la parole :

« Nous avons besoin de votre aide, monsieur Hessling. Puisque vous n'êtes pas Chronos, vous avez tout intérêt à le faire. Tôt ou tard vous serez affecté, vous aussi, par les changements et, qui sait, peut-être vous réveillerez-vous un matin en n'ayant même plus conscience de ce que vous êtes et avez réalisé. Votre vie, votre machine, vos voyages dans le temps, tout ça peut s'effacer d'un jour à l'autre. Votre existence elle-même, peut disparaître à tout jamais ! Aidez-nous à retrouver Chronos et à le mettre hors d'état de nuire. Nous devons faire vite et, comme vous le savez, nous avons déjà perdu assez de temps comme ça. »

Hessling réfléchit un moment, regardant tour à tour ses deux interlocuteurs, avant de dire :

« Je vais vous aider, bien sûr, mais à une condition.

— Laquelle ?

— Promettez-moi que vous ne parlerez de la machine à personne et que vous me laisserez continuer à l'utiliser. »

Théo et Jessie se concertèrent longuement avant que l'Elu ne lui réponde :

« C'est d'accord. Toutefois, nous aussi nous y mettons une condition : que vous soyez le seul à en disposer, que personne d'autre que vous ne voyage dans le temps et que vous vous arrangiez pour qu'après votre mort, elle soit définitivement démantelée. »

Après quelques instants de réflexion, Hessling conclut :

« Je ferai comme vous le dites. Après moi, la machine disparaîtra à tout jamais. »

§

Chapitre VI

« Venise »

La Venise du XVIIe siècle fascinait toujours autant Théo. De nombreux bateaux naviguaient sur les principaux canaux. Les quais étaient animés d'une foule grouillante, colorée, où s'affairaient marins, ouvriers, marchands et badauds. Des bourgeois déambulaient, richement vêtus, le plus souvent accompagnés de domestiques qui portaient des paquets, emballés généralement dans de la toile de jute.

L'adolescent avait décidé de revenir ici, le jour même où il avait quitté son ami, Fra Paolo, la seconde fois qu'il avait mis les pieds dans cette ville, à cette époque[8]. Il espérait ainsi pouvoir convaincre Fra Paolo de détruire définitivement sa machine à voyager dans le temps, car il était convaincu que celle-ci avait dû tomber dans de mauvaises mains, après la disparition du moine.

Accompagné de Lisa, il traversait les ruelles étroites de la cité des Doges, pour se rendre au domicile de Fra Paolo. Après avoir loupé deux fois la bonne bifurcation, ils finirent par se retrouver sur la petite place de l'église, face à laquelle se trouvait la maison du moine savant. Immédiatement, Théo et Lisa furent frappés par la porte d'entrée de celle-ci. Normalement, ce devait être une porte en bois de chêne, patinée et sculptée d'un caducée. Là, ce n'était plus

---

[8] Théo s'est retrouvé à Venise 2 fois à douze ans d'intervalle. (Cf tome I, chapitre XIV)

le cas !...

Les deux jeunes gens se regardèrent, conscients qu'il se passait quelque chose d'anormal.

« Comment est-ce possible ? » se demanda Lisa, debout devant la porte qui, bien que cossue, n'avait rien à voir avec celle qu'ils auraient dû y trouver.

« J'espère que ce n'est pas ce que je pense, s'inquiéta Théo.

— Je l'espère aussi. Autrement, ça voudrait dire que nous avons fait fausse route, encore une fois. »

Théo frappa le heurtoir de la porte dont le fracas résonna dans toute la bâtisse. Après quelques instants, un valet, dans un uniforme rutilant, bleu roi, rouge et or, paré de dentelles au col et aux manches, ouvrit et se cala devant eux, le regard méfiant. Il détailla les deux jeunes, qui pour l'occasion avaient revêtu de riches tenues d'époque, pour passer inaperçus, tout en leur permettant de se confondre avec la riche bourgeoisie vénitienne. Il parla dans un dialecte vénitien parfaitement incompréhensible. Théo dit à Lisa :

« Ça y est, ça recommence ! Encore ce dialecte. Je parie qu'il ne parle rien d'autre.

— Essaye quand même l'italien, il n'a pas l'air trop plouc. »

Théo sourit au valet et lui dit, en italien :

« Bonjour, nous souhaiterions parler à Fra Paolo, s'il vous plaît. »

Le valet les dévisagea un moment avant de dire, dans un parfait italien :

« Je suis désolé, Monsieur, mais vous faites erreur. Il n'y a pas de Fra Paolo dans cette maison.

— Vous plaisantez ?

— Non, Monsieur, je n'ai pas l'habitude de plaisanter dans l'exercice de ma fonction. » répondit le valet, outragé.

Théo se tourna vers Lisa :

« Je crains que ce que ne soit malheureusement ce que

nous pensions : Fra Paolo n'habite plus ici !

Ce qui me fait peur, c'est que si Fra Paolo n'est plus ici, ça veut dire que dans cette nouvelle réalité, je ne l'ai peut-être pas rencontré. Du coup, il ne m'a pas aidé à nous sortir des griffes de Graham et Kovac et nous n'avons pas pu mettre l'arche d'alliance à l'abri.

— Ce n'est pas sûr. Inutile de nous triturer le cerveau pour l'instant.

— Tu as raison. Je vais essayer d'en savoir un peu plus. Dites-moi, mon ami, dit-il, se tournant vers le valet. Savez-vous où je pourrais trouver le moine Paolo Sarpi, dit Fra Paolo ?

— Je n'en ai aucune idée, Monsieur.

— Vous n'avez jamais entendu parler de lui ? Il est pourtant connu. C'est un homme de science réputé dans cette belle cité.

— Je suis navré, Monsieur, mais je n'ai jamais entendu parler de ce Paolo Sarpi. Je vais devoir vous laisser mainte-nant. »

Le valet recula et repoussa le battant de la porte devant lui, pour la refermer.

« Attendez ! s'écria Théo. Une dernière question, s'il vous plaît.

— La dernière alors, fit le valet à travers la porte entre-bâillée.

— Pourriez-vous demander à votre employeur s'il le connaît, lui ? »

Le valet sembla réfléchir. Il finit par dire :

« Un instant, je vais aller trouver madame. »

Il referma la porte, les laissant seuls, perdus et per-plexes.

Théo s'assit sur les marches du petit perron qui était de-vant la porte, soupira et bailla de fatigue. Sans les bijoux de l'Archange, il était comme tout le monde. Il fatiguait et se sentait un peu déprimé, chose qu'il n'avait pas ressentie depuis des mois, depuis que les bijoux étaient en symbiose avec lui. Désormais il ne pouvait plus compter sur eux et était redevenu un jeune homme de 15 ans, loin du sur-homme qu'ils avaient façonné avec la puissance de leur pouvoir. La dague, seul objet magique encore en sa posses-sion, l'aidait très peu sur le plan physique et à peine plus sur le plan mental. Elle n'avait que deux fonctions princi-pales : Détruire, grâce à une puissance de feu phénoménale et ouvrir des passages temporels. Malheureusement, aucune de ces deux fonctions n'était opérationnelle à cent pour cent ! La force destructrice était extrêmement limitée et inutile de tenter d'ouvrir un vortex afin de traverser l'espace et le temps ! Privée de ses deux pendants qu'étaient la chevalière et le médaillon magiques, sa puis-sance globale était réduite à peau de chagrin !

La porte se rouvrit sur le valet, qui les invita à entrer.

L'intérieur de la maison était identique à ce qu'ils avaient connu, avec son escalier qui tournait sur la droite à mi-parcours. Toutefois la décoration était complètement différente, plus riche, avec des chandeliers, des tableaux, des tentures rouge et or, des tapis persans et un lustre en cristal qui pendait dans le hall. C'était bien la même mai-son, mais elle n'était plus habitée par l'austère moine Pao-lo. Arrivés à l'étage, une porte finement décorée de roses et de lilas, donnait sur ce qui fut jadis l'atelier du moine sa-vant. A la place, un salon cossu et cosy, dans les tons roses, verts et ocres, s'ouvrait sur le grand canal par une porte-fenêtre qui donnait sur un balcon. Dans l'atelier de Paolo, ce balcon et cette porte-fenêtre n'existaient pas. Assise dans un confortable sofa, la maîtresse de maison attendait ses hôtes, un large sourire aux lèvres, qui montrait des dents jaunies et irrégulières. Le valet fit une courbette de-vant la dame avant de dire :

« Voici Madame Toscani, qui a bien voulu vous recevoir pour vous parler de Paolo Sarpi.

— Je suis enchanté de faire votre connaissance, fit Théo, en prenant la main de Madame Toscani, y déposant un baiser poli.

— Tout le plaisir est pour moi, jeune homme.

— Je me nomme Théo Orgone et voici Mademoiselle Lisa Dubois.

— Dubois ? Vous êtes Française ?

— Oui madame.

— Magnifique ! s'enthousiasma Madame Toscani. J'adore la France et les Français. Je vous prie de bien vouloir vous asseoir. »

Les deux jeunes gens prirent place dans deux petits fauteuils, face à Madame Toscani. Une servante apporta du thé et des petits gâteaux secs. Après avoir servi, la domestique s'éclipsa, suivie du valet, laissant la maîtresse de maison seule avec ses hôtes. Madame Toscani était une dame d'une cinquantaine d'années au moins, assez petite et bien en chair, le visage jovial qu'encadraient des cheveux châtain clair tirés en arrière et couverts d'une coiffe de dentelle. Elle finit de boire une gorgée de thé, puis elle s'adressa aux deux jeunes gens :

« Mon valet m'a rapporté que vous étiez à la recherche d'un dénommé Paolo Sarpi, est-ce bien cela ?

— Oui madame, absolument, répondit Lisa.

— Mais pourquoi être venus frapper à ma porte ? Il n'y a jamais eu de Paolo Sarpi ici, s'étonna-t-elle.

— Nous avons eu une mauvaise information, sans doute, s'excusa Théo.

— Pourquoi recherchez-vous cet homme ? demanda-t-elle avec curiosité, toujours le sourire aux lèvres.

— Nous avons besoin de lui parler. C'est très important pour nous, madame. Le connaissez-vous ? Savez-vous où nous pourrions le trouver ? »

Madame Toscani finit sa tasse et la reposa sur le guéridon devant elle. Elle semblait un peu gênée de ce qu'elle avait à dire :

« Je connais la famille Sarpi. C'est une très vieille famille de Venise. Ses membres sont influents. Toutefois, le seul Paolo Sarpi que j'ai connu dans cette famille est… comment dire… mort, depuis très longtemps.

— Mort ! s'exclama Théo, du dépit dans la voix.

— Vous en êtes sûre ? ajouta Lisa.

— Certaine.

— Mais quand cela est-il arrivé ? Vous vous en souvenez ? »

Madame Toscani réfléchit longuement. Elle se servit une autre tasse de thé, non sans en avoir d'abord proposé à ses invités, puis ajouta :

« Je crois que c'était l'année même de mon mariage avec mon défunt époux.

— C'est-à-dire ?

— L'an 1582. »

Lisa et Théo firent leurs calculs. Ils étaient en 1610. Cela faisait donc vingt-huit ans que Paolo Sarpi était mort. Théo songea qu'il devait sans doute s'agir d'un autre Sarpi que Fra Paolo. Il le fallait. Si Paolo était mort jeune, alors théo ne l'avait pas connu et tous les évènements futurs seraient chamboulés au point que tout ce qu'il avait réalisé avec l'aide de ses amis, la quête des bijoux sacrés, celle de l'arche d'alliance, la supercherie qu'il avait organisée pour tromper Oswald Graham et Dragan Kovac, tout cela n'arriverait sans doute pas, ou en tout cas pas de la même façon.

De plus, cela voulait dire que Théo s'était trompé, pensant que la machine à remonter le temps de Fra Paolo était tombée entre de mauvaises mains. Fra Paolo n'avait pas pu inventer sa machine, puisqu'il l'avait fait après avoir connu l'Elu et étudié le passage temporel de l'abbaye de San Gregorio, ici, à Venise.

C'était très inquiétant. Théo avait eu la certitude que les changements survenus dans le présent, l'étaient à cause de lui, de sa trop grande désinvolture à manipuler le passé, le présent et le futur. Il s'était persuadé que Chronos avait réussi à s'emparer et utiliser la machine de Paolo.

Maintenant, devant la tragique nouvelle de la mort prématurée de Paolo Sarpi, il ne savait plus que penser de tout cela. Si Sarpi était mort en 1582, comme le prétendait Madame Toscani, cela voulait dire aussi que les modifications du temps étaient bien antérieures à ce qu'il pensait. Mais alors, qui était derrière tout cela ? Des humains, cela ne faisait aucun doute, puisque les lois qui régissaient les non humains étaient très claires : ceux qui modifiaient le cours des évènements étaient condamnés à errer pour l'éternité. Aucun être sensé ne s'y serait risqué. Mais qui avait pu mettre au point une machine à remonter le temps ? Et quand ? Et pourquoi tous ces changements se produisaient-ils seulement quelques mois après que Théo soit allé dans le passé ?

Il restait persuadé qu'il était pour quelque chose dans tout cela mais, pour l'instant, il ne comprenait pas pourquoi.

« Etes-vous sûre qu'il s'agit bien de Paolo Sarpi, Fra Paolo, le moine savant ? insista le jeune homme.

— Je suis désolée de vous dire cela, jeune homme, mais je n'ai connu qu'un seul Paolo Sarpi et c'est bien celui dont je vous parle, assura-t-elle avec force.

— Veuillez le pardonner, madame, s'excusa Lisa, il est sous le choc de cette mauvaise nouvelle. Je crois que nous allons prendre congé, si vous le voulez bien. Nous avons encore à faire. »

§

A peine Lisa et Théo eurent-ils mis un pied hors de la maison de Madame Toscani, qu'ils remarquèrent les quatre individus qui occupaient chacun l'une des issues de la place. Cela leur parut étrange, d'autant que tous les quatre étaient habillés quasiment de la même manière, qu'ils jetaient des regards discrets sur eux régulièrement et que, visiblement, ils tentaient de leur barrer le passage. Théo se saisit de la dague qui, bien que son pouvoir se trouvât amoindri, n'en demeurait pas moins une arme très puissante. Il jaugea la situation, vit que l'une des rues aboutissait directement sur les quais, là où il y avait beaucoup de monde, là où il serait plus facile de se cacher et disparaître au milieu de la cohue. Il fit un signe discret à Lisa, lui indiquant cette rue, l'invitant à courir à son signal, lorsqu'il aurait neutralisé l'homme qui leur barrait le passage dans cette direction.

« Tu es prête ? » lui demanda-t-il.

Son acquiescement silencieux fut le signal de l'attaque. Il brandit la dague droit devant lui, face à l'homme qu'il visait, se concentra et fit jaillir un éclair bleuté qui vint terrasser le pauvre homme, qui s'écroula en moins de temps qu'il n'en faut pour le dire. Les trois autres, passée leur stupéfaction, réagirent promptement et se précipitèrent sur les deux jeunes gens, qui déjà s'étaient élancés en direction de la rue et des quais. Les hommes s'engouffrèrent à leur suite dans la rue, engageant une course-poursuite qui continua sur les quais noirs de monde. Heureusement que la foule était au rendez-vous, protégeant Lisa et Théo qui fléchit sur leurs jambes, tentaient d'échapper aux regards de leurs poursuivants.

Les deux jeunes gens avançaient tant bien que mal, se frayant difficilement un passage au milieu de cette foule. Leurs poursuivants épiaient le moindre signe de leur présence, avançant, eux aussi, avec difficulté. L'un d'eux monta sur une charrette qui stationnait là, ce qui lui donna une vue d'ensemble qui lui permit de repérer ses proies. Il fit des signes aux deux autres, leur indiquant la position de Lisa et Théo. Les trois hommes redoublèrent d'efforts pour s'en rapprocher et les atteindre. Ils y parvinrent quasiment lorsque Théo, qui se rendit compte de leur proximité soudaine, tira Lisa par le bras, l'entraînant dans une ruelle moins fréquentée. Un mendiant, qui les vit débouler dans sa direction, s'avança vers eux, une main tendue, gênant leur progression. Théo l'écarta d'un geste vif, manquant de peu de le faire tomber. Le mendiant pesta et râla, tandis qu'ils s'éloignaient. Les trois poursuivants s'engagèrent eux aussi dans la ruelle et se retrouvèrent nez à nez avec le mendiant, qui gêna considérablement leur progression. Celui-ci se plaça en travers du passage, percutant l'un d'eux, qu'il entraîna dans sa chute en lui plaçant le bâton qui lui servait de cane, entre les jambes. Le malheureux tomba sur le second, entraînant dans sa chute le troisième. Le mendiant leur asséna des coups avec son bâton, sur le crâne, les assommant littéralement. Il venait de neutraliser à lui seul les trois hommes qui gisaient sur le sol, immobiles. Le mendiant se releva, remit ses loques en ordre, dévisagé par quelques badauds qui avaient assisté à la scène, râla et pesta, levant le poing devant lui et s'en alla en claudiquant, dans la direction qu'avaient pris Lisa et Théo.

Ceux-ci coururent encore un bon moment, se perdant dans les ruelles étroites de la ville et finirent par s'arrêter, constatant que plus personne n'était à leurs trousses. Ils trouvèrent un petit coin tranquille, dans le jardin en friche d'une vieille maison à l'abandon, pour se reposer et se cacher, le temps de reprendre des forces et leurs esprits.

§

« Tu penses qu'ils nous voulaient quoi, ces types ? demanda Lisa.

— J'en sais rien. Les rues de Venise sont un vrai coupe gorge, surtout à la tombée de la nuit. C'était sans doute une bande de détrousseurs.

— J'ai eu l'impression quand même que c'était nous en particulier qu'ils attendaient.

— Possible. L'un d'eux nous aura vus lorsque nous sommes arrivés chez Fra Paolo, enfin, plutôt chez Madame

Toscani. Il a ameuté ses copains et, ensemble, ils nous ont attendus.

— Tu as sûrement raison.

— Fra Paolo est mort depuis vingt-huit ans, expliqua Théo. Il n'a donc rien à voir avec toute cette affaire. Je ne crois pas que quelqu'un nous aurait attendus sciemment à la sortie d'une maison qui, dans cette nouvelle réalité, n'a jamais été la sienne, si c'est ce que tu pensais.

— Oui, j'ai eu un doute, je l'avoue. Pas toi ?

— Un instant, oui. Mais ça n'a pas de sens. En tout cas pour le moment.

— C'est toute cette histoire qui n'a pas de sens. Nous étions persuadés que tout était parti de Fra Paolo, que c'était sa machine qui avait permis à Chronos de manipuler le temps.

— Oui, mais Fra Paolo est mort avant même d'être devenu le moine savant qu'il était, ça veut dire qu'il n'a pas pu construire sa machine et que ce n'est pas à partir de lui que nous pourrons remonter jusqu'à celui que nous cherchons.

— Réfléchissons, dit la jeune femme. Il doit bien y avoir quelque chose à faire. Si Chronos n'utilise pas la machine de Fra Paolo, c'est qu'il en utilise une autre.

— Oui et alors ?

— Alors il ne doit pas y avoir des millions de gens capables de construire un tel engin.

— Sans doute, mais tout le problème est de savoir de quelle époque date cette machine temporelle.

— C'est vrai. On peut toutefois supposer qu'elle est antérieure à cette époque, où nous nous trouvons.

— Pas sûr, songea Théo. Elle peut avoir été fabriquée dans le futur aussi.

— Oui, j'y ai pensé. C'est vrai que l'on peut modifier le passé depuis n'importe quelle époque, passée, présente et future. Mais si ce quelqu'un est postérieur au XVIIe siècle, quel intérêt peut-il bien avoir à modifier ce siècle précisément ?

— Précise ta pensée.

— Je me dis que si je suis du XIXe siècle, par exemple, je n'ai aucun intérêt à venir modifier le XVIIe. J'aurai trop peur des conséquences sur mon présent.

— Oui, c'est possible. C'est vrai que, plus on fait de changements loin dans le passé, plus les conséquences sont importantes dans notre présent.

— Tu vois, dit-elle, si j'avais de mauvaises intentions, du style devenir très riche et très puissante, par exemple, je ne chercherais pas à modifier le passé très loin de mon présent. Je dirais même qu'il est plus vraisemblable que je regarderais plutôt vers le futur que vers le passé.

— C'est certain. Un peu comme Hessling. Il a fait sa fortune en achetant des actions dont il savait qu'elles allaient prendre beaucoup de valeur.

— C'est ça. Donc, je pense que toute personne sensée, ne se risquerait pas à aller modifier le passé très loin de son présent, au risque de bouleversements incalculables et incontrôlables pour lui-même. Qu'en penses-tu ?

— Sans doute. Si l'on suit ton raisonnement, ça voudrait dire que, puisque Paolo Sarpi est mort en 1582, alors qu'auparavant il a vécu très vieux, au-delà de l'époque dans laquelle nous sommes, Chronos est sans doute proche des années 1580.

— Je crois. A plus ou moins dix ou vingt ans près.

— On chercherait alors quelqu'un qui aurait vécu entre, disons, 1560 et 1590 à peu près, évalua le jeune homme.

— Ça me paraît être une bonne fourchette, qu'en penses-tu ?

— Je sais pas. Ton idée est pas mal. C'est tentant de s'y accrocher mais…

— Mais ?

— Ce n'est qu'un raisonnement. Si ça se trouve, le type vient du futur et cherche à brouiller les pistes.

— Du futur ? Il prendrait le risque de chamboulements incontrôlables, juste pour brouiller les pistes ? douta la jeune fille.

— Tu as raison. Ce n'est pas logique. C'est sans doute toi qui est dans le vrai. L'avantage, si c'est ça, c'est qu'on a drôlement restreint la période de recherche. Mais malgré tout, retrouver Chronos ne sera pas une mince affaire.

— Sans doute, mais avec l'aide de Yu et de son système de recherche avancé, je suis sûre qu'il pourra nous sortir très rapidement quelques noms. »

Théo et Lisa admiraient le Grand Canal qui prenait une teinte orangée dans la lumière du couchant. Ils décidèrent de rentrer car, pensaient-ils, leur mission ici touchait à sa fin. Ils étaient venus voir Fra Paolo et ils repartaient plein d'incertitudes quant à leur propre avenir et celui de l'ensemble de l'humanité.

Lisa sortit un petit appareil émetteur-récepteur qui permettait de communiquer à travers l'espace et le temps, avec Hessling et leurs amis restés dans le présent. Elle poussa le bouton de mise en route et dit :

« Ici Lisa, demande retour immédiat. »

Elle attendit une réponse, qui tarda à venir. Soucieuse, elle fronça les sourcils et répéta :

« Ici Lisa, demande retour immédiat. Je répète : demande retour immédiat. Est-ce que vous m'entendez ? »

Les secondes s'écoulèrent sans qu'aucun son ne vînt en retour dans l'appareil. Théo devint inquiet, lui aussi. Il tendit la main et, montrant le récepteur, dit :

« Donne-le-moi, que je jette un coup d'œil.

— Il a l'air fonctionnel, à première vue. Je ne vois pas ce qui ne va pas. »

Théo coupa et remit le contact, monta le son, parla, tapota l'engin, le secoua, le leva au-dessus de lui, comme on lève un mobile pour essayer de capter le réseau, s'éloigna vers la gauche, revint et partit vers la droite, sans succès. Lisa le fixa, la tête penchée sur le côté, les lèvres pincées :

« C'est pas un portable ! tout ce que tu fais ne sert à rien.

— On sait jamais, argua-t-il. Après tout on ne s'en est jamais servi. On ne sait pas comment ça fonctionne vraiment.

— Pas comme un portable, c'est sûr.

— En attendant, si ce truc ne fonctionne pas, on est coincés ici jusqu'à ce qu'ils se décident à nous rapatrier d'eux-mêmes. »

Lisa regarda sa montre, qui comportait un chronomètre, lequel indiquait : 1h53minutes. C'était le temps qui restait avant que la procédure de rapatriement automatique ne se déclenche. C'était une procédure de sécurité dont Hessling avait équipé sa machine à voyager dans le temps. Ainsi, si un problème de communication survenait, les voyageurs étaient certains de pouvoir rentrer rapidement.

« Bon, il ne nous reste plus qu'à attendre, se résigna Théo.

— Un peu moins de deux heures. Viens, flânons sur les quais en attendant, c'est si beau et romantique. »

§

Le compte à rebours du chronomètre toucha à sa fin aux alentours de dix-huit heures quinze, heure locale. Lisa et Théo s'étaient mis un peu à l'écart de la foule des quais, dans une petite ruelle peu fréquentée. Ils attendirent, côte à côte, main dans la main, le moment où ils allaient perdre connaissance pour se réveiller quelques instants après dans leur présent, au cœur de la machine d'Hessling.

Le chrono s'arrêta, le temps était écoulé.

Les deux jeunes gens attendirent, en vain, qu'il se produise quelque chose. Ils se regardèrent, inquiets, fixèrent le chronomètre et durent se rendre à l'évidence : quelque chose ne s'était pas déroulé selon le plan et les consignes établies.

« Je commence à être très inquiète, avoua Lisa.

— Moi aussi. Ce n'est plus normal. Que l'émetteur ne fonctionne pas, passe encore, mais que l'on ne nous rapatrie pas… A moins que la machine n'ait une panne.

— Je fais confiance à Yu. Quel que soit le problème, il saura nous tirer de là.

— En attendant, je crains que nous soyons coincés ici. Il va nous falloir trouver rapidement une auberge pour nous mettre à l'abri, la nuit tombe. »

Les deux jeunes gens commencèrent à arpenter les rues de la ville à la recherche d'une auberge. Alors qu'ils arrivaient à l'angle d'une rue et de la place Saint-Marc, un mendiant qui faisait la manche, assis à même le sol glacial, les interpella :

« Jeunes gens ! leur cria-t-il. Vous avez l'air perdus. Avez-vous trouvé celui que vous cherchez ? »

Lisa et Théo regardèrent l'homme, couverts de haillons, le visage sale, auquel ils ne pouvaient donner d'âge. Ils l'approchèrent, s'accroupirent près de lui.

« Comment savez-vous que nous cherchons quelqu'un ? » lui demanda Théo, très surpris.

Le mendiant rit, découvrant une dentition en bien triste état.

« Je sais beaucoup de choses, mes amis, leur susurra-t-il, leur faisant signe d'approcher plus près. Mais je vous prie, nobles gens, de ne point me vouvoyer. C'est inconvenant de votre part de traiter avec autant d'égards un pauvre mendiant comme moi.

— Réponds à ma question alors, mendiant, insista Théo d'un ton ferme, un peu condescendant.

— Je sais, par exemple, que vous n'êtes pas d'ici.

— A quoi vois-tu ça ? demanda Lisa, curieuse.

— Je connais tous les habitants de cette ville. Vous deux, vous venez d'ailleurs. Je dirai même que vous venez de très loin.

— Ça, tu ne peux même pas imaginer à quel point. »

Le pauvre homme rit de plus belle.

« Allons, réponds à ma question : comment sais-tu que nous cherchons quelqu'un ? s'impatienta Théo.

— Patience, mon jeune ami, patience. Tout cela est une question de temps… »

Lisa et Théo furent étonnés par les propos tenus par ce mendiant. Il semblait savoir quelque chose sur eux. Ça semblait pourtant impossible.

« Que veux-tu dire par : tout cela est une question de temps ? reprit Théo.

— Moi, j'ai tout mon temps. Je suis ici depuis des années, à attendre. »

Théo regarda Lisa et, soupirant, dit :

« Viens, allons-nous-en, je crois que ce pauvre homme est cinglé. »

Ils se redressèrent, déposèrent une pièce d'or dans l'écuelle du mendiant, le saluèrent et reprirent leur chemin. Ils avaient fait moins de dix mètres lorsque le mendiant leur cria :

« L'homme que vous cherchez… il n'est plus ici ! »

Cette fois il avait vraiment piqué leur curiosité. Qui était-il et que savait-il ? Tout cela était très étrange. Ils revinrent vers lui qui, entre-temps, s'était dressé sur ses deux jambes.

« Si tu sais quelque chose, dis-le nous, s'il te plaît ? implora Lisa.

— Il n'est plus ici, répéta le mendiant.

— Qui n'est plus ici ?

— Chut ! chuchota-t-il en mettant un doigt devant ses lèvres. Nous devons parler doucement, des oreilles indiscrètes pourraient nous écouter.

— Qui n'est plus ici ? chuchota Théo.

— Le moine, laissa tomber le mendiant, plongeant Lisa et Théo dans la stupeur la plus totale.

— Le moine ? Comment sais-tu que nous le cherchons ? »

Le mendiant partit d'un rire franc, presque moqueur. Il

s'approcha au plus près du visage de Théo avant d'ajouter :

« Parce qu'il n'y a pas que vous qui le cherchez... lui aussi vous cherche...

— Le moine ? Fra Paolo ?

— Chut ! ne prononcez pas son nom. Personne ne doit savoir.

— Où est-il ? s'impatienta Théo, qui retrouvait soudain sa joie.

— Patience. Il vous faudra de la patience, si vous voulez le voir. Suivez-moi. »

Le mendiant les entraîna dans un dédale de ruelles sombres et mal famées, bifurqua à plusieurs reprises, traversa des ponts enjambant les canaux, longea des quais déserts et s'arrêta devant la porte d'une taverne nommée *Le lion sans tête*. Il frappa le heurtoir. La tablette du juda coulissa. Deux yeux sombres et froids le regardèrent dans le silence. La porte s'ouvrit, les laissant entrer.

L'intérieur de la taverne était sombre, éclairé par des chandelles au suif, qui peinaient à dispenser leur lumière blafarde. Des marins buvaient, attablés par petits groupes. Ils discutaient, parlaient fort, à la limite de la dispute. Des femmes de petite vertu étaient assises auprès de certains d'entre eux, buvant et riant elles aussi. Une mezzanine formait un U au-dessus d'une partie des tables et du comptoir. Un escalier assez raide, à claire-voie, la desservait. Une partie était aménagée avec des tables, sur la gauche, alors que sur la droite s'alignaient des barriques de rhum et de bière.

Le mendiant entraîna Lisa et Théo à travers cette joyeuse cacophonie jusqu'à une table, au fond, dont les occupants étaient quelque peu cachés dans la pénombre, sous la mezzanine. Ils étaient trois. Le plus petit avait le visage émacié, le front coupé par la lanière de son cache-œil. Le plus grand était un solide gaillard, noir, dont le visage ne laissait passer aucune émotion. Le troisième, grand, mince, portait une moustache fine, noire, était vêtu d'une veste de cuir élimée et paraissait avoir un peu plus de distinction que la plupart de ceux qui étaient dans ce bouge. Le mendiant s'approcha de cet homme et lui susurra quelques mots à l'oreille. L'homme regarda tour à tour Lisa et Théo puis, s'adressant au mendiant, lui dit :

« C'est d'accord. »

Il fit signe aux deux jeunes de s'asseoir à sa table. Le mendiant y prit place également. Celui-ci trifouilla dans ses loques et en sortit un petit sac de jute fermé par une cordelette, qu'il ouvrit et dont il déversa le contenu sur la table. Une vingtaine de pièces d'or luirent dans la lumière vacillante des chandelles, au grand étonnement des deux jeunes gens.

L'homme éparpilla les pièces de la main droite, sembla les compter rapidement et frappa la main du mendiant, en guise d'accord sans doute. Le mendiant eut un sourire satisfait. Il se tourna vers Lisa et Théo :

« Le capitaine Catani va nous conduire jusqu'à qui vous savez.

— D'accord. De quoi êtes-vous capitaine ? interrogea Théo en s'adressant à Catani.

— De quoi ? fit celui-ci, trouvant la question incongrue. D'un navire bien sûr.

— Nous allons prendre la mer ?

— A moins que vous ne préfériez rejoindre votre destination à la nage, rétorqua Catani en plaisantant, déclenchant l'hilarité chez ses deux comparses.

— Le moine est loin d'ici ? demanda Lisa au mendiant.

— Oui. Il faut que nous prenions la mer dès demain. Le temps presse, espérons que nous arrivions à temps.

— A temps pourquoi ?

— Il est très vieux et malade. Il n'en a plus pour très longtemps.

— Très vieux ? s'étonna Théo. Pourtant, lorsque nous l'avons vu, la dernière fois, il était encore en très bonne forme, expliqua-t-il, s'adressant à Lisa.

— Il vous attend depuis très longtemps. C'est ce qui le fait tenir. » ajouta le mendiant, sans plus d'explications.

§

Théo et Lisa passèrent la nuit dans une auberge modeste mais propre, où les avait conduits le mendiant. Le lendemain matin, aux aurores, celui-ci vint les réveiller pour embarquer sur le navire du capitaine Catani.

Lorsque Théo ouvrit la porte de sa chambre, il vit un homme de taille moyenne, portant une veste, un chapeau et des collants noirs, ainsi que des souliers vernis. Théo ne reconnut absolument pas celui qui se dressait ainsi devant lui. Pourtant, son visage avait quelque chose de familier. Ce n'est que lorsqu'il parla que Théo eut un doute à son sujet.

« Allons, préparez-vous, nous devons embarquer, dit l'homme.

— Mais, qui êtes-vous ? » interrogea le jeune homme.

L'homme regarda autour de lui, d'un air méfiant. Il s'approcha de Théo et lui murmura à l'oreille :

« Je suis Antonio Luigi Sarpi, petit-neveu de qui vous savez.

— Votre visage me dit quelque chose, votre voix aussi.

— Le mendiant.

— Quoi le mendiant ?

— Le mendiant, répéta Antonio Sarpi, décrivant une boucle avec sa main, devant son visage.

— Le mendiant, c'était vous ?!

— Oui. Surprenant, n'est-ce pas ?

— Plutôt, oui. Mais… » dit Théo, faisant une pause pour mettre de l'ordre dans ses pensées.

« Si vous n'êtes pas un vrai mendiant, comment saviez-vous où et quand nous rencontrer ? Et pourquoi vous être présenté ainsi ?

— Puis-je entrer ? Je préférerais discuter de tout cela à l'abri d'oreilles indiscrètes. »

Théo fit entrer Antonio Sarpi. A peine eut-il fermé la porte que Lisa frappa. Il lui ouvrit. La jeune femme entra, saluée par Sarpi :

« Avez-vous passé une bonne nuit, mademoiselle ? s'enquit-il.

— Ça va, c'aurait pu être pire. »

Lisa interrogea du regard Théo, cherchant à savoir qui était cet homme.

« Lisa, je te présente Antonio Sarpi, le petit-neveu de Paolo et accessoirement mendiant à ses heures.

— Le mendiant, c'était lui ?!

— C'est bien moi, confirma Sarpi d'un air enjoué.

— Vous n'avez pas répondu à mes questions, rappela Théo.

— Ah ! oui. J'y viens. Mon oncle m'a chargé de vous retrouver. Il était persuadé que vous viendriez le trouver dans sa maison. Le problème est qu'il ne savait pas à quelle date précisément.

— Comment avez-vous fait, dans ce cas ?

— Mon oncle pensait qu'il y aurait deux périodes possibles durant lesquelles vous pourriez venir. La première période était, il y a une douzaine d'années. J'ai passé plusieurs semaines à vous guetter, en vain. La seconde était la bonne.

— Mais pourquoi ne pas nous avoir attendu devant la maison de votre oncle ?

— Parce qu'elle est surveillée. Il y a douze ans, j'ai failli me faire tuer.

— Par qui ?

— Des malandrins, payés par ceux qui en ont après mon oncle.

— Qui sont les gens qui veulent s'en prendre à lui ?

— Je n'en sais rien, mais je peux vous dire qu'ils surveillent sa maison, tout comme je l'ai fait, exactement aux mêmes époques.

— Etrange, vous ne trouvez pas ? se demanda Lisa.

— Plutôt, en effet, répondit Théo.

— Je me suis fait repérer voici de cela quinze jours. J'ai eu tout juste le temps de filer avant qu'ils ne me tombent dessus. J'ai eu recours à ce déguisement pour passer inaperçu. C'est comme cela que je vous ai repéré devant la porte de madame Toscani. Ensuite, j'ai dû attendre le bon moment pour vous accoster. Je savais que vous étiez filés par ces malandrins. La suite, vous la connaissez.

— Eh ! Mais j'y pense : le mendiant que nous avons bousculé dans notre fuite, c'était vous ? »

Sarpi rit de bon cœur :

« C'était moi. Je me suis arrangé pour les neutraliser, discrètement.

— Vraiment ? C'est pour ça qu'on ne les a plus revus après vous avoir croisé, alors ?

— Je vous ai discrètement filé le train, après ça et je vous ai devancés dans cette rue où nous nous sommes rencontrés.

— Bien joué ! reconnut Théo.

— Vous n'avez vraiment aucune idée de la personne qui emploie ces types ? questionna Lisa.

— Non. Seul mon oncle pourrait peut-être vous éclairer. A moi il ne dit que ce qu'il estime utile. Bien, hâtez-vous, car nous devons embarquer et prendre la mer avant qu'ils ne nous retrouvent. »

§

Chapitre VII

« Au revoir, Fra Paolo »

Il fallut deux interminables journées de voyage, à bord d'une galère marchande vénitienne, au rythme de quelques miles par heure, pour atteindre un archipel d'îles, magnifiques et sauvages, le long de la côte dalmate. Une journée supplémentaire fut nécessaire pour en atteindre une, toute petite, perdue au milieu de dizaines d'autres. Il n'y avait pas de quai pour accoster. La galère approcha au plus près une plage de galets et l'on y jeta l'ancre. Antonio Sarpi, debout sur le pont supérieur, s'adressa à Lisa et Théo, qui venaient de le rejoindre :

« Nous sommes arrivés. Mon oncle est sur cette petite île. Nous devons faire vite, il est au plus mal. »

Antonio désigna un grand noir, solide, vêtu d'une culotte bouffante blanche et d'une veste sans manches, bleu roi, qui laissait voir ses bras aux muscles énormes et saillants. Son visage était buriné, sa peau était creusée de profonds cratères, restes sans doute d'une maladie ancienne. L'homme était impressionnant.

« C'est l'homme de confiance de mon oncle, précisa Antonio. Il se nomme Boubacar. Il est venu nous chercher avec un canot. Venez, il vient de me dire que mon oncle vit sans doute ses dernières heures. »

Le canot les déposa sur la grève. L'île était couverte d'une végétation abondante et touffue et s'élevait en douceur sur sa partie droite. Boubacar précéda le petit groupe, s'enfonçant dans les bois par un sentier à peine dessiné. Après une dizaine de minutes de marche, le sentier s'élevait progressivement, pénétrant un peu plus dans le cœur de l'île.

Après encore quelques minutes, ils arrivèrent devant une maison de pierre, pas très grande et d'aspect modeste. Boubacar poussa la porte, les invita à entrer, referma derrière lui et se dirigea vers une autre porte, face à celle de l'entrée, s'y engouffra et la referma derrière lui. La pièce dans laquelle ils se trouvaient était assez grande et faisait office de cuisine et de salon. Sur la droite se trouvait un foyer et une table de chêne robuste flanquée de deux bancs. A gauche, deux fauteuils couverts de velours couleur ocre étaient disposés face à l'âtre d'une cheminée qui dispensait sa chaleur dans la pièce.

Boubacar réapparut quelques minutes plus tard, dans l'encadrement de la porte. Il s'adressa à Antonio Sarpi :

« Votre oncle désire vous parler, Monsieur. »

Antonio disparut à son tour derrière la porte. Boubacar pria Lisa et Théo de s'asseoir dans les deux fauteuils, face à l'âtre.

« Désirez-vous boire une tasse de thé, ou de café ? demanda-t-il d'une voix caverneuse.

— Juste un verre d'eau pour moi, souhaita Théo.

— Je veux bien une tasse de thé, dit Lisa. Comment va-t-il ?

— Fra Paolo ne va pas bien. Il est mourant, se désola Boubacar.

— Est-il encore conscient ? s'enquit Théo.

— Oui, mais il est très faible. »

Boubacar ouvrit un buffet et en tira une boîte en métal, blanche, arrondie. Il l'ouvrit, prit quelques feuilles de thé qu'il mit à infuser directement dans de l'eau chaude.

La porte se rouvrit et Antonio en sortit, la mine triste.

« Mon oncle désire vous parler, Théo. » dit-il.

Théo sortit de son fauteuil et se dirigea vers la porte,

passa devant Antonio et commença à entrer dans la pièce. Antonio l'arrêta et, lui prenant le bras, ajouta :

« Ménagez-le, je vous prie, il est si faible.

— Je comprends. Je ferai de mon mieux, c'est promis. »

Il entra et referma la porte.

La chambre était de dimensions modestes. Le grand lit, en son centre, prenait beaucoup de place. Sur le côté droit, il y avait une armoire à deux portes, dont l'une était recouverte d'un miroir. Dans le lit, couché bien au centre, était allongé un vieil homme aux cheveux longs, très blancs, à la barbe hirsute, tout aussi blanche, à la peau extrêmement ridée, dont les yeux noirs et ronds, d'une profonde intelligence, suivaient Théo qu'ils semblaient avoir reconnu. Lui, regardait ce vieillard, essayant de retrouver les traits du Fra Paolo qu'il avait connu, en vain. Comment cet homme avait-il pu vieillir autant, en si peu temps ? La dernière fois que Théo l'avait rencontré[9], exactement à la même époque, au jour près, Fra Paolo était vieux, certes, mais encore fringant et en excellente santé. Le jeune homme songea que les modifications qu'exerçait Chronos étaient peut-être à l'origine de cette vieillesse prématurée. Pourtant, en y réfléchissant, cela semblait impossible. Fra Paolo paraissait avoir au moins trente ans de plus qu'il aurait dû. Ce qui voulait dire qu'il serait né trente ans plus tôt que sa date de naissance. Les modifications du temps permettaient que la destinée de chacun puisse être chamboulée, mais, à sa connaissance, pas au point de modifier sa date de naissance. C'était un vrai casse-tête. Heureusement que Fra Paolo était encore là et qu'il lui livrerait sans doute son histoire et ses secrets. Théo approcha de la tête de lit, fixa le visage de Paolo, crut déceler un sourire naissant au coin des lèvres. La main gauche, décharnée, du vieil homme, se dressa vers lui, dans un effort qui semblait surhumain. Théo se précipita pour la saisir délicatement. Cette fois Paolo souriait

---

[9] (Cf. tome I, chapitre XIV)

vraiment. Le jeune homme s'assit sur le bord du lit, sans lâcher cette main glacée qui peinait à se réchauffer dans la sienne.

« Fra Paolo, c'est moi, Théo. Vous vous souvenez ? »

Les yeux de Paolo se plissèrent, comme pour mieux distinguer le visage du jeune homme. Il leva le bras droit avec la plus grande difficulté et fit signe à Théo d'approcher au plus près. La respiration du vieil homme était difficile.

« Théo, murmura-t-il, c'est vous... mon garçon ?

— Oui, Fra Paolo, c'est bien moi.

— Je vous attendais.

— Je suis là. N'ayez crainte.

— Je n'ai pas de crainte, mon garçon. Je vais bientôt rejoindre mon créateur. »

Paolo avait beaucoup de mal à parler. Il avait le souffle court et ses paroles étaient à peine audibles. Théo devait faire des efforts pour comprendre ce qu'il disait.

« Vous m'attendiez. Avez-vous quelque chose à me dire ? »

Fra Paolo montra un verre sur la table de nuit. Théo le porta à ses lèvres. Lorsqu'il eut bu, Paolo reprit :

« Je dois tout vous dire, Théo... Je sais que vous êtes le seul...qui puissiez l'arrêter...vous devez l'arrêter...

— Qui ça ? Qui dois-je arrêter ?

— C'est moi, Théo... C'est moi. Tout cela est de... »

Fra Paolo eut un spasme, il poussa un cri sourd, se souleva et retomba lourdement.

« Fra Paolo ! s'écria Théo. Ne partez pas ! Dites-moi qui ? Qui , Fra Paolo ? »

La respiration de Paolo était haletante. Il ne semblait plus être capable de parler. Théo le voyait partir. Malgré la tristesse qui l'assaillait, il savait qu'il devait faire dire au moine ce qu'il savait. Il insista :

« Qui dois-je arrêter ? Je vous en prie, Paolo, essayez de me le dire. »

Dans un effort désespéré, Fra Paolo susurra ces dernières paroles :

« Manu Dei… Manu Dei. »

Il poussa un soupir et cessa de respirer. Ses yeux devinrent deux coquilles vides d'où l'âme du frère s'était retirée. Théo sentit les larmes couler le long de ses joues. Sa gorge se serra, sa bouche devint pâteuse et une immense tristesse emplit tout son être.

Paolo était mort. Il n'avait pas eu le temps de livrer ses secrets. Théo était persuadé qu'il savait des choses, qu'il l'avait attendu pour lui parler de Chronos, qu'il devait savoir qui il était. Le jeune homme était arrivé trop tard. Paolo n'avait pas réussi à lui parler. Ses dernières paroles étaient embrouillées, ne voulaient pas dire grand-chose. Seuls ses derniers mots retinrent son attention : Manu Dei. Il savait que ces mots voulaient dire : la main de Dieu. Mais pourquoi ces deux mots ? Pourquoi cet homme avait-il prononcé ces deux mots en guise de dernières paroles ? Ce devait être un dernier message qu'il voulait lui adresser. Manu Dei représentait certainement quelque chose, quelqu'un, qui devait avoir un rapport avec sa quête. Il fallait trouver. Seulement, privé de Yu et de son fabuleux outil de recherche, perdu dans un monde avec si peu de technologie, un monde où il ne connaissait personne, un monde dans lequel il était un parfait étranger, à plus d'un titre, comment pourrait-il s'en sortir ? Si encore il avait eu l'aide des bijoux de l'Archange, il n'aurait eu aucun doute sur sa capacité à résoudre cette nouvelle énigme. Là, la tâche ne serait pas aisée, il le pressentait.

Théo ferma les paupières de Fra Paolo, se signa et lui fit un dernier sourire. Il n'avait pas connu le moine très longtemps, mais ils avaient eu tous les deux une grande complicité durant les quelques jours qu'ils avaient passés côte à côte. L'adolescent quitta la chambre, retrouva Antonio, lui fit signe que c'était fini et alla se camper dans l'un des fauteuils pour y digérer son chagrin.

« Manu Dei, ça vous dit quelque chose ? » questionna Théo.

Antonio Sarpi secoua la tête, la moue dubitative :

« Non… qu'est-ce ?

— Je n'en sais rien. Ce sont les dernières paroles prononcées par votre oncle.

— Jamais entendu parler, certifia-t-il.

— Et vous, Boubacar ? »

L'homme de confiance de Paolo s'étonna que Théo le vouvoie. Personne ne le faisait. C'était une marque de respect due aux notables et à l'aristocratie, mais lui, un ancien esclave, noir qui plus est ! C'était bien la première fois qu'une personne le vouvoyait. Boubacar baissait les yeux, silencieux.

« Allons, parle, lui intima Antonio. Si tu sais quelque chose, c'est le moment de le dire.

— Je ne sais rien, Monsieur, se défendit-il.

— Vraiment ? Mon oncle ne t'a jamais parlé de Manu Dei ?

— Non, Monsieur, je ne crois pas.

— Tu ne crois pas, ou tu en es sûr ? Allons, réfléchis bien, insista Antonio.

— C'est très important, Boubacar, vous savez, renchérit Théo. Il se passe des choses très graves et Fra Paolo savait quelque chose. Il m'attendait pour me le dire, mais il n'en a pas eu le temps. Essayez de vous souvenir, s'il vous plaît. »

Boubacar se concentra, essaya de mettre de l'ordre dans ses souvenirs, dans les conversations qu'il avait eues avec Paolo, avec ce qu'il avait entendu de celles que Paolo avait eues avec les divers visiteurs qui s'étaient succédés ici, dans cette pièce.

« Ce que je sais, finit-il par dire, c'est que Fra Paolo préparait quelque chose.

— Quelque chose ? Mais quoi ?

— Je ne sais pas, Monsieur. Il ne m'a jamais rien dit.

— Qu'est-ce qui vous fait dire ça alors ?

— Fra Paolo recevait régulièrement d'autres moines, comme lui. Ils s'enfermaient dans cette pièce. Moi, je restais toujours dehors quand ils étaient là.

— Cela ne suffit pas à penser que mon oncle préparait quelque chose, fit remarquer Antonio.

— Oui, c'est vrai, Monsieur, mais à chacune de leurs visites, les moines transportaient des caisses en bois, très lourdes.

— Etrange, songea Antonio.

— Et, bien entendu, vous n'avez jamais su ce qu'elles contenaient, n'est-ce pas ? demanda Lisa.

— Non… sauf une fois, se souvint-il. L'une des caisses que je transportais sur mon dos est tombée et s'est fracassée sur le chemin.

— Et alors, que contenait-elle ?

— Décrivez-le nous, s'il vous plaît, insista Théo.

— C'était une grosse boule en métal très brillant. Elle avait comme des pattes et des bras. On aurait dit une sorte d'insecte.

— D'insecte ? s'étonna Antonio, quelque peu sarcastique devant les allégations de Boubacar.

— Oui Monsieur. Mais ce qui était bizarre, c'est que la boule s'éclairait de l'intérieur, comme si le métal devenait translucide.

— Vraiment ? » se gaussa Antonio, que ces sornettes n'amusaient plus.

Lisa et Théo se regardèrent, comprenant que ce qu'avait vu Boubacar devait certainement être un élément de la machine à voyager dans le temps de Paolo. Ils eurent tous deux le secret espoir que la machine se trouve ici, dans l'île et qu'ils allaient pouvoir retourner dans leur présent. Lisa interrogea à nouveau Boubacar :

« Ces caisses qui arrivaient dans l'île, où est-ce qu'elles allaient ensuite ?

— Elles retournaient sur le bateau qui les avait emmenées jusqu'ici.

— Vous en êtes sûr ? demanda-t-elle, dubitative.

— Oui.

— Mais elles étaient peut-être vides ?

— Non, mademoiselle, elles étaient pleines. J'en ai porté une grande partie moi-même.

— Est-ce qu'au retour ces caisses ne pouvaient contenir autre chose qu'à l'aller ?

— Autre chose ? fit Boubacar, étonné. Il n'y a rien sur cette île. »

Les deux jeunes gens durent se rendre à l'évidence : si la machine existait bien, elle n'était certainement pas dans l'île. Mais alors, pourquoi toutes les allées et venues régulières de ces moines ? Qui étaient-ils ? Quels liens avaient-ils avec Fra Paolo ? Toute cette histoire était de plus en plus étrange et énigmatique.

§

« Je ne comprends pas, avoua Théo. Pourquoi des moines venaient ici régulièrement voir Fra Paolo avec des pièces d'une machine à voyager dans le temps ?

— Ce n'est peut-être pas ça ? » songea Lisa.

Les deux jeunes gens étaient seuls, dehors, sur le chemin. Ils s'étaient isolés pour pouvoir parler tranquillement, loin des oreilles d'Antonio et Boubacar. Théo continua, étonné :

« Pas ça ?

— Oui, ils fabriquaient peut-être une machine à expresso !

— Une quoi ?!

— Je plaisante, bien sûr, dit-elle, en riant.

— Ah ! Je comprends mieux. Paolo avait déjà construit une machine dans sa maison de... Mais attend, s'interrompit-il. Bien sûr !

— Quoi ?

— Fra Paolo avait bâti sa machine dans une autre réalité,

celle où nous l'avions rencontré, avant que le temps ne déraille !

— Ça veut dire qu'ici, il ne l'avait pas encore construite ! comprit Lisa.

— Exactement. C'est pour ça que les moines venaient avec les pièces.

— Il avait réalisé les plans et les moines fabriquaient les pièces et venaient le voir pour valider leur travail, sans doute.

— Oui, ça pourrait expliquer tout.

— Sauf qu'il y a un point qui reste inexplicable.

— Oui, je sais, se désola le jeune homme. Pourquoi Fra Paolo est devenu si vieux. Il y a quelque chose qui cloche, mais je n'arrive pas à comprendre quoi.

— Bon, c'est un point que nous pourrons peut-être élucider plus tard. Pour le moment, ce qui compte, c'est de retrouver les moines et la machine. Je crois que c'est notre seule chance de rentrer chez nous.

— Je n'arrive pas à croire qu'ils ne soient toujours pas arrivés à nous rapatrier.

— Tu crois que c'est dû à de nouveaux changements de réalité, dans notre présent ?

— J'ai bien peur que ce soit ça. On ne peut pas compter sur Yu et Hessling pour le moment, visiblement. Il nous faut nous débrouiller seuls. Retournons interroger Boubacar, il pourra peut-être nous en apprendre plus sur les moines », dit l'Elu qui déjà repartait, d'un pas assuré.

Les deux jeunes gens reprenaient espoir. Il leur fallait retrouver la machine temporelle de Fra Paolo et revenir dans le présent. Ils n'osaient se l'avouer, mais ils avaient un mauvais pressentiment au sujet de leurs amis. Le fait qu'ils n'arrivent pas à les ramener les inquiétait. Hessling connaissait parfaitement le fonctionnement de sa machine et, secondé par Yu, l'informaticien de génie, ils auraient dû réussir depuis longtemps.

« Est-ce que vous savez d'où venaient les moines ? interrogea Théo.

— Non, Monsieur, répondit Boubacar en secouant la tête.

— Vous êtes sûr ? Réfléchissez bien, c'est très important.

— Je suis sûr, Monsieur. Ils arrivaient avec un bateau et ils repartaient avec le même bateau.

— C'était toujours le même bateau, à chaque venue ?

— Oui Monsieur, le même.

— Ce bateau, il était comment ?

— C'était un bateau, Monsieur.

— Oui, je comprends, mais décrivez-le nous. Est-ce que c'était un navire à coque arrondie, une galère avec des rames sur les côtés...

— Oui, c'est cela Monsieur, une galère avec des rames.

— Une galère comme celles avec laquelle nous sommes venus ?

— Oui, un peu comme celle-là.

— Un navire vénitien, constata Antonio.

— Ça m'en a tout l'air. Nos moines viendraient donc de Venise. Remarquez qu'il n'y a rien d'étonnant à ça. Paolo était vénitien et il avait fréquenté les monastères de la ville.

— Cela ne veut rien dire, affirma Antonio. Les galères vénitiennes sont partout. Ici, sur cette côte, nous sommes toujours sur le territoire de Venise. Dis-nous si tu te souviens des armoiries qui figuraient sur la poupe ou sur la proue ? demanda-t-il à Boubacar.

— Oui, je me souviens. Il y avait une main. Elle avait les doigts repliés, sauf l'index qui pointait vers une couronne faite de plantes, je crois, juste au-dessus d'elle.

— Une main ? La Manu Dei peut-être ? s'interrogea Lisa.

— J'ai déjà vu ce bateau, se souvint Antonio. Il est souvent à quai, près de San Gregorio[10].

— L'abbaye de San Gregorio ? s'étonna Théo.

— Oui. Vous la connaissez ?

— Très bien. Je pense qu'il ne nous reste plus qu'à retourner à Venise sur-le-champ. C'est à l'abbaye de San Gregorio que nous trouverons sans doute les réponses que nous cherchons. »

§

Après quatre jours de voyage retour, dont un à attendre dans un petit port dalmate que passe une tempête, la galère du capitaine Catani fut en vue de l'abbaye de San Gregorio, sise sur les bords du Grand Canal, dans le quartier de Dorsoduro. L'entrée principale de l'édifice religieux se faisait par la terre, sur une petite placette. Par le canal, il y avait un quai juste devant une porte secondaire, que l'on atteignait seulement par la mer. La galère ralentit rapidement à son approche. Catani était à la manœuvre, criant ses ordres aux marins qui s'affairaient pour immobiliser le vaisseau et accoster en douceur. Le soleil descendait lentement sur l'horizon et la cité des Doges se paraît des couleurs de la nuit. Lorsque la galère fut immobile, que les amarres furent larguées, Théo, Lisa et Antonio descendirent sur le quai et frappèrent le heurtoir de la porte de l'abbaye. Il s'écoula un moment avant que ne s'ouvre le judas et qu'une voix dise :

« Qui va là ?

— Bonsoir, frère, commença Théo. Nous aimerions parler à Fra Anselmo. »

Théo avait gardé le souvenir de son passage dans l'abbaye et espérait que le moine fut toujours là. Avec tous ces changements, il aurait très bien pu tout simplement ne pas exister. Le moine dévisagea Théo et les autres membres de son groupe.

---

[10] (Cf. tome I, chapitre XIV)

« Pour quelles raisons désirez-vous le voir ? questionna le Cerbère.

— C'est à propos de Fra Paolo et de ce qu'il vous a demandé de construire. »

Le moine fixa le regard de Théo, longuement, sans dire mot, puis il referma le judas. La porte s'ouvrit et il les invita à entrer.

Fra Anselmo n'avait pas changé. Il restait tel que dans le souvenir de Théo, lorsqu'il était venu avec Fra Paolo et sa petite sœur Véra, le rencontrer afin d'explorer le jardin intérieur de l'édifice, à la recherche d'un puits temporel. Le supérieur de l'abbaye accueillit les arrivants avec méfiance et froideur :

« Frère Luigi, qui vous a ouvert, m'a rapporté vos paroles, me disant que vous lui aviez parlé d'un certain Fra Paolo, je crois. Est-ce bien cela ?

— Oui, Fra Anselmo, c'est bien ça, confirma Théo.

— Qui est ce Fra Paolo ? demanda le moine, qui semblait ne pas le connaître. C'est la première fois que j'en entends parler.

— Vraiment ? s'étonna Lisa. Pourquoi Frère Luigi nous a-t-il fait entrer lorsque nous avons prononcé son nom, dans ce cas ?

— La curiosité, répondit Fra Anselmo, peu convaincant. Les mots que vous avez prononcés l'ont piqué tout simplement.

— Il est mort, vous savez, indiqua Théo d'un ton attristé.

— Nous devons tous mourir un jour. Ne soyez pas trop triste pour lui, il était religieux, avait foi en son créateur. »

Fra Anselmo avait pris un ton neutre, sans émotion, sans chaleur. Pourtant, Paolo était son ami. Théo était persuadé qu'il mentait en disant ne pas le connaître. Sans doute voulait-il protéger Paolo et sa machine. Maintenant qu'il était mort, qu'il le savait, il n'avait plus de raison de mentir, sauf à vouloir cacher l'existence de la machine. Théo devait persuader Fra Anselmo que Paolo était son ami et qu'il l'avait guidé jusqu'ici pour elle.

« Fra Paolo m'a confié ses dernières paroles sur son lit de mort. Son neveu, ici présent, pourra vous le confirmer.

— Et quelles furent elles ? s'enquit-il, curieux.

— Manu Dei… ça vous dit quelque chose ?

— Pourquoi cela devrait-il me dire quelque chose ?

— Parce que Antonio Sarpi, le neveu de Fra Paolo, est certain d'avoir déjà aperçu une galère de Manu Dei accostée ici, devant votre quai. Ceci à plusieurs reprises. »

Fra Anselmo ne disait mot. Sans doute cherchait-il ce qu'il allait bien pouvoir dire pour se défendre. Théo continua :

« Nous avons besoin de la machine, Fra Anselmo. Nous avons aussi besoin de connaître ce que vous savez. Fra Paolo savait quelque chose d'important et il vous l'a sans doute répété. Sinon, pourquoi m'aurait-il orienté vers la Manu Dei ?

— Pour cette fameuse machine dont vous me parlez, peut-être ?

— Non, pas pour ça. Fra Paolo m'attendait depuis très longtemps. Il savait que je viendrais. Et il savait aussi par quel moyen je viendrais. Il savait donc que la machine qu'il construisait n'avait aucun intérêt pour moi. Je n'en avais nul besoin. S'il m'a parlé de la Manu Dei, c'est parce qu'il voulait que je vienne vous voir. Vous étiez son ami. Je l'étais aussi.

— Ce qu'il dit est vrai, ajouta Antonio. Mon oncle m'a chargé de la mission de retrouver Théo. Il l'attendait depuis plus de douze ans. Si vous savez quelque chose, je vous en prie, dites-le. »

Fra Anselmo plongea son regard dans celui de Théo, longuement, comme pour y chercher la vérité. Après un long silence, il finit par dire :

« Venez avec moi, nous allons discuter de tout ceci dans un lieu plus discret. »

Fra Anselmo conduisit ses hôtes dans l'église San Gregorio, qui faisait partie de l'abbaye. Il chassa gentiment deux vieilles bigotes qui discutaient, plus qu'elles ne priaient, assises sur les bancs et ferma les lourdes portes de l'édifice à double tour. Il vint devant l'autel, s'agenouilla, se signa et pria longuement, dans un silence absolu. Lisa, Théo et Antonio avaient pris place sur le premier banc, à droite de l'autel.

Fra Anselmo se redressa, se signa à nouveau avant de se retourner.

« L'histoire que je vais vous conter est quelque peu déroutante. Je n'en ai jamais parlé à personne avant vous. Qui pourrait me croire ?... enfin, vous, vous me croirez, je pense. J'ai le sentiment que vous savez plus de choses que moi au sujet de Fra Paolo et de toute cette histoire. »

Fra Anselmo regarda dans le vague un moment, puis il baissa les yeux avant de relever la tête et de reprendre :

« J'étais un jeune prêtre alors. C'était en l'an 1577, je m'en souviens très bien. J'officiais depuis peu ici, dans cette église. Un jour, un moine est entré pour, pensais-je, prier notre seigneur. C'était la première fois que je le voyais et je fus étonné par la pauvreté de sa toge. Elle était élimée, presque en lambeaux. Le moine avait les cheveux en bataille, une barbe hirsute et semblait très amaigri. Dans la pénombre du lieu, je n'avais pas vu qu'il était blessé. Il saignait sur le flanc gauche, ou droit, je ne sais plus trop. J'avais cru qu'il priait, mais en réalité il était affalé, immobile, inconscient.

J'ai immédiatement appelé deux frères de l'abbaye, pour m'aider à le transporter dans une cellule. Nous avons nettoyé son flanc et constaté qu'il avait une vilaine blessure, un coup d'épée ou de poignard sans doute. Nous avons réussi à le sauver. Il fut sur pied au bout de quelques semaines. Durant tout ce temps il ne prononça aucune parole. Nous avons cru qu'il était muet et communiquions avec lui par signes. Encore plusieurs semaines s'écoulèrent durant lesquelles il fut en convalescence, toujours aussi muet. Nous avions sympathisé tous les deux et passions du temps à dialoguer, toujours par signes.

Un jour, allez savoir pourquoi, d'un coup il s'est mis à me parler. Il m'a dit s'appeler Pietro Paolo, mais que son nom de moine était Fra Pietro. Lorsqu'il fut définitivement sur pied, il s'engagea dans notre confrérie et devint l'un des nôtres. Lui et moi devînmes de vrais amis. Le temps s'écoulait, paisible, dans notre vie monacale, loin du tumulte extérieur.

Un autre jour, j'entrais dans la cellule de Fra Pietro et le découvris en train de s'affairer autour d'un étrange appareillage fait de tubes de cuivre, de rouages et autres récipients de verre. Je l'interrogeais sur l'utilité de cet appareillage et, après avoir longuement insisté, il finit par me raconter son histoire. »

Fra Anselmo fit une pause. Il s'assit sur les marches qui menaient à l'autel, sortit un mouchoir de sa toge, s'épongea le front et le visage. Il avait visiblement peur. Peur de ce qu'il allait raconter. Peur du jugement de son auditoire, sur une histoire qui sortait, à n'en pas douter, de l'ordinaire. Il reprit son récit :

« Il me raconta qu'il ne s'appelait pas Fra Pietro, mais Fra Paolo, né Sarpi, en 1551, ce qui fut mon premier étonnement, car s'il était né à cette date, il aurait dû avoir vingt-cinq ans, alors qu'il était évident qu'il en avait plus du double. Je le lui fis remarquer. Il m'expliqua alors qu'il avait vécu une vie de religieux mais également de savant, de philosophe et d'écrivain. Il me dit qu'un jour il fit la rencontre d'un jeune homme qui venait de très loin, et que grâce à lui, il avait découvert le secret du… »

Fran Anselmo s'interrompit à nouveau. Il se pinça les lèvres, s'épongea avec son mouchoir et soupira, avant d'ajouter :

« Le secret du voyage dans le temps. »

Il fit silence, craignant les réactions. Lisa et Théo restèrent impassibles alors qu'Antonio ricana. Le neveu de Paolo ne savait pas à quoi travaillait son oncle. Celui-ci lui avait toujours caché les secrets qu'il détenait.

Théo fit signe à Antonio de se taire et d'écouter. Voyant que personne ne criait au scandale devant ses propos, Fra Anselmo décida de poursuivre :

« Passé mon étonnement et mes protestations devant une telle hérésie, il continua son récit, m'expliquant qu'il avait fabriqué une machine qui permettait de se rendre dans le passé ou le futur, selon son bon vouloir. Il me dit que grâce à cette machine, il put sauver le jeune homme en question, des années plus tard, et que celui-ci était resté tel qu'il l'avait connu près de douze ans auparavant[11]. Il m'expliqua qu'il décida alors de retourner dans le passé, retrouver quelqu'un qu'il connaissait bien et en qui il avait une confiance absolue, pour lui donner tous ses secrets et qu'il lui livra les plans de la machine. Cet homme, une fois en possession de cet incroyable secret, le poignarda et le fit jeter dans les eaux de la lagune. Par chance il fut repêché et ramené à terre. Lorsqu'il reprit conscience, il était dans notre abbaye, couché dans l'une de nos cellules. Il m'expliqua qu'il fallait que je garde le secret, car si cet homme apprenait qu'il était encore vivant, il le retrouverait et le tuerait sans la moindre hésitation.

— Cet homme, il vous a dit de qui il s'agissait ? questionna Lisa.

— Non, il n'a jamais voulu m'en parler. Il me disait toujours qu'il valait mieux que j'en sache le moins possible sur lui, pour ma sécurité.

— Pourquoi, pour votre sécurité ? C'est étrange, vous ne trouvez pas ?

— Je n'en sais rien, dit Anselmo en haussant les épaules.

— Cet appareil qu'il construisait dans sa cellule, c'était

---

[11] (Cf. tome I, chapitre XX)

pour bâtir une nouvelle machine à voyager dans le temps ? demanda Théo.

— C'est ce qu'il m'a dit. Il s'était mis à dessiner des plans, de tête, mais il avait du mal à se souvenir de tout. La blessure causée par le poignard l'avait beaucoup affecté physiquement, mais aussi mentalement. Il n'avait plus toutes ses capacités intellectuelles. Pour lui, reconstruire cette machine était devenu trop ardu. Tout au long de sa vie passée avec nous, il a été obsédé par cette tâche et il nous a tous mis à contribution pour la réaliser.

— A-t-il réussi ?

— Cela n'a pas été sans mal, mais après plus de vingt-cinq ans de labeur et d'efforts, elle est terminée et, nous l'espérons, opérationnelle.

— Vous ne l'avez pas testée ?

— Dieu nous en garde ! Cette machine, nous avons aidé Fra Paolo à la bâtir, certes, mais il n'était pas question pour nous d'y toucher. Nous n'avons aucune compétence pour le faire. Seul Paolo aurait su comment la faire fonctionner. Maintenant, il est mort et plus personne ne saura jamais comment elle pourrait transporter un corps et une âme dans un autre temps. Et puis… je ne suis pas certain que Dieu voit cela d'un bon œil.

— Vous êtes sûr, dit Théo, que Fra Paolo ne vous a jamais rien dit de plus sur cet homme qui l'a agressé ? Réfléchissez bien. C'est extrêmement important pour nous. Le moindre indice qui nous permettrait de le retrouver est capital. »

Fra Anselmo secoua la tête, déforma sa bouche, donnant à son visage une moue dubitative, se gratta le crâne et ajouta :

« Un jour il m'a dit une chose qui m'est restée gravée, à son sujet : *j'avais une confiance absolue en lui. Il était mon double. Le paradoxe, c'est que je vais devoir le combattre jusqu'à la mort.* Ce furent à peu de choses près ses mots. Je ne sais pas si cela pourra vous servir. Il n'en parlait jamais.

Il ne voulait pas en parler. Cet homme était très proche de lui. Un frère, un père, un oncle qui sait. Un membre de sa famille en tout cas, selon moi.

— Ne pourrait-il s'agir de l'un de ses pairs ? suggéra Antonio, qui avait tout de même du mal à avaler cette histoire rocambolesque.

— Un moine, voulez-vous dire ? Peut-être. J'ai ressenti une telle désillusion en lui, lorsqu'il en parlait, que cela m'a plutôt fait penser à un membre très proche de sa famille.

— Si on songe à son histoire, dit Théo, ce serait assez logique. Fra Paolo a dû avoir je ne sais quelle idée qui lui a passé par la tête et il a voulu sans doute faire profiter un ou plusieurs de ses proches des capacités du voyage dans le temps, sans doute afin de les enrichir.

— Fra Paolo ? s'étonna Anselmo. C'était un homme pieux et chaste, un homme que l'argent ne corrompt pas.

— Oui, vous avez raison, Fra Anselmo, mais Fra Paolo a pu vouloir faire le bien matériel des siens. Eux n'étaient pas religieux comme lui. Il aura sans doute voulu les faire s'élever dans la société vénitienne. Et comme il avait déjà un certain âge, l'on peut supposer que celui ou ceux à qui il voulait dispenser ses bienfaits, étaient eux aussi âgés. Revenir trente ans en arrière, c'était leur permettre de profiter pleinement de leur jeunesse.

— C'est possible, reconnut Fra Anselmo.

— Tu oublies une chose, rappela Lisa. Pourquoi donner les plans de la machine aux siens ? Il aurait très bien pu leur bâtir une seconde machine, sur place. Que pouvaient-ils faire de ses plans ? Il n'y a pas beaucoup de personnes, à l'époque où nous sommes, qui peuvent en comprendre la complexité.

— Très juste. » admit Théo.

Perplexe, il se tourna vers Fra Anselmo :

« Vous êtes bien certain, Fra Anselmo, que Paolo vous a dit qu'il avait donné les plans de sa machine ?

— Certain. Ce furent ses mots. Et aussi quelques autres

secrets dont il ne m'a jamais vraiment parlé.

— Antonio, pensez-vous qu'un membre de votre famille ait été suffisamment savant pour construire une machine d'une telle complexité ? »

Antonio prit le temps de réfléchir, prit un air perplexe, avant de répondre :

« Je ne vois pas qui. »

Il y eut un long silence, durant lequel chacun sembla chercher à comprendre l'énigme de Fra Paolo. Il était évident que tout n'était pas clair. A qui Paolo avait-il donné les plans de sa machine ? Qui était assez érudit, assez savant pour les comprendre ? Qui était assez intelligent et ingénieux pour la construire ? Nous étions en 1612 et les hommes capables de tels exploits étaient peu nombreux. Lisa finit par rompre le silence, affirmant :

« Si aucun membre de la famille de Fra Paolo ne pouvait être capable de comprendre les plans et de construire la machine, alors il faut chercher ailleurs.

— Tu as raison, Lisa, c'est la conclusion la plus logique, appuya Théo.

— Mais où, ailleurs ? s'interrogea Anselmo.

— Paolo vous a dit que celui à qui il avait remis les plans était son double. Je crois que je commence à comprendre ce qu'il voulait dire : ce double n'était pas un frère, un parent, mais un érudit, un savant comme lui. Pourquoi aurait-il fait un retour de plus de trente ans, presque quarante, pour donner ses plans à un parfait ignare, fut-il de sa famille ? Ce n'est pas logique. Il a dû contacter un savant de cette époque, capable de suivre ses plans.

— Dans quel but alors ? se demanda Antonio.

— Ça, c'est une chose que nous découvrirons si nous retrouvons la trace de cet homme.

— Mais alors, pourquoi ce savant, une fois en possession des plans de la machine, a-t-il tenté de tuer Paolo ? se demanda Anselmo.

— Peut-être qu'il ne voulait pas qu'une seconde machine continue d'exister dans son futur. Il pensait sans doute qu'ainsi il n'aurait rien à redouter de Fra Paolo ou de quiconque la posséderait. Il a dû très vite entrevoir tout ce que les voyages temporels pourraient lui apporter, en termes de richesse et de pouvoir et il ne voulait pas partager.

— Bien, il y a du positif dans tout ça, songea Lisa. C'est que maintenant nous savons de quelle époque datent tous les changements que nous connaissons. Il ne reste plus qu'à trouver notre Chronos.

— Nous devons tenter de rejoindre Yu, Jessie et Darlington, affirma Théo. Nous allons avoir besoin de leurs lumières.

— C'est aussi mon avis, dit Lisa. Fra Anselmo, pouvez-vous nous conduire à la machine de Fra Paolo, s'il vous plaît.

— Oui, bien sûr, mais que comptez-vous faire ? Elle n'a jamais fonctionné et nous ne savons pas comment l'utiliser.

— Ça ne devrait pas être un gros problème, le tout étant qu'elle fonctionne parfaitement.

— Vous croyez que vous saurez manipuler cet engin ? s'étonna le moine.

— Ce n'est pas nous qui le manipulerons, mais vous, Fra Anselmo… » termina Théo.

§

La machine de Fra Paolo se trouvait sous le jardin de l'abbaye, dans une salle voûtée, dans laquelle on accédait par un large escalier qui jouxtait une rampe, très certainement utilisée pour acheminer des marchandises. La salle se trouvait juste au-dessus d'un puits. Cela fit sourire Théo, qui se souvint qu'il avait emprunté ce puits pour faire un saut dans le temps et retourner chez lui[12]. Il avait alors les

---

[12] (Cf. tome I, chapitre XIV)

bijoux de l'Archange et nul besoin de toute une machinerie complexe pour traverser. Est-ce que Fra Paolo avait sciemment installé sa machine dans ce puits ? Utilisait-il d'une façon ou d'une autre, l'énergie du puits temporel qui se trouvait là ? Ou sa machine n'était-elle en réalité qu'une clé qui ouvrait le puits ? Difficile de répondre à ces questions. Finalement, peu importait comment fonctionnait la machine, pourvu qu'elle leur permette, Lisa et Lui, de quitter cette époque et de retourner dans la leur.

Après avoir étudié longuement l'ensemble des manettes, manomètres et autres indicateurs, Lisa et Théo semblèrent avoir à peu près compris le principe de fonctionnement de l'ensemble. Paolo n'avait pas eu le temps, ou jugé utile, d'établir un mode d'emploi. Les deux jeunes gens actionnèrent quelques manettes, tournèrent quelques vannes, abaissèrent quelques leviers, pour procéder aux réglages de base et pour définir l'exactitude du saut dans le temps.

Derrière l'étrange pupitre en bois, qui était en fait plus une sorte de pan de mur sur lequel l'ensemble des manettes étaient situées, se trouvait un cylindre de cuivre, posé à la verticale, haut comme deux hommes, d'où partaient des dizaines de tuyaux, certains en cuivre, d'autres en acier, d'autres encore, en verre.

Théo posa la main sur un levier, qu'ils avaient défini comme étant la mise en route générale de la machine, une sorte d'interrupteur en somme. Après d'ultimes vérifications, il l'enclencha.

Un liquide bleu se mit à circuler dans les tubes de verre. De la fumée commença à s'échapper à plusieurs endroits de la machine, tandis que des éclairs vifs et brefs fusèrent entre le haut du cylindre et d'autres parties de celle-ci, situées sur les côtés et au-dessus. Le tout était accompagné d'un grondement sourd qui faisait vibrer la salle.

Fra Anselmo prit peur et recula, se signant et faisant une prière. Antonio, bien que très impressionné, demeura calme et concentré sur les tâches que Théo et Lisa lui avaient assignées.

« Fra Anselmo ! cria Théo. N'ayez pas peur ! approchez-vous du pupitre et souvenez-vous de ce que vous avez à faire. De vous et d'Antonio dépendent nos deux vies désormais. Vous devez vous ressaisir ! »

Fra Anselmo acquiesça, se concentra et finit par se calmer un peu.

« Nous allons entrer dans le cylindre, continua Théo. Lorsque nous aurons verrouillé la porte, vous abaisserez successivement les trois manettes devant vous, puis, lorsque l'aiguille qui se trouve là, atteindra le chiffre 7, vous abaisserez ces trois autres leviers. »

Le grondement devint si fort que maintenant, Théo devait crier pour se faire entendre.

« Faites tout ça dans cet ordre surtout ! Sinon, nous serons morts ! Est-ce bien compris ?!

— Oui, allez-y, j'ai compris comment faire ! affirma le moine.

— Lorsque nous aurons fait le saut temporel, la machine devrait s'arrêter d'elle-même, je crois ! De toute façon, si ce n'était pas le cas, coupez tout par ce levier, là ! Et n'oubliez pas d'actionner la machine tous les jours à la même heure en inversant le flux temporel, comme je vous l'ai montré, d'accord ?!

— Nous le ferons, tous les jours, c'est promis !

— Alors, peut-être à un de ces jours ! Adieu ! »

Théo, bien que peu rassuré, entraîna Lisa avec lui dans le cylindre, ft un dernier signe à Fra Anselmo et Antonio, verrouilla la porte et soupira en prenant la main de son amie.

« Pourvu qu'elle fonctionne, dit-il. Sinon nous sommes morts !

— J'ai confiance en Fra Paolo. Il a réussi à en fabriquer une qui fonctionnait très bien, que nous avons emprunté plusieurs fois, tu te souviens ?

— Oui, mais il avait certainement dû la tester avant avec des cobayes. Cette machine, nous ne savons pas si elle marche.

— On n'a pas le choix. Soit on tente de rentrer chez nous, soit on reste coincés ici.

— Tu as raison. De toute façon il est trop tard pour reculer. Regarde. »

Une lueur bleutée envahit rapidement l'intérieur du cylindre, suivie d'une fumée légère et inodore. Tout se mit à vibrer autour d'eux et eux-mêmes entrèrent en vibration. Ce fut une sensation très désagréable. Après encore quelques instants, des éclairs vifs les traversèrent puis, alors que l'inquiétude les gagnait, ils sentirent leur conscient se mélanger avec leur inconscient. Ils s'évanouirent.

§

Chapitre VIII

« A la recherche du savant »

Il faisait noir. Un noir presque total. Seule une lueur très faible éclairait, si l'on peut dire, dans ces ténèbres silencieuses. Théo retrouva ses esprits, sentit la main de Lisa dans la sienne, tâtonna de l'autre pour trouver le visage de la jeune femme. Elle semblait encore endormie. Il dégagea doucement sa main et se releva. Il y avait une odeur âcre qui prenait aux narines. Théo sortit la dague et lui intima l'ordre de produire de petites décharges très faibles et régulières d'énergie, ce qui eut pour conséquence de produire un éclairage bleuté, suffisant pour y voir clair. Après avoir regardé tout autour de lui, il se rendit compte qu'il était toujours dans la salle sous le jardin et le puits de l'abbaye de San Gregorio. Toutefois, la machine avait totalement disparu, remplacée par quelques tonneaux de vin, ce qui le conforta dans l'idée qu'ils avaient bien réalisé un saut dans le temps. Restait à espérer que celui-ci les avait bien ramenés dans leur présent. Lisa émergea de sa léthargie, s'étira doucement, regarda autour d'elle, vit Théo et lui fit un sourire.

« Nous avons réussi ? demanda-t-elle.

— Oui, nous avons fait un saut.

— Et, on est où ?

— Toujours au même endroit, mais à une autre époque.

— Oui, ça je m'en doute, mais à quelle époque ?

— Je suis comme toi, je ne suis pas encore sorti d'ici

pour le découvrir. Viens, lève-toi, allons voir si nous sommes bien chez nous. » dit-il en tendant la main pour l'aider à se relever.

Ils se dirigèrent vers l'escalier qui conduisait dans l'abbaye, un étage au-dessus. Une solide porte barrait le passage, ce qui ne les inquiéta pas outre mesure. Théo pointa la dague sur la porte qui céda rapidement sous la puissante décharge d'énergie qu'elle reçut.

Il faisait très froid à cette heure matinale, où le soleil commençait à poindre. Tout était silencieux dans les ruelles étroites du quartier de Dorsoduro. Venise était encore endormie. Arrivés sur les quais, ils aperçurent un marchand de journaux qui ouvrait les portes de son kiosque. Ils prirent un quotidien, lurent la date et furent soulagés. Ils étaient bien revenus à la bonne époque. Le marchand de journaux les regarda de façon étrange. Il faut dire qu'ils ne passaient pas inaperçus dans leurs costumes du XVIe siècle. Encore que c'était l'époque du Carnaval et que de nombreux badauds circulaient dans de tels accoutrements. Non, ce qui attirait l'attention, plus que les costumes, était la poussière qui les recouvrait. Une poussière gris bleu, légèrement brillante. Ils ne l'avaient pas remarquée jusque-là, mais avec la lumière du jour, elle devenait bien visible. Ce devait être un effet secondaire du déplacement temporel avec la machine de Fra Paolo. Théo n'avait pas souvenir d'avoir déjà eu ce problème durant ses autres déplacements.

« Il faut que nous contactions Jessie et Yu, dit Théo. Le problème est que nous n'avons ni argent ni téléphone.

— On va demander à quelqu'un de nous laisser passer un coup de fil, proposa Lisa.

— Je demande au marchand de journaux. »

Le marchand envoya promener Théo. Ils se mirent en chasse d'une âme charitable qui leur laisserait passer le coup de fil salvateur. Ils durent attendre près d'une heure, qu'il y ait plus de monde, pour qu'enfin un jeune de leur âge, en route pour le collège, les dépanne.

Après quatre sonneries, Jessie décrocha :

« Jessie, c'est Théo.

— Théo ? fit la jeune femme, la voix encore endormie. Comment as-tu fait pour rentrer ? Tout va bien ? Et Lisa ?

— Oui, ça va. Qu'est-ce qui s'est passé ? Vous avez eu un problème avec la machine ?

— Il n'y a plus de machine, Théo, se désola-t-elle.

— Elle a explosé ou quoi ?

— Non, elle n'existe plus. Hessling non plus, du reste.

— Les changements ?

— Oui. Et on dirait que ça s'accélère. L'autre matin, avec Yu, nous avons constaté que le professeur n'était plus à l'hôtel, avec nous. Pire, il n'y avait jamais mis les pieds ! nous avons quitté notre hôtel pour rejoindre le labo d'Hessling et lorsque nous y sommes arrivés, il n'y avait plus de labo. A la place, nous avons trouvé un simple entrepôt d'alimentation. Yu s'est immédiatement mis à la recherche d'Hessling, pour avoir une chance de retrouver la machine ailleurs, mais il n'a pas réussi à le localiser cette fois. Nous en avons déduit qu'il n'existait même plus après les derniers changements.

— Bon, tant pis pour Hessling. Nous avons une solution de rechange désormais et une piste sérieuse cette fois. Nous allons peut-être enfin découvrir qui se cache derrière tout ça.

— Tant mieux parce que ça craint. Les bouleversements sont de plus en plus visibles. Des gens qui étaient morts ne le sont plus, d'autres qui étaient vivants, le sont. Certains évènements n'ont pas eu lieu ou ont eu une issue différente, d'autres ont eu lieu alors qu'ils n'auraient jamais dû se produire. Bref, ce n'est pas la joie.

— On va trouver le coupable et on s'efforcera de remettre de l'ordre autant que possible, s'il n'est pas déjà trop tard.

— Je n'en sais rien, mais il va falloir qu'on se dépêche,

car ça devient dramatique.

— Et Darlington ?

— Ça va. Il est à Oxford en fait. Il s'est réveillé le matin, chez lui, alors que la veille il était à Berlin, avec nous.

— Bon, Jessie, je ne peux pas trop parler, j'ai dû emprunter un smartphone pour t'appeler. Il faut que tu viennes nous récupérer très vite.

— Oui, bien sûr. Vous êtes où ?

— A Venise. Nous t'attendrons à l'embarcadère qui nous avait déposés sur l'île où se trouve le palais maudit, tu te souviens ?

— Je vois très bien où c'est. Je fais préparer le jet et nous arrivons le plus vite possible.

— Parfait. Ah, Jessie, une dernière chose : apporte-nous des vêtements, nous sommes toujours dans nos fringues d'époque. »

§

Jessie et Yu arrivèrent sur les coups de midi à bord d'une vedette privée, louée pour l'occasion. Lisa et Théo étaient frigorifiés. Ils prirent la direction de l'hôtel Danieli, un palace luxueux situé sur l'autre rive, tout près de la place Saint-Marc.

Le Danieli était sans nul doute le plus beau palace de Venise. Son hall majestueux et monumental, soutenu par de solides et belles colonnes, était entièrement recouvert de marbre rose. Un escalier menait à un premier niveau d'où partait une galerie ouverte sur l'intérieur. De là partait un second escalier qui donnait sur l'étage supérieur, où l'on pouvait admirer la magnifique architecture de ce palais fabuleux, symbole du luxe et de la beauté vénitienne. Les chambres et les suites étaient, elles aussi, d'un luxe et d'un confort à la hauteur de la réputation de l'établissement. Jessie, la riche héritière, était habituée depuis toujours à ce niveau d'excellence. Pour elle, voyager était synonyme de luxe, de grand confort, de service irréprochable. Elle avait des moyens financiers quasiment illimités et ne se privait pas.

Après avoir pris une bonne douche bien chaude pour se réchauffer, Théo et Lisa rejoignirent Jessie et Yu au restaurant du dernier étage du palace, d'où l'on avait une vue exceptionnelle sur la lagune, le quartier de Dorsoduro et l'église *Madona de la salute* que l'on peut traduire par : Madone de la santé.

L'intérieur était cossu. Les tables étaient recouvertes de nappes blanches sur lesquelles était disposée une vaisselle raffinée : assiettes blanches et couverts en argents. De confortables fauteuils recouverts de velours rouge carmin complétaient l'ensemble. Peu de ces tables étaient occupées à cette heure avancée du service de midi. L'endroit était tranquille. Jessie avait obtenu une table près de la baie vitrée, d'où l'on avait la plus belle vue.

Après avoir passé commande, ils passèrent aux choses sérieuses. C'est Jessie qui entama la conversation :

« Comment avez-vous fait pour rentrer ? Nous étions morts d'inquiétude, Yu et moi. Quand nous avons compris que nous ne retrouverions pas Hessling, nous avons su que nous ne pourrions plus rien pour vous. C'était terrible. Nous étions si abattus, termina-t-elle sur un ton empreint d'une grande tristesse et de désolation.

— Heureusement pour nous, répondit Lisa, nous avons retrouvé Fra Paolo. Bon, tout était très différent là-bas aussi, mais grâce à lui nous avons pu revenir.

— Et nous avons enfin une piste sérieuse, ajouta Théo.

— Vraiment ? Vous croyez que cette fois ce sera la bonne ?

— On ne peut pas dire, mais tout nous laisse penser que oui. Nous allons tout vous raconter en détails et vous comprendrez. »

Lisa et Théo se lancèrent dans le récit de leur aventure dans la Venise du XVIe siècle. Cela dura une bonne partie du repas. Arrivés au dessert, ils eurent enfin terminé.

« Chronos serait donc quelqu'un de très érudit, de savant ? questionna Yu.

— Oui, répondit Théo, personne d'autre qu'un savant très avancé de cette époque n'aurait pu comprendre les plans de la machine. C'est pour cela que nous devons recenser tous les savants contemporains de Fra Paolo dans cette région d'Italie.

— Je ne suis pas spécialiste de l'Histoire, mais à mon avis, ils doivent se compter sur les doigts d'une main, et encore… Mais pourquoi des savants de cette région uniquement ?

— Parce que Fra Paolo est retourné dans le passé directement à Venise, d'après ce que nous en savons. Celui à qui il a confié les plans, l'a poignardé et jeté dans les eaux de la lagune. Il ne pouvait être qu'un proche de Fra Paolo et il ne pouvait vivre très loin de Venise. Nous pensons même qu'il était très certainement vénitien.

— Ça paraît assez logique.

— Admettons, songea Jessie, que nous arrivions à cerner un ou deux personnages qui puissent correspondre. Comment allons-nous nous rendre à leur époque ? Nous n'avons plus aucun moyen de voyager dans le temps, hormis la machine de mon Père. »

Théo eut un sourire amusé, plein de satisfaction :

« Nous avons pris des dispositions, pour le cas où…

— C'est-à-dire ?

— Vous verrez bien, le moment venu. Trouvons déjà à qui nous avons affaire. »

§

Après de nombreuses heures de recherche à se tuer les yeux sur leurs écrans d'ordinateurs, Yu et ses amis, exténués, décidèrent de faire une pause.

« Il y a quelque chose qui doit nous échapper, conclut Théo.

— Certainement, appuya Jessie.

— En tout cas, ça fait des heures que nous cherchons et nous ne trouvons pas, se désola Yu.

— Si Fra Paolo est retourné dans le passé, continua Théo, à une date bien précise, pour rencontrer une personne capable de comprendre ses plans et de bâtir sa machine, c'est que cette personne existe forcément.

— Tu vois bien, se désola Lisa, que nous ne trouvons personne d'aussi compétent que Paolo à cette époque précise et à Venise et ses environs.

— Le seul qui aurait pu correspondre est Galilée, mais il n'avait que treize ans à ce moment-là, expliqua Yu.

— Je vois mal un garçon de treize ans, fut-il Galilée, capable de lire les plans d'une telle machine, douta Jessie. Et je le vois encore moins poignarder Fra Paolo !

— C'est vrai que ce n'est pas très réaliste, reconnut Théo.

— Oui, mais alors qui ? se demanda Lisa. Paolo est retourné dans le passé, à Venise même. Celui à qui il a donné son savoir était forcément là, sur place.

— Je crois que nous allons devoir procéder autrement, proposa Théo. Il faut que nous retournions dans le passé, exactement au moment où Paolo est allé à la rencontre de ce savant. C'est notre seule chance de le démasquer.

— Tu oublies une chose, rappela Lisa, nous ne connaissons pas la date exacte de la rencontre. Par contre, je pense qu'il sera plus facile de connaître la date précise où Paolo est arrivé à l'abbaye de San Gregorio.

— Oui, et alors ? demanda Jessie.

— C'est le jour où Chronos a tenté d'assassiner Paolo. Si nous nous projetons aux premières heures de ce jour et que nous sillonnons le quartier dans lequel se trouve l'abbaye, nous aurons plus de chances de tomber dessus, à mon avis.

— Ce n'est pas une mauvaise idée, reconnut Théo. Nous allons devoir interroger les moines de l'abbaye. Il nous faut connaître la date exacte où Paolo est arrivé chez eux. Ça nous aidera.

— Tu crois ? douta la jeune américaine.

— Je n'en sais trop rien. Ce que je sais, c'est que nous n'avons pas grand-chose après quoi nous raccrocher. Nous n'avons même pas été fichus de trouver le savant en consultant les bases de données du Net ! Alors...

— Tu as raison, il faut tenter notre chance, admit la jeune femme. Vous pensez sans doute que quand Paolo est arrivé blessé à l'église de San Gregorio, ça ne devait pas faire très longtemps qu'il avait été agressé.

— C'est ce que nous croyons, en effet, confirma Lisa.

— Donc, si nous arrivons à déterminer le jour exact, nous pourrons en déduire qu'il a dû être poignardé par son agresseur à peine quelques heures avant.

— Oui, ça me semble logique.

— Seulement, ça ne nous dira pas où a eu lieu l'agression. Venise n'est pas un petit village. Il ne sera pas facile de retrouver la trace de Paolo et de Chronos.

— J'en ai conscience, admit Lisa. Notre tâche ne sera pas aisée. Il faudra sillonner les rues du quartier de Dorsoduro et espérer que nous finissions par tomber sur eux.

— Pourquoi ce quartier seulement ?

— Parce que Paolo, blessé, répondit Théo, n'a pas pu parcourir une grande distance. Il a certainement été poignardé sur un quai proche de l'abbaye et jeté ensuite dans l'eau d'un canal. Nous allons réfléchir sur la meilleure façon d'opérer.

— Je peux utiliser un logiciel de planification, proposa Yu. Ça permettra de définir un itinéraire à parcourir pour chacun de ceux qui chercheront, de façon à couvrir au mieux le terrain.

— Oui, fais ça, ça pourra nous aider, approuva l'Elu. »

Théo demanda à Jessie de leur trouver de nouveaux vêtements d'époque pour leur retour dans le passé. La jeune Américaine passa alors quelques coups de fil et assura que des costumiers passeraient dans l'après-midi pour les essayages. Jessie était d'une redoutable efficacité.

Les costumes furent essayés et retouchés sur place en moins d'une heure par des costumières de l'opéra de Venise, la célèbre Fenice. Jessie était décidément incroyable ! Comment réussissait-elle à faire se déplacer des gens de l'opéra de Venise, avec les costumes de scène ? Ça restait un grand mystère, même si l'on savait qu'elle ouvrait le robinet à dollars facilement pour obtenir ce qu'elle désirait. Mais tout de même, c'était fort !

« Vous ne nous avez toujours pas expliqué, dit-elle, comment vous comptez retourner dans le passé, privés de machine ?

— Quelle heure est-il ? demanda Théo.

— Seize heures quarante, pourquoi ?

— Parce qu'il va être temps de nous préparer à repartir.

— Repartir ? Dans le passé ? Comment ? interrogea Yu.

— Venez, nous devons retourner dans l'abbaye de San Gregorio, sans perdre de temps. »

§

Dans la salle voûtée, éclairée par les lampes torches, régnait toujours cette odeur âcre due à la fermentation du vin dans les barriques. Jessie promena le faisceau de sa lampe autour d'elle, constata qu'il n'y avait rien de particulier ici, se demanda pourquoi ils étaient là, dans ce sous-sol sinistre et froid. Théo regarda sa montre et dit :

« Bien, dans cinq minutes nous ferons le saut vers le passé. Yu, Lisa et moi seulement. Jessie, tu resteras ici.

— Moi, mais pourquoi ? protesta-t-elle.

— Parce que s'il nous arrivait malheur, je veux qu'il reste au moins une personne capable de continuer le combat, ici, dans notre présent. Et je crois que tu en es tout à fait capable.

— Je vais rester toute seule à me faire de la bile. C'est pas très sympa comme position.

— Je sais, mais de toutes façons on n'a pas besoin d'être quatre pour faire ce que nous avons à faire. Yu, Lisa, venez au centre de la pièce, près de moi. Ça va être l'heure.

— Tu ne nous as toujours pas dit comment tu comptes nous propulser au XVIe siècle à partir de cette pièce vide ? interrogea Yu.

— Nous avons demandé à Fra Anselmo d'actionner la machine de Paolo, tous les soirs à dix-huit heures précises. Nous lui avons expliqué comment produire un saut inverse depuis une époque donnée vers la sienne.

— La machine peut faire ça ? s'étonna Jessie.

— Bien sûr. Souviens-toi quand j'ai contacté Fra Paolo alors que nous étions coincés avec l'arche d'alliance et que Kovac et ton père avaient condamné toutes les issues possibles sauf celle qui nous menait à eux[13]. Il nous a tirés d'affaire en nous rapatriant chez lui avec sa machine.

— C'est vrai, j'avais oublié ce détail.

— Et comment vous est venue cette idée ?

— Quand nous avons vu que vous ne nous rapatriiez pas, nous avons compris qu'il se passait quelque chose de grave, que la machine temporelle ne fonctionnait plus. Nous avons envisagé le pire. Du coup, on s'est dit qu'il valait mieux s'assurer la possibilité de retourner dans le passé et d'utiliser la machine temporelle de Paolo.

— Finement joué, applaudit Jessie.

— Ouais, bravo ! ajouta Yu. Je ne sais pas si j'aurais eu l'idée de faire ça. »

Alors qu'il prononçait ces dernières paroles, Yu sentit une vibration l'envahir. Ensuite, il eut l'impression de perdre pied, ressentit un engourdissement progressif s'emparer de tout son être et il se mit à tourbillonner rapi-

---

[13] (Cf. tome I, chapitre XX)

dement avant de perdre connaissance.

Lorsqu'il rouvrit les yeux, il vit des visages penchés au-dessus de lui. Il entendit des sons lointains et diffus qui devinrent rapidement plus clairs au fur et à mesure qu'il reprenait ses esprits. Il reconnut l'un des visages. C'était Théo. Les autres étaient ceux de moines, dont les capuches de leurs toges sombres recouvraient leur tête. Il entendit distinctement une voix dire :

« C'est bon, il est vivant. »

Il tenta de se relever, mais n'y parvint pas. Il ne sentait pas ses membres. Il eut tout à coup la sensation de n'avoir plus de corps, de ne plus rien maîtriser. Il eut un moment de panique, voulut crier, mais n'y arriva pas.

« Ça va, calme-toi Yu. Tout va bien. »

Il reconnut la voix de Théo.

« Ne bouge pas, ça va passer. Tu as mal supporté le voyage, c'est tout. Dans un moment je pense que ça ira mieux. »

Théo et Lisa n'avaient aucune réaction négative lors des sauts temporels avec la machine de Paolo. Sans doute était-ce dû au fait qu'ils étaient un peu différents du commun des mortels. Yu avait déjà fait de nombreux sauts à travers les puits temporels et n'avait jamais eu de problèmes, mais c'était certainement dû au fait qu'il les avait faits avec Théo, muni à ce moment là bijoux de l'Archange. La technologie utilisée était très différente de celle de Paolo, même si celui-ci s'était basé sur l'un de ces puits pour bâtir sa machine.

Après un certain temps, Yu finit par être sur pied. Il put admirer la fameuse machine de Fra Paolo, qui occupait une grande partie de la salle voûtée.

« Qu'est-ce qui m'est arrivé ? demanda-t-il.

— Tu as mal supporté le voyage, répondit Théo. Il faut dire que la machine de Fra Paolo n'est pas des plus confortables.

— J'ai l'impression d'être passé dans un broyeur. »

Lisa et Théo rirent. Ils comprenaient ce que Yu voulait dire. Même si eux supportaient bien mieux le voyage, ils n'en ressentaient pas moins les effets indésirables.

« On est dans le passé ? s'étonna le jeune Chinois, dont c'était le premier voyage dans le temps.

— Ça y est, tu es au XVIe siècle.

— Wahoo ! Ça fait drôle rien que d'y penser. »

Il regarda tout autour de lui, détailla les moines qui étaient là, près de la machine et dit :

« Ça n'a pas l'air si différent.

— Par certains côtés, ça ne l'est pas, confirma Lisa. Mais ne t'y trompe pas, nous sommes loin du confort de notre bon XXIe siècle.

— On fait quoi maintenant ?

— Nous allons programmer la machine de Paolo pour qu'elle nous projette encore plus loin dans le passé. Nous allons tenter de renverser les évènements en retrouvant Paolo et en identifiant Chronos.

— Mais nous ne savons pas à quelle date précise nous devons nous rendre.

— Oui, mais pendant que tu dormais, nous avons avancé.

— Et alors ?

— Alors, Fra Anselmo n'était pas trop sûr de la date. Il penchait pour le seize juin. D'autres moines affirmaient que c'était plus tôt, vers le treize. J'ai suivi la majorité. J'ai bien fait, non ?

— Logique.

— On part dans quelques heures. J'aimerais, si tu es totalement opérationnel, que tu essayes de coupler l'ordinateur avec la machine de Paolo. Je serais plus rassuré si c'était toi qui contrôlais tout ça. Les moines sont bien gentils, mais si nous avons le moindre problème, ils ne sauront pas quoi faire. Toi, si. »

Coupler un ordinateur dernier cri du XXIe siècle avec un appareillage fait de tubes et de câbles de cuivre, d'engrenages et de manomètres mécaniques tenait de la gageure. Heureusement que Yu avait emporté avec lui, non seulement l'ordinateur, mais aussi une mallette magique qui contenait un bric-à-brac d'appareils électroniques, d'outils et de câbles dont il était le seul à pouvoir comprendre l'utilité. Toujours est-il qu'il réussit, en à peine plus de quatre heures d'un travail acharné, à commander la machine de Paolo depuis l'écran de son portable. Il utilisait pour cela un logiciel, paramétrable à souhait, à qui il pouvait assigner des fonctions qui commandaient des capteurs, des interrupteurs ou des commutateurs, par exemple.

Prévoyant, il avait emporté tout un arsenal de ces petits appareils miniaturisés. Yu était vraiment étonnant, lui aussi. Toutefois il n'impressionnait plus Théo, qui savait à quel point son ami était doué. Il le lui avait prouvé à maintes occasions.

§

« Voilà ce que nous allons faire, expliqua Lisa. Nous savons maintenant que Fra Paolo a trouvé refuge dans l'église, ici à San Gregorio, le treize juin 1577. Ce qui semble indiquer, vu l'état de ses blessures, qu'il avait dû être agressé et jeté dans les eaux de la lagune le jour même. Nous pouvons aussi penser qu'à cause de ses blessures, il n'a pas pu nager bien loin. Ceux qui l'ont repêché, l'ont déposé très certainement près de San Gregorio.

Donc, il est fort probable qu'il ait été agressé ici, dans le quartier de Dorsoduro. Alors, nous allons faire un saut exactement au petit matin du treize juin, et nous allons sillonner le quartier, en espérant apercevoir Fra Paolo et son agresseur. Si nous réussissons à le localiser, nous empêcherons son agresseur d'agir. Une fois que nous l'aurons démasqué et que nous saurons, grâce à Paolo, à quel moment exact il est retourné dans le passé lui donner les plans de la machine, nous pourrons retourner empêcher leur rencontre.

Si tout se passe bien, tous les changements qui sont intervenus dans le temps depuis, disparaîtront et tout redeviendra comme avant.

— Voilà, vous savez tout de notre plan, intervint Théo. Il n'est pas compliqué, à condition que nous ayons un peu de chance.

— Et si vous n'arrivez pas à localiser Fra Paolo, se demanda Fra Anselmo, vous ferez quoi ?

— Nous avons déterminé un ensemble de parcours à réaliser qui permettront de couvrir parfaitement toutes les ruelles et les quais du quartier. Nous devrons suivre scrupuleusement notre parcours. Si nous ne le trouvons pas, nous reviendrons et referons un saut exactement à la même heure, le même jour. Nous parcourrons ainsi le quartier par d'autres rues et d'autres quais jusqu'à ce que nous le localisions.

— Et s'il n'est pas ici, à Dorsoduro ?

— Alors, nous devrons recommencer en élargissant le périmètre de recherche aux autres quartiers. Nous devons le trouver, même si nous devons y passer du temps. Nous sommes près du but, Chronos est à notre portée, désormais… Tu es prêt, Yu ?

— Oui, tous les paramètres sont ok. La machine est opérationnelle pour le saut. Ah, au fait, j'en ai profité pour améliorer la stabilité du débit de flux temporel. Ça devrait moins secouer. Je vais profiter de votre absence pour tout reparamétrer plus finement. »

Lisa et Théo entrèrent dans le cylindre de cuivre. Après quelques instants la lueur bleue inonda l'intérieur et un léger halo de fumée les enveloppa. Ils sentirent comme une perte de conscience, tout en douceur et furent plongés dans un cocon doux et cotonneux. Lorsqu'ils émergèrent, toujours en douceur, ils se virent dans la salle voûtée, remplie de jarres, de paniers et de bouteilles. Ils avaient atteint leur destination : le 13 juin de l'an 1577.

Ils sortirent discrètement de l'abbaye et furent bientôt

dans les ruelles de Dorsoduro. Ce quartier de Venise était vaste, sillonné de nombreuses voies, terrestres et maritimes. Lisa et Théo se séparèrent. Elle prit la direction de l'Est, vers la pointe de l'île où se trouvait la douane. Lui, irait vers l'Ouest jusqu'au canal de la Fornace. Ils passeraient leur journée à arpenter les rues et suivre les canaux, puisque Fra Paolo fut jeté à la mer. Bien entendu, ils étaient conscients qu'ils devraient compter sur la chance pour tomber sur Paolo. Ils ne savaient ni où, ni quand il allait débarquer dans le quartier. Ils avaient chacun emporté une petite tablette dans laquelle était inscrit scrupuleusement le chemin qu'ils devaient emprunter, ainsi que les horaires de leurs passages.

Ainsi, s'ils ne réussissaient pas à le trouver rapidement, ils pourraient s'organiser pour les prochains sauts temporels, pour explorer d'autres lieux et repasser dans ceux déjà visités, à d'autres moments. La journée s'écoula lentement, dans le froid de l'hiver. Vers dix-sept heures trente, ils se retrouvèrent devant l'église San Gregorio et retournèrent dans la salle sous l'abbaye. Il était convenu que Yu actionne la machine à dix-huit heures précises pour les ramener.

C'est à l'aube du troisième jour de recherche qu'enfin ils aperçurent Fra Paolo. Ce fut Lisa qui le vit traverser un pont qui enjambait le Grand Canal. Elle se fit discrète et suivit le moine, tout en prévenant Théo par talkie :

« Théo, tu me reçois ?

— Parfaitement.

— Ça y est, j'ai retrouvé Paolo !

— Super ! Tu es où ?

— Près du pont qui traverse le Grand Canal. Je le suis.

— Ok, je reviens vers vous.

— J'avance sur le quai. Il vient de tourner. Je te rappelle... »

Après le pont, Paolo prit sur sa gauche, le long du quai, s'enfonça dans une ruelle sur quelques dizaines de mètres, puis il tourna encore à gauche dans une autre rue, pleine de monde. Lisa finit par perdre de vue Paolo au milieu de cette foule. Elle pressa le pas, tenta de rattraper le moine, en vain.

« Théo ?

— Oui, Lisa.

— Je l'ai perdu de vue dans la foule, dit-elle, désemparée.

— Tu es où ?

— Je n'en sais rien. J'ai suivi Paolo dans les ruelles. Je n'ai pas regardé leur nom.

— Continue d'avancer, il faut le retrouver. »

Lisa arriva sur un pont qui enjambait un petit canal. De là elle crut apercevoir Paolo qui continuait son chemin dans une ruelle, en direction de San Gregorio. Elle traversa une esplanade, s'arrêta, lut une plaque et dit :

« Je suis sur le quai *Bragadin,* apparemment.

— Un instant… Ok je suis tout proche. Continue d'avancer, je suis derrière toi. »

Lisa s'engouffra dans la ruelle qu'avait empruntée Paolo. Elle pressa le pas, le vit, ralentit pour garder ses distances. Il était presque au bout de la ruelle lorsqu'elle entendit les pas de quelqu'un qui courait. Elle se retourna et vit Théo qui arrivait au pas de course.

« Il est juste devant nous, au bout de la ruelle, expliqua-t-elle.

— Bon, allons-y, il ne faut pas le perdre. »

La ruelle débouchait sur un quai. Sur la droite, un pont enjambait un canal étroit. Il n'y avait pas grand monde ici. Juste un homme vêtu de noir, recouvert d'une grande cape surmontée d'une capuche ample, qui disparaissait au détour d'une rue. Pas de trace de Paolo.

« Où est-il ? demanda Théo.

— Je ne comprends pas, il était juste devant nous. »

Les deux jeunes gens scrutèrent les alentours, cherchant où avait pu aller Fra Paolo. Soudain, Lisa vit quelque chose bouger dans le canal, près d'une barque de pêcheur amarrée là.

« Regarde ! dans l'eau ! Quelqu'un se débat !

— C'est Paolo ! s'écria Théo. Je m'en charge. Toi, rattrape le type en noir qu'on vient de voir. C'est sûrement notre homme ! »

Théo se précipita vers Paolo qui, à bout de forces, cessait lentement de se débattre. Il sauta sur la barque de pêcheur, s'agenouilla et saisit le corps du moine par sa toge. Il était lourd et difficile à remonter. Théo se concentra pour établir le contact avec la dague, qui, même si elle n'était pas aussi efficace que les bijoux pour des tâches autres que le combat, n'en demeurait pas moins une source de puissance. Il fallait juste que Théo trouve le moyen d'apprivoiser cet outil. Les connexions mentales qu'il tissait avec la dague étaient ténues, celles-ci étant dévolues surtout au médaillon. Toutefois, avec une bonne dose de concentration et de la pratique, Théo pouvait en tirer parti. Il sentit un transfert de force et souleva aussitôt Paolo, le hissant sur la barque. Le moine était à demi inconscient. Il saignait abondamment. Le jeune homme déchira sa toge à l'endroit de la blessure. Ce n'était pas beau à voir. L'entaille était profonde. Paolo se vidait de son sang. Théo sortit la dague et la pointa sur la plaie. Il dosa la puissance afin de tenter de la cautériser. Un rayon de lumière jaillit et vint percuter les chairs meurtries du moine. Après quelques instants, le sang coula moins fort. Théo arrêta. Il ne fallait pas qu'il referme complètement la plaie de Paolo, celui-ci devait être soigné par les moines qui lui prodigueraient leur savoir médical.

Théo regrettait simplement de n'avoir pu arriver à temps pour empêcher son ami d'être blessé.

Lisa revint en courant. Elle arriva à hauteur de la barque.

« Qu'est-ce qui s'est passé ? demanda Théo, étonné de la voir revenir si vite.

— Je l'ai suivi dans la ruelle, là bas, dit-elle en montrant l'entrée d'une rue. Je l'ai quasiment rattrapé alors qu'il tournait dans une autre rue. Lorsque j'ai débouché derrière lui, le l'ai vu qui se dématérialisait, sous mes yeux !

— Quoi ?!

— Il a disparu dans une lueur bleutée !

— Qu'est-ce que ça veut dire ? se demanda l'Elu.

— Je ne sais pas, mais une chose est sûre, c'est bien notre homme.

— Oui, mais il nous a semés.

— Comment va-t-il ? questionna-t-elle en regardant Paolo.

— Il s'en sortira, nous le savons.

— C'est étrange, songea Lisa. Fra Anselmo nous a dit que Paolo avait été repêché dans les eaux de la lagune.

— Oui, et alors ?

— Tu vois quelqu'un d'autre ici ? »

Théo jeta un œil alentour, se rendit compte qu'il n'y avait personne d'autre qu'eux à cet endroit, en cet instant. Il fit une moue perplexe :

« Tu veux dire que ça ne pouvait être que nous qui aurions sorti Paolo de l'eau, c'est ça ?

— si nous n'étions pas arrivés derrière lui, il serait mort noyé, c'est évident. Regarde, il n'y a personne qui soit passé ici depuis près de cinq minutes !

— Ok, qu'est-ce que ça change ?

— Je n'en sais rien, mais ça me fait peur. Si ça ne pouvait pas être quelqu'un d'autre que nous, ça veut dire que tout ceci s'est déjà produit, alors même que nous étions dans le futur et que nous ne savions pas que nous serions ici. Ça veut dire que, quels que soient nos actes, tout est écrit à l'avance. »

La jeune femme en avait des frissons. La perspective d'une vie qui tournerait en boucle, indéfiniment, toujours à répéter les mêmes actes, lui faisait peur et l'angoissait.

« Je n'en suis pas certain, minimisa le jeune homme. Nous sommes dans une situation particulière où le temps à été modifié plein de fois, provoquant sans doute des… comment on dit déjà ?...

— Des paradoxes.

— Oui, c'est ça. Le fait d'être ici et de sauver Paolo doit faire partie de ces paradoxes. Ça ne veut pas dire que tout est écrit d'avance. On peut changer les choses. Il faut retrouver Chronos et tout remettre en ordre, c'est tout !

— Comment ? Il a disparu ! Aucune trace.

— On va réfléchir. Il doit y avoir quelque chose à faire. En attendant, aide-moi, nous allons transporter Paolo dans l'église San Gregorio. »

§

« La machine de Paolo a disparu ! » s'écria Yu, paniqué. Lisa et Théo se regardèrent, médusés. Ils accoururent dans la salle où se trouvait la machine et constatèrent qu'elle n'était plus là.

« Ce n'est pas possible ! cria Théo, en tapant du poing sur une barrique.

— Chronos a encore modifié les évènements ! lança Lisa. Il a toujours une longueur d'avance sur nous !

— Vite, il faut aller trouver Fra Anselmo, récupérer les plans de la machine ! dit Théo en s'élançant vers la sortie.

— C'est inutile, se désespéra Yu. Ils étaient ici, dans l'un des compartiments de la machine.

— Quoi ?!

— C'est moi qui les avais mis là. J'étais en train de les étudier pour en améliorer le fonctionnement.

— Oui, mais ça n'est peut-être plus pareil maintenant. Je vais trouver Anselmo. »

Théo courut à travers les couloirs de l'abbaye jusqu'à la cellule de Fra Anselmo. Celui-ci était recueilli, priant sans doute. Théo déboula sans ménagement et lança :

« Fra Anselmo, où avez-vous mis les plans de la machine ?! »

Le moine, surpris, prit peur et dit :

« Qui êtes-vous ? Que faites-vous ici ? »

Théo voulu répondre mais se ravisa. Inutile de continuer plus avant la conversation. Les changements survenus faisaient que Fra Anselmo ne se souvenait même pas de lui, et pour cause : il le voyait pour la première fois dans cette nouvelle réalité ! Il tenta tout de même de poser une question :

« Fra Anselmo, savez-vous où se trouve Fra Paolo ?

— Qui ?

— Non, rien, excusez-moi de vous avoir dérangé. »

Il fit demi-tour et rejoignit ses amis dans le jardin fleuri de l'abbaye.

« Alors ? questionna Yu, inquiet.

— Nous avons un gros problème. Nous n'avons plus de moyen de rentrer chez nous et il semble que Fra Paolo soit inconnu ici.

— Qu'est-ce qu'on va faire ? se désola Lisa.

— Eh ! Je veux pas finir ici, moi ! dit Yu. Il faut qu'on trouve Fra Paolo. Il est le seul capable de construire une nouvelle machine.

— Tu l'a étudiée pendant qu'on était pas là. Tu penses qu'on pourrait en bâtir une, sans lui ? demanda Théo.

— Impossible. J'ai commencé à l'étudier, mais j'ai eu du mal à comprendre comment elle était faite. C'est trop complexe. Et surtout, moi je suis bon dans tout ce qui est électronique et informatique. Mais là, ça dépasse mes compétences. Sa machine est un assemblage de tubes, d'engrenages, de choses que je ne maîtrise pas du tout. Oublie cette idée.

— Bon, je crois que nous sommes coincés ici, alors.

— Il y a une chose que je n'arrive pas à comprendre, avoua Lisa. Nous avons bien déposé Fra Paolo dans l'église de San Gregorio. Alors, pourquoi est-ce qu'ici, personne ne le connaît ?

— Je n'en sais rien, reconnut Théo. J'ai dans l'idée que

Chronos est sur nos traces, lui aussi. Si c'est le cas, il a calculé la meilleure façon de nous éloigner de lui en nous empêchant de faire des sauts dans le temps. Il a dû passer derrière nous et récupérer Fra Paolo dans l'église.

— Il en aurait fait quoi ?

— Je crois qu'il vaut mieux pas que nous le sachions.

— Tu penses que…

— C'est évident. Il l'a poignardé peu de temps avant. Il est revenu finir ce qu'il a commencé et cette fois il n'a pas dû le louper.

— Quelle horreur, dit Lisa d'un ton dégoûté.

— Qu'est-ce qu'on va devenir ? s'inquiéta Yu. Et mes parents, ils ne me verront plus jamais. Ils ne sauront pas pourquoi j'ai disparu, s'imagineront sans doute le pire, souffriront et seront très malheureux toute leur vie…

— Eh ! tu te donnes trop d'importante, plaisanta Théo.

— Théo a raison, tes parents t'oublieront bien vite », renchérit Lisa.

Yu râla dans sa langue, comme à chaque fois qu'il était bougon. Ses amis rirent de bon cœur. Il râla de plus belle mais finit par rire lui aussi, devant la situation.

§

Près de trois semaines s'étaient écoulées au rythme lent de ce début de XVIIe siècle. Venise bouillonnait certes, mais la vie s'écoulait différemment par rapport au XXIe siècle. Les gens étaient moins stressés. Il n'y avait pas cette notion de rentabilité à tout prix. Les choses se faisaient à leur rythme, sans bousculade. Une galère vénitienne mettait plus d'un mois, dans le meilleur des cas, pour venir de Constantinople, chargée de ses précieuses marchandises. Celles-ci venaient le plus souvent d'Inde ou de Chine d'où elles avaient mis des mois, à dos d'ânes, de chevaux ou de chameaux, pour parvenir jusqu'à la grande cité Ottomane, avant d'être chargées sur les bateaux. Au XVIIe siècle l'on était pas pressé. L'on avait pas vraiment le choix. Pour les gens de ce temps la vie était rude, peu confortable, sauf peut-être pour les riches nobles, mais elle restait centrée sur l'humain. L'homme était au coeur de tout. Ce qui était de moins en moins le cas au XXIe siècle où les profits, les marchés, prenaient le pas, devenant le centre de toute chose, reléguant l'homme au rang d'esclave du système financier, l'obligeant à produire et consommer toujours plus, pour satisfaire au fonctionnement des rouages de la machine. C'est précisément au XVIe et XVIIe siècles, que les balbutiements de ce système furent mis en place et allaient donner, durant les siècles suivants, le système capitaliste tel que nous le connaissons.

Théo regardait l'activité sur le Grand Canal. Le temps était gris, pluvieux. Dehors il faisait encore froid. C'était le mois de mars et l'hiver n'en finissait plus. Le jeune homme était perdu dans ses pensées. Il se demandait depuis des semaines comment lui et ses amis pourraient se sortir de la situation dans laquelle ils étaient. Pris au piège du temps, ils n'avaient aucune issue possible, pour le moment et aucun d'eux ne voyait comment ils pourraient retourner au XXIe siècle. L'homme après qui ils couraient, Chronos, les avait piégés ici. Ils ne s'étaient pas méfiés et avaient cru naïvement qu'ils étaient les chasseurs et lui le gibier. Ils avaient dû déchanter. Théo était déçu. Lui, l'Elu des Mikelians, celui qui devait sauver le monde, ne sauverait plus personne désormais. Il devait se rendre à l'évidence : il avait perdu la partie. Durant les trois semaines écoulées, lui et ses amis avaient passé leur temps à rechercher les traces de Fra Paolo, avec le secret espoir qu'il fût toujours en vie. Malheureusement ils ne trouvèrent aucune trace récente du moine. Il avait bien existé mais son existence semblait prendre fin à peu près en même temps que son alter ego plus âgé, venu du futur. Chronos, qui avait tué Paolo vieux, s'en était sans doute pris à lui, jeune. Ainsi il éliminait définitivement toute concurrence, s'assurant que plus personne ne construirait une machine à voyager dans le temps.

Ce qui troublait Théo était le fait que cet homme ait eu connaissance de l'existence du jeune homme et de ses amis. Comment était-ce possible ? Il ne voyait pas pourquoi Fra Paolo aurait parlé de lui. Et quand bien même, pourquoi et comment l'autre aurait su que Théo représentait une menace ? Il y avait des points dans cette affaire, qui n'étaient pas très clairs.

La voix douce de Lisa sortit Théo de ses pensées :

« Théo, Théo… Tu viens, la pluie a cessé. On sort un peu ? »

Le jeune homme regarda le magnifique visage de sa belle, lui fit un doux sourire et acquiesça d'un hochement de tête. Il regarda la chambre dans laquelle ils vivaient tous les trois, Lisa, Yu et lui, dans cette auberge modeste mais propre. Ils avaient dû louer une seule chambre car leurs finances étaient relativement faibles. Ils n'avaient pas prévu d'emporter des sacs pleins de pièces d'or dans leur mission qui ne devait durer que quelques jours tout au plus. Ils avaient encore de quoi payer la chambre et les repas pendant deux bons mois, mais ensuite ils n'auraient aucun revenu pour subsister. Ils devraient trouver un moyen de survivre. Yu, malin, avait déjà quelques petites idées en tête pour qu'ils deviennent très riches, très vite : il suffisait de faire quelques bonnes inventions, un peu en avance sur leur temps. Ce n'était pas de nature à aider à remettre de l'ordre dans le temps, mais ça rassurait Lisa et Théo qui ne voyaient pas comment ils auraient pu faire pour gagner de quoi vivre, autrement.

Ils quittèrent la chambre tous trois, déambulèrent le long des quais et dans les rues animées de la ville, où s'affairait une foule grouillante et colorée. Cela faisait du bien, après deux jours à tourner en rond dans leur chambre exigue, à cause de fortes pluies.

« J'ai réfléchi à notre situation, expliqua Yu. Je me suis dit qu'après tout, si Fra Paolo avait réussi à comprendre comment construire une machine temporelle, à partir de l'étude qu'il a faite du puits de l'abbaye de San Gregorio, je pourrais peut-être y arriver, moi aussi.

— Tu nous as pourtant dit que ce serait impossible pour toi, s'étonna Lisa.

— Oui, mais je ne veux pas rester coincé ici pour le restant de mes jours.

— Fra Paolo a mis près de douze ans pour construire sa machine, précisa Théo.

— Il maîtrisait des domaines dans lesquels je ne suis pas fort, je le reconnais, mais j'en maîtrise certains qu'il n'aurait même pas soupçonné. Avec mon ordinateur et quelques capteurs j'ai amélioré considérablement le confort de sa machine. Je pense qu'en quelques mois, si nous bossons d'arrache-pied, nous pouvons réussir.

— Il va nous falloir un lieu pour la bâtir et beaucoup d'argent, objecta Lisa.

— L'argent ne sera pas un problème. J'ai déjà étudié les inventions de ce siècle et il y en a pas mal que nous pouvons mettre sur le marché, sans que ça ne modifie l'Histoire de l'humanité de façon importante. Elles sortiront avec quelques mois ou années d'avance, c'est tout.

— Pour ça, on te fait confiance. C'est toi qui gère, affirma Théo. Bon, tu nous redonnes un peu d'espoir. Je dois dire que nous en avons bien besoin. On va retourner à l'auberge et mettre notre plan au point. Il ne faut pas perdre de temps. »

De retour à l'auberge, regonflés et pleins d'espoir, ils furent appelés par le propriétaire de l'établissement, monsieur Giani, un gros homme jovial, bouffi et écarlate, qui avait du mal à se mouvoir tant il était énorme. C'était un homme bon qui avait accepté sans trop de difficultés la présence de deux jeunes hommes et d'une jeune fille dans la même chambre, ce qui n'était pas dans les mœurs de l'époque. Bien sûr, Théo dut inventer une histoire abracadabrante pour cela mais l'homme se laissa convaincre facilement.

« Quelqu'un vous cherche » dit-il de façon laconique.

Les trois amis se regardèrent, de l'interrogation dans les yeux. Théo s'approcha de monsieur Giani :

« Quelqu'un ? Qui ça ?

— Je ne sais pas, moi, répondit l'homme en haussant les épaules.

— Il était comment ce quelqu'un ?

— Grand. Très grand.

— Allez, monsieur Giani, donnez-nous plus de détails, s'il vous plaît. S'impatienta Lisa.

— Mince, élégant, la cinquantaine, avec un accent.

— Un accent ?

— Oui, un accent.

— De quelle région ? demanda Théo.

— Ce n'est pas un accent d'ici. Je dirai plutôt un accent étranger.

— Français ? Allemand ?

— Anglais. Plutôt Anglais, hésita Giani. Oui, je crois ne pas me tromper en disant : Anglais. »

Lisa regarda Yu et Théo, se demanda s'ils pensaient la même chose qu'elle, vit dans leurs regards l'espoir fou d'avoir raison de leur intuition. Théo continua de questionner Giani :

« Il a dit quelque chose, je suppose ?

— Oui, bien sûr. Vous auriez dû commencer par là, plaisanta le jovial aubergiste.

— Bon, allez, ne nous faites pas languir. Il a dit quoi ?

— Qu'il cherchait trois jeunes, deux garçons et une fille, un grand mince, un petit gros et une belle plante aux cheveux auburn.

— C'est qui le petit gros ? s'offusqua Yu.

— Ce n'est pas possible ! s'écria Lisa du fond du cœur.

— Je crois bien que si, répondit Théo. C'est bien le professeur Darlington !

— Mais comment ?...

— Il a dit aussi, la coupa Giani, que si je vous voyais, il

fallait que je vous laisse un message…

— Oh ! allez ! vous nous faites perdre notre temps, monsieur Giani, accouchez ! »

Monsieur Giani rit aux éclats. Il était farceur avec les jeunes. Il les aimait bien à vrai dire. Depuis trois semaines qu'ils étaient sous son toit, il avait appris à les connaître et trouvait qu'ils n'étaient pas comme les jeunes de Venise. Ils étaient vifs, pétillants, respiraient l'intelligence et la débrouillardise. Tout le contraire de ces fils à papa de la haute bourgeoisie de la cité. Alors, il les taquinait de bon cœur, sans méchanceté aucune.

« Il a dit : *rendez-vous à dix huit heures sur le quai, devant Danieli.* Je lui ai demandé qui était ce Danieli mais il m'a juste répondu que vous comprendriez.

— Oui, merci monsieur Giani. Merci pour tout ce que vous avez fait pour nous ces trois dernières semaines, déclara Théo, une pointe d'émotion dans la voix.

— Merci du fond du cœur, renchérit Lisa.

— Eh ! Jeunes gens, ça m'a tout l'air d'adieux tout ça, je me trompe ?

— Non, vous avez raison. Nous allons rentrer chez nous ! s'écria Yu, sautillant sur place, heureux comme jamais.

— Vous allez me manquer, jeunes gens. Je m'étais habitué à vous. Mais je suis heureux pour vous d'apprendre que vous allez revoir vos familles. J'espère que vous n'oublierez pas ce bon vieux Giani.

— Ça ne risque pas, monsieur Giani, répondit Lisa. Vous avez été super avec nous et ça ne s'oublie pas. »

Les trois amis remontèrent dans leur chambre, préparèrent le peu d'affaires qu'ils possédaient et, à dix sept heures quarante précisément, ils quittèrent l'auberge de monsieur Giani, après de longs et chaleureux adieux.

§

Chapitre IX

« Le retour de l'Archange »

La nuit tombait, le froid redoublait d'intensité, les badauds avaient déserté les quais et la place Saint-Marc. Lisa, Yu et Théo pressaient le pas pour arriver à l'heure au rendez-vous que leur avait fixé le professeur. Ils aperçurent sa silhouette, haute et fine, au bord du quai, exactement en face du Palais Dandolo, qui deviendrait l'hôtel Danieli dans un peu plus de deux siècles. Le cœur des trois ados battait la chamade. Ils allaient pourvoir quitter Venise et le XVIIe siècle, enfin ! Alors qu'ils n'étaient plus qu'à quelques dizaines de pas du professeur, une jeune femme, vêtue d'un long manteau à capuche, qu'ils avaient à peine remarquée, s'approcha d'eux discrètement et, tout en continuant de marcher, dit :

« Faites demi-tour et courrez, c'est un piège. »

Ils reconnurent immédiatement la voix de Jessie, et, malgré la surprise, firent demi-tour et coururent derrière elle. Théo se tourna vers la silhouette et vit que quatre hommes, en plus de celle-ci, commencèrent à courir dans leur direction. Il cria :

« Plus vite ! Ils sont à nos trousses ! »

Jessie bifurqua sur la droite et traversa la place Saint-Marc au pas de course, suivie de près par ses amis. Au bout, elle passa sous un porche et prit une petite rue peu éclairée et presque déserte. Les cinq hommes qui s'étaient lancés après eux n'étaient pas à plus de cent mètres et semblaient se rapprocher rapidement.

« Plus vite ! Plus vite ! cria Théo. Ils nous rattrapent ! »

Jessie prit à gauche, traversa un pont, une ruelle étroite plongée dans une obscurité presque totale, s'engagea dans une traverse sur sa droite, fonça dans l'obscurité, tourna à gauche, puis à droite et encore à droite et pour finir, dans une petite rue, elle s'engouffra dans l'entrée d'un immeuble, toujours suivie de ses amis et de leurs poursuivants, qui avaient encore une soixantaine de mètres de retard. La lourde porte se referma derrière eux. Ils montèrent les marches quatre à quatre jusqu'au second étage et s'immobilisèrent brutalement, essayant de faire le moins de bruit possible. Ils entendirent les pas de leurs poursuivants qui passaient devant l'immeuble, rapidement. Les pas ralentirent et cessèrent leur course. Ils marchaient maintenant, cherchant sans doute où avaient disparu ceux qu'ils pourchassaient. La poignée de la porte de l'immeuble tourna, puis l'on entendit qu'on essayait de la pousser, en vain. Elle était fermée. Derrière elle, silencieux et immobile, le professeur Darlington, resté en embuscade derrière la porte, venait juste de tourner la clé. Les hommes cherchèrent encore quelques instants puis s'éloignèrent.

Jessie, heureuse d'avoir retrouvé ses amis, les embrassa longuement. Eux étaient encore plus heureux qu'elle à l'idée de pouvoir quitter le XVIIe siècle pour revenir dans le XXIe. Le professeur Darlington n'eut pas d'effusions appuyées mais il était très content lui aussi de retrouver ses amis et leur fit savoir.

Ils étaient entrés dans l'appartement du troisième étage de l'immeuble dont Jessie possédait la clé. L'intérieur était cossu. Dans la pièce principale, de bonne taille, étaient disposés une table et un bahut, tous deux en chêne massif. Dans un coin, l'on trouvait quatre petits fauteuils recouverts de velours rouge vif, disposés autour d'un guéridon, en chêne lui aussi. Les murs étaient tapissés de tissus crème orné de lys rouges. Des tentures, également de velours rouge, encadraient les fenêtres. C'était un peu chargé, mais sans doute dans le style de l'époque. Les cinq compères étaient attablés, buvant un bon thé chaud pour se réchauffer. La cheminée avait été allumée et commençait à peine à dispenser sa chaleur dans la pièce. Jusque là, ils avaient échangé seulement des banalités, mais chacun avait hâte de connaître l'histoire des autres. Ce fut Lisa qui entama la conversation :

« Nous sommes vraiment heureux que vous soyez venus nous chercher. Nous étions un peu désespérés à l'idée de devoir croupir ici, même si nous venions juste de mettre un plan sur pied pour essayer de rentrer par nos propres moyens.

— L'idée de laisser au moins l'un d'entre nous dans notre siècle était bonne, reconnut Jessie. Sans ça, vous seriez tous les trois coincés ici, sans espoir de retour sans doute.

— Oui, Théo a du nez en général, souligna Yu.

— Comment avez-vous fait pour venir jusqu'ici ? questionna l'Elu.

— C'est une longue histoire, expliqua Jessie. Lorsque, au bout de cinq jours, je ne vous ai pas vu revenir, je me suis douté que les choses avaient mal tourné pour vous. J'ai demandé au professeur de venir me rejoindre au plus vite. Je ne savais pas trop quoi faire et j'espérais qu'il m'aiderait à trouver des solutions. Dans un premier temps, comme nous ne voulions pas recourir aux services de la machine de mon père, nous avons cherché comment nous pourrions retrouver Hessling. Nous savions que les recherches de Yu sur Internet n'avaient rien donné. Il nous fallait explorer d'autres voies. Le professeur a eu l'idée de faire des recherches historiques, puisque le père d'Hessling, Von Strudel, était un officier de la Wehrmacht. Il a suivi cette piste qui, curieusement, nous a ramené à l'histoire originelle de sa famille, avant qu'Hessling ne modifie le cours des évènements pour nous fuir. Nous avons alors voulu vérifier notre intuition et avons découvert qu'Hessling était bien établi à Munich. Nous sommes allés le trouver, chez lui, dans sa maison, la même que nous avions vue lors de notre premier contact avec lui. Hessling ne fut pas surpris de nous voir débarquer. Il se souvenait très bien de nous et de tout ce qui s'était produit durant les semaines précédentes. »

Jessie fit une pause, but une gorgée de thé avant de reprendre :

« Hessling semblait avoir peur. Il nous a avoué qu'il craignait pour sa vie. Il se sentait espionné, suivi par plusieurs personnes. Il nous a affirmé qu'il ne voyait pas qui pouvait bien en avoir après lui. C'est comme ça qu'il a commencé à soupçonner que ces gens pouvaient avoir été envoyés par Chronos. Il nous avoua que lorsqu'il s'est retrouvé à Munich, un beau matin, il a été pris de panique. Il a compris qu'il devait agir vite pour sauver sa machine. Il l'a faite déménager discrètement dans un lieu secret où il n'a plus remis les pieds. Lorsqu'il a vu qu'il était épié, il a su que c'était sans aucun doute à cause d'elle. Il était content de nous voir, espérait que nous pourrions régler tous ses problèmes. Lorsque nous lui avons dit que vous étiez coincés dans le passé, il n'a pas hésité un instant à nous aider. Nous avons dû, pour atteindre le lieu où se trouvait la machine, semer les hommes qui étaient après lui. Ça n'a pas été facile, mais nous sommes là. »

La jeune femme sourit, but une dernière gorgée de thé et reposa sa tasse.

« C'est curieux, songea Yu, nous avons cherché Hessling partout, après qu'il ait disparu la dernière fois et nous n'avons rien trouvé à Munich.

— Oui, c'est normal, expliqua Jessie. Il y a eu deux autres changements importants entre temps. Dans le dernier, Hessling s'est retrouvé à Munich, comme si Chronos avait, lors de ses derniers changements, fait faire une sorte de marche arrière aux évènements. C'est curieux.

— Curieux, en effet, reconnut Théo.

— Chronos a peut-être dû faire marche arrière pour une raison que nous ignorons, songea Yu.

— C'est possible. Peu importe au final. L'essentiel est que vous ayez pu retrouver Hessling et venir nous chercher.

—Au fait, quelqu'un peut m'expliquer pourquoi il se souvient ? questionna Lisa, Je croyais que nous étions les seuls à le pouvoir.

— Ça, je peux l'expliquer, dit Jessie. Lorsque nous avons travaillé avec lui, la première fois, à Munich, nous lui avons expliqué pourquoi nous pouvions nous souvenir. Il a immédiatement bricolé un appareil qu'il a ajouté à sa machine, pour ancrer les voyageurs temporels dans leur présent, comme le caisson de mon père.

— Sacré Hessling ! Il est très fort, reconnut Yu.

— Vous êtes là depuis quand ? demanda Lisa.

— Ça fait trois jours que nous sommes arrivés, précisa Jessie. J'ai loué à prix d'or ce taudis, sinistre et mal chauffé. J'ai hâte de repartir.

— Et les types qui étaient après nous ?

— Sans doute des types employés par Chronos, comme ceux qui étaient après Hessling.

— Ça veut dire qu'ils ont repéré l'endroit où se trouve sa machine alors ?

— Non, impossible. Nous sommes en liaison avec Hessling et il ne nous a rien signalé d'anormal de son côté. Nous pensons, le professeur et moi, qu'ils étaient déjà ici. Ils nous ont repérés dès notre arrivée. Nous les avons semés un première fois. C'est pour ça qu'ils n'ont pas su où nous chercher quand nous sommes entrés dans cet immeuble. Ce matin, alors que nous faisions la tournée des auberges pour essayer de vous trouver, le professeur s'est fait repérer. Il s'en est rendu compte trop tard, il avait déjà visité cinq auberges et laissé autant de messages. C'est pourquoi je me suis trouvée au rendez-vous, sur le quai. J'espérais que vous ne viendriez pas, mais dans le doute nous avions un plan pour les semer.

— Vous avez réussi, applaudit Théo. Il va falloir être sur nos gardes maintenant. Chronos sait qui nous sommes et il nous traque comme du gibier. Ça ne va pas nous faciliter la tâche.

— Surtout qu'il a du monde à ses ordres. » ajouta Lisa.

Elle se servit une autre tasse de thé, y mit deux morceaux de sucre et touilla avec sa cuillère. Elle réfléchit avant de dire :

« Ce que je n'arrive pas à comprendre, c'est comment il nous a trouvés. Il vient, selon toute vraisemblance, du XVIe siècle et il nous file le train depuis pas mal de temps, si l'on en juge par le fait que ses sbires s'intéressent aussi à Hessling.

— C'est vrai que c'est assez bizarre, reconnut Jessie.

— Quand même, il a fallu qu'il traverse le temps, qu'il arrive jusqu'à notre époque, qu'il nous trouve, nous en particulier.

— On dirait bien qu'il savait exactement où, quand et vers qui aller, conclut Théo.

— C'est l'effet que ça fait en tout cas, ajouta Yu.

— Fra Paolo a dû lui parler de nous, en déduisit Lisa.

— Fra Paolo ne savait pas exactement d'où nous venions, rectifia Théo. Tout ce qu'il a su de nous, c'est que nous venions du futur, mais pas de quel siècle.

— Tu oublies qu'il nous a rapatriés avec sa machine. Il a dû forcément connaître l'époque.

— Non, le lieu où se trouvait l'arche d'alliance était quelque part, hors du temps. Ce n'est pas possible je vous dis... »

L'Elu s'interrompit, se mit a réfléchir longuement avant d'ajouter :

« La seule chose que je lui ai dite, maintenant qu'on en parle, c'est que, pour nous, le Palais du Ça Dario, où ma sœur Vera était enfermée[14], avait près de six siècles.

— Ah ! tu vois, il a très bien pu le lui dire.

— Possible. »

Théo semblait soudain plongé dans d'intenses réflexions. Ses amis continuaient de discuter tandis qu'il ne les entendait même plus…

§

Le jeune homme marchait dans une forêt dense d'arbres séculaires, principalement des chênes. Ses pas foulaient un parterre de feuilles mortes aux couleurs chatoyantes de l'automne. Le silence était parfois entrecoupé de cris stridents d'oiseaux qui s'envolaient à son approche. Le sentier s'enfonçait profondément dans la pénombre, sous les grands arbres. Théo avançait lentement, profitant pleinement de ce moment de quiétude. Il n'avait pas peur, savait qu'il était plongé dans l'un de ces rêves que les bijoux de l'Archange utilisaient lorsqu'ils voulaient lui communiquer une chose importante. Pourtant, il avait conscience, à ce moment précis, que les bijoux n'avaient plus le moindre lien mental avec lui. Cela faisait longtemps qu'ils avaient disparu et qu'ils ne donnaient aucun signe. Alors Théo songea qu'il n'y avait pas que les bijoux qui se présentaient à lui ainsi, en rêve. Il pressa le pas, confiant. Au détour du chemin, il arriva dans une vaste clairière dont l'herbe grasse était baignée de soleil, où les fleurs formaient un parterre multicolore et chatoyant. L'Elu vit une lumière blanche, vive, naître au milieu de celle-ci. Il s'en approcha prestement et devina la silhouette de l'Archange, ailes déployées. Lorsqu'il fut assez proche, il distingua nettement son magnifique visage et le bleu profond de ses yeux. Saint-Michel arborait un léger sourire au coin des lèvres. Il tendit les bras et sa voix grave et douce résonna :

---

[14](Cf. tome I, chapitre XIV)

« Sois le bienvenu, Théo. Cela faisait longtemps que je ne t'avais vu.

— C'est vrai, Archange Michel. Il s'est produit pas mal de changements depuis notre dernière entrevue.

— Je sais, Théo, je sais.

— La situation est très compliquée.

— Cela aussi, je le sais. J'ai su que tu faisais ton possible pour régler les problèmes actuels. C'est bien, Théo. Tu peux être fier de toi. Tu es bien l'Elu des Mikelians et le meilleur d'entre eux, qui plus est.

— Je vous remercie, Archange. Puis-je savoir pourquoi je suis ici, près de vous ?

— Tu as égaré les bijoux que j'avais donnés à tes pairs, dit-il sur un ton de reproche.

— Oui, je sais, avoua Théo, baissant les yeux.

— Tu t'es égaré toi-même en faisant cela.

— J'avais un plan contre nos ennemis. Je ne pouvais prévoir ce qui allait se produire, se défendit-il.

— Si tu avais conservé les bijoux sur toi, tout cela ne serait pas arrivé. Tu aurais eu la capacité d'empêcher ce qui s'est produit.

— Je pensais bien faire.

— Tu es l'Elu, Théo. L'Elu ne se sépare jamais des attributs qui lui confèrent sa puissance.

— J'ai eu tort, je le reconnais.

— Oui, tu as eu tort ! s'emporta l'Archange. Et moi, j'ai eu tort de mettre toute ma confiance en toi ! »

L'Archange était en colère. Théo avait failli. Maintenant, privé des bijoux, il n'était plus qu'un simple mortel, incapable de résoudre les problèmes de ce monde. Le jeune homme s'en voulait, même s'il persistait à penser que son plan était bon et que si les choses s'étaient déroulées normalement, il aurait eu raison de faire ce qu'il avait fait.

« Reconnaissez quand même que mon plan était bon, objecta le jeune homme. J'avais la situation en main.

— La preuve que non.

— Qui aurait pu prévoir qu'un type allait jouer avec le temps avec autant d'insouciance ?

— Toi, Théo. Tu aurais dû le prévoir.

— Moi ? Mais comment ?

— Parce que tu es à l'origine de cet imbroglio.

— Vraiment ?

— Oui. C'est toi qui es allé trouver ce moine, Fra Paolo, à Venise.

— J'avais besoin de lui pour nous en sortir, Vera et moi.

— Je le sais. Et je sais aussi que tu ne connaissais pas les lois qui régissent le temps. Par ta faute, tu as permis aux hommes de découvrir le moyen de voyager à travers l'espace et le temps.

— Je ne l'ai pas fait exprès.

— Non, c'est vrai. Mais c'est à cause de toi que c'est arrivé. Tu as montré à un humain l'existence des passages temporels et cet humain était assez intelligent pour étudier ce phénomène et le comprendre.

— Ce n'est pas de sa faute non plus. » objecta Théo.

L'Archange se tut, prit un air grave et ajouta :

« Maintenant tu vas devoir tout faire pour que les choses se remettent en ordre. Il y a eu trop de dégâts jusqu'ici. Si cela continue ainsi, ce sera la fin de ce monde et peut-être même la fin de l'univers tout entier.

— J'en suis conscient. Avec mes amis, nous oeuvrons jour et nuit pour venir à bout de ce problème. Nous étions parvenus jusqu'à celui qui a fait tout ça. Il nous a échappé pour le moment, mais nous pensons pouvoir le retrouver.

— Tu dois le retrouver, c'est impératif. Il est en possession des bijoux.

— Lui ? J'avoue que je m'en doutais un peu.

— Oui. Il est très dangereux et il le sera encore plus lorsqu'il découvrira comment tirer partie de leur pouvoir.

— Mais comment a-t-il su pour les bijoux ? Et comment a-t-il réussi à s'en emparer ?

— C'est quelqu'un de très intelligent et rusé. Il a tout

prévu te concernant.

— Je ne comprends pas comment il a su qui j'étais et ce que je représentais. Nous savons que c'est un homme du XVIe siècle. Il n'aurait pas dû savoir, pour moi.

— Pourtant, il sait.

— Vous semblez être au courant de bien des choses que j'ignore, Archange. Pourriez-vous nous aider et nous dire qui est cet homme ?

— Non, cela je ne le puis. Les affaires des humains ne peuvent être réglées que par des humains, c'est ainsi depuis la nuit des temps.

— Pourquoi ?

— Parce que le combat ne serait pas équitable si nous prenions parti dans un problème entre humains. Nos pouvoirs sont trop grands.

— Vous avez bien donné les bijoux magiques aux humains.

— Oui, mais c'était pour qu'ils combattent les forces du mal, qui elles aussi ont de grands pouvoirs. Il n'a jamais été question que le pouvoir des bijoux soit utilisé contre les humains.

— C'est vrai. Mais alors, pourquoi cette entrevue ?

— Parce que je voulais que tu saches pour les bijoux. Je voulais être sûr que tu étais bien conscient de l'importance du combat que tu mènes en ce moment. Je voulais, enfin, que tu saches à quel point l'équilibre du monde repose sur tes jeunes épaules. Tu es le seul, aidé de tes amis, à être capable de changer le destin du monde, à le remettre sur le bon chemin. Et n'oublie pas qu'une fois cela réalisé, il te restera encore à lutter contre tous les ennemis du bien. »

Le visage de l'Archange s'illumina d'un large sourire, tandis qu'il devenait de plus en plus lumineux. Sa voix résonna une dernière fois :

« Théo, cherche qui détient l'argent et le pouvoir. »

La lumière devint si vive que le jeune homme dut détourner le regard et fermer les yeux. Lorsqu'il les rouvrit, il vit ses amis, assis autour de la table, continuer à discuter. Il entendit progressivement le son de leurs voix devenir audible. Il était revenu dans le XVIIe siècle.

« Qu'en penses-tu, Théo ? »

Il regarda Lisa, puis fit le tour de ses amis avant de demander :

« Qu'est-ce que je pense de quoi ?

— De ce que nous devons faire maintenant. On reste ici ou on rentre chez nous ?

— Je viens d'avoir une conversation avec l'Archange. Il m'a dit que Chronos est celui qui s'est emparé des bijoux.

— On s'en doutait un peu, mais comment c'est possible ? se demanda Yu.

— Aucune idée. C'est un mystère. Mais ça veut dire qu'il est au courant pour nous tous, depuis le début. Ça veut dire qu'il nous épie et nous contrôle. Ça veut dire que chaque fois que nous nous approchons de lui, il anticipe et nous échappe.

— C'est pour ça que nous n'avons pas pu le rattraper et qu'il a disparu, dans les rues de Dorsoduro.

— Sans doute. Il est rusé et intelligent. Ce sont les propres mots de l'Archange.

— Pourquoi est-ce qu'il ne t'a pas dit qui c'est ? s'étonna Yu.

— Il ne peut se mêler des affaires des hommes, à ce qu'il m'a dit.

— On fait quoi alors ?

— Il m'a laissé un message, une sorte d'indice : *cherche qui détient l'argent et le pouvoir*.

— Qui détient l'argent et le pouvoir ? songea Jessie. Mais qui le détient et quand ? Ici, au XVIIe siècle ? Au XXIe ? Où ?

— A nous de le découvrir. Il ne m'a pas donné plus de précisions.

— Et les bijoux ? Il ne t'a pas donné un indice pour les retrouver ? Avec eux ce serait facile de nous débarrasser de

Chronos.

— Non, il m'a juste dit qu'il fallait faire vite car si cet homme découvrait comment utiliser leur pouvoir ce serait catastrophique.

— Tu m'étonnes.

— Moi je crois, expliqua Yu, que nous devons chercher celui qui détient le pouvoir et l'argent dans notre siècle.

— Ah… et pourquoi ? questionna Lisa.

— Parce qu'ici, dans ce siècle, nous ne connaissons pas grand-chose. De plus, tout au long des siècles passés, en Europe, le pouvoir a toujours été détenu par le pape et l'Eglise Catholique, si je ne me trompe pas.

— Il a raison, le soutint Darlington. Le pouvoir a toujours été partagé entre l'Eglise et la noblesse. Ici nous savons bien qui détient le pouvoir. De plus le système est fermé : ne peut détenir un quelconque pouvoir qu'un noble, issu d'une vieille famille. Peu sont les nouveaux élus dans cette organisation, même s'ils ont de l'argent. Les rois et reines, les ducs, barons et autres titres de noblesse ne s'acquièrent pas ainsi, simplement. Il faut de l'argent, certes, mais aussi faire partie du sérail. Et cela n'est pas à la portée de tous. Donc, si quelqu'un veut asseoir un pouvoir quelconque sur ce monde, il doit d'abord être adoubé par la noblesse.

— Et c'est mission impossible ?

— Non, bien sûr. Mais ce n'est pas facile. De toute façon, ici, le pouvoir suprême est détenu par la monarchie et le clergé. A moins de devenir pape…

— Ok, et si justement cet homme l'était devenu ? se demanda Théo.

— Trop compliqué à mon avis, j'en doute fort. Devenir pape est peut-être encore plus difficile que devenir roi.

— Bon, vous pensez que Yu a raison de dire qu'il vaut mieux chercher dans notre siècle, c'est ça ?

— Oui, cela me paraît plus judicieux en effet. Dans notre monde moderne, ce ne sont plus les rois et l'Eglise qui dirigent, mais la finance. Aujourd'hui ce sont les grandes multinationales qui font la pluie et le beau temps, partout sur la planète. Je crois que, si j'étais à la place de cet homme, c'est à notre époque que je m'établirais. Avec le pouvoir que me procurerait le voyage dans le temps, il me suffirait de connaître à l'avance ce qui va se produire pour miser en bourse ou acheter des entreprises naissantes, sachant pertinemment qu'elles deviendront des géants quelques années après. Prenez les exemples tels que Google, Yahoo, Microsoft, par exemple. En quelques années seulement elles sont passées de start-up à multinationales tentaculaires, implantées partout dans le monde.

— Bon, je crois que vous nous avez convaincus, professeur. Nous allons retourner chez nous et creuser cette piste. »

§

Flemming entra dans le vaste loft, froid et sinistre. Debout devant les grandes baies vitrées qui offraient l'un des plus beaux panoramas de New York, Oswald Graham contemplait l'immense mégapole. Il entendit les pas derrière lui et, sans se retourner, questionna l'arrivant :

« Quelles sont les nouvelles, monsieur Flemming ?

— C'est assez compliqué, Monsieur.

— Vraiment ? Et bien allez-y, racontez-moi tout.

— Le jeune Théo Orgone, accompagné de ses amis, a retrouvé la trace de celui que nous recherchons.

— Très bien ! Je savais qu'il fallait lui faire confiance. Ce jeune homme est particulièrement doué. Alors, est-ce que nous connaissons enfin l'identité de notre problème ?

— Malheureusement non, Monsieur. Il semble qu'il ait réussi à leur échapper.

— Hum, c'est ennuyeux.

— Toutefois ce n'est pas tout à fait négatif, Monsieur. Nous savons désormais que ce personnage vient du XVIe siècle, plus particulièrement de Venise.

— Ah ! Voilà une bonne nouvelle. »

Graham porta sa main droite au menton, sembla réfléchir avant d'ajouter :

« Venise. Le XVIe siècle. Ça confirme les soupçons que nous avions : Théo n'est donc pas étranger à tout ça.

— Il semblerait, en effet, monsieur. Nos agents, qui le filent depuis le départ, ont subi plusieurs changements de réalité durant leur séjour aux diverses époques où s'est rendu Théo. Ils ont eu du mal à suivre mais ont tout de même rapporté certains faits importants.

— Allez-y, je vous écoute.

— Théo a cherché à rencontrer un vieil homme, sur une petite île de la côte Dalmate.

— Qui est cet homme ?

— Nous ne le savons pas. Ce que nous savons en revanche, c'est que, suite à cette visite, Théo est retourné à Venise et est allé à l'abbaye de San Gregorio. Il semblerait que celle-ci fut le siège d'une confrérie secrète : la Manu Dei.

— La Manu Dei ? s'étonna le magnat.

— Oui. Le plus important est que ses membres ont construit une machine temporelle.

— Vraiment ? Ce sont eux qui modifient le temps ?

— Non. Ils n'y sont, semble-t-il, pour rien.

— Mais alors, comment ont-ils pu construire une telle machine et dans quel but ?

— C'est là que ça se complique en fait. Nos agents ont su que Théo a utilisé leur machine pour ses déplacements. Il est parti de l'an 1612 et est remonté jusqu'à l'an 1577, grâce à elle.

— Pourquoi a-t-il fait ça ?

— Il a remonté la piste de celui que nous cherchons et l'a trouvé, mais au dernier moment celui-ci s'est volatilisé. Nos hommes l'ont repéré et pris en filature eux aussi mais ils affirment qu'ils l'ont vu disparaître au détour d'une rue.

— Disparaître ? Comment ?

— Comme ça. Il était là et soudain il n'y était plus.

— Hum, il a franchi une porte secrète ou s'est transporté ailleurs dans le temps, c'est ça ?

— D'après nos agents, ça en a tout l'air.

— Bon, et c'est tout ?

— A peu près, Monsieur. Théo, votre fille et leurs amis sont de retour. Ils pensent que celui que nous cherchons est ici, au XXIe siècle.

— Bien, ça confirme ce que nous savons déjà. Que nos agents ne les perdent pas de vue. Il faut que nous retrouvions cet homme et que nous le mettions hors d'état de nuire. Il nous cause beaucoup trop de torts. Je le soupçonne d'avoir les mêmes objectifs que nous. Et ça, ce n'est pas tolérable. J'ai consacré ma vie à nos projets et ce n'est pas un simple humain qui va nous mettre des bâtons dans les roues ! s'emporta-t-il soudain.

— Bien sûr, Monsieur.

— Je veux que vous rejoigniez nos agents sur le terrain, Flemming. Je veux que vous supervisiez l'opération. Il faut que nous réussissions à savoir qui est cet homme et où il se cache. Nous devons récupérer les bijoux de l'Archange et l'éliminer à tout prix !

— Je ferai selon vos instructions, Monsieur. »

Flemming fit une courbette, se retourna et quitta le loft. Oswald Graham continua à regarder New York, qui s'illuminait alors que la nuit tombait. Il songea à cette planète et aux milliards d'individus qui la peuplaient, pensa aux plans qu'il avait conçus pour les dominer et s'emparer de l'ensemble de ce monde. Il ragea à l'idée qu'un humain puisse mettre en échec ses plans, par ses actes irréfléchis, manipulant le temps et les évènements à sa guise, loin de se rendre compte des dégâts qu'il risquait d'infliger à l'ensemble de l'humanité. Il fallait absolument l'arrêter et récupérer les bijoux. La puissance de l'Archange était essentielle à l'aboutissement de ses plans. Alors qu'il était perdu dans ses pensés, il entendit la sonnerie du téléphone de son bureau, se tourna, regarda le combiné, posé sur l'immense bureau anthracite, se demanda qui cela pouvait bien être, avança jusqu'à lui et décrocha :

« Allô ! lança-t-il, étonné.

— Bonjour monsieur Graham, fit une voix d'homme, grave, mais douce et posée.

— Qui êtes-vous ? demanda Graham, sans ménagement.

— Allons, monsieur Graham, vous n'avez pas une petite idée ?

— C'est vous ? »

Son interlocuteur eut un petit rire satisfait :

« C'est moi, en effet. J'ai appris que vous me cherchiez, alors j'ai préféré prendre les devants et venir à vous.

— Vous avez du toupet !

— Sans le moindre doute.

— Que voulez-vous ?

— Je pense qu'il est temps de nous rencontrer. J'ai quelque chose que vous désirez obtenir de moi et je désire obtenir quelque chose de vous en échange.

— Et si je refuse ? »

L'homme rit à nouveau :

« Je ne crois pas que ce soit dans votre intérêt de refuser. Vous tenez trop à ce que je vous ai pris. Rencontrons-nous, disons demain, vers dix heures à Battery Park, le long du fleuve. Je vous attendrai assis sur un banc. Ah, au fait, venez seul. Inutile d'essayer de me capturer, j'ai pris mes précautions. Si j'ai le moindre doute, je disparais en une fraction de seconde. »

L'homme raccrocha. Graham se demandait ce qu'il pouvait bien lui vouloir. Il irait au rendez-vous, mais prendrait lui aussi ses précautions, on ne sait jamais.

§

Chapitre X

« Le Yacht »

Théo ouvrit les yeux, regarda longuement autour de lui cette chambre si familière, s'étira de tout son long, bailla bruyamment, se découvrit, sortit de son lit et enfila ses vêtements. Une sensation de froid l'envahit. Pourtant il faisait bon dans cette chambre. Il saisit une télécommande et ouvrit le store électrique. Dehors il faisait gris. Plutôt non, il faisait blanc.

Curieux, le jeune homme approcha de la fenêtre, écarta les rideaux et admira le paysage, d'un blanc immaculé. Il neigeait. Il resta longuement à contempler ce spectacle toujours aussi féerique. La neige, c'était beau. Tout semblait être au ralenti, calme, silencieux, comme endormi.

La porte de sa chambre s'ouvrit en trombe, dans le fracas. Vera, sa sœur, déboulait telle une tornade. Elle se jeta sur le lit en sautant, criant :

« Il neige ! Il neige ! »

Théo se précipita vers sa chipie, la chatouilla longuement, la faisant rire aux éclats. Il n'arrêta que lorsqu'elle n'arriva plus à respirer tant elle hoquetait de rire.

« Tu viens Théo, on va dans le jardin, lui proposa-t-elle.

— D'accord ma chipie, mais d'abord je vais prendre le petit déjeuner. J'ai faim, pas toi ?

— Si, mais on fait vite et après on va jouer tous les deux ?

— Oui, promis, on va jouer tous les deux dehors, dans la neige. »

Vera descendit le grand escalier en sautillant de joie, se précipita dans la cuisine d'où venait l'odeur du café et des tartines grillées. Théo vint s'asseoir près de sa sœur, après avoir embrassé sa mère et son beau père. Il croisa le regard insistant de Madame Duval, sa mère, qui n'avait pas vu son fils depuis plusieurs semaines et espérait bien avoir quelques explications.

« Est-ce que tout va bien, mon fils ? » demanda-t-elle.

Théo leva les yeux vers elle, qui se tenait debout, contre les meubles de la cuisine, appuyée les mains en arrière sur le plan de travail.

« Oui, à peu près. Je suis désolé, Maman, de ne pas avoir donné plus de nouvelles. Nous avons eu beaucoup de problèmes à résoudre et ça ne m'a pas laissé trop de temps.

— Je vois. Un petit SMS de temps en temps, juste pour dire que tu es toujours en vie, ça ne devait pas prendre trop de ton temps, il me semble. » dit-elle sur le ton du reproche.

Le jeune homme piqua du nez vers son bol, conscient de ne pas avoir été très sympa avec ses parents. Pourtant, eux, depuis qu'ils savaient l'importance du combat de leur fils, faisaient tout pour le considérer comme un homme, libre et indépendant.

Ils l'avaient déscolarisé, avaient engagé des professeurs à domicile pour qu'il puisse aller et venir à sa guise, en fonction de son emploi du temps et avaient décidé de lui faire entièrement confiance, bien qu'il n'eut que quinze ans. Ils faisaient en sorte de ne pas montrer leur inquiétude lorsqu'il s'absentait pour Dieu sait quelle mission plus ou moins dangereuse, afin qu'il soit à l'aise et ne se sente pas coupable envers eux. Mais là, il exagérait. Aucune nouvelles depuis des semaines, c'en était trop pour sa mère qui, bien que sachant son fils capable de se sortir de n'importe quelle situation, n'en demeurait pas moins inquiète et angoissée.

« Je regrette, Maman. C'est vrai que j'aurai pu faire l'effort de vous appeler de temps en temps. Je ne cherche pas d'excuses mais c'est vrai aussi que le combat que je mène en ce moment est très prenant.

— Tu peux nous en parler, tu sais, lui dit Marc Duval, son beau-père, d'une voix posée.

— Merci Marc. Il se passe des choses actuellement dont je préfère ne pas vous parler, pour ne pas vous faire peur.

— C'est à ce point ?

— Oui. Rassurez-vous, nous travaillons d'arrache pied pour trouver des solutions et régler tous les problèmes actuels.

— Et vous y arrivez ?

— Nous avançons dans le bon sens, en tout cas.

— On va jouer dans la neige, maintenant ! lança Vera qui avait terminé son bol de lait. »

Théo rit, se leva, prit la main de sa sœur et tous deux sortirent dans le grand jardin de la propriété, couvert d'une épaisse couche de neige fraîche. Ils coururent, rirent, se jetèrent dans la poudreuse, se lancèrent des boules de neige, jouèrent à cache-cache, tout ça pour le plus grand plaisir de Vera, mais aussi de Théo qui n'avait pas passé un tel moment de détente et de plaisir depuis bien longtemps.

§

« J'ai cherché parmi les plus grandes entreprises de la planète quelque chose d'anormal, par rapport à ce que nous connaissons dans la réalité de base, et je n'ai rien trouvé qui sorte de l'ordinaire, expliqua Yu, perplexe.

— Aucune fortune soudaine ? demanda Darlington.

— Non.

— Pas de multinationales qui auraient changé de main ?

— Non plus. Microsoft, Apple, Texaco, BP et les autres

grands groupes sont toujours entre les mêmes mains. J'ai déjà vérifié près de cinq mille grandes entreprises, sans résultats significatifs.

— Hum, curieux. Si notre homme a bâti une fortune, qui doit être colossale, entre le XXe et le XXIe siècle, nous devrions le trouver aisément.

— En tout cas il ne semble pas y avoir de mouvements suspects sur les plus grandes entreprises de la planète.

— Il aurait pu bâtir sa fortune en misant sur des entreprises plus petites, par exemple, suggéra Lisa.

— C'est possible, dit Théo.

— Il a sans doute tout simplement fait des montages complexes de sociétés imbriqués, comme c'est souvent le cas, supposa Jessie. Mon père est spécialiste du fait.

— C'est le plus vraisemblable, en effet, reconnut Yu. Notre homme est malin. Il sait que nous sommes à sa recherche. Il a toujours une bonne longueur d'avance sur nous, pour tout. Il s'est certainement caché derrière toute une panoplie de sociétés écrans. Il peut très bien posséder la moitié des entreprises du Dow Jones et du Nasdaq, sans que personne ne puisse remonter jusqu'à lui.

— Personne, sauf notre Guru informatique, précisa Jessie, désignant le jeune Chinois d'un geste de la main.

— S'il y a quelque chose à trouver, je le trouverai, précisa-t-il. Mais je vais avoir besoin de faire appel à mes amis de Hong Kong, car ça va pas être facile.

— Fais ce que tu juges devoir faire, Yu. Nous te faisons entièrement confiance, l'encouragea Théo. Tu penses qu'il te faudra longtemps pour trouver quelque chose ?

— Aucune idée. Mais ça risque d'être long, même avec mes potes.

— Il faut découvrir son identité, quel que soit le temps à investir. »

Le mobile de Jessie sonna. Elle parût étonnée, décrocha et dit :

« Bonjour Papa. Qu'y a-t-il ? »

Elle regarda ses amis, surprise, raccrocha et dit :

« C'est mon père. Il nous invite à le rejoindre sur son yacht, au large des Bahamas.

— Il nous invite ? s'étonna Lisa.

— Oui, enfin, il nous demande de venir le rejoindre au plus vite.

— Il a dit pourquoi ?

— Non, juste que c'est très important.

— Bon, Le mieux c'est que tu y ailles, Jessie, proposa Théo. Yu doit continuer ses recherches et nous devons l'aider.

— Mon père demande que nous venions tous ensemble.

— Ah, très bien. Ce doit être important pour vouloir tous nous réunir.

— Ça en avait l'air, d'après le ton de sa voix.

— Ok. Yu, dit-il en se tournant vers son ami. Tu penses pouvoir continuer de bosser durant le voyage ?

— Aucun problème. Je suis en relation avec mes amis de Hong Kong. Nous allons augmenter notre cadence de recherche comme ça. Je peux bosser de n'importe où, tu le sais bien.

— Ok. Jessie, fais préparer le jet alors, nous partons pour les Bahamas. »

§

Le jet quitta Genève, le froid et la neige, direction New York, où il fit une escale pour faire le plein de carburant. Ensuite, il prit la direction du Sud, jusqu'à Nassau, la capitale des Bahamas. A l'aéroport, un hélicoptère transporta Théo et ses amis au large, jusqu'à l'immense yacht de monsieur Graham. C'était un navire magnifique, dont la taille faisait plus penser à un paquebot qu'à un yacht. Il y avait pas moins de quatre ponts supérieurs, une piscine à l'arrière, sur l'un des ponts, qui se terminaient en escalier, de façon à laisser le soleil baigner chacun d'eux. La coque, de couleur crème, était effilée vers la proue, large, avec une vaste plage, à la poupe. Il faisait partie de ces joyaux que seules les plus grandes fortunes pouvaient posséder.

L'hélicoptère se posa au sommet du navire, sur une piste dédiée. Un majordome en uniforme blanc immaculé, vint leur ouvrir la porte et leur souhaita la bienvenue. Il les pria de le suivre. Derrière une porte, au bord de la piste, un large escalier recouvert d'un tapis couleur bordeaux s'enfonçait droit dans les entrailles du navire. Au pied de l'escalier se trouvait un espace large et clair avec sur les côtés, deux portes métalliques donnant sur l'extérieur, percées de hublots carrés, d'où provenait la lumière du jour. En face, il y avait une large porte à deux battants, en acajou, laquée et brillante, percée de hublots ronds en laiton. Du reste, toutes les finitions de poignées, de rampes d'escalier et autres accessoires étaient recouverts de laiton. Les parois étaient toutes couvertes de panneaux laqués de couleur crème, comme la coque externe. Le sol était habillé d'une épaisse moquette chocolat et crème, aux motifs géométriques divers et variés.

A gauche, l'escalier s'enfonçait vers les profondeurs du navire. Sur la droite se trouvait un ascenseur. Le majordome pria les hôtes d'entrer dans la cabine, spacieuse et luxueuse, comme tout ce qui se trouvait là. La commande de la cabine affichait six niveaux. Le majordome appuya sur le troisième.

Les portes s'ouvrirent sur un immense salon dont les éléments de décoration dominants étaient en acajou et laiton, pour les parois, le cuir crème pour les canapés et les fauteuils, le verre et l'acier pour le mobilier. L'espace était vaste et donnait, de chaque côté du bateau, sur de larges baies vitrées, en partie occultées par des voilages et des rideaux épais et cossus. Tout ici respirait le luxe ostentatoire. L'on était bien sur le navire de l'un des hommes les plus riches et influents de la planète.

Celui-ci était assis sur un tabouret, au comptoir du bar

qui occupait une partie du côté gauche de la pièce. Un barman, dans le même uniforme blanc que le majordome, préparait un cocktail, agitant un shaker. Oswald Graham arborait un large sourire sous sa fine moustache noire. Il portait un pantalon couleur crème, en toile, et une chemise hawaiienne rouge avec de larges fleurs blanches.

« Venez, asseyez-vous ici, dans les canapés. » les invitat-il.

Jessie vint jusqu'à lui et l'embrassa, sans chaleur.

« Que se passe-t-il ? demanda-t-elle, curieuse et impatiente.

— Tu vas le savoir bientôt, ma chérie. Tu as fait bon voyage ? demanda-t-il, une pointe d'ironie dans la voix.

— Nous, souligna-t-elle, avons fait bon voyage, merci, papa.

— Bien, va t'asseoir avec tes amis. »

Jessie s'installa dans l'un des vastes et confortables canapés, près de Lisa. Oswald Graham attendit que son auditoire lui accorde toute son attention et, après avoir bu une gorgée de son cocktail, prit la parole :

« Je vous remercie tous d'être venus si vite. Vous devez vous demander pourquoi je vous ai conviés ici, sur ce bateau, au milieu de l'océan.

— Je suppose que ce n'est pas pour nous inviter à une croisière avec vous, dit froidement Théo.

— Non, en effet. »

Oswald Graham s'interrompit. Le barman arrivait avec un plateau rempli de boissons qu'il déposa sur une table basse, à l'intention des invités, puis il s'éclipsa. Il reprit :

« Depuis notre dernière entrevue, je n'ai pas eu de nouvelles. Je ne sais pas si vous avez pu faire quelque chose, si vous avez trouvé des indices concernant notre manipulateur de temps ?

— Papa, s'agaça Jessie. Tu ne nous feras pas croire que tu n'es au courant de rien. Nous savons très bien que tu as des moyens financiers et matériels illimités. »

Graham regarda sa fille avec tendresse et se mit à rire :

« Bon, admettons. J'ai appris quelques petites choses vous concernant. Mais le plus important c'est que je sais que vous n'avez pas encore pu le trouver, je me trompe ?

— Non, c'est exact, confirma Théo. Que désirez-vous de nous ?

— Eh bien, il se trouve que de mon côté, j'ai œuvré également avec mes moyens illimités. Et j'ai eu la surprise de retrouver la trace de Chronos, ici, au XXIe siècle.

— Tu l'as retrouvé ? s'étonna Jessie. Comment ?

— J'ai mis les moyens qui s'imposaient, avoua-t-il.

— Tu sais qui c'est et où il se trouve ?

— Oui.

— Tu peux nous le dire ?

— Bien sûr. C'est pour cela que je vous ai fait venir ici. Notre homme est très malin et intelligent, mais il a commis quelques erreurs qui ont fini par lui coûter cher.

— Où est-il ? demanda sèchement Lisa qui s'impatientait et n'avait aucune envie d'entendre Graham se targuer de leur avoir damé le pion.

— Ici, sur ce bateau, lâcha-t-il sans ménagement.

— Ici ? Vous voulez dire que vous l'avez capturé ? s'étonna Théo.

— Exactement. Nous l'avons enlevé à son domicile et amené ici. Il est à fond de cale.

— Je n'en reviens pas, reconnut Yu. On a passé un temps fou à le chercher et c'est vous qui l'avez trouvé.

— Ce n'était pas une compétition entre nous, il me semble. Le but que nous poursuivions tous était bien de le retrouver et de le mettre hors d'état de nuire.

— Oui, bien sûr, admit Théo. C'est juste que nous nous sommes tellement investis dans cette quête, que ça nous fait tout drôle d'apprendre qu'il est là et que c'est terminé.

— Je comprends. L'essentiel, c'est que nous l'ayons arrêté dans sa folie de vouloir changer le cours des évènements pour ses propres intérêts.

— Qu'allez-vous faire de lui ?

— Et bien, c'est un peu pour cela que je vous ai demandé de venir. Il va falloir que nous décidions de son sort. Comme nous nous sommes alliés pour le retrouver, j'ai pensé qu'il était normal que nous le fassions ensemble.

— Je crois qu'il faut que nous le voyions et ayons une discussion avec lui avant de prendre la moindre décision, expliqua Darlington.

— Le professeur a raison, dit Théo, nous devons lui parler. Nous devons savoir ce qu'il a dans le ventre. Nous ne pourrons rien décider avant.

— C'est compréhensible, admit Graham. Je m'attendais à cette réaction de votre part. Finissez vos verres, nous irons le retrouver ensuite. »

§

L'ascenseur s'immobilisa au niveau le plus bas du navire. Les portes s'ouvrirent sur un espace réduit, chaud et humide. Ici, fini le luxe. Les parois étaient recouvertes d'une peinture blanc mat, des dizaines de tuyaux de tous diamètres couraient le long d'une coursive étroite et faiblement éclairée. Le sol était revêtu d'une sorte de linoléum gris, abîmé par endroits. Il y avait une forte odeur qui prenait aux narines, mélange de gasoil, de produits ménagers et de moisi. A gauche de l'ascenseur, une étroite cage d'escalier menait encore plus bas dans les cales du bateau. Oswald Graham l'emprunta, suivi de ses hôtes. Au bas de l'escalier, l'odeur de moisi prit le pas sur les autres. Une coursive très étroite courait le long du navire. Graham s'y engouffra et la parcourut jusqu'au bout, qui se terminait sur une porte étanche partiellement rouillée. Il tourna le volant pour la déverrouiller, l'ouvrit et dit :

« Allez-y, passez. Je dois refermer la porte étanche derrière nous. »

Yu passa le premier, suivi de Darlington, Lisa et Théo.

Lorsque Jessie voulut franchir le seuil, son père la prit par le bras et lui dit :

« Attends, recule un peu.

— Reculer ? Pourquoi ? demanda-t-elle, surprise.

— Ne discute pas. » répondit sèchement Graham, la tirant sans ménagement. Jessie fut déséquilibrée et partit en arrière. Elle sentit son dos heurter quelque chose de souple, puis deux mains enserrèrent ses bras avec force, l'immobilisant. Elle vit son père refermer la porte et tourner prestement le volant pour la verrouiller. Ensuite, il appuya sur un gros bouton rouge situé sur le côté de la porte et une seconde porte étanche tomba littéralement derrière la première, enfermant ses amis dans le piège qu'il leur avait tendu. Jessie cria :

« Non ! Pas ça ! Libère-les, je t'en prie, papa! »

Oswald Graham fit un signe à son garde du corps, resté caché dans un recoin sombre, d'emporter sa fille loin d'ici.

Pendant ce temps-là, derrière les portes étanches, plongés dans le noir total, Théo et ses amis comprirent qu'ils s'étaient fait grossièrement piéger par Graham.

Une lumière éclaira soudain le noir, découvrant une pièce de dimensions modestes, entièrement vide, sans la moindre issue possible. Yu braqua le faisceau de sa lampe sur la porte étanche. Celle-ci était parfaitement lisse et ne pouvait s'ouvrir que de l'extérieur. La chaleur était étouffante ici. Tous avaient évalué la situation et se rendaient compte qu'ils n'avaient aucune chance de sortir par leurs propres moyens.

« On s'est fait avoir comme des bleus ! pesta Théo, qui s'en voulait de n'avoir rien vu venir.

— Jessie n'est plus avec nous ? demanda Lisa qui venait de s'en rendre compte.

— Il semble que non. Elle était juste derrière moi avant que l'on entre.

— Tu crois qu'elle…

— Non ! la coupa Théo. Elle s'est faite avoir, tout

comme nous. Son père l'a sans doute empêchée d'entrer.

— Pourquoi nous enfermer ici ? se demanda le professeur, un peu angoissé à l'idée de rester dans le noir, au fond de cette cale insalubre.

— Aucune idée pour le moment, avoua Théo. Mais je n'aime pas ça du tout.

— Moi non plus, confirma Yu. Si au moins j'avais mon ordinateur avec moi, je pourrais tenter d'ouvrir cette porte.

— Graham a tout prévu, on dirait, dit Lisa. On est piégés et on a aucun moyen de se sortir de là.

— Je crois que nous n'avons plus qu'à attendre de savoir ce que Graham veut de nous. » conclut Théo.

A peine eut-il fini sa phrase qu'une détonation retentit dans tout le bâtiment, entraînant avec elle une forte vibration et des secousses qui les déstabilisèrent, les jetant au sol. Ensuite ce fut le calme absolu. Plus aucun bruit, aucun mouvement.

« Que se passe-t-il ? demanda Darlington avec appréhension.

— On aurait dit une explosion, dit Yu, guère plus rassuré.

— C'était une explosion, affirma Théo.

— Tu crois qu'il se passe quoi ? demanda Lisa, qui ne semblait ni apeurée, ni angoissée.

— Je ne sais pas. En tout cas, ça ne présage rien de bon, à mon avis.

— Tu crois que l'explosion était voulue ?

— Toi, tu en penses quoi ?

— Que ce n'est certainement pas une coïncidence.

— C'est aussi ce que je pense.

— On va mourir ici ! s'écria le professeur, qui commençait à paniquer.

— Calmez-vous, prof, on est pas encore mort, tenta de le rassurer Théo, d'une voix calme et posée.

— Je ne veux pas mourir ici, pas comme ça ! »

Lisa s'approcha de Darlington et lui prit la main :

« Professeur, restez calme, je vous en prie. Paniquer n'arrangera pas notre situation. Vous devez avoir confiance en nous.

— Avoir confiance en vous ? Que comptez-vous faire pour nous tirer de ce pétrin ? Vous n'avez plus les bijoux magiques, pas le moindre outil, pas d'ordinateur pour ouvrir la porte…

— Vous avez raison, professeur, mais il faut garder confiance et espoir. Nous nous en sortirons, je vous le promets. »

Lisa serra fort la main tremblante de Darlington. Elle sentit une sorte de fluide la traverser et passer dans le corps du professeur. Il cessa de paniquer et retrouva son calme très vite.

« Eh ! dit Yu, vous ne trouvez pas que le bateau penche vers l'arrière ? »

Tous se regardèrent et durent se rendre à l'évidence : le navire penchait. Ce n'était pas bon signe. Des bruits étranges commencèrent à se faire entendre. Des bruits sourds, des craquements, résonnaient dans toute la coque et les parois. Le bateau penchait de plus en plus, à tel point qu'il devint difficile de rester debout sans glisser.

« On coule ! lança Yu.

— Je crois bien qu'il a raison, admit Théo.

— Nous sommes perdus ! s'écria Darlington.

— Graham a sacrifié son navire pour nous tuer ? songea Lisa.

— Et pourquoi pas ? Nous sommes toujours ses ennemis, il me semble, lui rappela Théo.

— Qu'est-ce qui a bien pu se produire pour qu'il s'en prenne à nous maintenant ?

— Il n'a visiblement plus besoin de nous.

— Tu crois qu'il a vraiment capturé l'homme que nous recherchons ? Si c'est le cas, il n'a effectivement plus besoin de nous.

— Probablement. Nous aurions dû réfléchir plus, avant

de le suivre dans la cale, mais il a bien su nous endormir avec son histoire.

— Tu devrais essayer d'utiliser la dague, proposa Yu. Tu pourra peut-être ouvrir la porte étanche. Il faut faire vite avant que nous soyons trop profonds sous la mer.

— Tu as raison, Yu… mais, au fait, si la porte s'ouvre, il nous faudra encore traverser une bonne partie du bateau pour sortir, puis encore remonter jusqu'à la surface. Tu crois qu'on a une chance ?

— On en a encore moins en restant ici. Fais vite, Théo, le temps presse ! »

L'Elu fit apparaître la dague, la pointa sur la porte étanche et se concentra. Un éclair violent illumina la cale et vint percuter la double porte étanche, en vain. Elle ne fut même pas égratignée. Théo réessaya, se concentrant pour tenter d'augmenter la force de frappe. L'éclair frappa encore la porte, toujours avec autant d'inefficacité.

« Je suis désolé, mes amis, je ne peux pas faire grand-chose avec la dague. Elle est bien trop faible sans les bijoux. »

Lisa approcha de Théo et lui chuchota à l'oreille :

« Tu crois qu'on va s'en sortir cette fois ? »

L'Elu la regarda droit dans les yeux et elle perçut sa réponse dans le regard. Elle haussa les épaules avant de dire :

« Tant pis. J'ai toujours cru que je vivrai longtemps, que j'accomplirai plein de belles choses, que j'aurai des enfants, une belle maison…

— Tais-toi, lui intima-t-il. Nous ne sommes pas encore morts. »

Les craquements redoublèrent, accompagnés de vibrations, de bruits de frottements, de grands coups sourds contre la coque. Le bateau s'enfonçait sous les eaux, de plus en plus profond, de plus en plus vite. Tous savaient qu'il n'y avait plus rien à faire. La coque se fracasserait sans doute, le navire imploserait certainement sous la pression des profondeurs. De toute façon, même si elle tenait le coup, il leur serait impossible de sortir de cette cale, impossible de remonter à la surface depuis des centaines, voire des milliers de mètres sous l'eau. Cette fois, Théo ne voyait pas comment ils allaient pouvoir se sortir de cette situation. C'en était fini. Graham avait gagné. Il avait été plus malin qu'eux. Les bruits devinrent assourdissants, les craquements s'amplifièrent, à tel point qu'ils crurent que la coque cédait. Pourtant, il n'en fut rien. Elle était solide et résistait à la pression. Théo s'adressa à Yu :

« Tu penses qu'il y a combien de profondeur dans ce secteur ?

— Je n'en sais trop rien, avoua le Chinois. Je sais que selon les endroits, la profondeur peut passer de quelques dizaines de mètres, à plusieurs kilomètres.

— Ça fait combien de temps qu'on descend, quelqu'un a chronométré ?

— Oui, moi, dit Darlington. Exactement… vingt-six secondes.

— Et on est toujours pas au fond. Vous en pensez quoi ? On descend à quelle vitesse avec un bateau de cette taille ?

— C'est difficile à dire, expliqua Yu. Ça dépend de la vitesse avec laquelle le bateau se remplit d'eau. Plus c'est rapide, plus il descend vite. En trente secondes, on peut avoir fait quelques dizaines de mètres, comme plusieurs centaines.

— Et on a combien de chances de remonter à la surface, si la coque nous libère ? »

Yu ne répondit pas immédiatement, piqua du nez avant de répondre :

« Aucune. Si on est pas trop profond, la coque ne cédera jamais et on ne sortira pas. Si elle cède, ce sera en implosant sous la pression et nous serons disloqués en une fraction de seconde. Je suis désolé, Théo.

— Ne le sois pas, tu n'y es pour rien. »

L'élu soupira. Ce qu'il craignait se confirmait. Ils étaient fichus quoi qu'il arrive.

« Bien. Je crois mes amis que c'est ici que nos chemins se terminent. Je m'en veux de n'avoir rien vu venir de la part de Graham.

— Toi aussi, tu n'y es pour rien, le rassura Lisa. Nous nous sommes tous faits avoir.

— Elle a raison, appuya le professeur. Nous sommes tous fautifs dans ce cas. Je regrette aussi de devoir mourir ici, dans ce trou à rats, mais jamais je ne vous en voudrai. Je vous remercie tous de ce que vous avez fait pour moi.

— Nous n'avons rien fait de spécial pour vous, dit Théo, surpris.

— Détrompez-vous, mon jeune ami. Vous avez fait beaucoup, au contraire. Vous m'avez sorti de ma torpeur, de la routine de ma petite vie bien réglée, vous m'avez entraîné dans des aventures extraordinaires, dont jamais je n'aurais rêvé. Vous m'avez redonné vie. Pour cela, je vous suis reconnaissant.

— Merci, professeur. Ça nous fait chaud au cœur.

— Moi, je n'ai pas envie de mourir ici, affirma Yu. Je n'ai que dix-sept ans, j'ai une vie à vivre. Il faut qu'on trouve une solution pour sortir d'ici, dit-il avec conviction.

— Tu viens de nous dire que nous n'aurions aucune chance de survivre. Comment veux-tu que nous nous en sortions ? s'étonna Lisa.

— On s'en est toujours tirés jusqu'ici. Théo est l'Elu. J'ai confiance, il va nous sortir de là.

— Tu délires ou quoi ? Tu as bien vu que Théo n'a pratiquement plus aucun pouvoir. Comment veux-tu qu'il nous sorte de là ?

— Il le faut ! Je veux pas mourir ! » cria Yu, qui visiblement commençait à paniquer, lui aussi.

Lisa s'approcha de lui et lui prit les mains. Elle sentit le même fluide qu'en s'occupant de Darlington. Yu fut apaisé rapidement et se calma. La jeune femme ne savait pas jusque-là qu'elle avait ce pouvoir d'apaisement. Elle songea qu'il ne lui servirait plus à grand-chose, désormais.

Soudain il y eut un grand choc et d'énormes bruits : craquements, frottements, coups contre la coque, déchirements. Le navire entra en vibration, sembla glisser sur le fond de la mer, heurter des rochers, sans doute, dévaler une pente douce. Puis, après un temps qui sembla une éternité, il s'immobilisa. Les craquements durèrent encore un long moment, parfois ponctués de coups sourds. Après encore un moment, le silence s'installa, presque total. Juste un bruit d'eau qui coule. Yu pointa sa lampe sur la porte étanche. Dans le choc, elle avait été endommagée et de l'eau commençait à envahir la cale. Aidé de Théo, il évalua la situation. Le joint d'étanchéité était déchiré, ce qui laissait passer l'eau. Il fallait colmater la brèche rapidement, car il entrait déjà plusieurs centaines de litres par minute.

« Il faudrait essayer de boucher le trou avec des vêtements ! cria-t-il. La pression de l'eau va finir par arracher tout le joint autrement ! Il ne nous restera que quelques minutes à vivre.

— Ok, je retire ma chemise, mais je ne sais pas si ça suffira. » douta Théo.

Il donna sa chemise à Yu, qui s'en servit pour bourrer la brèche. Il demanda un autre vêtement. Darlington retira, lui aussi, sa chemise. Yu réussit à boucher en partie le passage d'eau, mais celle-ci continuait à s'écouler, plus lentement, certes, mais ça ne ferait que ralentir l'inéluctable : la cale se remplirait complètement. Personne ne paniquait. Théo et Lisa parce qu'ils étaient ce qu'ils étaient : Elus des Mikelians, forts mentalement. Yu et Darlington parce qu'ils avaient reçu un peu de cette force mentale, via Lisa.

L'eau fut rapidement aux genoux. Elle était froide et la température de la cale chuta rapidement. Lisa tremblait. La situation empirait chaque minute et l'issue fatale ne faisait plus aucun doute désormais.

Encore quelques minutes et l'eau atteignit la cuisse de Théo. Le froid redoublait maintenant. Tous étaient atteints de tremblements sporadiques. La lampe de Yu donna des signes de faiblesse. Il fut décidé de l'éteindre et de ne l'allumer qu'en cas de besoin. Plongés dans le noir total, le silence et l'eau glacée, les quatre amis attendaient la mort qui ne manquerait pas de venir les faucher, dans moins d'un quart d'heure maintenant.

L'eau avait atteint la hauteur des visages et Lisa, plus petite, se dressait sur la pointe des pieds pour garder la tête au sec. Théo, qui était près d'elle, la soutenait physiquement. Il n'était guère plus grand qu'elle pourtant. Yu commença à nager, tandis que le professeur, très grand, avait à peine de l'eau jusqu'au cou. Ce fut au tour de Lisa de nager, suivie peu de temps après par Théo et enfin Darlington. Le froid les engourdissait rapidement et leurs efforts pour rester en vie devenaient de plus en plus vains. Yu alluma la lampe une dernière fois, pour ne pas mourir dans le noir, pour voir ses amis, pour se rassurer devant cette échéance ultime.

« Je crois que c'est la fin, dit-il. Je n'ai plus de force, je ne sens plus mes jambes et mes bras. Je ne peux plus... »

Yu s'enfonça doucement dans l'eau glacée, à bout de forces.

« Yu ! » cria Théo, qui lâcha Lisa pour secourir son camarade. Il savait que c'était peine perdue, que le ramener à la surface ne ferait que retarder d'une minute ou deux sa mort, mais il ne pouvait s'y résoudre. Dans un effort désespéré, il le tira vers la surface, qui se rapprochait dangereusement du plafond. Yu respira un grand bol d'air avant de dire :

« Laisse-moi, Théo, c'est foutu de toute façon. On va crever là, comme des chiens.

— Je sais, Yu, je sais. On partira tous ensemble, au même moment, en se tenant la main, comme de vrais amis que nous sommes tous devenus. »

Lisa acquiesça. Darlington trouva la force de sourire. Il tendit sa main vers Yu, qui la saisit avec force, comme pour s'y accrocher. Théo prit l'autre main de son ami et de l'autre, il saisit celle de sa bien-aimée, doucement, tendrement. Elle lui sourit avec la même tendresse, exprimant dans le regard tous les regrets de cette vie qu'ils ne vivraient jamais ensemble, de tout ce qu'elle aurait voulu lui dire et qu'elle ne dirait jamais.

L'eau les submergea très vite et ils fixèrent tous ensemble la lumière de la lampe, qui doucement s'éteignait, comme une bougie consumée. Yu lâcha la lampe, le noir s'installa...

La lumière se ralluma, d'abord douce et bleutée, ensuite, très vite, blanche et vive, illuminant la cale plongée entièrement dans l'eau. Yu ne put retenir plus longtemps sa respiration et ouvrit grand la bouche pour respirer l'eau qui emplit ses poumons. Il n'eut pas mal, ne ressentit plus rien. La mort l'enveloppait de sa douceur. Il partait...

La lumière vive se mit à tourbillonner de plus en plus vite devant les yeux de Théo, Lisa et Darlington qui étaient encore conscients, en apnée. Ils se regardèrent, un secret espoir dans les yeux. Ce tourbillon, il leur sembla le reconnaître. Ils sentirent le courant de l'eau qui était aspirée dans le vortex et furent entraînés avec elle au travers du tunnel qui s'était formé.

§

Lisa avait froid. Tout son corps tremblait. Elle constata que le froid qu'elle ressentait était intérieur. Sur sa peau, elle pouvait ressentir la douceur de l'air chaud. Elle ouvrit les yeux, vit des lumières au-dessus d'elle, perçut des sons encore lointains, parvenir à ses oreilles. Sa vue était trouble, mais semblait s'éclaircir assez vite. Les sons devinrent plus distincts. Elle entendit des voix d'hommes et de femmes, qui parlaient rapidement et semblaient affairés. Elle se redressa lentement, regarda dans la direction des voix, vit deux hommes et trois femmes, en blouses blanches, s'activer autour d'une table d'opération, sur laquelle un corps était étendu, immobile. Elle ne put distinguer le visage, promena ses yeux autour de la pièce dans laquelle elle se trouvait. Les murs étaient gris, les éclairages dispensés par des néons et par les projecteurs au-dessus de la table d'opération. Elle vit Théo, debout, l'air inquiet, regarder les médecins s'affairer. A ses côtés, le professeur, lui aussi avait de l'inquiétude dans le regard. Ils étaient tous deux vêtus de blouses de malades, pieds nus et visiblement sans rien d'autre sur eux. Darlington vit Lisa, donna un léger coup de coude dans les côtes de Théo, lui faisant signe de regarder la jeune femme. Lorsqu'il la vit, son visage s'illumina d'un large sourire. Il vint jusqu'à elle, caressa son doux visage, lui prit la main et demanda :

« Comment tu te sens ?

— Pas trop mal, ça va. C'est Yu ? s'enquit-elle en montrant la table d'opération.

— Oui, il avait de l'eau plein les poumons et il a fait un arrêt cardiaque. On a failli le perdre.

— Et ?

— Son état est encore critique, mais les médecins ont bon espoir de le sauver.

— On est où ? Qu'est-ce qui s'est passé ?

— Tu ne le croiras jamais… On est à Moscou, dans la tour Naberejnaïa[15].

— Kovac ?

— Oui, Kovac.

— Mais, c'est impossible !

— La preuve que non.

— Comment ?...

— Je n'en sais pas plus pour le moment. Nous avons été aspirés dans le tunnel temporel et avons atterri ici, dans la tour. On nous a pris en charge médicalement. J'ai compris où nous étions quand j'ai entendu les médecins parler russe.

---

[15] C'est dans cette tour que Théo a récupéré les bijoux de l'Archange, subtilisés par Dragan Kovac. (Cf. tome I, chapitre XI)

— Tu es sûr que c'est Kovac ? Tu l'as vu ?

— Non, pas encore, mais qui d'autre que lui possède la capacité d'ouvrir des tunnels temporels et de nous emmener en Russie ?

— Ce n'est pas parce qu'ils parlent russe, que nous sommes à Moscou, non ?

— Non, mais de la fenêtre de ma chambre, j'ai bien reconnu l'endroit où nous sommes. C'est bien Moscou, je t'assure.

— Je croyais que Kovac était mort ?

— Il y a eu beaucoup de changements depuis quelques temps. Kovac en a sans doute bénéficié, d'une façon ou d'une autre. Nous le saurons bien assez tôt, connaissant l'énergumène. »

Lisa fit un grand sourire et, de la main droite, caressa la joue de Théo.

« J'ai bien cru que je ne te reverrai jamais, cette fois, dit-elle avec soulagement.

— Oui, moi aussi. Il faut croire que nous ne sommes pas encore destinés à mourir, tous les deux.

— Tu sais… tout ça m'a fait réfléchir sur nous, dit-elle d'une voix timide.

— Ah... et alors ?

— Au moment de mourir, alors que tout était perdu, mes pensées étaient toutes tournées vers toi. J'étais remplie de regrets de n'avoir pu te dire tout ce que j'avais dans le cœur, tout l'amour et toute l'admiration que je ressentais pour toi, tout ce que je ne vivrai jamais à tes côtés, la vie que nous n'aurions pas, les enfants que nous ne verrions pas grandir, les moments heureux que nous ne partagerions pas. J'ai pris conscience, à ce moment-là, que toutes mes interrogations n'avaient plus de sens. J'avais la certitude de l'amour que je te portais. »

Théo resta silencieux, incapable de prononcer la moindre parole, devant l'émotion que provoquaient en lui les mots prononcés par la jeune femme. C'était une véritable déclaration d'amour, comme il n'aurait plus osé l'espérer. Les doutes exprimés par Lisa sur ses sentiments à son égard, l'avaient plongé dans une profonde tristesse. Il était jeune, n'avait pas beaucoup d'expérience en amour, mais savait déjà que le doute de l'être aimé faisait très mal. C'était une douleur que rien ne pouvait soulager, sauf les mots que Lisa venait de prononcer. La douleur de Théo venait de s'évanouir à l'instant même où elle avait fait cette belle déclaration. Il sentait à nouveau le bonheur l'envahir, comme le jour où ils s'étaient déclarés leur amour, quelques mois plus tôt.

L'agitation cessa autour de Yu. Les médecins et infirmiers relâchèrent leurs efforts. Théo se tourna vers eux, inquiet :

« Qu'est-ce qui se passe ? Il n'est pas ?...

— Non, tout va bien, rassurez-vous, dit une femme médecin, avec un fort accent russe. Il est sorti d'affaire. Nous allons le conduire dans sa chambre. Il lui faudra juste du repos, c'est tout.

— Merci docteur, de l'avoir sauvé.

— Non, ce n'est rien, c'est normal. Je suis là pour ça. » dit-elle avec modestie.

Le médecin se rendit au chevet de Lisa, examina ses yeux, tâta son pouls, testa ses réflexes et lui dit :

« Bien, vous allez bien, si l'on tient compte de ce qui vous est arrivé. Vous n'avez pas besoin d'autres soins. Un peu de repos pour vous tous et ça devrait aller. »

Elle s'éclipsa. Un infirmier les pria de le suivre jusqu'à leurs chambres respectives, toutes situées au même étage. Il ne semblait pas y avoir d'autres personnels soignants en dehors des quatre qu'ils avaient vus jusque-là. Du reste, l'endroit ressemblait peu à un hôpital, plutôt à une infirmerie. Il n'y avait que trois ou quatre chambres et le bloc opératoire, qui servait aussi pour des soins plus légers. Ce lieu devait être surtout utilisé par Kovac et ses collaborateurs, en cas d'urgence.

Théo était dans sa chambre, seul. Il regardait Moscou, qui se perdait dans le lointain brumeux et la blancheur de la neige. Il se retrouvait ici, dans cette tour, où il avait risqué sa vie pour récupérer les bijoux de l'Archange, que détenait Dragan Kovac, l'un de ses pires ennemis, au même titre qu'Oswald Graham. Comment cet être diabolique avait-il pu revenir d'entre les morts ? Ou alors il n'était peut-être pas mort, tout compte fait. Le jeune homme n'en savait rien à vrai dire. Kovac avait disparu de la circulation après qu'il eut réussi à s'emparer des bijoux, avec l'aide de Graham et surtout de Théo. Ensuite, l'homme avait complètement disparu, sans laisser de trace. Théo en avait déduit que Graham s'était débarrassé d'un rival gênant, ce qui ne l'avait pas affecté outre mesure. Cela faisait un ennemi de moins à combattre. Et voilà qu'il semblait ressurgir. Certes, il ne s'était pas encore montré, mais qui d'autre que lui aurait pu les sortir du mauvais pas dans lequel ils étaient et les ramener là, dans cette tour ?

En attendant de percer le mystère, le jeune homme se reposait et contemplait le paysage, dont il ne se lassait pas, vu de cette altitude, à plus de deux cents mètres du sol.

§

Chapitre XI

« Mila »

L'appartement de Dragan Kovac n'avait pas changé. Pourquoi l'aurait-il, du reste, puisque Théo y était venu voici à peine six mois. La vaste pièce semi-circulaire était une sorte de salon bureau avec, au centre, d'immenses canapés de cuir blanc disposés autour d'une table basse démesurée et dans le fond, devant les baies vitrées, un bureau de ministre en bois précieux. Sur la gauche, un bar s'adossait à une paroi de verre épaisse et opaque, presque blanche. Sur la droite une large porte à deux battants ouvrait sur une chambre où trônait un lit rond, lui aussi de dimensions hors normes. Tout ici respirait le luxe et l'opulence. Le majordome pria les hôtes de prendre place sur les moelleux sofas, avant de s'éclipser.

Depuis l'endroit où ils se trouvaient, Théo et ses amis avaient une vue plongeante exceptionnelle sur Moscou et ses lumières. La nuit tombait rapidement et la ville s'illuminait, rendant le paysage enneigé encore plus magique. Il n'y avait personne à part eux dans cette immense pièce. Le majordome revint, chargé d'un plateau sur lequel étaient disposés verres et bouteilles diverses. Il déposa le tout sur la table basse et les pria de se servir. Il disparut à nouveau, les laissant seuls. Chacun se regardait, sans dire mot, attendant l'entrée de Kovac, avec une certaine curiosité et un brin d'impatience.

La sonnerie de l'ascenseur retentit, les portes s'ouvrirent

et en sortit une belle jeune femme, grande, environ vingt-cinq ans, habillée d'un manteau de fourrure et coiffée d'une chapka sur la tête. Elle retira son chapeau, que le major-dome, qui venait de revenir, s'empressa de l'en débarrasser. Elle ôta ensuite son manteau, découvrant un corps svelte, bien fait, dans une robe cintrée, noire et beige, qu'une large ceinture noire laquée partageait en deux. La femme avait de longs cheveux noirs, soyeux, auxquels elle redonna du volume en secouant la tête. Elle marcha vers ses hôtes, d'un pas ferme et décidé, le visage fermé, sans la moindre émotion. Elle détailla tout à tour chacun d'eux, avant de plonger ses magnifiques yeux bleus verts dans ceux de l'Elu :

« Je me nomme Mila. dit-elle, sans le moindre accent. Je suis la nièce de Dragan Kovac. C'est moi qui vous ai sorti du mauvais pas dans lequel vous vous trouviez.

— Nous vous remercions et vous en sommes très reconnaissants, dit Darlington, toujours très urbain.

— Ne me remerciez pas, répondit-elle sèchement. Je n'ai pas fait cela pour vous, mais pour mon oncle. »

Mila s'adressa au majordome :

« Apportez-moi une double vodka. »

Le majordome fit une légère courbette et s'éclipsa derrière le bar. Mila s'adressa à Théo :

« Je vous ai sauvé, car j'ai besoin de votre aide pour retrouver mon oncle.

— Retrouver votre oncle ? dit Théo, surpris. Je croyais qu'il était mort.

— Non, il est vivant. Oswald Graham lui a tendu un piège après qu'il ait réussi à s'emparer des bijoux de l'Archange et de l'arche d'alliance. Depuis, il a disparu et nous n'avons plus de nouvelles.

— Vous ne croyez pas que Graham l'a sûrement fait tuer ?

— Non, c'est impossible.

— Vous ne pensez pas Graham capable de le faire ?

— Ce n'est pas ça. Graham l'aurait fait depuis longtemps s'il avait pu. Seulement, il ne peut pas tuer mon oncle.

— Je vous avoue que j'ai du mal à comprendre.

— Mon oncle n'est pas... disons, quelqu'un d'ordinaire. Il ne peut pas être tué... en tout cas, pas par quelqu'un d'ordinaire.

— Je crois que je comprends mieux. J'ai vu votre oncle à l'œuvre et j'ai compris qu'il n'était pas humain[16]. Je me trompe ?

— Non, ce que vous dites est vrai. Mon oncle n'est pas un humain, comme vous. Il est autre chose. C'est un être puissant... très puissant. C'est pourquoi je ne comprends pas qu'il ait pu disparaître ainsi, sans laisser de trace. Graham a dû trouver un moyen de le neutraliser, mais en aucun cas il n'a pu le tuer, croyez-moi.

— Mais pourquoi avez-vous besoin de nous pour le retrouver ? demanda Lisa, curieuse.

— Pas de vous, juste de Théo. Il est l'Elu des Mikelians, ce qui lui confère des pouvoirs qui le rendent capable de retrouver mon oncle.

— Il y a juste un détail qu'il faut que vous sachiez : je n'ai plus aucun pouvoir, expliqua Théo. Les bijoux de l'Archange ont disparu et je ne sais pas où les trouver. »

Mila s'approcha de Théo et se pencha au-dessus de lui :

« Je sais tout cela, Théo. Je sais tout de vous et de vos amis. Comment pensez-vous que mes collaborateurs ont su où vous étiez et dans quelle situation vous vous trouviez ? Nous suivons votre parcours depuis vos exploits de l'été dernier et avons toujours été au courant de tout ce que vous faisiez. Nous connaissons exactement la situation actuelle : les changements provoqués par un humain venu du XVIe siècle, l'alliance que vous avez faite avec Graham, celle qu'il a conclue avec cet humain.

— Graham s'est allié avec cet homme ? s'étonna Lisa.

---

[16] (Cf. tome I, chapitre XIV)

— Ça vous étonne tant que ça, ricana Mila. On voit que vous ne connaissez pas Graham.

— Il nous a trahis au profit de ce type ! lança Yu, de la colère dans la voix. Mais pourquoi ?

— Il a sûrement dû lui promettre quelque chose en échange de notre mort, assura Théo. J'aurais dû me méfier. Je n'avais aucune confiance en lui pourtant.

— Et vous aviez raison, Théo. Graham est sans doute l'être le plus fourbe et le plus machiavélique que je connaisse, renchérit Mila. Il était l'associé de mon oncle et voyez où cela l'a mené : il a totalement disparu de la surface de la terre. Il faut que vous m'aidiez à le retrouver. » dit-elle, d'un ton impérieux.

Elle se redressa, marcha jusqu'à un fauteuil, face à ses interlocuteurs, s'y laissa tomber. Théo sembla réfléchir un moment, regarda ses amis, puis s'adressa de nouveau à Mila :

« Notre objectif actuel, vous le savez, est de mettre un terme aux agissements de celui qui manipule le temps, que nous avons surnommé Chronos, par convenance et de remettre de l'ordre dans les évènements. Nous ne pouvons pas nous détourner de cette mission pour nous occuper de votre oncle, je suis désolé. »

Mila but une gorgée de vodka, reposa son verre, regarda Théo et lui fit un large sourire :

« Il n'est pas question de laisser tomber votre mission, bien au contraire. Je vais même vous apporter tout mon concours. L'ensemble de mes collaborateurs sera à votre service, si vous en avez besoin.

— Qu'attendez-vous de nous, alors ?

— Ce que je vous ai demandé : retrouvez mon oncle. Seul Graham sait où il se trouve. Graham s'est associé à cet humain, Chronos. Vous cherchez Chronos ? Je pense qu'il sait beaucoup de choses sur Graham et il se peut même qu'il sache où se trouve mon oncle. Retrouvez-le, vous retrouverez mon oncle.

— Qu'est-ce qui vous fait penser qu'il sait pour votre oncle ? Après tout, il n'a rien à voir avec lui ? questionna Darlington.

— Les choses sont beaucoup plus compliquées qu'il n'y paraît, professeur Darlington. Jouer avec l'espace-temps a bien plus de conséquences que vous ne pouvez l'imaginer, croyez-moi. Chronos a eu largement le temps de tout penser, tout soupeser. Il est particulièrement intelligent, cela ne fait aucun doute, au vu de sa capacité à échapper à tout le monde. Toutefois, malgré son intelligence, il a sous-estimé les implications qu'entraînent ses actes et il a en partie perdu le contrôle. Les évènements, passés, présents et futurs, s'entrechoquent, avec des conséquences telles qu'il n'y a plus une vérité, mais plusieurs possibles, pour nous tous.

— Que voulez-vous dire ? Je ne comprends pas très bien.

— Ce qu'elle veut dire, expliqua Yu, c'est qu'il y a eu trop de changements et que ça devient indémêlable. »

Mila sourit devant l'approche synthétique de Yu. Elle ajouta :

« C'est un bon résumé de ma pensée, je l'avoue.

— En somme, si j'ai bien compris, le déroulement de nos vies, depuis que nous existons, n'est pas forcément le bon, dit Théo.

— C'est à peu près cela. Nous ne sommes certains de rien. Tout ce que nous savons, c'est que les changements ont commencé au XVIe siècle. Vous pouvez penser qu'ils ont commencé seulement après que vous ayez fait une incursion à Venise, depuis notre époque, mais rien n'est sûr. Ce sont peut-être les changements survenus avant qui ont fait que votre chemin vous a mené là-bas et provoqué tout cela.

— Ce serait une sorte de boucle infinie, c'est ça ?

— En quelque sorte. Rien n'est sûr, mais c'est l'une des possibilités.

— Dans ce cas, quoi que nous fassions, les évènements

se reproduiront, encore et encore, vous ne croyez pas ? questionna l'Elu, angoissé à cette idée.

— Oui et non. Si boucle il y a, possibilité d'en sortir il y a aussi. Le seul problème est de déterminer, dans un tel cas, à quel moment et par quel évènement, en sortir.

— Wahoo ! s'écria Yu. En fait, quand vous parlez de boucle, vous voulez parler de paradoxe, n'est-ce pas ? On risque de se trouver dans ce cas ?

— Oui.

— C'est grave ? demanda Darlington, qui ne connaissait rien à ce sujet.

— Plutôt, oui, professeur, expliqua Yu. Prenons un exemple : vous allez dans le passé retrouver votre père, avant votre propre naissance. Malencontreusement vous provoquez sa mort. Vous créez donc un paradoxe.

— Ah, et pourquoi donc ?

— Parce que si votre père meurt avant qu'il ne vous conçoive, ça veut dire que vous ne pouvez pas être né et donc que vous ne pouvez pas être retourné dans le passé provoquer sa mort. Vous comprenez ?

— Je crois. Mais alors qu'est-ce que je deviens ?

— C'est le paradoxe : vous n'existez pas puisque votre père est mort.

— Mais alors, si je n'existe pas, je ne vais pas dans le passé et je ne provoque pas sa mort.

— Exactement.

— Si je ne provoque pas sa mort, il me conçoit.

— Hum, hum.

— S'il me conçoit, je vais dans le passé et... je provoque sa mort ?

— Paradoxe.

— C'est cette fameuse boucle dont vous parliez ?

— Vous avez tout compris, professeur. Et là, le paradoxe est provoqué par un seul petit évènement qui vient perturber le déroulement du temps. Imaginez le nombre de paradoxes possibles avec tous les changements que Chronos a pu provoquer.

— Bien, fit Théo. Merci pour toutes ces explications, Yu. Tu as parfaitement éclairé notre lanterne, je crois. Nous sommes maintenant tous conscients des implications possibles. Nous devons admettre que toute notre vie ne s'est peut-être pas déroulée selon le plan initial prévu. Ce n'est pas sûr, mais nous devons le garder à l'esprit, désormais.

— Vous devez avoir confiance en vous, Théo, le rassura Mila. Vous êtes un être exceptionnel. Vous pourrez démêler toute cette affaire, j'en suis sûre. Quoi que vous découvriez durant votre mission, je reste persuadée que vous ferez ce qu'il faut. Vous l'avez déjà prouvé.

— Merci, mais j'étais aidé par les bijoux de l'Archange. Là, je n'ai pas de pouvoirs et, même si nous avons progressé ces derniers temps, nous n'avons pas encore pu trouver qui était cet homme.

— Trouvez l'homme et vous trouverez les bijoux.

— Je sais. Il est clair que c'est lui qui les a dérobés.

— Quand vous les aurez retrouvés, vos pouvoirs vous conduiront à mon oncle.

— Vous êtes confiante. Quand j'aurai retrouvé les bijoux, pour quelles raisons voudrais-je retrouver votre oncle ? S'il a disparu, c'est pour moi un ennemi en moins.

— Vous me devez un service, puisque je vous ai sauvés tous les quatre. Vous le ferez, car, contrairement à mon oncle et Graham, vous êtes quelqu'un de bien.

— Je peux vous poser une question.

— Je vous écoute.

— Pourquoi tenez-vous tant à retrouver votre oncle ?

— C'est mon oncle, je l'aime. » mentit-elle avec aplomb.

Théo la regarda dans le fond des yeux, fronça les sourcils et ajouta :

« Ce sens de la famille vous honore, mais est-ce bien là la seule raison ?

— Bien entendu. J'ai perdu mes parents alors que je

n'avais que cinq ans. C'est mon oncle qui m'a recueillie et élevée. Pour moi, il est comme mon père.

— Je vois.

— Alors, m'aiderez-vous ?»

Théo regarda Lisa, puis tour à tour Yu et Darlington. Il n'aimait pas l'idée de devoir faire alliance avec cette femme. Pour lui, c'était comme faire alliance directement avec Kovac. Toutefois, sans les bijoux, sans l'argent de Jessie, il ne voyait pas comment il pourrait s'en sortir. Il était un peu coincé et n'avait guère le choix :

« C'est d'accord, je retrouverai votre oncle. »

Le visage de Mila s'illumina d'un large sourire satisfait.

« Je savais que je pourrais compter sur vous. »

Mila regarda sa montre et ajouta :

« Bien, mes obligations m'appellent. Je vous laisse entre les mains de Dimitri, mon majordome. Il sera l'intermédiaire avec l'ensemble de nos moyens. Demandez-lui ce que vous voulez, il fera tout pour vous le procurer dans les plus brefs délais.

— Je vous remercie.

— Ah, un dernier détail : je vous accompagnerai partout où vous irez. Ce sera plus simple comme cela. »

Mila s'engouffra dans l'ascenseur et disparut, les laissant seuls avec Dimitri.

§

« Aucune nouvelle de Jessie ? s'enquit Lisa.

— Non, aucune. J'ai essayé de l'appeler sur son portable, sans succès, se désola Théo.

— Bon, il ne faut pas s'inquiéter, son père la retient sans doute quelque part. Il ne lui fera aucun mal.

— Je sais.

— Pourquoi penses-tu que Mila veut retrouver son oncle ? Ça ne te paraît pas bizarre ?

— Si. Son amour de la famille ne me semble pas très

sincère. Elle a sûrement ses raisons, mais ce ne sont pas celles qu'elle prétend. Elle nous manipule. J'avoue que je commence à en avoir assez. Entre Graham, Chronos et elle, ça fait beaucoup. Il va falloir que nous soyons plus malins que ces gens-là si nous voulons survivre et nous en débarrasser.

— Je suis bien de ton avis. Je n'ai aucune confiance en cette femme. Je la crois aussi mauvaise que Kovac, peut-être même pire. On aurait peut-être pas dû accepter de travailler pour elle.

— Si je l'ai fait, c'est parce que nous nous trouvons démunis, sans Jessie. Seuls, nous n'avons pas les moyens logistiques et financiers de mener à bien notre mission.

— En parlant de ça, tu penses que nous trouverons rapidement Chronos ? Moi j'ai l'impression qu'il nous balade depuis un certain temps.

— Je ne sais pas s'il nous balade, mais la tournure que prennent les évènements m'inquiète. Si notre homme s'est allié avec Graham, les choses vont devenir plus compliquées qu'elles ne l'étaient déjà.

— Oui, et ce n'est pas peu dire… On rentre, j'ai froid. » dit-elle en se serrant contre lui.

Ils firent demi-tour et arpentèrent le quai en direction de l'hôtel Kempinski. Il faisait froid, la neige recouvrait Genève. Ils étaient revenus là dans l'espoir de retrouver Jessie, qui sait, mais elle n'était pas à l'hôtel. Sa suite avait été libérée quelques jours plus tôt. Ils passèrent devant l'hôtel, ses boutiques de luxe, ses restaurants, jetèrent un dernier coup d'œil, puis continuèrent en direction de la vieille ville où ils s'arrêtèrent prendre une boisson chaude dans l'un des cafés, plus précisément sur la place du Bourg de Four, dans l'établissement du même nom, là où Théo fit la connaissance de Jessie, l'été précédent[17].

C'était l'un des plus anciens établissements de la ville et

---

[17] (Cf. tome I, chapitre II)

son décor, fait de boiseries, de miroirs, de tables et chaises de bistrot, ne devait guère avoir changé depuis son ouverture, au XIXe siècle. Il n'y avait pas foule à cette heure. Seuls quelques habitués prenaient un café et discutaient entre eux de la pluie et du beau temps. Lisa s'installa sur une banquette, dos au mur, tandis que Théo s'assit sur une chaise, face à elle. Il lui prit la main.

« Depuis que nous sommes sortis de la cale de ce bateau, nous n'avons pas pris le temps de parler de nous, dit-il.

— Nous avons d'autres chats à fouetter, il faut dire.

— C'est vrai, mais je voulais juste te dire que ce que tu m'as dit au moment où tout semblait perdu, m'a profondément touché et rempli de bonheur. Depuis que tu m'avais parlé de tes doutes sur nous deux, je t'avoue que j'étais anéanti. Mon cœur saignait. Je ne savais pas à quel point ça faisait mal l'amour, quand l'autre doutait. »

Lisa prit la main du jeune homme et la serra fort dans la sienne, tout en lui souriant avec tendresse.

« J'étais perdue, expliqua-t-elle. Je ne savais plus quels étaient mes sentiments pour toi. L'épreuve que nous venons de subir m'a soudain fait prendre conscience de tout ce que j'allais perdre, en te perdant. »

Un prêtre vint s'asseoir à la table à côté, interrompant du même coup l'effusion de sentiments des jeunes gens. Ils burent leur chocolat chaud, dans le silence, main dans la main, yeux dans les yeux. Le prêtre but un café en lisant le journal, sans prêter attention aux tourtereaux. Après seulement une dizaine de minutes, il replia son journal, qu'il coinça entre son coude et son flanc, se leva et prit la direction de la sortie.

Il heurta le pied de chaise de Théo, fit tomber le journal, se confondit en excuses auprès du jeune homme, qui se baissa pour le ramasser. Lorsqu'il eut le journal en main, Théo vit qu'il y avait un papier sur le sol, sous lui. Il s'en saisit, voulut le donner au prêtre, se ravisa lorsqu'il reconnut le symbole dessiné dessus, regarda l'homme dans les yeux, qui lui fit un signe discret d'approbation et s'éloigna en le remerciant. Théo glissa discrètement le papier dans la poche de son manteau qui était accroché au dossier de sa chaise et revint sur Lisa, un large sourire aux lèvres.

« Si nous rentrions ? » proposa-t-il.

Les deux jeunes gens quittèrent le café et prirent la direction de l'hôtel Beau Rivage, dans lequel ils étaient descendus, accompagnés de Mila, leur nouvelle bienfaitrice.

Au détour d'une rue, Théo vit une personne qui entrait dans un immeuble cossu. Il lâcha la main de Lisa, se précipita pour retenir la porte, avant qu'elle ne se referme. La jeune femme l'interrogea du regard. Il lui fit signe de ne rien dire, l'index sur la bouche. Il l'attira à l'intérieur, dans le hall d'entrée, regarda dans la rue, autour de lui, cherchant à voir si quelqu'un les suivait, referma la porte et s'en éloigna un peu. Lisa, qui ne comprenait pas ce que faisait Théo, leva les mains au ciel en haussant les épaules. Il lui sourit, glissa une main dans la poche de son mateau, en sortit le papier et chuchota :

« Tout à l'heure, dans le café, le prêtre a laissé tomber ce papier discrètement. J'ai compris qu'il nous était destiné.

— Tu as compris ça, comme ça ? s'étonna-t-elle.

— Regarde le symbole sur l'en-tête. »

Lisa vit une main, l'index pointé vers une couronne d'épines. Elle y reconnut le symbole de la Manu Dei.

« Il dit quoi, ce mot ?

— Je n'en sais rien, je n'ai pas pu le lire, tu t'en doutes.

— Bon d'accord, lis-le, qu'on sache. »

Théo déplia le papier et lut le mot :

« Rendez-vous demain, même heure, même lieu. Débrouillez-vous pour ne pas être suivis.

— Qu'est-ce que ça veut dire ? s'inquiéta Lisa.

— Je n'en sais rien, mais ça devient de plus en plus étrange, tu ne trouves pas ?

— Plutôt, oui. La Manu Dei existerait encore, ici, au

XXIe siècle ?

— Peut-être pas. N'oublie pas qu'ils ont une machine à voyager dans le temps. Il se peut qu'ils soient venus du passé. Ils ont peut-être quelque chose d'important à nous dire.

— S'ils avaient l'identité de Chronos ? s'emballa-t-elle soudain. Ce serait formidable ! Mais au fait, tu dis qu'ils ont une machine. Ce n'est plus vrai. Souviens-toi que nous étions coincés à Venise après un énième changement de réalité.

— C'est vrai, tu as raison. Je finis par m'y perdre parfois. Nous verrons bien ce qu'il en est. En attendant il nous faut trouver un stratagème pour nous débarrasser d'éventuels suiveurs et rejoindre le café, demain matin.

— On a vingt-quatre heures pour trouver .»

§

Théo connaissait bien Genève et les lieux où l'on pouvait entrer par la grande porte et sortir par l'arrière-boutique. Avec Lisa, ils renouvelèrent l'opération à trois reprises dans trois lieux différents. Ainsi, pensaient-ils, ils sèmeraient d'éventuels suiveurs. Lorsqu'il parut certain qu'ils n'étaient plus suivis, ils prirent la direction du café de la place du Bourg de Four, là où la veille ils étaient venus prendre une boisson chaude.

Comme la veille, il n'y avait pas foule à cette heure et, Comme la veille, ils prirent deux chocolats chauds. Ils attendaient patiemment l'arrivée de leur rendez-vous. L'heure de celui-ci passa. Les minutes s'écoulaient lentement et une certaine nervosité commença à les envahir, au fur et à mesure que le temps défilait.

« Tu crois qu'il peut encore venir ? s'inquiéta Lisa.

— Je ne sais pas. Ça fait près d'une demi-heure de retard. J'ai l'impression qu'il y a un problème.

— Moi aussi. On devrait peut-être partir.

— Attendons encore un peu, il viendra peut-être. »

La porte du café s'ouvrit, le prêtre entra.

« Ah, tu vois, il est là. » dit Théo avec satisfaction.

L'homme marchait lentement. Il semblait tituber. Les jeunes gens virent qu'il se tenait le côté gauche et son visage paraissait décomposé. Il arriva jusqu'à eux, non sans mal, se laissa tomber sur la banquette, à la table voisine. Il les regarda, le visage crispé de douleur, la sueur dégoulinant de son front. Il agita la tête en signe de négation et trouva la force de plonger sa main dans la poche de son manteau pour en retirer un petit carnet, qu'il leur tendit, en disant :

« Je devais tout vous expliquer... Je suis désolé... Je... »

Il eut un dernier sursaut et ses yeux devinrent vitreux, vides, sans âme. L'homme se figea dans la mort. Ils virent le sang couler abondamment d'une blessure sur le flanc gauche, à travers sa main qui avait tenté en vain de le retenir.

« Il est mort ? » demanda Lisa, avec effroi.

Théo tâta le pouls du prêtre, à la jugulaire, et fit signe qu'il l'était bien. Il se saisit du carnet, qu'il eut du mal à extirper des doigts qui s'étaient crispés, lorsqu'il rendit son dernier souffle.

Le serveur, qui avait vu entrer le prêtre, arriva pour prendre sa commande. Lorsqu'il le vit mort, une mare de sang à ses pieds, Théo penché au-dessus de lui en train de lui prendre le carnet, il fut pris de panique et cria :

« Il est mort ! A l'assassin ! Police ! A l'assassin ! »

Lisa se dressa d'un bond, prit ses affaires, tira Théo par la main et fila vers la sortie, prenant ses jambes à son cou. Un autre serveur tenta de leur barrer le passage, mais Théo, en pleine course, le poussa violemment sur le côté, dégageant ainsi le chemin vers la porte. Lorsqu'ils furent dehors, dans le froid et la neige qui s'était mise à tomber dru, ils disparurent rapidement, se fondant dans le paysage gris et blanc.

§

L'hôtel Beau Rivage était un palace construit au XIXe siècle, sur les bords du lac Léman, à deux pas de l'hôtel Kempinski, sur le même quai. Théo avait exigé de Mila qu'ils retournent à Genève, où ils avaient toujours établi leur camp de base. Celle-ci accepta, à la seule condition de ne pas descendre au Kempinski. Elle lui préférait le Beau Rivage. C'était sans doute aussi et surtout parce que c'était l'hôtel qu'affectionnait Jessie Graham, la fille de son plus grand ennemi. Mila avait des points communs avec Jessie : elle aimait le luxe, l'argent et réservait toujours la suite la plus chère de l'hôtel où elle résidait. C'était à peu près tout ce qu'elles avaient en commun. Sa suite comptait trois chambres, pourtant elle l'occupait seule. Les autres devaient se contenter de chambres beaucoup plus modestes, si tant est que l'on puisse parler de chambres modestes dans ce type d'établissement.

Yu fut le seul à occuper une petite suite, comprenant un salon et une chambre. Il eut ce privilège, car Mila ne voulait pas voir tout son matériel envahir sa propre suite. Du coup, il était tranquille pour travailler, seul, sans personne pour le déranger ou l'espionner. Il passait le plus clair de son temps sur sa batterie d'ordinateurs à faire les recherches pour tenter de débusquer Chronos, aidé de ses amis hackers de Hong Kong, avec qui il était en relation permanente.

Cela faisait près de quatre jours que Mila était dans cet hôtel, à attendre que les ordinateurs de Yu lui donne le nom de celui qu'ils cherchaient. La jeune femme perdait patience. Elle se plaignait chaque jour du manque d'efficacité supposée du jeune Chinois, remettait en cause ses compétences et râlait après cette ville qu'elle trouvait ennuyeuse et sans intérêt. Mila aimait la fête et les nuits moscovites.

Lisa et Théo venaient d'arriver avec des croissants tout chauds, achetés dans l'une des meilleures pâtisseries de la ville. Yu en profita pour faire une pause, après plus de cinq heures d'affilée devant ses écrans. Il prit un croissant, qu'il dévora avec gourmandise.

« Ça va comme tu veux ? demanda Théo.

— Oui, à peu près. On avance lentement mais sûrement. Je crois qu'on tient une piste.

— Vraiment ? Raconte.

— Nous avons découvert, en remontant les ramifications de certaines filiales qui détiennent des capitaux parmi les cent plus grandes entreprises du monde, que certaines aboutissaient à une holding : la F.C.I., fifteen century investment. Ce qui bien sûr veut dire : seizième siècle investissement.

— Oui, merci, on sait, Yu. Viens-en au fait.

— Ça a attiré mon attention, vous l'imaginez. Je me suis dit que ce n'était peut-être pas une coïncidence.

— Et alors, tes conclusions ? s'impatienta Lisa.

— Pour le moment, rien. Nous cherchons à savoir si cette holding est le sommet de la pyramide ou s'il y a d'autres filiales au-dessus d'elle. C'est très compliqué, vous savez. De très nombreuses entreprises sont détenues par des holdings qui font des montages très compliqués pour brouiller les pistes afin que l'on ne puisse pas remonter jusqu'aux véritables actionnaires.

— Dans quel but ?

— Les motivations sont nombreuses. La première d'entre elles est le blanchiment d'argent sale de la pègre. Ensuite, il y a la dissimulation de capitaux pour échapper au fisc et d'autres raisons encore plus obscures. La difficulté est de faire le lien entre toutes ces sociétés-écrans qui masquent la véritable holding, celle qui est à l'origine de toutes les autres. Le sommet de la pyramide en somme. L'autre problème est qu'il y a tellement de sociétés qui pratiquent ce jeu, qu'il sera difficile de trouver la bonne pyramide et de la remonter jusqu'à son sommet. Ça revient quasiment à retrouver une aiguille dans une botte de paille.

— Ok. Ecoute, fais ce que tu peux, en espérant que ça finisse par aboutir à quelque chose de concret. »

Théo fit signe à Yu d'approcher. Il lui susurra à l'oreille :

« Tu as ton dispositif de brouillage d'appareils électroniques branché ?

— Heu… oui, bien sûr, pourquoi ?

— Il est efficace à cent pour cent ?

— Oui, sans problème.

— Il brouille tout : micros, caméras ?

— Je te dis que oui.

— Bon, je peux te parler normalement alors ?

— Oui, tu peux, s'agaça Yu. Que se passe-t-il ? »

Théo sortit le calepin qu'il avait pris au prêtre et l'exhiba devant son ami.

« Il faut que tu nous aides à déchiffrer ce carnet.

— C'est quoi ?

— On t'expliquera plus tard. »

Théo tendit le calepin à Yu, qui tourna les pages et dit :

« Ce sont des noms et des numéros de téléphone. Tu veux que je déchiffre quoi, leurs mensurations ? plaisanta-t-il.

— Ah, ah, gros malin. On a essayé de passer deux ou trois coups de fil : ces numéros ne correspondent à rien. »

Yu prit le temps de regarder attentivement la liste de noms et de numéros qui couvrait à peine plus de la moitié d'une page. Il tourna ensuite les pages du calepin. Elles étaient toutes vierges.

« C'est tout ce qu'il contient ? demanda-t-il avec étonnement.

— Oui, juste cette liste de noms et de numéros associés.

— Bon, laissez là moi, je vais voir ce que je peux faire.

— Scanne là plutôt. Je tiens à garder le carnet.

— Comme tu voudras.

— Merci Yu. On peux te laisser tout seul, ça ne te dérange pas ?

— Non, non, allez-y. Profitez un peu, le temps qu'on découvre quelque chose. De toute façon, vous ne pouvez m'être d'aucune utilité ici. Allez-y.

— Tu nous préviens si tu trouves quelque chose pour cette liste, surtout.

— Oui, oui, ne vous inquiétez pas. Allez ! »

Lisa et Théo étaient heureux de pouvoir prendre un peu de temps pour eux. Cela ne leur était jamais vraiment arrivé depuis qu'ils se fréquentaient. C'était pour eux l'occasion d'apprendre à mieux se connaître, en dehors de leurs missions pour sauver le monde…

Ils avaient prévu de partir skier deux ou trois jours, avec les parents de Théo et sa petite sœur. Ce serait pour eux l'occasion de passer de bons moments de détente, en famille.

§

« J'ai trouvé à quoi correspondaient les noms et les numéros de la liste, affirma Yu.

— Ah ! Bien, se félicita Théo. Ça donne quoi ?

— Ce n'était pas très difficile, à vrai dire, pour les numéros surtout. J'ai très vite compris qu'il s'agissait de coordonnées terrestres : latitudes et longitudes. Classique. Pour les noms, ce n'était pas trop compliqué, une fois qu'on avait entré les coordonnées dans Google Earth. Tenez, prenez celui-ci par exemple :

Duane 40.42.47.96

Konewyr 74.09.67

Le premier nom correspond au nom d'une rue : Duane street. Le second, c'est l'anagramme de New York.

Le tout, ça nous donne l'emplacement de l'église San Andrew, Duane street, New York.

— Bravo ! s'exclama Théo, toujours surpris par l'intelligence de son ami.

— Merci, mais c'était un jeu d'enfant. Une façon très grossière de cacher une information. Du travail d'amateur même.

— Et les autres coordonnées ?

— En fait, il n'y a que deux paires de noms et de numéros qui correspondent vraiment à quelque chose. Le reste n'est là que pour contribuer à cacher ces deux coordonnées. La seconde, celle-ci, dit-il en montrant du doigt, correspond à la basilique Saint-Denis, en France.

— Qu'est-ce que ça peut bien vouloir dire ? s'interrogea Lisa. Les coordonnées de deux églises…

— Avant de mourir, le prêtre a dit: *je devais tout vous expliquer*, se souvint Théo. Malheureusement, il est mort avant. Je crois que nous n'avons guère le choix, si nous voulons percer le mystère : il faut nous rendre à Paris et New York. Seulement, je ne veux pas que Mila soit au courant et ça ne va pas être simple d'utiliser sa carte de crédit tout en l'écartant de nos investigations.

— Je pourrais y aller seul, se proposa le professeur Darlington. J'ai suffisamment d'économies pour pouvoir faire quelques voyages, ici ou là.

— C'est une excellente idée, prof, admit Théo. Seulement, on ne sait pas du tout ce que nous devons chercher, une fois sur place.

— Et alors ? Vous croyez que je ne saurai pas trouver ce qu'il y a à trouver ? s'offusqua-t-il.

— Non, bien sûr. Nous savons que vous êtes à la hauteur, excusez-moi. Je voulais juste dire qu'en fonction de ce qu'il y a à chercher, Lisa ou moi sommes plus à même de le faire, compte tenu de ce que nous avons vécu ces derniers six mois.

— Bien, si vous avez d'autres solutions…

— Non, vous avez raison, nous sommes coincés. Vous irez, si vous le voulez bien. Je suis sûr que vous trouverez.

— Eh ! Ce qu'on pourrait faire, songea Lisa, c'est faire croire à Mila que nous allons skier et au lieu de ça, on pourrait aller à Paris. En TGV, ça peut se faire dans la journée. »

Théo réfléchit, pesa le pour et le contre, avant de dire :

« C'est une très bonne idée. Vous, professeur, vous irez à New York et nous à Paris. Ça nous évitera de perdre du temps et nous pourrons rester en contact pour savoir ce que nous avons découvert, respectivement.

— Eh bien, c'est une bonne idée, en effet. Je m'occupe de réserver les billets, pour vous et pour moi. Mais, j'y pense, comment sortirez-vous de Suisse ?

—Je vais demander à ma mère de me produire une autorisation de sortie pour mineurs. Lisa en a déjà une, signée de son père.

— Bon, c'est réglé alors. En route pour de nouvelles aventures ! » s'écria le professeur, enjoué à l'idée de bouger. Il avait pris goût à cette vie aventureuse, qui le sortait de son quotidien studieux.

§

Chapitre XII

« La tempête »

L'église San Andrew était située au Sud de Manhattan, juste derrière un imposant palais de justice, sur une place en zone piétonne. Sa façade rappelait un peu les temples grecs antiques avec deux énormes colonnes qui supportaient une architrave sur laquelle était gravée une inscription, en latin. L'architrave était surmontée d'un fronton triangulaire, à l'intérieur duquel un bas-relief montrait deux anges, entourant un médaillon représentant des armoiries. Au centre, entre les deux colonnes et les côtés, aux murs de brique rouge, trois portes, en haut d'un large escalier, ouvraient sur la nef, plongée dans la pénombre et le calme qui sied au lieu. L'église était vide de monde.

James Darlington remonta la travée centrale jusqu'à l'autel, consulta sa montre, constata qu'il était pile à l'heure pour son rendez-vous, regarda autour de lui, ne vit personne. Il s'installa sur le banc du premier rang et attendit patiemment. Après quelques minutes, un prêtre sortit de derrière une porte, dans le fond, à droite de l'autel. Il était grand, svelte, avait les cheveux grisonnants, portait un costume couleur cendres, très sobre, avec l'éternelle chemise à col romain, signe distinctif des prêtres catholiques. Il vint jusqu'à Darlington, qui s'était levé de son banc et l'interpella :

« Bonjour, vous êtes le professeur Darlington ?
— Père Matthew ?

— C'est moi.

— Je suis enchanté de faire votre connaissance, dit-il en lui tendant la main.

— Moi de même. Avez-vous fait bon voyage ? demanda le prêtre, très courtois.

— Oui, merci. Je tiens à vous remercier également de bien vouloir m'accorder un peu de votre précieux temps.

— Oh, voyons, ce n'est rien. Dites-moi plutôt ce qui vous amène ici, dans notre paroisse ?

— Eh bien, c'est un peu compliqué à expliquer. Disons que je suis à la recherche de quelque chose… »

Le professeur était hésitant, ne savait pas trop comment amener le sujet pour lequel il était ici. Et, à vrai dire, comme il ne savait pas vraiment pourquoi il était ici, il se devait d'être prudent. Il reprit :

« En fait, je recherche quelque chose, ou quelqu'un, mais je ne sais pas quoi ou qui. »

Le Père Matthew fronça les sourcils. Darlington perçut l'étonnement sur son visage. Le Père haussa les épaules, fit un sourire et dit :

« Cher professeur, si vous ne savez pas ce que vous êtes venu chercher ici, comment pourrai-je vous aider ?

— Oui, c'est évident. Bien, disons alors que je suis en-voyé ici par l'un de vos confrères.

— Ah, quelqu'un que je connais alors ?

— Je n'en sais rien à vrai dire. Je n'ai pas connu ce prêtre… Avez-vous déjà entendu parler d'une organisa-tion… disons, secrète… »

Le Père Matthew roulait des yeux ronds comme des bi-garreaux.

« Secrète ? De quoi parlez-vous ?

— Vous n'avez aucun lien avec une telle organisation ? s'enquit Darlington avec maladresse.

— Grand Dieu non ! Vous voulez parler de la Mafia ?

— Oh ! Non, pas du tout. Ce n'était pas ce à quoi je songeais. Excusez-moi, je crois qu'il faut que je sois plus direct avec vous.

— Je suis désolé, professeur, mais je ne vois pas où vous voulez en venir. Soyez plus clair, en effet, dit le prêtre, soulagé.

— Manu Dei, cela vous parle ? » laissa soudain tomber Darlington, sans ménagement.

Il perçut un changement sur le visage du prêtre. Celui-ci se referma, dans une expression empreinte de sérieux et de mystère. Il promena rapidement son regard dans l'église, cherchant quelqu'un qui pourrait écouter cette conversation et dit :

« Venez, allons dans mon bureau, nous y serons plus tranquilles pour bavarder. »

Le bureau du Père Matthew était grand, cossu, de forme hexagonale, entièrement recouvert de boiseries en merisier. Une bibliothèque s'appuyait sur quatre des six pans de mur. Sur la droite, une fenêtre plus haute que large, donnait sur un passage entre l'église et un immeuble, tout proche. Le prêtre pria Darlington de s'asseoir sur l'une des deux chaises qui se trouvaient devant le bureau, lui aussi en merisier. Il dévisagea le professeur un long moment, dans le silence, avant de demander :

« Qui vous envoie ?

— Je vous l'ai dit, c'est un prêtre qui m'a communiqué les coordonnées de votre église.

— Quel prêtre ? D'où venait-il ? »

Le Père Matthew avait pris un ton inquisiteur qui ne plaisait guère à Darlington.

« Mon Père, il va falloir que vous me fassiez confiance. Si je vous dis que je ne sais rien sur ce prêtre, c'est que c'est la stricte vérité. De plus, il est mort.

— Quoi ? Mort, comment cela, et où ? demanda-t-il inquiet.

— A Genève, en Suisse. Il a tout juste eu le temps de me confier un petit carnet dans lequel était inscrite une liste de noms et de numéros qui, après décryptage, m'ont conduit jusqu'à vous. Alors, savez-vous, oui ou non, quelque chose que je devrais savoir à mon tour ? »

Le Père Matthew prit le temps de la réflexion avant de répondre :

« Je suis désolé, je ne sais rien. Je crois que vous êtes venus ici pour rien. Cette histoire que vous m'avez comptée est certainement un canular. »

Le professeur soupira, se gratta la tête, se leva d'un bond et se mit à faire les cent pas dans la pièce, sous le regard médusé du prêtre. Après avoir tourné en rond un moment, le professeur lui dit :

« Je ne sais pas ce qui ne fonctionne pas entre nous deux, mais j'ai l'impression que je n'ai pas donné le mot de passe qui nous permettrait de nous parler, je me trompe ?

— Le mot de passe ?

— Oui, un mot, une phrase, une anecdote, qui déclencherait chez vous une ouverture et nous permettrait d'avancer, s'agaça le professeur.

— Je ne vois pas.

— Ah, allez, ne soyez pas obtus ! Je suis sûr que vous savez quelque chose. Je n'ai pas fait tous ces kilomètres pour rien. Je n'ai pas l'air d'un méchant, d'un homme qui serait dans le mauvais camp, tout de même. Donnez-moi juste un petit indice.

— D'accord. Vous êtes trop vieux, dit le prêtre, laconique.

— Oui, je vois très bien de quoi vous voulez parler, dit Darlington, dont le visage s'éclaira soudain. Vous attendiez la venue d'un jeune garçon d'à peine quinze ans, je me trompe ? »

Le prêtre ne bougea pas un cil, tout à l'écoute de son interlocuteur.

« Oui, c'est ça, n'est-ce pas ? Je vais vous raconter une histoire, que vous connaissez peut-être mieux que moi : la Manu Dei fut créée au XVIe siècle à Venise, par un certain Paolo Sarpi, Fra Paolo si vous préférez. Manu Dei avait son siège dans l'abbaye de San Gregorio et était dirigée par un frère, Fra Anselmo. Je viens tout juste de comprendre pourquoi Fra Paolo a créé cette fraternité : pour aider ce jeune garçon, ici, dans notre présent. Je ne sais pas comment, ni pourquoi, mais il est évident que si elle existe encore, c'est pour une raison bien précise. Le prêtre qui nous a laissé vos coordonnées a dit à ce jeune garçon, juste avant de rendre l'âme, qu'il devait tout lui expliquer. Il n'en a pas eu le temps, tout juste celui de lui confier le carnet. Le jeune garçon en question est actuellement en route pour un autre lieu que le carnet nous a indiqué. C'est la raison pour laquelle il ne se trouve pas ici. Nous nous sommes partagé les tâches : lui à Paris, moi à New York. Est-ce que mes explications sont de nature à vous satisfaire ? »

Après un long moment de réflexion, le Père Matthew répondit :

« Je vais vous poser une seule question. Si vous y répondez correctement, nous poursuivrons. Dans le cas contraire, cette entrevue sera terminée.

— Je vous écoute.

— De quelle façon Fra Paolo fut-il contacté par le jeune Théo, alors que celui-ci, accompagné d'une jeune fille, était coincé dans un lieu d'où il lui était impossible de sortir sans tomber entre les mains de ses ennemis ?

— De quelle façon ?... Théo ? »

Le professeur semblait décontenancé. La réponse à cette question, il ne la connaissait pas. Il n'avait pas eu tous les détails de tout ce qui s'était produit, quelques six mois auparavant, alors qu'ils étaient à la recherche des bijoux de l'Archange et de l'arche d'alliance[18]. Le professeur se demandait comment il pourrait répondre à cette question. Soudain, une lumière éclaira son esprit. Il se saisit de son téléphone, composa le numéro de Théo et dit au Père Matthew :

---

[18] (Cf. tome I, chapitre XX)

« Je ne connais pas la réponse, mais je vais vous passer directement l'intéressé. Lui saura vous le dire. »

La sonnerie retentit une, deux, puis trois fois avant que Théo ne décroche enfin :

« Théo, c'est le professeur Darlington.

— Je sais bien que c'est vous, prof, s'amusa Théo. Votre nom apparaît chaque fois que vous appelez.

— Ah, oui, c'est vrai. Bien, ne vous moquez pas de moi pour autant, j'ai un âge qui fait que j'ai gardé les vieux réflexes des conversations avec les téléphones d'antan.

— Je sais, prof. C'est pas méchant. Juste un peu de taquinerie. Vous êtes à New York ?

— Oui, c'est pour cela que je vous appelle.

— Vous avez trouvé quelque chose ?

— Oui. J'ai en face de moi le Père Matthew, prêtre de la paroisse San Andrew. Je vais vous le passer, il a une question à vous poser à laquelle je n'ai pas su répondre. »

Darlington confia son téléphone au prêtre, qui répéta sa question à Théo. Il écouta sa réponse, remercia Théo, raccrocha et rendit le téléphone au professeur.

« Alors, satisfait ? demanda celui-ci.

— Ne bougez pas, je reviens dans un instant. »

Le Père Matthew quitta la pièce un court moment et revint avec dans la main, une enveloppe.

Il la tendit à Darlington et dit :

« Tenez, prenez là. C'est ce pour quoi vous avez fait tout ce chemin jusqu'ici. Attention, prenez-en soin. Son contenu est unique. Il n'en existe aucune copie, nulle part.

— Bien, je vous remercie, Père Matthew. »

Darlington prit l'enveloppe et la décacheta, curieux de voir ce qu'elle contenait. Il en tira une feuille de papier vieilli, recouverte entièrement de nombres, séparés entre eux par des espaces.

« Qu'est-ce que cela veut dire ? » questionna-t-il en montrant la feuille au prêtre. Celui-ci secoua la tête en haussant les épaules :

« Je n'en sais rien. J'avais pour seule mission de donner cette enveloppe au jeune Théo, rien de plus.

— Mais dans quel but ?

— Aucune idée. Je ne sais rien de plus. Chacun de nous a une mission précise à accomplir et il n'est pas au courant du but à atteindre. Ainsi, si ce document tombait entre de mauvaises mains, même sous la torture, je ne pourrais parler, ne sachant rien.

— Bon, je vais rentrer sur le vieux continent. Nous tâcherons d'élucider cette énigme. Encore une fois, merci, mon Père.

— Allez en paix, mon fils, que Dieu vous garde. »

§

« Vous êtes toujours à New York, prof ? s'enquit Théo.

— Oui, je m'apprête à prendre l'avion pour Genève, pourquoi ?

— Annulez.

— Annuler ? Mais pour quelle raison ?

— Il y a du nouveau. Jessie m'a contacté sur mon portable.

— Ah ! Voilà qui est une excellente nouvelle. Comment va-t-elle et où est-elle ?

— Elle est séquestrée quelque part, dans l'État de New York. Yu a pu tracer l'appel. Il émane d'un bled paumé. Je vais vous envoyer les coordonnées GPS. Vous allez louer une voiture avec GPS et entrer ces coordonnées, puis vous y rendre.

— M'y rendre, seul ? s'inquiéta le professeur. Je suppose qu'elle ne s'est pas séquestrée elle-même ?

— Quoi ? Non, bien sûr. Pourquoi cette inquiétude de votre part ?

— Parce que, dans ce cas, cela veut dire qu'il y a des hommes pour la garder. Comment voulez-vous que je la délivre, seul ? »

Darlington entendit les rires de Théo, Lisa et Yu. Il en fut vexé et ajouta :

« Quoi ? Qu'ai-je dit de si drôle ?

— Rien, prof. C'est le ton que vous prenez qui nous amuse. Il n'est pas question que vous alliez la libérer tout seul. Vous allez jeter un œil alentour. De toute façon, elle est sur une petite île, au milieu d'un lac. Vous ne pourriez pas l'approcher sans attirer l'attention. Allez-y, observez tous les mouvements de personnel qui entre ou quitte l'île. Faites au mieux, prof, j'ai confiance en vous. Nous serons sur place dès que possible, compte tenu du fait que nous ne pouvons nous déplacer facilement hors des frontières de la Suisse et on ne veut pas faire appel à Mila.

— Bien, je vais faire ce que vous me demandez. Ne tardez pas trop, je ne suis pas un spécialiste de l'espionnage.

— On fait au plus vite, prof... Ah, au fait !

— Oui, quoi ?

— Essayez de vous fondre un peu dans le paysage américain. Vous êtes un peu trop british, si je puis me permettre.

— Vraiment ? Bien, je vais faire ce qu'il faut pour. »

Théo coupa la communication, rangea le portable dans la poche de sa veste, se tourna vers Yu et demanda :

« Tu as fait les réservations de billets ?

— Oui, c'est fait. Le code a fonctionné.

— Parfait. Il ne me reste plus qu'à contacter ma mère. »

La veille, lui et Lisa, accompagnés de madame Duval, embarquèrent dans le train à grande vitesse, à destination de Paris. Madame Duval descendit du train au premier arrêt après la frontière. Elle rentrerait seule, par le train suivant. Arrivés à Paris, Lisa et Théo prirent un taxi, direction la Basilique Saint-Denis. Ils arrivèrent sur le parvis de la cathédrale en début d'après-midi. C'est au moment où ils allaient entrer dans l'édifice, que le portable de Théo sonna. Il prit la ligne et, à sa surprise, entendit la voix de Jessie :

« Théo ? C'est Jess.

— Jessie ? Où es-tu ?

— Dieu merci ! Vous êtes en vie ! J'ai eu si peur. Quand j'ai entendu l'explosion et vu le bateau couler, j'ai pensé que vous ne vous en sortiriez pas, cette fois.

— Ça a bien failli, crois-moi.

— Je n'ai pas beaucoup de temps, Théo. Je suis retenue quelque part dans une maison, je ne sais pas où. Note le code que je vais te donner, il vous permettra d'accéder à tout ce que je possède.

— Tu es sûre de vouloir faire ça ?

— J'ai la plus grande confiance en toi, Théo. Note : k.a.t.e.2.6.0.6.6.3.1.7. Voilà, avec ça, tu auras accès à l'argent, le jet et toutes les ressources dont je dispose. Continuez la mission, je sais que c'est le plus important. Ensuite, lorsque ce sera terminé, venez me chercher. On s'occupera de mon père… Bonne chance.

— Jessie…

— Je dois raccrocher, je les entends qui arrivent. Au revoir. »

Théo eut le réflexe d'appeler Yu et de lui demander de tenter de tracer le dernier appel reçu sur son téléphone. Pendant ce temps, lui et Lisa entrèrent dans la basilique et rencontrèrent un prêtre, le Père Delattre, qui leur remit une bible, très ancienne, après avoir prouvé qu'il était bien celui à qui elle était destinée.

A leur retour à Genève, Yu leur annonça la bonne nouvelle : il avait réussi à tracer l'appel. Il émanait d'une petite île, Saint Hubert Island, sur un lac, près d'une bourgade nommée Raquette Lake, au bord du lac du même nom, dans l'État de New York, aux Etats-Unis.

Pour les trois ados, la priorité devenait évidente : il fallait retrouver Jessie et la libérer de ses geôliers. Et comme leur mission ne devait pas trop pâtir des contretemps actuels, Yu resterait à Genève pour continuer ses recherches, qui d'ailleurs avançaient bien désormais. Il avait bon espoir de débusquer Chronos, en démontant le mécanisme complexe des montages financiers de ses sociétés.

Il restait à Théo une dernière chose à faire : demander l'aide de ses parents pour se rendre aux Etats-Unis, en compagnie de Lisa. Il était conscient qu'il allait gâcher leur semaine de vacances à la montagne, mais il devait porter secours à son amie. Elle faisait partie de l'équipe et, se dit-il, quand un membre de l'équipe est en difficulté, il devient la priorité.

§

« Vous me faites quoi, là ? s'énerva Mila. Je croyais que nous avions un accord ? Vous pensez que je vais rester là, dans cette ville pourrie, à attendre indéfiniment qu'il se passe quelque chose ? Je vous ai sauvés, ne l'oubliez pas ! Je mets l'argent de mon oncle et toutes ses ressources entre vos mains pour que vous puissiez accomplir cette mission et le retrouver ! Et vous, vous me dites que vous partez skier trois jours en famille ! Vous vous foutez de moi ! »

Mila était en furie. Elle tenta de se calmer en avalant un grand verre de vodka, cul sec. Théo la regardait faire. Il trouvait qu'elle était comme son oncle, impulsive, colérique et capricieuse. Il haussa les épaules avant de dire :

« De toute façon, on a rien d'autre à faire tant que Yu et ses amis n'auront pas terminé leur travail.

— Justement, parlons-en de Yu et de son travail ! Cela fait des jours qu'il passe son temps enfermé dans sa chambre, devant ses ordinateurs. Et pour quel résultat ? Rien ! Chaque fois que je l'interroge, il me sert la même rengaine : ça avance doucement, mais sûrement. J'en ai assez ! De vous, de Yu, de ses amis ! J'en viens à regretter de vous avoir secourus !

— Soyez patiente, Mila. Yu sait ce qu'il fait. C'est un petit génie dans son domaine, croyez-moi.

— Un génie, ricana-t-elle.

— Parfaitement. Il nous l'a prouvé plus d'une fois. J'ai

entièrement confiance en lui. Il va réussir à trouver ce que nous cherchons, vous pouvez lui faire confiance.

— Mais quand ? On va devoir attendre combien de temps encore ?

— Il avance bien, mais ses recherches sont compliquées par la quantité de données à traiter, l'extrême complexité des montages financiers des centaines, voire des milliers de sociétés-écrans qu'il doit remonter pour atteindre son but. Il est très fort et ses amis de Hong Kong le sont tout autant que lui. »

Mila se calma, cessa de faire les cent pas dans la pièce et se laissa tomber sur un sofa.

« Je crois, dit-elle, que je vais faire comme vous. Je vais partir loin d'ici, en attendant du nouveau. Je n'en peux plus de cette ville. Comment pouvez-vous vivre ici, loin de tout ?

— Je suis né ici et je ne trouve pas que cette ville soit aussi désagréable que vous semblez le penser. Et puis, on est loin de rien.

— Oui, bon, dit-elle pour couper court. Je rentre à Moscou dès aujourd'hui. Allez skier si ça vous chante. Mais je vous préviens, pas d'entourloupe. Si j'apprends que vous essayez de faire les choses sans moi, je lance la meute à vos trousses. Croyez-moi, je ne plaisante pas.

— On vous fait signe dès que nous avons trouvé ce que nous cherchons. De toute façon, sans vous nous n'avons pas les moyens d'aller de l'avant » mentit l'adolescent.

§

La route traversait une forêt de conifères, dense et sombre. Le paysage était blanc, recouvert d'une épaisse couche de neige. Le ciel, gris et bas, annonçait l'imminence d'une nouvelle averse. Dehors, le thermomètre affichait -17°. Le puissant 4x4 avançait lentement sur le bitume recouvert d'une couche de plus en plus épaisse et glissante.

La circulation était quasiment nulle dans ce coin reculé des Monts Adirondacks, à plus de quatre cents kilomètres au nord de New York. Monsieur Duval, le beau-père de Théo, était au volant. Madame Duval était assise à ses côtés, tandis que Lisa, Vera et Théo étaient à l'arrière.

La route 28 traversait les Adirondacks d'Est en Ouest. Elle s'enfonçait dans un paysage sauvage et préservé, couvert de forêts boréales et d'une multitude de lacs. C'était le paradis des randonneurs, kayakistes, sportifs et amoureux de la nature en tous genres. Bien entendu, à cette époque de l'année, avec la neige et ce froid, il n'y avait plus grand monde, ni dans la forêt, ni sur les lacs et cours d'eau.

Les premiers flocons tombèrent, d'abord épars, puis de plus en plus nombreux, jusqu'à former un rideau blanc, scintillant, mouvant et surtout, opaque. La route disparut très vite avec une visibilité réduite à moins de vingt mètres. Monsieur Duval ralentit encore un peu plus. Il était tendu, préoccupé par la neige, conscient d'être perdu au milieu de nulle part. Il finit par dire :

« Bon sang ! Quel temps ! Je crois que nous n'avons pas choisi le bon jour pour venir ici.

— Bien au contraire, objecta Théo, c'est le jour idéal.

— Ah bon, tu trouves ?

— Parfaitement. Visibilité quasi nulle, froid glacial, neige abondante. Idéal pour ce que nous sommes venus faire ici.

— A condition que nous puissions arriver à bon port. La route est de plus en plus glissante et je ne vois plus rien.

— Tu as un 4x4. Sur la neige, ça ne devrait pas poser problème.

— Je sens que ça glisse tout de même.

— On est encore loin ? demanda Madame Duval.

— D'après le GPS, encore une trentaine de kilomètres, mais à cette vitesse, on en a encore pour un moment. »

Les kilomètres défilèrent très lentement. La neige tombait à un rythme soutenu et un nouvel élément était venu aggraver la situation : le vent. Il soufflait fort et soulevait la neige, formant rapidement des congères. Après un long moment, monsieur Duval stoppa son véhicule en plein milieu de la route. Les congères s'étaient formées devant, en plein cœur de celle-ci. Impossible d'aller plus avant.

« Cette fois, nous sommes coincés ! » dit-il, une pointe de dépit dans la voix.

Théo regarda alentour. Il n'y avait rien d'autre que la forêt, la neige et le vent. Impossible de sortir et de terminer à pied. La hauteur de neige et le froid auraient raison d'eux avant qu'ils n'atteignent la moindre habitation. Il fallait se résoudre à attendre là, que des secours passent, si tant est que quelqu'un passe par un temps pareil.

Il s'écoula plus d'une heure, durant laquelle les occupants du 4x4 firent des jeux pour occuper Véra et se déstresser. L'on joua à ni oui ni non et Jacques a dit, l'on rit de bon cœur dans un moment de détente inattendu en pareille circonstance.

Ce fut le puissant avertisseur sonore d'un énorme chasse-neige qui rompit le silence extérieur et fit sursauter tout le monde. L'engin fondait sur eux à bonne vitesse, fendant la neige devant lui, la soulevant dans un nuage opaque et la projetant sur les côtés, au plus loin de la route. De puissants projecteurs l'illuminaient à l'avant du véhicule, rendant encore plus impressionnante la vision de ce monstre d'acier qui n'était plus qu'à quelques dizaines de mètres maintenant. Il fut sur eux en un rien de temps, klaxonna puissamment au moment de les dépasser, sans même ralentir, et continua sa route, faisant exploser les congères, qui se disloquaient sous les coups de boutoir de l'étrave d'acier.

Monsieur Duval redémarra et prit rapidement de la vitesse pour venir se placer derrière la déneigeuse, à bonne distance, pour être certain de ne plus rester bloqué. Les derniers kilomètres se firent facilement. Le lac apparut sur le côté droit de la route. Ce n'était plus qu'une vaste étendue gelée. Après encore trois ou quatre kilomètres, une bifurcation indiquait la bourgade de Raquette Lake. Le chasse-neige continua tout droit, mais par chance la route qui y menait avait été dégagée. Encore quelques centaines de mètres et ils furent sur le parking d'un motel où ils s'installeraient pour la nuit.

A peine se furent-ils installés dans leurs chambres, que Théo téléphona au professeur Darlington. Celui-ci avait pris ses quartiers dans un chalet loué pour la circonstance, sur la rive du lac, d'où il avait une vue imprenable sur l'Ile Saint-Hubert.

« Bonjour prof, nous sommes arrivés. Comment ça va, vous ?

— Ah, je suis content que vous soyez là. Je vais bien, je vous remercie.

— Où êtes-vous exactement, prof ?

— J'ai loué un chalet, 1087 Antlers Road. C'est à peu près à deux kilomètres au Nord de Raquette Lake.

— Très bien. Vous avez réussi à voir quelque chose, de là où vous êtes ?

— Il n'y a pas beaucoup de mouvements. Je ne vois pas tout non plus. L'île est à environ cinq cents mètres, à vol d'oiseau. J'ai acheté de puissantes jumelles. Je peux voir les allées et venues sur le lac, mais pas sur l'île, surtout à cause de la végétation.

— Bon, nous allons vous rejoindre. Nous verrons tout ça une fois sur place.

— Vous devriez attendre demain matin, Théo. Il va faire nuit bientôt et avec la tempête de neige, vous risquez de vous perdre. De plus, les routes ne sont pas toutes dégagées.

— Non, nous venons maintenant. Cette tempête est une aubaine au contraire. Avec la nuit par-dessus, nous serons invisibles pour l'atteindre.

— Vous voulez y aller ce soir ? Vous êtes fou !

— Pas si sûr. Nous arrivons, prof. »

Théo, après avoir expliqué à ses parents que Lisa et lui ne dîneraient pas avec eux ce soir, prit les clefs du 4x4 et rejoignit la jeune femme dans sa chambre. Ils préparèrent leurs affaires et partirent rejoindre le professeur. C'est Lisa qui prit le volant. Elle avait seize ans et conduisait depuis peu, en conduite accompagnée.

Dehors, la neige tombait dru, le vent soufflait en rafales, le jour déclinait rapidement. La nuit s'installait. Il faisait très froid et, pour sortir, mieux valait être équipé d'épais anoraks avec capuche, de gants, d'après skis ou de chaussures de montagne. C'était heureusement le cas des deux jeunes gens.

Les puissants phares du véhicule éclairaient le rideau de neige qui réduisait la visibilité à quelques mètres à peine. Lisa ne voyait quasiment rien. Elle n'avait pas peur, mais était concentrée sur la conduite. Théo lui indiqua qu'en mettant les codes, plutôt que les phares, plus les antibrouillards, elle verrait sans doute mieux. Il n'avait jamais conduit, mais il avait souvent vu son beau-père le faire, par temps de pluie, de neige ou de brouillard. Lisa voyait mieux maintenant. La route était recouverte d'une épaisse couche de poudreuse, que le 4x4 n'avait aucun mal à fouler, grâce à une importante garde au sol. Il fallait rouler lentement tout de même, la moindre erreur pouvait provoquer l'accident. Les deux kilomètres parurent interminables et Lisa souffla lorsque enfin elle coupa le moteur devant le chalet du 1087 Antlers Road. Les bourrasques de vent soulevaient la neige qui se mettait à tourbillonner, renforçant les congères déjà formées. Lisa et Théo se hâtèrent de rejoindre le chalet, dont ils poussèrent la porte sans même frapper, surprenant le professeur.

La construction était typique, en rondins de bois. Il y avait une pièce principale avec cuisine américaine séparée par un comptoir, une cheminée et des chambres attenantes, chacune avec sa salle de bains. Le mobilier était simple, fait dans le bois d'essences locales. L'ensemble était accueillant et chaleureux. Lorsqu'ils entrèrent, qu'ils virent le professeur, ils se regardèrent et faillirent pouffer de rire, mais se retinrent, de peur de le vexer. Il faut dire que Darlington était transformé et que cela pouvait surprendre de prime abord. Il portait un pantalon de toile épaisse, couleur kaki, une chemise de bûcheron à grands carreaux, rouge et blanc, des chaussures de randonnée et une casquette. Théo lui avait demandé de se fondre dans le paysage américain et il fallait bien reconnaître que, de ce côté-là c'était réussi. Mais sur lui, une telle tenue ne semblait pas en adéquation avec son physique et son attitude toujours *so british*. C'est ce qui rendait la chose comique.

Après s'être débarrassés de leurs anoraks et gants, ils s'installèrent autour d'une table en pin massif. Le professeur leur servit un thé bien chaud, qu'il accompagna de petits gâteaux et de biscuits. Cela tombait bien car ils n'avaient pas dîné et la soirée risquait de se prolonger tard dans la nuit.

« Le lac est entièrement gelé, expliqua le professeur. Du coup, les occupants de l'île se déplacent avec des motoneiges. J'ai pu observer leurs déplacements ces deux derniers jours. Il semble qu'il y ait au moins deux motoneiges et trois ou quatre hommes. Mais, comme je vous l'ai dit au téléphone, je ne vois presque rien lorsque j'observe l'île. Je n'ai pas pu voir le moindre mouvement, à cause des arbres. Elle est recouverte de bois et les chalets sont difficilement visibles d'ici. Je n'ai pas un bon angle.

— Y a-t-il eu beaucoup de déplacements ? questionna Lisa.

— Non. Il semble qu'au moins une personne sorte tous les jours pour se rendre au village, faire des courses, peut-être. C'est le matin, vers onze heures. Elle revient pour l'heure du repas. Aujourd'hui, en début d'après-midi, deux motoneiges ont rejoint le village avec trois personnes en tout. Elles sont retournées sur l'île moins d'une heure après, avec seulement deux personnes.

— Quelqu'un a donc quitté l'île, en déduisit Théo. Ça ne nous dit pas combien de types sont en poste là-bas, tout ça. Il nous faudrait un plan de l'île avec le nombre et l'emplacement exact des bâtiments.

— Ne bougez pas, je reviens. » dit Darlington.

Il quitta la pièce et en revint quelques secondes après, une sacoche à la main. Il en sortit des papiers, qu'il posa sur la table, chercha parmi eux et étala un plan cadastral de l'île. Il dit fièrement :

« Voilà. Il suffit de demander.

— Bravo, professeur. Où avez-vous eu ce plan ? demanda Théo, surpris.

— Au cadastre, tout simplement.

— Il suffisait d'y penser, reconnut Lisa.

— Bien, nous voyons qu'il y a trois chalets sur l'île : deux sur la côte nord et un, au Sud, dans cette petite anse. C'est un port, on dirait. Est-ce que vous avez pu savoir à qui appartiennent ces chalets, par hasard ?

— Le hasard n'a rien à voir dans cette affaire, mon jeune ami. J'ai réfléchi et travaillé avec méthode, en attendant votre arrivée. J'ai donc pris tous mes renseignements et il se trouve que l'île appartient entièrement à une société, la *Carbon Chemicals of America.* J'ai cherché sur Internet à qui appartient cette société et devinez ce que j'ai trouvé ?

— Qu'elle appartient à Oswald Graham.

— Parfaitement.

— Donc, Jessie peut se trouver dans n'importe lequel de ces chalets, ce qui ne va pas nous faciliter la tâche. Entrer dans l'un d'eux ne sera pas chose facile, alors entrer dans les trois, autant dire que c'est mission impossible.

— Je pense à une chose, songea Lisa. Tu te souviens qu'un jour, Jessie nous a dit qu'elle regrettait le temps où elle était enfant, lorsque sa mère était encore en vie ?

— Non, pas vraiment, pourquoi ?

— Eh bien, elle a parlé de deux endroits dont elle gardait un souvenir heureux : l'un était une maison sur l'île de

Martha's Vineyard et l'autre, une maison, sur un lac, qu'elle ne savait pas situer[19].

— Tu te souviens de ça ? s'étonna l'Elu, qui n'avait gardé aucun souvenir de cette conversation.

— Oui, je m'en souviens très bien, car ce jour-là, Jessie nous avait ouvert son cœur et avait exprimé sa peine par rapport à son père. Ça m'avait touché.

— D'accord, mais tu veux en venir où finalement ?

— Eh bien, je me dis que cette maison sur un lac, ce pourrait être l'un de ces trois chalets.

— Oui, peut-être. Et après ?

— Lorsque Jessie t'a téléphoné l'autre jour, depuis l'un de ces chalets, elle t'a bien dit qu'elle ne savait pas où elle se trouvait.

— Exact.

— Ça veut dire qu'elle n'était pas dans le chalet de son enfance, d'accord ?

— Oui, possible, répondit-il, cherchant à suivre le raisonnement de la jeune femme.

— Je me dis qu'il y a peut-être quelque chose à creuser de ce côté-là.

— Et c'est tout ? Tout ce raisonnement pour en arriver là ? dit-il sur un ton taquin.

— Oh, ça va, j'essaye d'avancer, même si mes idées ne sont pas tout à fait claires, rétorqua-t-elle vexée.

— Lisa n'a peut-être pas tort en disant qu'il y a quelque chose à creuser, dit le professeur. Essayons de réfléchir à cette information et trouvons si elle pourrait nous aider. Alors voyons : vous dites, s'adressant à Lisa, que Jessie vous a parlé d'une maison sur un lac, qu'elle fréquentait dans son enfance. Vous a-t-elle dit vers quel âge exactement ?

— Non, je ne crois pas. Mais sa mère était encore vivante et nous savons qu'elle est morte quand Jessie avait

---

[19] (Cf tome I, chapitre X)

douze ans.

— Bien, qu'elle âge a Jessie aujourd'hui ?

— Dix-neuf ans, il me semble, dit Théo.

— Donc, elle y venait jusqu'à… maximum sept ans en arrière, vous êtes d'accord ?

— Oui, mais je crois qu'elle était très jeune, expliqua Lisa, car elle en a gardé un vague souvenir. Si elle avait eu, disons entre huit et douze ans, son souvenir aurait été plus précis et elle aurait pu mieux situer l'endroit.

— Ce n'est pas certain. Quand on est enfant, on ne prête pas toujours une grande attention à la précision du lieu où l'on se trouve.

— Oui, professeur, mais lorsque c'est un lieu où l'on vient régulièrement, on en connaît au moins le nom.

— Un point pour vous, jeune fille. Donc, disons que Jessie venait ici avant l'âge de huit ans, ce qui nous situe l'époque à plus d'une dizaine d'années au moins. »

Le professeur Darlington entra dans une profonde réflexion. Théo et Lisa tentèrent également de trouver ce que ces informations pouvaient leur apporter, mais ils ne voyaient pas pour le moment. Ce fut Lisa qui, la première, après avoir mis de l'ordre dans ses idées, trouva ce que l'on pouvait en tirer.

« On sait que Jessie est dans un chalet qu'elle ne connaît pas. Même si elle était petite lorsqu'elle venait ici, elle n'a pas pu oublier comment était la maison où elle a été si heureuse. Donc, il faudrait savoir, dans un premier temps, si l'ensemble de l'île appartenait déjà à ses parents, ou s'il l'ont acquise plus tard. S'ils n'avaient qu'un chalet sur les trois, ça l'exclurait d'office et n'en laisserait que deux possibles.

— Pas bête, reconnut Théo. C'est du travail pour Yu, ça. Je l'appelle tout de suite. »

Yu fut informé de ce qu'il devait rechercher. Il rappela moins d'un quart d'heure après. Théo mit le haut-parleur pour que tous entendent :

« L'île appartient à la Carbon Chemicals depuis plus de vingt-cinq ans, dit-il.

— On ne tirera rien de tout ça, alors, se désola Lisa.

— Par contre, j'ai fait quelques recherches supplémentaires, tant que j'y étais. Deux des chalets sont anciens, mais le troisième a été construit il y a seulement neuf ans. De plus, il n'a de chalet que le nom, si vous voulez mon avis. D'après les plans, c'est plutôt une luxueuse villa.

— Voilà qui est intéressant, songea Théo. Cette villa récente est sans doute l'endroit où est détenue Jessie.

— Attendez, je n'ai pas fini mes explications, reprit Yu. J'ai eu l'idée aussi de chercher combien de ces chalets avait une ligne de téléphone fixe. Et vous savez combien j'en ai trouvé ?

— Dis-nous.

— Un seul. Le plus récent des trois.

— Ok, merci Yu. Tu aurais dû commencer par là. On est certains maintenant que c'est là qu'elle est. »

§

« Au fait, prof, vous ne nous avez pas dit ce que vous avez découvert dans l'église San Andrew de New York ?

— Ah oui, ça m'était sorti de la tête. »

Le professeur prit, dans la poche de sa parka, l'enveloppe que lui avait remise le Père Matthew et la tendit à Théo.

« Tenez, dit-il. Personnellement je ne sais pas ce que ça veut dire. Vous aurez peut-être une idée. »

Théo ouvrit l'enveloppe et en sortit la feuille qui était entièrement recouverte de nombres, sur les deux faces. Il la tourna et retourna plusieurs fois, la tendit à Lisa, qui fit de même.

« Qu'est-ce que c'est ? demanda-t-elle interloquée.

— Aucune idée, avoua Théo. Ce sont des suites de nombres qui ne semblent avoir aucun rapport entre eux, en apparence.

— Et vous, qu'avez-vous trouvé, de votre côté, à Saint-Denis ? s'enquit le professeur.

— Une bible.

— Une bible, c'est tout ?

— Oui.

— Elle a quelque chose de particulier ?

— Aucune idée. Tout ce que nous savons, c'est qu'elle est ancienne. L'intérieur est comme toutes les bibles, la couverture n'a rien de particulier.

— L'avez-vous apportée avec vous ?

— Non, nous l'avons confiée à Yu.

— Dommage. »

Darlington se replongea dans la réflexion, comme il en avait l'habitude lorsqu'il avait besoin de résoudre un problème. Pendant ce temps, Lisa et Théo mettaient en place une stratégie pour atteindre l'île et délivrer Jessie. Ils décidèrent d'entrer dans l'île par la pointe Ouest, de traverser les bois jusqu'au chalet où ils supposaient qu'était leur amie. Là, ils chercheraient une issue pour pénétrer dans la maison. Ensuite, ils improviseraient, ne sachant pas où elle était cantonnée. Ce n'était pas le plan le plus pro, mais ils ne voyaient pas quoi faire d'autre. Théo comptait toujours un peu sur sa chance, il fallait bien l'avouer. Il lui vint soudain une idée et téléphona à Yu :

« C'est encore moi, dit-il. Est-ce que tu penses que tu pourrais accéder aux serveurs de la compagnie d'électricité qui contrôle l'alimentation de l'île ?

— Je peux essayer en tout cas. Tu penses faire quoi ?

— Si tu y arrives, je voudrais que tu coupes le jus au moment précis où je te le dirai. Ça nous permettra d'entrer en toute discrétion dans la villa. Surtout que je compte bien que les hommes qui gardent Jessie, sortiront pour vérifier pourquoi il n'y a plus d'électricité. Ça nous facilitera peut-être le travail.

— Ok, laisse-moi un peu de temps pour voir ce que je

peux faire. Je te rappelle. »

Lisa songea qu'il faudrait un moyen d'atteindre et surtout, de repartir vite de l'île, une fois Jessie libérée. Le lac étant gelé, il était impossible d'utiliser un hors-bord. De toute façon c'aurait été un véhicule bien trop bruyant. Il fallait de la discrétion. Lisa en fit part à Théo. Darlington, qui malgré sa concentration, n'en écoutait pas moins ce qui se disait, se mêla de la conversation en demandant :

« Est-ce que vous savez patiner ? »

Il surprit ses amis, qui se regardèrent, ne sachant que répondre.

« Que voulez-vous dire ? interrogea Théo.

— Oui, patiner, avec des patins à glace ? Est-ce que vous savez bien en faire ?

— Moi, je me débrouille assez bien, avoua Lisa.

— Je ne suis pas mauvais non plus, dit Théo.

— Bien, et Jessie, vous croyez qu'elle sait ?

— Vous proposez que nous nous rendions sur l'île en patins, c'est ça ?

— Bien sûr. Le lac est gelé, c'est une vraie patinoire. Il n'y a pas mieux pour s'y déplacer, en toute discrétion.

— Il va nous falloir des patins, à cette heure de la soirée, ça ne va pas être simple.

— J'ai tout prévu. » dit fièrement le professeur, surprenant une fois de plus ses amis, qui n'en revenaient pas de son organisation. Celui-ci ouvrit la porte d'un placard, proche de l'entrée du chalet, qui servait à ranger les vêtements et chaussures. Il en sortit trois paires de patins et les déposa sur la table, sous les yeux de Lisa et Théo, qui les prirent et constatèrent, ébahis, que deux paires étaient à leur pointure et la troisième, à celle de Jessie.

« Je constate, dit Théo, que vous n'avez pas perdu votre temps ici, durant ces deux jours. Vous avez fait du bon boulot, prof. Merci.

— Je vous en prie, mon jeune ami, je n'ai fait que ce qui m'a semblé le plus efficace pour aider à rendre sa liberté à

Jessie. Et puis c'est vous qui m'avez dit de faire tout cela.

— Moi ? Je ne me souviens pas vous avoir dit quoi que ce soit à ce sujet.

— Vous avez dit, je cite : « faites au mieux, j'ai confiance en vous. »

— Ah… possible. En tout cas, vous avez fait bien plus que nous aurions pu en attendre de vous.

— C'est parce que vous ne me connaissez pas encore suffisamment, mon jeune ami. Etre professeur dans une université aussi prestigieuse qu'Oxford, implique un grand sens de l'organisation et du devoir. Pensiez-vous que je sois arrivé là par hasard ?

— Non, bien sûr. Nous savons à quel point vous êtes une célébrité, dans votre domaine.

— Dans mon cas, on dit : une sommité, pas une célébrité. Tâchez de ne pas l'oublier, jeune homme, dit-il avec son humour si britannique.

— Bien prof, répliqua Théo sur le même ton humoristique.

— Bon, je passe à un autre sujet mes amis. J'ai bien réfléchi à cette feuille pleine de nombres et à cette bible. J'ai une petite idée sur ce que tout cela signifie.

— Ah et alors, vous pensez quoi ?

— Les nombres sont une sorte de code secret, expliqua Darlington, se saisissant de la feuille. Ils forment des séries qui se rapportent à un mot ou une lettre au cœur du livre auquel ils sont rattachés.

— J'ai déjà vu ça dans un film, se souvint Lisa.

— Oui, moi aussi ça me dit quelque chose.

— C'est très courant, en fait. Enfin, ça l'était par le passé. Aujourd'hui, avec l'informatique, Internet et tous les moyens numériques auxquels nous avons accès, c'est un peu dépassé. Mais autrefois c'était un moyen de faire passer des messages secrets. Il suffisait d'avoir le code et le bon livre.

— Et nous avons les deux, constata Lisa.

— Oui, il semblerait. Alors voyons… si je prends les nombres de la première ligne : le premier chiffre est le 1, la page une sans doute… Ah, il nous aurait fallu le livre pour bien faire.

— Bougez pas prof, j'appelle Yu. On va faire ça à distance, ça vous va ?

— Essayons, oui. »

Yu fut en ligne très vite. Darlington poursuivit son raisonnement :

« Alors, je disais que le premier chiffre était le 1 pour la page une, sans doute. Voulez-vous bien ouvrir la Bible à la page une, Yu, s'il vous plaît.

— Ça y est, professeur, j'y suis, confirma Yu.

— Le second est un nombre, c'est le 11. Allez à la ligne 11, s'il vous plaît.

— J'y suis.

— Le troisième est encore un chiffre : le 5. Trouvez le cinquième mot, Yu, s'il vous plaît.

— Voilà, j'y suis.

— Quel est-il, s'il vous plaît ?

— Verbe.

— Verbe ? c'est le mot ?

— Oui, cinquième mot, ligne onze, page un.

— Bien, allons-y pour verbe. C'est curieux. Une phrase ne commence jamais par le mot verbe, songea-t-il. Ce n'est peut-être pas le cinquième mot, mais la cinquième lettre qu'il faut prendre.

— Quel est le nombre suivant ? demanda Théo.

— Seize. Vous pensez à quelque chose ?

— Oui, mais ça ne colle pas. Je pensais qu'il fallait peut-être prendre un quatrième nombre, qui correspondrait à l'emplacement d'une lettre dans le cinquième mot, mais verbe n'a pas seize lettres.

— La cinquième lettre de la ligne onze est le B, dit Yu.

— Je le note. Continuons comme cela, nous verrons bien si nous trouvons quelque chose. »

Les patins glissaient sur la surface lisse du lac, recouverte d'une couche de neige qui ralentissait la progression. Les flocons continuaient de tomber, sans discontinuer, depuis près de dix heures maintenant. Le vent, encore violent par moments, les projetait sur les visages, protégés par des cagoules et des lunettes infrarouges. Dans l'obscurité totale, sur ce lac sans repères, il leur aurait été quasiment impossible de rejoindre l'île sans ces accessoires technologiques. Encore une idée bienvenue de Yu, qui savait qu'il serait difficile de trouver tout cela dans un endroit aussi perdu. Après plus d'une demi-heure de glisse, ils atteignirent enfin la pointe Ouest de l'île et s'engouffrèrent sans tarder dans les bois, en direction de la villa. Là encore, leur progression fut lente et pénible, la couche de neige atteignant par endroits plus d'un mètre. Heureusement, ils étaient bien couverts pour se protéger des conditions particulièrement difficiles qui s'abattaient sur la région. Après encore un bon quart d'heure de marche, ils avaient franchi la centaine de mètres qui séparaient la pointe de l'île, de la villa, dont ils apercevaient les lumières depuis un moment déjà. Ils s'arrêtèrent à une vingtaine de mètres dans le sous-bois. Lisa sortit de son sac à dos une paire de jumelles infrarouges, elles aussi, et observa la villa et ses alentours. Rien ne semblait bouger à l'extérieur et elle vit une silhouette furtive passer devant une fenêtre, à l'intérieur du chalet. Théo téléphona à Yu et lui demanda de couper l'alimentation électrique de l'île, ce qu'il avait affirmé pouvoir faire sans problème, un moment plus tôt, dans le chalet de Darlington.

Théo misait sur l'effet de surprise et le fait qu'avec ce temps exécrable et la mauvaise visibilité, plonger l'île dans le noir leur procurerait un avantage indéniable. D'autant qu'ils étaient équipés pour se déplacer dans l'obscurité.

« Attention, prévint Yu, à trois : trois, deux, un, c'est parti ! »

L'île fut plongée dans l'obscurité la plus totale. Théo salua le génie et le professionnalisme de son ami. Encore une fois il faisait des prouesses, à plus de cinq mille kilomètres de distance.

Des bruits, suivis de voix, se firent entendre. Des hommes criaient des ordres, d'autres sortaient dans le froid, lampes torches en main, s'agitant en tous sens, apparemment paniqués par ce qui arrivait.

« Ça ne va pas être une partie de plaisir, avoua Théo, j'ai l'impression qu'ils soupçonnent que cette panne n'est pas naturelle.

— Oh, tu crois, douta Lisa. Moi, je crois plutôt qu'ils ne savent tout simplement pas trop comment réagir. Ils sont privés de lumière, ça n'est jamais agréable.

— Bon, c'est le moment, allons-y. Droit sur la fenêtre devant nous. »

Ils franchirent les quelques mètres qui les séparaient de la villa, non sans mal, dans cette neige fraîche, lourde et collante, avec ce vent glacial qui pénétrait par le moindre interstice et redoublait l'impression de froid. Ils furent bientôt adossés au mur Ouest de la villa et le longèrent jusqu'à la fenêtre qu'ils avaient aperçue depuis leur poste d'observation.

Un rapide coup d'œil à l'intérieur montra qu'elle donnait sur une pièce aménagée en bureau. Personne en vue. Il fallait faire vite. Théo sortit un diamant coupe verre et une petite ventouse. Il appliqua la ventouse sur le verre, au niveau de la poignée d'ouverture intérieure. Il découpa le verre autour de la ventouse, pour créer une ouverture assez large pour passer le bras et déposa la découpe doucement sur le sol. Il passa le bras à l'intérieur, saisit la poignée, la tourna et poussa la fenêtre.

Ils entrèrent sans bruit, refermèrent derrière eux et s'avancèrent vers la porte. Lisa colla son oreille contre celle-ci, n'entendit aucun bruit, tourna doucement la poignée et tira le battant avec précaution, juste assez pour jeter un œil alentour. Un large vestibule s'offrait à son regard.

Sur sa gauche, elle apercevait la porte d'entrée du chalet. Sur la droite de celle-ci un escalier partait vers l'étage supérieur, perpendiculairement à l'axe du vestibule. Sur la droite de Lisa se trouvait une porte fermée. Face à elle s'ouvrait un large espace, dans lequel elle pouvait apercevoir une cheminée de pierre adossée à un mur de briques peintes en blanc.

Soudain, elle entendit des voix puis des bruits de pas qui s'activaient. Elle entraperçut deux silhouettes qui déboulèrent au bas de l'escalier, lampe dans une main et revolver dans l'autre et se hâta de refermer la porte derrière elle. Elle les entendit passer, ouvrir une porte, la refermer, puis plus rien. Elle rouvrit la porte, s'engagea dans le vestibule, suivie par Théo qui tenait en main la dague, seule arme dont ils disposaient, hormis l'obscurité. Lisa fit signe de monter à l'étage, Théo acquiesça d'un hochement de tête. Le fait d'avoir vu ces deux hommes en armes descendre lui laissait penser que Jessie pouvait se trouver là. Autrement, pourquoi des hommes se baladeraient-ils armés à l'étage, endroit où l'on trouve généralement des chambres ? Et ce n'était sans doute pas là qu'ils étaient logés. Ce chalet était celui du patron, pas celui des employés.

Lorsqu'ils arrivèrent au pied de l'escalier, Lisa vit que celui-ci montait sur cinq marches dans une direction, puis tournait sur la droite et puis filait droit. Elle commença à monter, lentement, posant chacun de ses pas délicatement sur les marches de bois recouvertes d'un tapis, de peur d'entendre le moindre grincement qui pourrait alerter. Et ce fut le cas, bien entendu, à mi parcours. Une marche couina si fort, que les deux jeunes gens se figèrent, comme pétrifiés, certains qu'ils avaient été entendus. Lisa souleva sa jambe pour sauter cette marche, qui couina encore une fois, un peu moins fort cette fois. Elle posa le pied sur la marche juste au-dessus, franchit l'obstacle bruyant et continua son ascension. Personne ne se précipita sur eux. Arrivés en haut de l'escalier, un espace rectangulaire aménagé avec un petit fauteuil adossé au mur, un secrétaire sur lequel était posé un combiné téléphonique ainsi que quelques plantes, précédait un couloir de quelques mètres qui desservait les chambres.

Ils entendirent à nouveau du bruit, venant du bas de l'escalier. Deux hommes parlaient entre eux, un troisième arriva, cria des ordres et jura. Les deux hommes coururent, une porte claqua. C'était la panique. Puis à nouveau, le silence. Théo avança dans le couloir et tourna la poignée de la première porte, sur sa droite. Elle s'ouvrit. Derrière elle se trouvait une chambre, assez grande, avec un lit à deux places. Il n'y avait personne. La porte en face s'ouvrit aussi sur une chambre et là encore, pas âme qui vive. Il restait une seule porte, dans le fond du couloir. Théo tourna la poignée et poussa. Celle-ci ne s'ouvrit pas. Elle était condamnée. Le jeune homme colla son oreille, écouta, n'entendit rien, puis soudain, un petit grincement brisa le silence, suivi de quelques bruits à peine audibles. Il murmura :

« Jessie ? c'est toi ? Tu es là ? »

Il entendit des grincements, des pas légers, des grattements contre la porte.

« Théo ? murmura la jeune femme, surprise, je suis là.

— Eloigne-toi de la porte, je vais essayer de l'ouvrir. »

Théo pointa la dague sur la porte. Si elle ne pouvait percer une porte en acier, elle ferait sans problème sauter cette serrure. Il se concentra et, alors qu'il s'apprêtait à entrer en action, entendit Jessie s'écrier :

« Oh ! Mais, qu'est-ce qui se passe ? Qui êtes-vous ? Théo, vite ! vite, Théo ! Lâchez-moi ! j'ai dit, lâchez-moi ! »

Théo, surpris, se tourna vers Lisa, l'interrogea du regard. Elle semblait aussi surprise que lui, leva les bras au ciel, comme pour dire : je suis comme toi, je ne comprends pas ce qui se passe. Le jeune homme se concentra à nouveau et la dague envoya un éclair violent vers la porte. La serrure fondit. Il donna un grand coup de pied dedans, poussant le battant violemment.

Ce qu'ils virent alors les figea un instant sur place, tant ils furent déconcertés. Un tunnel temporel s'était formé dans la chambre et ils virent Jessie y disparaître, encadrée par deux hommes qui la tenaient fermement par les bras. Le tunnel disparut, avant même qu'ils aient pu faire ou dire quoi que ce soit.

Théo se tourna vers Lisa, secoua la tête et demeura prostré, incapable de prononcer le moindre mot. Sur son visage l'on pouvait lire toute la détresse et le désespoir qui l'assaillaient. La jeune femme aussi était abattue. Elle entendit les cris et les bruits de pas qui se précipitaient au rez-de-jardin. L'ouverture brutale de la porte avait alerté les hommes de Graham. Il fallait faire vite. Elle secoua Théo :

« Vite, Théo, ils arrivent ! On doit filer ! »

Le jeune homme sorti de sa léthargie, reprit ses esprits, évalua la situation : impossible de sortir par l'escalier. La fenêtre de la chambre semblait condamnée. Plus le temps de l'ouvrir. La chambre voisine serait sans doute leur meilleure chance. Il entraîna Lisa, la prenant par le bras, quitta la pièce, bondit sur la porte voisine et la poussa à l'intérieur, disparaissant à sa suite juste à temps, alors que les hommes arrivaient en haut de l'escalier. Il condamna la porte puis se précipita vers la fenêtre, l'ouvrit, jeta un œil alentour. Sur le côté gauche se trouvait une descente de gouttière à laquelle ils pourraient s'agripper pour descendre. Il passa le premier, testa la solidité du tuyau et s'élança. Il fut au pied du chalet en trois secondes. Lisa suivit, le rejoignit aussi prestement, puis ils disparurent dans les bois.

Derrière eux, les hommes accouraient, agitant leurs lampes en tous sens. Le faisceau d'une lampe les croisa et ils entendirent les cris d'un homme qui alertait ses collègues. Ils venaient d'être repérés.

Après une lente progression dans l'épaisse couche de

neige, dans la tempête qui redoublait, ils atteignirent enfin la pointe de l'île avec une certaine avance sur leurs poursuivants. Il leur fallait encore troquer leurs bottes contre les patins qu'ils avaient laissés dans un sac, caché derrière un rocher. Alors qu'ils se changeaient, ils virent les lampes qui se rapprochaient dangereusement. Quatre faisceaux au moins fendaient les ténèbres à leur recherche. Ils n'étaient plus qu'à une vingtaine de mètres et avançaient rapidement, mus par la détermination du chasseur traquant sa proie. Ils furent bientôt à moins de dix mètres. Lisa et Théo, cachés derrière les rochers, se hâtaient, mais avec la tempête, le froid, le vent et la neige, leurs gestes étaient lents et maladroits. Ils eurent toutes les peines du monde à enfiler et lacer leurs patins.

Alors que le premier de leurs poursuivants fondait sur eux, à moins de cinq mètres désormais, ils bondirent sur le lac gelé et s'élancèrent, glissant péniblement sur la couche de neige qui s'épaississait à chaque minute. Ils entendirent des cris, virent les faisceaux des lampes se braquer sur eux, puis, une forte déflagration déchira le silence de la nuit. Juste à côté d'eux, la surface de la glace explosa, projetant des cristaux dans les airs, qui scintillaient dans la lumière des torches. C'était un coup de feu ! On leur tirait dessus ! D'autres déflagrations suivirent, mais heureusement ils avaient pris leurs distances par rapport à l'île et leurs poursuivants qui n'avaient pas la capacité de les rattraper. Ils s'enfoncèrent dans la nuit et très vite ils furent dans le noir le plus total.

Ils glissaient maintenant dans le silence absolu, à peine coupé par le son des patins qui fendaient la glace. Alors qu'ils pensaient être tirés d'affaire, un bruit de moteur traversa le lac, se rapprochant rapidement. Ils se retournèrent et virent les lumières des phares d'au moins deux motoneiges qui fonçaient sur eux. Ils accélérèrent dans un effort surhumain pour tenter de gagner la rive du lac et disparaître dans les bois, mais la lutte était disproportionnée contre la puissance des motos qui se rapprochaient trop vite pour leur permettre de leur échapper.

De nouvelles déflagrations, puissantes, lourdes, déchirèrent la nuit, les faisant se recroqueviller sur eux-mêmes dans un réflexe de survie. Ils entendirent des bruits étranges, comme de la tôle qui se déchirait, puis des cris et enfin le son des moteurs qui s'éloignait. D'autres déflagrations suivirent. Ils comprirent qu'elles ne venaient pas du lac, mais de la rive, devant eux, lorsqu'ils perçurent les éclairs que provoquait chaque tir. Les motoneiges s'étaient arrêtées au milieu du lac, retenues par ces tirs. Lisa et Théo furent bientôt en vue de la rive, enfin. Sur le bord, perché sur un rocher, un homme grand, élancé, continuait à tirer en direction du lac, empêchant les motos d'aller de l'avant. Leurs poursuivants répliquaient par des tirs nourris mais inutiles, car ils tiraient avec des revolvers et la portée et la précision de leurs tirs était insuffisantes pour espérer faire mouche.

Les deux jeunes gens troquèrent à nouveau leurs patins contre leurs bottes qu'ils avaient accrochées en bandoulière, autour de leur cou et se précipitèrent vers les bois, suivis du tireur embusqué qui leur emboîta le pas. Ils rejoignirent le chalet du professeur, poussèrent la porte et s'y engouffrèrent, la refermant derrière eux. Ils commencèrent à se déshabiller et furent surpris lorsque la porte s'ouvrit, découvrant dans l'encadrement, le professeur, fusil automatique en main.

« C'était vous ! s'écria Théo.

— Et qui voulez-vous que ce fût ? » lança le professeur, qui entra et referma la porte.

Il se secoua. Sa parka était recouverte d'une couche de neige qui avait fini par coller. Il faut dire qu'il était en embuscade, dehors, dans la tempête, depuis un bon moment. Il était gelé et se précipita devant l'âtre pour se réchauffer. Lisa et Théo avaient déjà fait de même. Ils entendirent le bruit des motoneiges qui sillonnaient le quartier, à leur recherche. Après un moment, les motos s'éloignèrent, les bruits cessèrent. L'on entendit plus que le silence, entre-coupé par les rafales de vent qui devinrent de plus en plus sporadiques. La tempête se calmait. Bientôt la neige cessa de tomber et ce fut le calme absolu de la nuit dans cette magnifique région sauvage et préservée.

§

Chapitre XIII

« Enigme, énigme... »

« Comment ce qui est arrivé, est-il possible ? » se demanda Théo, debout devant la fenêtre à contempler le paysage magnifique et immaculé qui brillait sous le soleil revenu.

« Si c'est bien Mila qui est à l'origine de ce qui s'est passé, dit Lisa, ça veut dire qu'elle a trouvé le moyen de nous pister.

— Oui, et ça veut dire aussi qu'il faut qu'on trouve rapidement comment elle a fait, autrement nous ne pourrons pas faire un pas devant l'autre sans qu'elle soit au courant.

— Cette peste est bien plus intelligente que je le l'aurais imaginé !

— Elle nous a manipulés, constata Théo. Ce qu'elle voulait depuis le début, c'est trouver Jessie.

— Tu crois ? Ou bien est-ce qu'elle a profité de l'occasion pour l'enlever ?

— Je ne suis plus sûr de rien. Toujours est-il que maintenant, elle tient un moyen de pression sur Graham. Elle va certainement vouloir échanger Jessie contre son oncle.

— La bonne nouvelle, c'est qu'elle ne lui fera aucun mal, se consola-t-elle.

— A condition que son père accepte l'échange.

— Graham tient trop à sa fille pour refuser le marché.

— Nous verrons bien. Il faudra quand même se tenir prêts à intervenir, si besoin, mais nous avons assez perdu de temps comme ça et nous ne pouvons pas en perdre plus.

Notre objectif reste le même : trouver Chronos. J'appelle Yu. J'espère qu'il aura de bonnes nouvelles. »

Yu fut en ligne. Il salua tout le monde avant de dire :

« Nous sommes sur le point d'aboutir. Encore quelques pistes à remonter et je crois que nous tiendrons notre homme, affirma-t-il, confiant. Et vous, ça avance avec Jessie ? dit-il, pas encore au courant de l'échec de la nuit dernière.

— Voilà une bonne nouvelle, se réjouit Théo. On va enfin pouvoir avancer, il était temps. Pour Jessie, on t'expliquera après.

— Ok. Autre chose : j'ai planché sur la feuille de nombres que m'a envoyée le professeur.

— Ah, et alors ?

— C'est curieux. J'ai essayé plein de combinaisons possibles et, à chaque fois, je n'en sors rien de cohérent.

— Tu penses qu'il manque quelque chose pour déchiffrer les nombres ?

— Je pense qu'il manque une sorte de clé de déchiffrage. Vous êtes sûrs de n'avoir rien trouvé d'autre dans les églises où vous êtes allés ? »

Théo interrogea du regard le professeur. Celui-ci confirma d'un geste de la main qu'il n'avait rien de plus.

« Non, rien d'autre, Yu.

— La clé de déchiffrage ne pourrait pas se trouver sur la feuille, ou dans la Bible ? se demanda Lisa.

— Ah, j'y avais pas pensé, reconnut Yu. Je continue de chercher, je vous contacte plus tard...

— Attends, Yu ! s'écria Théo. Nous avons un problème qu'il faut que tu nous aides à résoudre rapidement. »

Théo expliqua à Yu les évènements de la nuit passée et lui demanda de chercher par quels moyens Mila avait pu les suivre jusque dans la chambre de Jessie. Le jeune Chinois promit de s'y atteler dès que possible, mais fit remarquer qu'il avait une charge de travail très importante, entre la remontée des sociétés-écrans, celle de l'énigme des nombres et maintenant celle de l'énigme Mila. Cela faisait beaucoup en même temps. Il n'avait que deux bras et un seul cerveau, sauf si l'on incluait ceux de ses amis hackers de Hong Kong.

« Envois-nous les résultats que tu as obtenus, concernant les nombres. Nous allons essayer de voir de notre côté si nous pouvons trouver, on ne sait jamais. » proposa Théo.

Quelques instants plus tard, le résultat tomba sous la forme d'un SMS :

« fxgmdsxdxrmdvprkslksmldxfmgdkgsfkdprgfprrpdpsp kgpspprddps »

Lisa recopia le résultat sur une feuille de papier, afin de mieux pouvoir travailler dessus. Chacun observa attentivement cette succession de lettres qui n'avaient ni queue ni tête.

« Curieux, trouva le professeur Darlington.

— Oui, très curieux, songea Théo.

— Il n'y a rien qui vous saute aux yeux ? dit Lisa.

— Si. Tel quel, ça ne veut pas dire grand-chose, répondit Théo.

— Moi ce que je constate, reprit la jeune femme, c'est qu'il n'y a que des consonnes. »

Les deux hommes se penchèrent sur les lettres inscrites. Théo ajouta :

« Ah oui, c'est vrai, aucune voyelle.

— C'est pour cela, expliqua Darlington, que Yu a parlé d'une clé de décryptage. Celui qui a écrit ces nombres, a remplacé certaines lettres par d'autres. Il semble que toutes les voyelles aient été remplacées par des consonnes. C'est pour cela qu'il faut la clé, pour savoir quelle lettre remplace quelle autre.

— La clé est forcément ici, quelque part, dans cette suite de nombres, pensa Théo. Autrement, pourquoi nous avoir guidés jusqu'à cette feuille et cette bible ?

— Peut-être bien, admit Darlington, mais où est-elle ? Ça peut être n'importe quelle ligne ou colonne ou diagonale ou je ne sais quoi d'autre. Si nous ne savons pas où chercher, nous risquons de chercher longtemps.

— Et si nous commencions par le commencement ? proposa Lisa. La première ligne me semble tout indiqué, non ?

— Allons-y, on a rien à perdre, dit Théo avec lassitude.

— Donne-moi les paires de nombre de la première ligne, dit Lisa qui s'était déjà équipée d'un stylo et d'une nouvelle feuille vierge.

— Alors, 1, 11. 5, 16. 9,6… »

Le jeune homme énuméra ainsi toutes les paires de nombres de la première ligne. Lisa inscrivit ensuite toutes les lettres de l'alphabet et, juste au-dessous de chaque lettre, elle écrivit leur numéro d'ordre. Le 1 pour le A, 2 pour le B et ainsi de suite. Après cela, elle fit les correspondances entre chaque paire. Pour la première : 1, 11, il fallait remplacer la lettre K par la lettre A, puisque K était la onzième lettre de l'alphabet, et A, la première. Comme la clé servait à crypter, l'ordre dans lequel étaient inscrites les lettres était celui du cryptage, à savoir : lettre A remplacée par Lettre K : 1, 11. Et pas l'inverse : 11, 1. Du moins, ce fut l'hypothèse de travail qu'ils adoptèrent sur les conseils avisés du professeur Darlington, dont l'immense érudition forçait le respect et l'admiration de ses amis.

Les diverses lettres furent repérées et Lisa inscrivit, pour chacune, sa lettre d'origine. Ils furent bientôt persuadés d'avoir trouvé la clé de cryptage, car chacune des voyelles avait été retrouvée dans la liste des remplacements. Mais la clé ne remplaçait pas que des voyelles. Certaines consonnes, elles aussi avait été interverties avec d'autres. En tout, une dizaine de lettres avaient ainsi été remplacées, rendant impossible le déchiffrage du moindre mot, sans en connaître cette fameuse clé. Et, pour rendre le tout encore plus difficile à lire, certaines lettres qui en remplaçaient d'autres, étaient utilisées dans la phrase à reconstituer de deux manières : en tant que lettre de remplacement, mais aussi en tant que lettre originelle du mot. Autrement dit, un K pouvait aussi bien être un K, qu'un A. Mais une fois la clé de cryptage en mains, il devenait facile de reconstituer la phrase et de mettre chaque lettre à sa bonne place. C'est ce qui fut fait après une bonne demi-heure de travail. La phrase se présentait ainsi :

« tutrouveraslasolutiondansladernieredespagesperdues. »

Un rapide coup d'œil et ils lurent cette phrase énigmatique :

« Tu trouveras la solution dans la derniere des pages perdues.

— Il y a une faute à *dernière*, constata Lisa.

— C'est normal, le code est basé sur les lettres de l'alphabet de base, sans les lettres accentuées, expliqua le professeur.

— Je disais ça, juste comme ça, c'est tout. Bien, je crois que nous sommes devant une nouvelle énigme. Qui va la trouver en premier ? plaisanta-t-elle.

— La dernière des pages perdues, songea Théo. Qu'est-ce que ça signifie ?

— Je ne sais pas, mais j'aimerais bien que l'on m'explique ce que nous sommes censés trouver ? dit le professeur.

— Il n'a pas tort, on ne sait même pas où tout ça va nous mener.

— Nous devons faire confiance à la Manu Dei, dit Théo. Ils sont l'émanation de Fra Paolo. S'ils nous guident aujourd'hui, c'est qu'avec l'aide du moine savant, ils ont mis sur pied cette formidable organisation qui dure depuis quatre siècles. Je suis certain que nous devons aller jusqu'au bout et trouver pourquoi tout ça a été mis en place. »

Ils planchèrent un moment encore sur cette phrase énigmatique, cherchant à comprendre ce qu'elle signifiait. Après un moment, il vint une idée à Théo, qu'il trouva un peu folle tant cela paraissait énorme. Il en fit part à ses amis :

« Je viens de songer à quelque chose : et si les pages perdues faisaient référence aux pages manquantes du Codex Gigas[20] ?

— Les pages du Codex ? s'étonna Lisa. Tu crois que les gens de Manu Dei auraient pu avoir accès à ces pages et y écrire la solution à cette énigme ? Ce serait fou !

— Oui, mais réfléchissez : si la Manu Dei a voulu nous faire passer un message, à nous précisément, ce qui semble être le cas si l'on en croit les paroles du Père Matthew, qui disait que celui à qui était destinée l'enveloppe avec les nombres, c'était moi, alors c'est cohérent. Nous sommes les seuls à posséder une copie de ces fameuses pages manquantes du Codex Gigas.

— Il y a une certaine logique dans ce que vous dites, mon jeune ami, admit Darlington. Je n'ai plus le souvenir de ce que contenait la dernière page du Codex. Je ne suis même pas certain que nous ayons eu besoin d'y lire quoi que ce soit pour les besoins de notre quête de l'arche d'alliance.

— Il est possible que cette page ait été ajoutée ultérieurement aux autres, par la Manu Dei, juste pour nous dire quelque chose d'important.

— Ce qui est dommage, se désola le professeur, c'est que nous n'ayons pas cette copie des pages avec nous. Nous aurions pu le savoir tout de suite.

— Il me semble que Yu les a numérisées et qu'elles sont sur l'un de ses serveurs. Nous allons le lui demander. »

Théo appela encore une fois son ami Yu et lui demanda de leur envoyer la photo de la dernière page manquante du Codex.

« Et, au fait, dit Yu, j'ai trouvé la clé de cryptage.

— Super, Yu ! Mais c'est trop tard, nous l'avons trouvée aussi.

---

[20] Le Codex Gigas est un livre immense, du moyen âge, dont les dernières pages auraient été arrachées.(cf. tome I, chapitre XVIII)

— Ah bon, comment vous avez fait ? s'étonna le Chinois.

— Tu crois que tu es le seul à avoir été servi lors de la distribution de neurones ? plaisanta Lisa.

— Non, bien sûr. Bravo, les gars. C'était devant mes yeux et j'ai mis un temps fou pour le voir.

— Ça prouve que nous formons, tous ensemble, une super équipe, se félicita Théo. Et de ton côté, en dehors de ça, autre chose ?

— Oui, nous avons presque fini et nous atteignons notre but. Encore quelques heures et je pense que nous saurons qui est notre homme.

— Génial ! s'exclama Théo. Continue, tu es vraiment le meilleur !

— Je sais, je crois que je n'ai plus grand-chose à prouver, plaisanta Yu.

— Oh, ça va le melon ? lui répondit Lisa sur le même ton.

— Oui, mais vous allez voir, je n'ai pas fini. J'ai aussi découvert comment Mila a réussi à nous doubler.

— Whaou ! Là tu forces notre respect, Yu, dit Théo, admiratif.

— Merci, merci. Une puce a été implantée dans chacun de nous, sans doute. J'ai découvert la mienne, dans mon dos, au niveau de l'omoplate.

— Une puce ? Ils ont dû faire ça quand on était dans leur infirmerie, je pense.

— Oui, certainement. C'est une sorte de capsule, très petite, un bijou technologique.

— Ils ont dû opérer pour ça. On doit avoir la marque, non ?

— Non, aucune marque. Ils ont très bien pu l'implanter avec une seringue hypodermique munie d'une aiguille de fort diamètre. La capsule est vraiment très petite, moins d'un millimètre de diamètre.

— Bon, et comment on retire ça ?

— Je crois que le mieux est d'aller se la faire enlever par un toubib. Elle est juste sous la peau, mais il faut faire une incision.

— Ok, Yu, merci pour tous ces renseignements.

— Je viens juste de comprendre pourquoi vous m'avez demandé la dernière page du Codex : c'est à cause de l'énigme que nous avons déchiffrée, c'est ça ?

— Tu réfléchis vite, se gaussa Théo.

— Oui, bon, ça va. J'ai plein de trucs à penser en même temps, c'est pas toujours facile, se défendit-il.

— Ok, on te tient au courant, dès qu'on en sait un peu plus.

— Et moi, je vous contacte dès que j'ai le nom que nous attendons tous depuis un moment. »

§

« Quand son nom à tes oreilles résonnera, que le temps sera embrouillé, que les fils sembleront naître avant les pères, alors dans les temps apaisés, la force tu devras retrouver, là où Dieu tu as trouvé.

Voilà, je pense, ce que nous cherchions, dans cette dernière page, déclara Darlington.

— J'aimerais savoir pourquoi les gens du passé s'escrimaient à pondre des énigmes qui mènent à d'autres énigmes et ainsi de suite ? se demanda Lisa.

— Je pense, expliqua le professeur, que dans notre cas, c'est pour compliquer la tâche aux éventuelles personnes qui tomberaient dessus et à qui cela n'est pas destiné.

— Parce que vous trouvez que ça ne nous la complique pas à nous, la tâche ?

— Certes, mais nous avons, contrairement à ces personnes, l'avantage d'être ceux à qui les énigmes sont destinées. Grâce à cela, nous éluciderons celle-ci, comme les précédentes, j'en suis persuadé.

— Moi en tout cas, pour le moment, je ne vois pas trop

ce que ça signifie, avoua Lisa.

— Comme pour toutes les énigmes que nous avons résolues jusqu'à présent, dit Théo, je crois que nous devons procéder à petits pas. Commençons par le début : *quand son nom à tes oreilles résonnera.* Le nom de qui ?

— De celui que nous cherchons, qui sait, proposa-t-elle.

— Oui, c'est un bon début. Ça voudrait dire qu'il nous faut attendre de connaître son nom avant d'agir même si nous résolvons cette énigme maintenant.

— Ensuite : *que le temps sera embrouillé.* Je crois que là, nous comprenons tous qu'il s'agit de la période dans laquelle nous sommes.

— Cela paraît évident, en effet, reconnut le professeur.

— Continuons : que les fils sembleront naître avant les pères. Là, j'avoue que j'hésite.

— Ça semble faire doublon avec la phrase qui précède, constata Lisa. Le temps embrouillé doit faire référence aux changements qui se sont produits dans le temps. Cette phrase semble dire que c'est devenu si compliqué que l'on ne sait plus qui est né en premier : les pères où les fils.

— Je crois que tu as tort de dire que les deux phrases font doublon. La première exprime, d'après moi, le fait que le temps a été modifié, tant et si bien que c'est devenu un vrai casse-tête, pour ne pas dire autre chose. Mais l'autre phrase semble nous donner une indication supplémentaire : les modifications nous ont faits entrer dans une boucle infinie, un paradoxe. C'est pour cela que les fils semblent naître avant les pères, à cause du paradoxe.

— Oui, c'est une bonne analyse, appuya Darlington.

— Je continue : *alors dans les temps apaisés.* Je crois que là, c'est plus compliqué. Que peut signifier : temps apaisés ?

— Peut-être une période qui aura lieu bientôt, lorsque nous aurons mis la main sur notre homme ? proposa Lisa, sans trop de convictions.

— Les temps apaisés seraient à venir ? douta Darlington.

— Je ne vois pas le temps apaisé dans le présent, en tout cas, rétorqua-t-elle. Ni même dans le passé. Ou alors, il faut remonter avant le XVIe siècle.

— C'est peut-être ça, dit Théo. Nous ne devons rejeter aucune possibilité.

— Pour l'instant, nous ne sommes sûrs de rien, constata le professeur.

— La suite est : la force tu devras retrouver.

— Les bijoux de l'Archange ? se demanda Lisa.

— La phrase suivante : *là où Dieu tu as trouvé*, serait alors l'indication de l'endroit où ils se trouvent, en conclut Théo.

— Ça n'a pas beaucoup de sens, tout cela, mes amis, dit le professeur. Réfléchissez un instant : comment les gens de Manu Dei pourraient-ils connaître l'endroit où se trouvent les bijoux ? Je vous rappelle que c'est l'homme qui a failli tuer Fra Paolo qui les a dérobés.

— C'est pas faux, reconnut Théo. Pourtant, ils parlent bien d'une force à trouver.

— Sans doute autre chose que les bijoux.

— Ce qui me tracasse le plus, c'est le lieu : *là où Dieu tu as trouvé.* Où trouve-t-on Dieu ?

— Dans une église, proposa Darlington.

— Dans son cœur, dit Lisa.

— Je crois que la question que nous devons nous poser est la suivante : à qui s'adresse l'énigme ? Nous savons qu'elle nous est destinée, mais est-elle adressée à n'importe lequel d'entre nous, où plus précisément à Théo ?

— A Théo, ça ne fait aucun doute, professeur. La feuille avec les nombres était pour lui. Le reste, c'est pareil, à mon avis.

— Elle a sûrement raison, prof.

— Bien, dans ce cas, ce lieu est celui où, vous, avez trouvé Dieu et personne d'autre. Vous souvenez-vous d'un tel endroit ? »

Théo réfléchit longuement. Il ne voyait pas trop où il avait pu trouver Dieu. Il ne l'avait jamais trouvé, à vrai dire. Trouver Dieu, songea-t-il, c'est trouver la foi, en général. La foi, il l'avait, même s'il n'était pas pratiquant, surtout depuis qu'il avait rencontré, à plusieurs reprises, l'Archange.

« Je ne vois vraiment pas, prof.

— Voyons, prenez le temps d'y réfléchir, mon jeune ami. Si cette énigme parle de cela, c'est qu'il y a forcément un lieu où il s'est produit quelque chose. Vous devez essayer de vous en souvenir.

— Je sais bien, mais pour le moment, rien ne me parle. »

Lisa quitta la table, marcha un peu dans la pièce pour se dégourdir les jambes, s'arrêta devant la fenêtre et constata que le soleil disparaissant déjà derrière de lourds nuages noirs qui s'amoncelaient au-dessus des Monts Adirondacks. Le mauvais temps ne tarderait pas à revenir.

Il fut décidé de tenter de repartir immédiatement vers New York, pour ne pas rester coincés dans ce coin perdu une heure de plus. Après avoir chargé les affaires du professeur dans le véhicule qu'il avait loué, ils gagnèrent le village de Raquette Lake et, de là, après avoir embarqué dans le 4x4, avec les parents de Théo, ils s'éloignèrent de cette région, belle et sauvage, mais rude et glaciale, pour rallier la civilisation, dans ce qu'elle avait de plus grandiose et d'impressionnant : New York.

§

« Nous ne pourrons pas décoller, à cause de la tempête de neige qui s'annonce. » expliqua le pilote du jet, forçant Théo, sa famille et ses amis, à trouver à la hâte un hôtel dans New York.

Ils avaient réussi à rejoindre la grosse pomme[21], non sans mal, les routes étant enneigées sur quasiment tout le parcours et le réseau secondaire, le tout très mal déneigé. Les conditions météo étaient exécrables. Une nouvelle tempête de neige arrivait et tous les vols étaient annulés. Impossible de quitter la ville.

De sa chambre d'hôtel, en plein cœur de Manhattan, Lisa contemplait le spectacle de New York dans la tempête. Dehors, le temps semblait figé. Plus rien, ou presque, ne bougeait, hormis les hordes de flocons qui s'abattaient en tourbillonnant et virevoltant dans les rafales de vent. La jeune femme soupira, un peu mélancolique. Cette neige lui rappelait son village, Chitenay, en France, près de Blois. Elle songea à son père, qu'elle n'avait pas vu depuis des semaines. Elle l'avait au téléphone régulièrement, certes, mais il lui manquait. Il était sa seule famille.

Et puis, il n'y avait pas que cela. Elle se demandait ce qu'allait être sa vie future, si elle pouvait aller au bout de son rêve, devenir médecin et travailler dans l'humanitaire, ou si elle devait abandonner cette idée et consacrer son existence à lutter pour la survie de l'humanité. De toute façon, ses études étaient déjà bien compromises : cela faisait plusieurs semaines qu'elle n'avait pas mis les pieds dans son lycée, soi-disant alitée, foudroyée par une maladie au nom barbare, tout cela avec la complicité de son père et de médecins grassement rétribués par Jessie Graham.

Ce qui chagrinait le plus Lisa, c'était la sensation de ne plus rien contrôler de sa vie, d'être emportée par un tourbillon qui l'entraînait dans une vie parallèle, complètement folle et irrationnelle. Ce qu'elle vivait, avec ses amis, depuis quelques mois, n'était pas la norme. Pourtant, à force de lutter contre tous ces êtres malfaisants, cette vie finissait par la devenir.

Elle fut tirée de ses pensées par le bruit de quelqu'un qui

---

[21] Surnom donné à la ville de New York.

frappait à sa porte. C'était Théo. Il souriait, posa un baiser sur ses lèvres et vint s'asseoir sur son lit.

« Je crois que j'ai trouvé ce que l'énigme veut dire, dit-il, enjoué.

— Ah, vraiment ? fit-elle, sans conviction.

— Qu'est-ce qu'il y a, ça n'a pas l'air d'aller ?

— Ce n'est rien, un peu de vague à l'âme, c'est tout. Ça passera.

— Je peux faire quelque chose ?

— Non, ce n'est rien, ne t'inquiète pas. Alors, la solution à l'énigme ? demanda-t-elle, pour couper court.

— Ce qui me chiffonnait le plus était la dernière phrase : *là où Dieu tu as trouvé.* Je me demandais ce que cela voulait dire. Je crois que l'endroit où j'ai… plutôt où, nous, avons trouvé Dieu, est ce lieu un peu hors du temps, où se trouvait l'arche d'alliance[22]. A l'intérieur de celle-ci, nous avons trouvé les tables de la loi, écrites de la main même de Dieu. Je crois que c'est ce que signifie la phrase de l'énigme. »

Lisa semblait pensive, un peu éloignée des préoccupations de Théo, du moins c'est ce qu'il croyait. Elle lui dit :

« Oui, c'est une hypothèse plausible, après tout. Et pour le reste ?

— Si ce que je suppose est exact, la phrase : *alors dans les temps apaisés* prend tout son sens. Dans ce lieu, hors du temps, celui-ci est apaisé, puisqu'il n'est pas touché par les changements. Le seul truc qui coince, dans ma théorie, c'est : *la force tu devras retrouver.* Là, j'avoue que je ne vois pas. S'il s'agit des bijoux de l'Archange, pourquoi seraient-ils là ? Et surtout, comme l'a si bien fait remarquer le professeur, comment la Manu Dei serait-elle au courant ?

— Il s'agit probablement d'autre chose que les bijoux, supposa Lisa.

— Oui, c'est ce que j'ai fini par penser aussi.

---

[22] Cf. tome I, chapitre XX.

— Donc, si ce que tu penses est exact, ça voudrait dire qu'il nous faut nous rendre à Rome, redescendre dans les sous-sols du Latran[23] et pousser à nouveau les portes du temps ?

— Je crois bien que oui. Nous sommes les seuls, toi, le professeur et moi, à connaître le chemin qui y conduit et à en posséder la clé. Si cette énigme nous est bien destinée, comme ça semble être le cas, c'est parfaitement logique.

— Tu oublies juste un petit détail : Oswald Graham et Dragan Kovac sont venus nous piéger dans ce lieu.

— C'est vrai, mais ils n'ont pas pu franchir la bonne porte du temps pour accéder à l'arche. Donc, nous sommes bien les seuls à même de le faire, tu es d'accord ?

— Tu as gagné, je me range à ton avis. »

Lisa se tourna à nouveau vers la fenêtre et ajouta :

« Nous n'avons plus qu'à attendre que la tempête cesse pour rentrer en Europe. »

§

La tempête dura trois jours, durant lesquels, plus d'un mètre de neige s'abattit sur New York. Ce fut l'une des pires tempêtes des cinquante dernières années. A l'aube du quatrième jour, les nuages avaient disparu, le vent avait cessé et le soleil avait rempli un ciel d'un bleu intense. Dehors, des centaines d'engins de déblaiement entrèrent en action pour débarrasser les avenues de l'épaisse couche blanche. Dans l'après-midi, la nouvelle tomba enfin : le trafic aérien reprenait. Toutefois, le jet ne put décoller que le lendemain, priorité ayant été donnée aux avions de fret et de ligne.

Après un vol sans encombre, Genève fut en vue. La neige qui recouvrait la ville, quelques jours plus tôt, avait

---

[23] Le Latran, à Rome, est l'ancienne demeure des papes. Cf. tome I, chapitre XX.

totalement fondu. Les températures, bien que fraîches, n'étaient plus aussi glaciales et annonçaient déjà l'arrivée du printemps sur le vieux continent.

A peine descendus de l'avion, Lisa, Darlington et Théo, se rendirent à l'hôtel Beau Rivage, rejoindre Yu. A l'accueil, le maître d'hôtel expliqua que la chambre avait été rendue par Mila Kovac et que Yu avait quitté l'hôtel dans la matinée. Théo téléphona immédiatement au jeune homme, qui lui expliqua qu'il avait dû quitter la chambre avec tout son matériel et qu'il s'était fait déposer par un taxi, devant la maison de ses parents, ne sachant où aller. Les parents de Théo, qui rentrèrent directement chez eux après cet épisode glacial aux Etats-Unis, trouvèrent Yu avec toutes ses affaires, assis sur une valise, devant le portail de leur villa. Après un court trajet entre Genève et Chambesy, où se trouvait la propriété des Duval, Théo et ses amis retrouvèrent enfin leur ami, assis dans le salon de la maison familiale, en train de discuter avec les parents du jeune homme.

« Ah, Théo, te voilà, se félicita madame Duval. Regarde qui nous avons trouvé devant le portail.

— Oui, je sais, Maman. Je vois que vous avez fait connaissance.

— Oui, ton ami Yu est charmant et très intéressant à écouter. Il était en train de nous raconter comment il avait neutralisé les systèmes de sécurité de la tour… Najeber…

— Naberejnaïa, Maman.

— C'est ça. Dis donc, tu lui dois une fière chandelle ! Sans lui tu n'aurais pas pu faire tout ce que tu as fait.

— C'est sûr, Yu est notre génie. Sans lui, rien ne pourrait se faire, comme sans Lisa, sans Jessie et sans le professeur Darlington. Nous formons une équipe, Maman. Si j'avais pensé pouvoir tout faire seul, je n'aurais pas eu besoin de m'entourer de toutes leurs compétences.

— Oui, oui, je ne disais pas ça pour minimiser ton rôle, s'excusa-t-elle. »

Théo regarda sa mère, lui fit un tendre sourire et ajouta :

« Vous nous excusez, on va aller dans ma chambre. Des trucs à mettre au point, c'est tout.

— Prenez donc plutôt mon bureau. » proposa Marc Duval, son beau-père.

Le bureau de monsieur Duval était grand, clair, avec une vaste bibliothèque, un bureau en chêne massif et un meuble vitrine, dans lequel trônaient divers objets en rapport avec la médecine et la chirurgie. Sur la droite, dans un angle, un sofa et deux petits fauteuils entouraient un guéridon, en chêne lui aussi. Une large baie vitrée coulissante donnait sur le magnifique jardin de la propriété.

Yu semblait fatigué. Il s'affala sur le sofa, soupira et ferma les yeux. Lisa et le professeur s'installèrent dans les deux fauteuils. Théo prit celui de son beau-père. Yu s'endormit, laissant ses amis désœuvrés. Ils décidèrent de le laisser dormir et s'éclipsèrent après l'avoir recouvert d'un plaid. Ils passèrent le reste de l'après-midi à discuter avec les parents de Théo, qui avaient prévu de partir dès le lendemain matin pour ce qui leur restait de congés, faire du ski comme ils l'avaient initialement prévu.

C'est vers dix-neuf heures trente que Yu émergea enfin, frais et dispo après cette longue sieste. Toute l'équipe était réunie dans le bureau de monsieur Duval. Yu avait retrouvé sa jovialité naturelle et son sourire presque toujours de mise. Il s'étira, se secoua et prit la parole :

« Merci mes amis, de m'avoir laissé me reposer. Je n'en pouvais plus. Trois jours et trois nuits, quasiment sans dormir, depuis que vous êtes partis. J'ai voulu terminer le travail à tout prix. En plus de ça, vous m'avez rajouté des tâches par là-dessus. Ce n'était pas simple.

— Nous sommes désolés, Yu, mais nous avions besoin de tes lumières, s'excusa Lisa.

— Oh, ce n'est rien, ne vous excusez pas. Nous donnons tous tout ce que nous pouvons pour réussir notre mission, c'est normal.

— Tu en es où avec tes recherches ? demanda Théo.

— Malheureusement, je n'ai pas pu remonter jusqu'au sommet de la pyramide mais j'ai trouvé une petite société qui doit se trouver tout près du sommet.

— Près, comment ?

— Très près. Juste en dessous, à mon avis. Mais là, c'est verrouillé. Impossible de remonter plus haut.

— C'est peut-être elle, le sommet ?

— Non. C'est une structure trop petite pour ça. Le sommet ne peut être une si petite société. Celle que j'ai trouvée fait partie d'une multitude d'entreprises qui sont toutes plus ou moins à ce niveau de la pyramide. C'est la société qui est au sommet d'où partent et où arrivent les flux financiers. Cette entité doit être suffisamment grande pour pouvoir absorber une partie de ces flux.

— Mais si elle est très grande et puissante, pourquoi est-ce qu'on ne la trouve pas plus facilement ? Plus elles sont grandes, plus elles sont voyantes, non ? demanda le professeur.

— C'est certainement une grosse entreprise, mais pas une immense multinationale, comme on pourrait le penser. Une entreprise discrète qui sert de paravent pour gérer en toute confidentialité la multitude d'autres sociétés, dont les propriétaires et actionnaires sont les détenteurs de porte-feuilles d'actions des plus grands groupes.

— Et c'est grâce à cette multitude de prête-nom, que Chronos est sans doute à la tête de la moitié des multinationales de ce monde, conclut Théo.

— C'est exactement ça. Et la société que j'ai dénichée se trouve au départ de l'extrême complexité des montages qui ont été mis en place. Au-dessus, nous avons notre type.

— Bon, tu penses pouvoir remonter jusqu'à lui dans combien de temps ? demanda Lisa.

— Tu n'as pas bien compris ce que j'ai dit, Lisa. Je ne peux pas aller plus loin, impossible !

— Ah, et on va faire comment alors ?

— Il va falloir nous introduire dans les locaux de cette entreprise et trouver nous-même, lui répondit Théo.

— C'est ce que je voulais vous dire, confirma Yu.

— Et elle se trouve où cette société ?

— A New York... »

§

Chapitre XIV

« L'héritage de Paolo »

La situation s'était encore compliquée. Il fallait désormais s'occuper, non seulement de retrouver Chronos, mais aussi de suivre la piste laissée par Paolo, via la Manu Dei et pour finir, retrouver Jessie, encore une fois. Cela faisait beaucoup pour Théo, Lisa, Yu et le professeur Darlington. Il fallut définir les priorités. Il fut décidé de commencer par suivre la piste de la Manu Dei et de voir où elle menait. Théo était persuadé que c'était important, que ça l'aiderait sans doute à résoudre tous les autres problèmes. Le jet de Jessie, que Théo pouvait désormais affréter quand il le voulait grâce au code que la jeune américaine lui avait confié, atterrit sur l'aéroport de Rome Fiumicino, en soirée. Le temps était au beau, la température clémente. L'équipe serait logée dans un hôtel confortable, mais loin du luxe qu'affectionnait Jessie. Théo, qui dépensait l'argent de son amie, se faisait un devoir de ne pas exagérer, bien qu'il sût à quel point elle était riche, à quel point, même les dépenses les plus somptuaires demeuraient une goutte d'eau pour elle. L'hôtel était tout de même en plein cœur de la ville, proche de tout et surtout, proche du Latran.

Ce qui tracassait le jeune homme était la façon dont ils allaient pouvoir entrer dans le labyrinthe des portes du temps, qu'ils avaient foulé quelques mois plus tôt, à la recherche de l'arche d'alliance. Mais alors, Théo avait les bijoux de l'Archange et la statuette de Saint-Jean, clé pour entrer par le puits de la Samaritaine[24]. Il ne possédait plus que la statuette, qu'il avait conservée par précaution. Suffirait-elle pour franchir le passage secret qui conduisait dans le labyrinthe ? Si tel n'était pas le cas, il n'aurait aucun moyen d'atteindre le lieu où il avait découvert l'arche d'alliance et où, il en était persuadé, l'attirait l'énigme laissée par Manu Dei.

Comme ils avaient déjà perdu assez de temps depuis des semaines à courir le monde et le temps, ils décidèrent d'agir le soir même, après avoir mis au point un plan très simple et avoir emporté avec eux le matériel nécessaire pour sa réalisation. Ils avaient l'avantage, désormais, d'êtres aguerris à l'organisation de mission et il ne leur fallait plus réfléchir très longtemps pour mettre au point les modalités de leur action.

C'est ainsi que, vers vingt-deux heures trente, ils quittèrent l'hôtel à bord d'un gros 4x4 loué pour la circonstance, pour emporter tout le matériel qu'ils jugèrent nécessaire. Ils s'engagèrent sur les artères romaines peu fréquentées à cette heure, un soir de semaine, et furent bientôt devant l'entrée du parking du Latran, fermée par un immense et solide portail coulissant.

Yu avait préparé la mission de son côté, en infiltrant le serveur informatique qui contenait les programmes de commande contrôlant l'ouverture des portes de l'ensemble des édifices religieux de la capitale. Il ne lui fallut que quelques secondes pour faire coulisser le lourd vantail d'acier. Le 4x4 pénétra dans l'enceinte et le portail fut refermé derrière eux, afin de ne pas attirer l'attention. Le parking, faiblement éclairé à cette heure, fut traversé rapidement et le véhicule stationna devant l'entrée de service, celle qu'ils avaient déjà empruntée quelques mois plus tôt. Habillés de tenues sombres, chargés de lourds sac à dos et

---

[24] Le puits de la Samaritaine se trouve dans le cloître de la basilique Saint-Jean de Latran. (Cf. tome I, chapitre XX)

d'outils divers accrochés à la ceinture, ils s'engagèrent dans les couloirs de l'édifice après avoir ouvert la porte, via les mêmes programmes informatiques. Comme ils connaissaient parfaitement le chemin pour atteindre le puits de la Samaritaine, ils y furent en moins de temps qu'il n'en faut pour le dire. Ils ne croisèrent personne, le personnel étant très réduit la nuit.

Ils traversèrent sans bruit une allée de graviers jusqu'au puits. Celui-ci était posé sur un socle formé de deux dalles circulaires de pierre, de diamètres différents, afin de constituer une sorte d'escalier à deux marches. La margelle était faite d'une pierre lisse de couleur blanc-gris, sculptée de bas reliefs. Le dessus était bouché par une grille d'acier cadenassée.

La première fois qu'ils étaient venus ici, c'était une dalle de béton qui recouvrait le puits et que Théo avait fait sauter par la seule force de son esprit et la puissance des bijoux de l'Archange. Là, il faudrait être plus pragmatique et utiliser les outils, bien humains, qu'ils avaient avec eux. Yu scia le cadenas, tandis que Théo, aidé de Darlington, installait une solide corde d'alpinisme à un olivier qui se trouvait là, au cœur du jardin du cloître.

Lorsque Yu eut terminé son travail, il souleva, avec l'aide de Lisa, la solide grille qui bascula sur ses gonds et vint finir sa course en douceur sur les graviers. Le passage était libre. Théo se pencha au-dessus du puits et projeta le faisceau de sa torche. Le puits était toujours en eau, ce qui le rassura. Sans eau, impossible de franchir la porte secrète qui menait dans le labyrinthe construit par les moines du monastère de *Podlazice*[25], d'après les plans que leur avait donnés l'Archange Saint-Michel.

L'Elu vérifia qu'il avait bien la statuette de Saint-Jean, clé d'entrée de celui-ci. Il s'élança dans le boyau avec une

---

[25] Monastère de Bohème où fut écrit le Codex Gigas, aussi connu sous le nom de bible du diable. (Cf. tome I, chapitre XVIII)

pointe d'appréhension, glissa le long de la corde, atteignit la surface de l'eau, fit une halte et regarda le haut du puits. Il aperçut les visages de ses amis, anxieux à l'idée qu'il ne puisse franchir l'entrée secrète et s'enfonça dans l'eau jusqu'à disparaître complètement sous la surface.

Après quelques secondes, il réapparut, sortit de l'eau et fit signe que tout était ok. Yu fut le premier à être descendu à la force des bras, par le professeur, aidé de Lisa. Le jeune Chinois avait du mal avec le grimper de corde. Ensuite, Lisa et Darlington suivirent. Théo les faisait passer l'un après l'autre, grâce à la statuette qu'il portait sur lui, à travers le passage.

Ils se retrouvèrent dans un étroit corridor, marchèrent durant deux bonnes minutes à travers un dédale de passages dans lesquels se mêlaient chaleur, humidité et puanteur. Une lumière blanc bleutée assez vive, devint visible au détour d'un coude du passage. Elle semblait provenir du fond du couloir au plafond bas, qui obligeait le professeur Darlington à se courber. La lumière provenait d'une sorte de rideau immatériel qui barrait le passage très lumineux, opaque, animé de volutes sombres qui tournoyaient lentement avant de se défaire pour se reformer un peu plus loin.

Lisa, le professeur et Théo le reconnurent et ne furent pas surpris de le voir. Yu regarda longuement l'étrange texture dans laquelle il semblait fait. Sur les recommandations de Théo, il évita d'y toucher. Il y aurait laissé les doigts, une main, voire plus.

L'Elu regarda Lisa, lui prit la main et lui dit :

« Comme la première fois ?

— Comme la première fois. » acquiesça-t-elle.

Ils s'élancèrent, main dans la main, à travers le rideau et disparurent dans un éclair radieux qui aveugla Yu et Darlington.

« Ah ! fit le professeur, j'aurais dû me méfier cette fois ! Cela fait mal aux yeux.

— Je suis aveugle ! cria Yu, paniqué.

— Calmez-vous, jeune homme, ça va passer, le rassura-t-il. »

Lorsqu'ils recouvrèrent la vue, le rideau avait disparu. Lisa et Théo étaient là, leurs regards sur eux, souriants.

« Allez, venez ! nous devons franchir les autres obstacles. »

leur intima l'Elu.

L'air était plus doux, la puanteur s'estompait, le noir laissait place à la lumière. Le corridor s'élargit et gagna en hauteur. Le poudingue des murs de l'étroit corridor laissa la place à des murs de pierres scellées au mortier. Le sol devint pavé. Une légère pente conduisait quelques mètres plus bas et, au bout de celle-ci, un mur solide barrait le passage.

Là encore, sans surprise, ils franchirent l'obstacle avec aisance, s'élançant tout simplement contre les solides pierres qui le constituaient. De l'autre côté se trouvait une pièce rectangulaire de bonne taille. Eclairée par une lumière qui semblait provenir de nulle part, elle n'avait aucune porte, pas la moindre fenêtre ni ouverture de quelque sorte que ce soit. Devant eux, tout le pan de mur était couvert d'un miroir qui était traversé régulièrement de légères ondulations, comme des vagues sur l'eau. Lisa s'en approcha, l'observa, se tourna vers Théo et dit :

« Je croyais que nous l'avions brisé la dernière fois ? Il est à nouveau intact. Etrange.

— Il doit s'agir d'un dispositif qui se reforme automatiquement.

— Pour protéger quoi, désormais ? se demanda-t-elle. L'arche d'alliance n'est plus là. Le labyrinthe a été construit uniquement dans le but de la protéger, il me semble.

— Tu n'as pas tort, reconnut Théo. C'est vrai que tous ces pièges ne devraient plus être actifs. En les franchissant, nous les avions neutralisés.

— Manu Dei ? se demanda Yu.

— Possible. Continuons, nous le saurons bientôt. »

Pour franchir le miroir, il fallait ruser. Celui-ci n'était

pas un miroir ordinaire. Lorsqu'une personne avançait vers lui, son reflet, au lieu de se rapprocher, s'éloignait et, lorsqu'on reculait, c'était l'inverse. Heureusement, ils savaient quoi faire. Il fallait le briser en faisant sortir le reflet. Problème, la pièce n'était pas assez grande pour pouvoir reculer suffisamment. La seule solution était de grimper le long du mur, le plus haut possible.

Darlington se cala contre le mur, fit la courte-échelle à Théo qui grimpa sur ses épaules non sans mal. Yu Grimpa à son tour avec les plus grandes difficultés du monde. Son embonpoint et son manque d'exercice physique l'handicapaient quelque peu. Lorsque enfin il fut sur les épaules de Théo, plaqué contre le mur, Lisa se hissa comme elle put, tirée par la force des bras de chacun.

Elle avait les pieds posés sur les épaules de Yu. Tous regardèrent son reflet qui avait, certes, approché très près du bord du miroir, mais qui en était encore éloigné de quelques centimètres. Elle monta sur la tête de Yu, qui râla et pesta tant et plus, afin de gagner encore un peu.

Un bruit de verre brisé emplit la pièce. Le reflet de Lisa franchit le miroir qui se brisa en mille morceaux qui furent projetés sur plusieurs mètres par la violence du choc.

A la place du miroir, au centre du mur, se tenait une porte à double battant, noire, imposante, sculptée de scènes bibliques à la gloire de l'Archange Saint-Michel.

« Vous vous souvenez de la phrase qu'il fallait prononcer pour la franchir ? demanda Théo, s'adressant au professeur.

— Bien entendu. C'est *Quis ut Deus*, il me semble. »

Darlington eut à peine le temps de terminer sa phrase que les battants de la porte se mirent à pivoter sur leurs gonds, découvrant une vaste salle semi-circulaire, dont le mur en arc de cercle était percé de sept passages fermés par de solides portes de chêne. Des torches accrochées au mur, s'allumèrent, alors que la porte finissait de s'ouvrir. Au centre de la pièce, sur le sol dallé de pierre ocre, une mosaïque représentait deux chérubins, ailes déployées, yeux rivés sur un pied de vigne chargé de grappes de raisin rouge.

« Voilà, dit l'Elu, nous y sommes. La salle des portes du temps. A partir d'ici, mes amis, seuls Lisa et moi pouvons continuer le voyage. Nous tâcherons de faire au plus vite et vous verrez que nous serons de retour très rapidement. »

Théo se souvint que la première fois qu'ils avaient franchi les portes du temps, malgré un périple qui avait duré plusieurs jours pour eux, il ne s'était écoulé qu'une petite heure pour le professeur qui les attendait là.

Théo vint se placer au centre de la mosaïque au milieu des deux chérubins, rejoint par Lisa. Il passa ses bras autour de sa taille, lui sourit en plongeant ses yeux dans les siens. Elle sourit également, se remémora ce moment qu'ils avaient vécu, heureux de s'être déclaré leur flamme, ce fameux jour où ils étaient entrés ici. Ils restèrent ainsi, yeux dans les yeux, durant un moment et ne s'aperçurent pas qu'autour d'eux, tout avait changé, comme la première fois. Lisa regarda autour d'elle. Ils étaient sur le bord d'un chemin de campagne qui menait tout droit à une petite chapelle entourée d'arbres. De part et d'autre du chemin, il y avait des champs verdoyants couverts de fleurs odorantes. La température était douce, presque chaude. Le soleil brillait dans un ciel bleu sans nuages.

« Nous y sommes, déclara-t-elle. Je reconnais l'endroit.

— Oui, regarde la chapelle, là-bas, sous les arbres. Elle est toujours là, intacte.

— Tu crois que ce que nous sommes venus chercher se trouve à l'intérieur, comme l'arche ?

— Allons voir, nous le découvrirons. »

La porte de la chapelle était entrouverte. A l'intérieur, il faisait sombre. Théo la poussa. Un rai de lumière pénétra jusqu'à l'autel, l'éclairant comme un projecteur. Il n'y avait personne à l'intérieur, mais ça, les deux jeunes gens s'en doutaient. La dernière fois qu'ils étaient venus ici, ils n'avaient jamais rencontré âme qui vive. Ce lieu était hors du temps, hors de portée de qui que ce soit. Ils faisaient partie des rares personnes qui aient jamais mis les pieds ici. Ils entrèrent de concert, approchèrent de l'autel, observèrent autour d'eux, cherchant du regard ce qu'ils étaient venus chercher ici. Ils ne virent rien de particulier, firent le tour de la chapelle, ce qui ne demanda que peu de temps, au regard de ses modestes dimensions. Un peu dépités, ils s'assirent sur le banc du premier rang, devant l'autel.

« Tu penses qu'on s'est trompé ? s'inquiéta Lisa. Ce ne serait pas l'endroit où devait nous conduire l'énigme ?

— Je crois que si, c'est bien ici. Patience, nous allons trouver, dit Théo, confiant. Observons bien, c'est forcément ici. »

Le jeune homme promena ses yeux tout autour de lui, cherchant le moindre détail qui pourrait le mettre sur la voie. Lorsque son regard se porta sur la statue du saint patron de la chapelle, l'Archange Saint-Michel, il eut l'étrange impression que celle-ci essayait de lui dire quelque chose. Il ne voyait pas quoi, mais s'en approcha pour mieux la détailler. Lisa, qui le suivit du regard, lui demanda :

« Tu as vu quelque chose ?

— Non, rien, mais j'ai une drôle de sensation quand je regarde cette statue de l'Archange. Je ne sais pas dire pourquoi. »

Lisa approcha à son tour, la regarda en détail. Ce n'est que lorsqu'elle lut l'inscription en latin qui ornait son socle, qu'elle eut un déclic :

« Regarde, l'inscription, ce n'est plus celle qui s'y trouvait alors et qui disait quelque chose dans le genre : *trouve-toi dans le passé*.

— Cherche-toi dans le passé, plus exactement.

— Oui, c'est ça, exactement.

— Et elle dit quoi l'inscription, maintenant ? » questionna-t-il, toujours aussi fâché avec le latin.

Lisa prit le temps de la traduire du mieux qu'elle put, compte tenu du fait qu'elle n'était pas non plus une grande spécialiste de cette langue. Elle livra le fruit de son travail :

« Ça dit à peu près ceci : dans mon cœur, tu trouveras la force et l'esprit. »

Ils regardèrent tous deux la statue, pensèrent avoir compris la signification de l'inscription, la soulevèrent sans précaution et comptèrent jusqu'à trois, la berçant d'arrière en avant, sans douceur. Lorsqu'ils eurent fini le décompte, ils la lâchèrent. Elle vola dans la travée entre les bancs et vint se briser en heurtant le sol violemment. Ils se penchèrent sur les morceaux et virent, au cœur de l'Archange, un petit paquet en toile, ficelé avec une cordelette, qu'ils prirent délicatement. Lisa défit la cordelette, déplia la toile, qui laissa apparaître… un médaillon et une chevalière…

§

« Les bijoux de l'Archange ! » s'écria-t-elle, médusée.

Théo eut un doute. Les bijoux de l'Archange émettaient des signaux qu'il était capable de capter. Ils lui parlaient lorsqu'ils étaient à distance raisonnable et, de plus, grâce à la dague et la puissance de l'arche d'alliance, ils lui permettaient d'être en connexion permanente quelle que fut la distance. Depuis qu'ils avaient disparu, cette connexion avait cessé. Alors, soit les bijoux qui étaient devant ses yeux étaient les vrais bijoux et ceux qui s'en étaient emparés avaient réussi à les rendre inactifs, soit ils étaient faux. Le jeune Elu prit le médaillon en main et l'examina sous toutes les coutures. Il ressemblait comme deux gouttes d'eau à celui de l'Archange. Il se saisit ensuite de la chevalière. Elle aussi paraissait vraie. Lisa perçut le trouble de Théo.

« Qu'y a-t-il ? s'informa-t-elle. Je te sens perplexe ?

— Je ne ressens aucune connexion. La dague n'interagit pas non plus. Ce n'est pas normal.

— Ça veut dire quoi, d'après toi ? Ils seraient morts ?

— Ou faux.

— Mais, pourquoi la Manu Dei nous aurait-elle fait venir jusqu'ici pour de faux bijoux ?

— Je ne comprends pas.

— Et si tu essayais de passer la chevalière à ton doigt et de mettre le médaillon autour de ton cou ? On serait rapidement fixés. S'ils sont faux, il ne devrait pas se passer grand-chose. »

Théo passa la chevalière à son doigt. Il ne se produisit rien. Il passa le médaillon autour de son cou. Pas plus de réactions. Il haussa les épaules :

« Ce ne sont que des copies, de vulgaires bijoux, sans la moindre capacité. »

Soudain, le visage de Théo se convulsa. Son corps se mit à avoir des soubresauts, ses membres tremblèrent, ses yeux se révulsèrent. Son visage se déforma dans un rictus terrifiant. Lisa, sans perdre son sang-froid, soutint le jeune homme et l'aida à s'allonger sur le sol, où il continua ses convulsions durant plusieurs minutes. La jeune femme, bien qu'inquiète, garda toute sa lucidité, consciente que ce qui arrivait était dû aux bijoux. Elle ne savait pas si ceux-ci étaient vrais ou faux, mais il était évident qu'ils agissaient sur l'Elu. La Manu Dei les avait bien conduits ici pour quelque chose et ce quelque chose était en train de se produire, là, sous ses yeux.

Lorsque Théo ouvrit les yeux, la première chose qu'il vit fut le visage souriant de la belle Lisa. Son esprit était encore quelque peu embrumé, son corps lui paraissait disloqué, mais il trouva la force de lui sourire en retour. Il se releva, aidé par les bras de la jeune femme. Lorsqu'il fut debout, bien qu'encore un peu titubant, il voulut sortir de la chapelle, au grand air. Il respira à pleins poumons, ressentit la force qui progressivement l'envahissait.

Il retrouva les sensations qu'il avait connues avec les bijoux de l'Archange. Pourtant, il savait que ceux qu'il portait actuellement, n'étaient pas les bijoux originaux, juste des copies. Il se sentit très vite en pleine forme et en possession de tous ses moyens, et même plus. Il entreprit d'expliquer à Lisa ce qu'il venait d'apprendre de ces bijoux.

« Ces bijoux ne sont pas ceux de l'Archange. Leur conception a été initiée par Fra Paolo et ils furent perfectionnés au fil des siècles par la Manu Dei jusqu'au XXe, où, grâce aux avancées technologiques, ils purent enfin atteindre un degré de fonctionnalité proche des originaux, sans toutefois les égaler. Fra Paolo avait laissé pour mission à la Manu Dei de concevoir ces merveilles de technologie, dans le seul but de me les remettre au XXIe siècle. Comment a-t-il su que je serai privé des bijoux de l'Archange ? Je l'ignore. Toujours est-il qu'ils sont là, prêts à me servir, grâce à lui.

— Fra Paolo nous a caché beaucoup de choses, il me semble. Le mystère, au lieu de s'éclaircir, s'épaissit encore un peu plus, tu ne trouves pas ?

— Oui, et je compte bien découvrir ce que tout ça cache. Maintenant que j'ai retrouvé une partie de ma puissance et de mes pouvoirs, je pense que nous n'allons pas tarder à comprendre ce qui se passe.

— Ces bijoux te donnent vraiment du pouvoir ? s'étonna-t-elle.

— J'en ai l'impression, en tout cas. On ne va pas tarder à le savoir. »

Le jeune homme approcha de l'autel en pierre, le prit entre ses mains et le souleva. Après un ajustement mental de l'effort, il entendit le craquement des pieds qui s'arrachaient du sol, après s'être descellés. Il porta l'autel à bout de bras, sans effort. Après l'avoir reposé, il regarda Lisa :

« Je sens que ce n'est pas aussi puissant qu'avec les vrais bijoux, mais le résultat est très bien quand même. Ça va nous aider grandement. Je crois qu'il est temps que nous allions enfin débusquer Chronos et que nous mettions fin à ses agissements. Après, nous nous occuperons de Mila Kovac et Oswald Graham. »

§

Chapitre XV

« La firme »

Le sud de Manhattan, à New York, est le haut lieu de la finance internationale. Banques et sociétés de courtage se partagent les millions de mètres carrés de bureaux dans des buildings, plus hauts et majestueux les uns que les autres. Celui qui intéressait nos amis se trouvait sur Nassau Street. C'était un gratte-ciel de style Art déco, dont la construction devait remonter à la première moitié du XXe siècle. L'entrée était impressionnante, large, haute d'au moins quinze mètres, formant à son sommet une arche arrondie, qui faisait penser à celle d'un viaduc. Passé l'alignement de portes vitrées, le visiteur entrait dans un immense hall, luxueusement aménagé, dans lequel un lustre majestueux descendait d'un plafond de la hauteur d'un hall de gare. Un immense comptoir de réception faisait face à l'entrée, séparé de celle-ci par un large espace de circulation, dont le sol était couvert d'une mosaïque de marbres. Sur le côté gauche de la réception, s'alignaient les portes d'au moins une demi-douzaine d'ascenseurs, alors qu'à sa droite, partait un escalier monumental, en arc de cercle. Entre la réception et les ascenseurs, une immense plaque énumérait les noms de sociétés, ainsi que leur étage et les numéros de leurs bureaux. James Darlington, droit comme un piquet dans son costume trois-pièces gris perle, repéra l'étage qui abritait les bureaux de la société Munchinson, Grobber et Pearlman trading : MGP trading. Il donna discrètement l'information à Théo et Lisa qui se tenaient déjà devant les ascenseurs, grâce à son micro boutonnière. Ils montèrent tous trois, dans deux ascenseurs différents jusqu'au onzième étage de l'immeuble.

Les portes de l'ascenseur s'ouvrirent sur un espace cossu, à la déco moderne : bois verni, verre et aluminium. Le sol était recouvert d'une moquette chocolat, épaisse, qui donnait le ton du lieu dans lequel on entrait : ici l'argent était roi. Une hôtesse, dans un uniforme turquoise et jaune, jeune et jolie, souriant sur des dents parfaitement blanches et alignées, attendait le visiteur, prête à lui offrir tous les renseignements qu'il pouvait désirer sur la MGP. Du moins, c'était l'impression qu'elle donnait de prime abord. Le professeur s'avança jusqu'au comptoir, derrière lequel s'affichait le logo de la société, en lettres d'or.

« Bonjour monsieur, que puis-je pour votre service ? demanda la belle, toutes dents dehors.

— Bonjour jeune fille, je suis James Darlington et j'ai rendez-vous avez monsieur Munchinson, à dix heures. »

Le professeur, un peu nerveux, jeta un œil à sa montre. Elle indiquait : neuf heures cinquante-huit. L'hôtesse le pria de patienter et appela le bureau de Munchinson.

Darlington regarda alentour, aperçut Lisa et Théo qui sortaient d'un ascenseur, sans précipitation. Le jeune homme lui fit un petit signe discret, lui indiquant que c'était à lui de jouer. Darlington émit un râle, regarda l'hôtesse avec des yeux remplis d'incompréhension, s'agrippa au comptoir, vacilla, respira avec difficulté, tendit une main vers la belle et s'écria :

« Aidez-moi ! S'il vous plaît, aidez-moi ! »

Avant de s'écrouler sur l'épaisse moquette dans d'horribles convulsions. L'hôtesse, complètement paniquée, cria pour appeler les secours, contourna le comptoir et se pencha sur le malheureux qui faisait un malaise. De nombreuses personnes se précipitèrent, dont le vigile qui se tenait debout, impassible, dans un coin du hall. Lisa et

Théo profitèrent de ce moment de confusion pour se faufiler dans le couloir qui desservait les bureaux de l'étage.

Ils se dirigèrent directement dans le fond du couloir, prirent sur la droite et atteignirent une porte, qu'ils ouvrirent et derrière laquelle ils s'engouffrèrent. Ils étaient dans une pièce de service qui servait de stockage pour les rames de papier, les ordinateurs, imprimantes et photocopieurs de secours. Elle n'avait pas de fenêtres, et la seule issue était la porte par laquelle ils venaient d'entrer.

Théo posa le lourd sac qu'il trimbalait, sur le sol. Il l'ouvrit, en sortit un tournevis électrique, pendant que Lisa déplaçait les cartons de papier empilés sur une étagère, afin de dégager l'accès à une bouche d'aération proche du plafond. L'Elu monta sur l'étagère, prenant soin de faire le moins de bruit possible, dévissa les huit vis qui tenaient la grille de l'aération. Lorsqu'elle fut déposée, il aida Lisa à s'introduire dans l'étroit conduit qui courait sur deux petits mètres avant de déboucher sur un boyau plus spacieux. Après avoir passé le sac et remis en place une partie des cartons, Théo entra lui aussi dans le conduit, replaça la grille et rampa jusque dans le tube plus large.

Il regarda sa montre : dix heures trente-cinq. Il soupira. Encore près de huit heures avant que les bureaux ne se vident. Il faudrait patienter ici, sans bouger, sans bruit. Heureusement, il était avec Lisa, tout contre elle. Cela rendrait l'attente moins pénible. Les heures s'écoulèrent lentement, au rythme du tic-tac de la montre du jeune homme.

La journée de bureau se termina bientôt et les bruits se firent moins nombreux, jusqu'à ce que le silence s'installe, enfin.

Dix-huit heures trente-cinq. Les lumières étaient quasiment éteintes, plus personne dans les bureaux. Théo repoussa la grille, sortit du boyau, tira le sac et aida Lisa à s'extraire. Ils vérifièrent leurs systèmes de communication entre eux et Yu, resté dans la chambre d'hôtel, devant ses ordinateurs, prêt à intervenir dès que nécessaire. Lisa entrouvrit la porte du local avec précaution, regarda le couloir désert, écouta le moindre bruit qui aurait pu trahir la présence de quelqu'un. Tout était silencieux.

Elle fit signe à Théo que tout était ok, ouvrit la porte et s'engagea dans le couloir, éclairé seulement par les lampes de secours. Munis de lunettes infrarouge, les deux jeunes gens y voyaient comme en plein jour et n'eurent aucun mal à se déplacer jusqu'à la porte derrière laquelle se trouvait leur objectif. Elle n'avait pas de serrure, mais un lecteur optique de cartes magnétiques.

Théo ouvrit le sac, fouilla dedans et sortit un appareil, de la taille d'une grosse calculette, d'où sortait un cordon qui se terminait par une plaque fine, grande comme une carte de crédit. Il introduisit la plaque dans le lecteur optique, alluma l'appareil, dont l'écran à cristaux liquides affichait une suite de zéros, en rouge. Après avoir appuyé sur un bouton, les chiffres se mirent à défiler de plus en plus rapidement, devenant un clignotement de lumière duquel on ne pouvait plus distinguer le moindre chiffre. Cela dura un moment avant qu'enfin le premier chiffre se fige. Après encore un moment, le second chiffre apparut, puis un troisième, un quatrième et ainsi de suite jusqu'à ce que le voyant vert de la porte s'allume et que l'on entende le déclic de son ouverture.

Ils la franchirent sans attendre, la refermèrent derrière eux et virent, au-delà d'une porte vitrée, un étroit couloir qui traversait sur quelques mètres deux rangées de puissants serveurs informatiques. La porte vitrée utilisait le même principe d'ouverture que la première porte. L'ouvrir ne fut qu'une formalité.

Ils étaient maintenant dans le couloir, entre les serveurs, dont le ronronnement des systèmes de refroidissement emplissait la pièce.

« Ça y est, Yu, nous y sommes, confirma Théo.

— Bien, tirez le rack d'un serveur et connectez le câble réseau sur une entrée libre. »

Lisa choisit un serveur au hasard, débloqua les fixations, tira sur les deux poignées en façade, libérant le tiroir à glissières. Lorsque le bloc serveur de la taille d'un gros amplificateur de salon fut sorti, en équilibre dans le vide, elle chercha une entrée réseau libre de type RJ45. Elle y introduisit le câble et tendit l'autre bout à Théo. Le jeune homme l'enficha dans l'ordinateur portable qu'il venait de sortir du sac.

« Voilà, Yu, c'est fait, dit-il. A toi de jouer maintenant.

— Ok, je suis en liaison avec le portable. Un instant, le temps de me logger sur le système… Voilà, ça y est…ah !

— Un problème ? s'inquiéta Lisa.

— Non, rien d'anormal. Je dois montrer patte blanche. C'était prévu, ne vous inquiétez pas. D'ici, quelle que soit la complexité de la protection, j'entrerai, c'est sûr. La vraie difficulté était d'entrer à travers le réseau Internet. Là, ils ont installé un système de protection si puissant et efficace, que malgré la puissance des logiciels et des serveurs que nous utilisons mes amis et moi, il nous a été impossible de percer les pare-feu. Mais on ne protège pas si bien les entrées internes, c'est trop cher et inutile la plupart du temps… ah, voilà, j'ai passé le barrage… oh ! bien protégé tout de même ! Une seconde difficulté… Je gère.

— On a confiance, le rassura Théo.

— Merci. Tu sais que pratiquement rien ne me résiste.

— Sauf la modestie, fit remarquer Lisa.

— Oh allez, encensez-moi, ça m'aide, plaisanta le petit génie. Ah ! Ça y est, je suis dans la place ! A nous deux maintenant ! Je vais télécharger toutes les données sensibles de la boîte.

— Ça va être long ? s'inquiéta Théo qui voyait l'heure tourner.

— Ça dépendra de la quantité de données. Ça peut durer des heures.

— C'est rassurant. Tu oublies les équipes de nettoyage. Elles passent vers vingt-deux heures, je te rappelle.

— Vous serez partis depuis longtemps, fais-moi confiance. »

Le chargement des données prit près de deux heures.
Vers vingt et une heures quinze, Lisa et Théo remballèrent
tout leur matériel, remirent le serveur en place et retournèrent se cacher dans le système de ventilation où ils passeraient la nuit. Ils n'auraient pu quitter l'immeuble à cette
heure tardive sans attirer l'attention des vigiles.

Après une nuit inconfortable où ils peinèrent à dormir,
ils sortirent de leur cachette, se fondirent dans la foule de
gens qui entraient, allaient et venaient à l'heure de
l'ouverture des bureaux, s'engouffrèrent dans un ascenseur
et quittèrent l'immeuble pour rejoindre Yu.

§

Les ordinateurs de Yu étaient en pleine effervescence,
occupés à traiter des milliards de données informatiques, à
la recherche de l'information qui était au cœur de tout le
travail du jeune Chinois et de ses amis de Hong Kong : la
société-mère au sommet de la pyramide. Chacun était un
peu tendu dans l'attente du résultat, conscient de l'enjeu.
L'échec n'était plus permis. Théo profitait de ce long moment d'attente, pour se familiariser avec les bijoux de la
Manu Dei, qu'il avait surnommé : 'bijoux de Paolo', en
hommage à Fra Paolo, qui était à l'origine de leur conception. Ils étaient assez différents des bijoux de l'Archange,
non seulement par leur puissance moindre, mais aussi par
leur interaction avec lui. Là où ceux de l'Archange, faisaient corps avec lui, physiquement et mentalement, ceux
de Paolo échangeaient des informations avec ses muscles et
son esprit. Les premiers faisaient partie de lui, comme une
extension de lui-même, alors que les seconds étaient une
entité à part entière, reliés à lui par divers canaux de communication. Il fallait s'adapter, mais au final, avec
l'habitude, ils permettaient d'obtenir des résultats très satis-

faisants.

« Ça y est, j'ai un résultat ! » exulta Yu, au bord de la crise de nerfs.

Des semaines qu'il travaillait sur le sujet, jour et nuit, prenant du repos uniquement lorsqu'il tombait de sommeil et ne tenait plus debout, avec l'angoisse de ne pas réussir, tant les montages financiers étaient complexes.

Le stress était allé crescendo au fil des jours et des difficultés qui s'accumulaient, des désillusions. Parfois, il pensait enfin tenir une piste sérieuse mais elle ne menait à rien. Et puis, petit à petit, l'écheveau fut démêlé, avec patience et ténacité, jusqu'à ce moment tant attendu : l'obtention du nom tant convoité.

Yu regarda son écran longuement, lut et relut le nom qui s'affichait, l'épela dans son esprit, admira la beauté de ses courbes et de ses plats. Il voulait le savourer, seul, encore un instant, avant de le jeter en pâture aux oreilles et aux yeux de ses amis. C'était son moment à lui, à lui seul. Le résultat de son travail acharné. Jamais il n'avait autant bataillé pour obtenir quelque chose durant sa courte, mais néanmoins dense existence. Il fut tiré de sa contemplation par la voix de Lisa qui s'impatientait :

« Alors, tu vas nous faire attendre encore longtemps ? Tu nous donnes le nom.

— Loopsair corporation.

— Loopsair corporation ? répéta-t-elle, un peu surprise. Jamais entendu parler, et vous ?

— Non, moi non plus, avoua Théo.

— C'est un nom qui ne me dit rien, reconnut le professeur.

— Et toi, Yu ?

— Je suis comme vous. C'est la première fois que j'entends ce nom. C'est une société enregistrée dans l'État de Delaware, ici, aux Etats-Unis.

— Il me semble que ce n'est pas très loin de New York. Nous pourrons facilement y faire un saut, dit le professeur.

— Ne vous emballez pas professeur, tempéra Yu. Le Delaware est une sorte de paradis fiscal ici. Des millions de sociétés américaines y sont enregistrées, peu y sont réellement implantées. »

Pendant qu'il parlait, Yu faisait des recherches sur la Loopsair corporation. Il reprit :

« Voilà, j'ai plus de précisions sur cette société : la Loopsair corporation à été fondée par Peter P.A. Loopsair, en 1972. C'est une entreprise qui a commencé par concevoir des circuits électroniques de haute technologie pour la N.A.S.A. Ensuite, elle a diversifié ses activités et s'est lancée dans la conception et la fabrication de composants pour l'informatique. Elle a équipé de ses circuits les mainframes IBM.

— Qu'est un mainframe ? questionna Darlington.

— C'est un très gros et puissants système informatique. un super ordinateur, si vous préférez… Après ça, lorsque IBM s'est lancé dans la fabrication de micro-ordinateurs, c'est encore Loopsair qui en a conçu les circuits… »

Yu s'interrompit, réfléchit, mais quelque chose semblait le tracasser.

« Quelque chose ne va pas, Yu ? s'enquit Théo.

— C'est pas normal. Je connais bien l'histoire de l'informatique et plus particulièrement celle de la micro. Jamais je n'ai entendu parler de Loopsair comme étant le concepteur des circuits des IBM PC.

— Ça confirme que nous sommes sur la bonne voie, se réjouit l'Elu. Ça fait partie des changements opérés par Chronos pour établir sa fortune et étendre son pouvoir, comme nous le pensions.

— Oui, c'est évident. L'entreprise fait un chiffre d'affaires, aujourd'hui, d'environ deux milliards de dollars.

— Pas mal.

— Oui, c'est bien, mais c'est tout petit par rapport aux grandes multinationales.

— Ah bon, deux milliards c'est petit ? s'étonna Lisa.

— A titre d'exemple, Shell ou Exxon font plus de quatre cents milliards !

— Waouh ! Mais c'est énorme !

— Oui. Mais tout ça aussi nous conforte dans l'idée que nous sommes tombés sur la bonne société. Je savais que ce ne serait pas une entreprise trop importante. Il fallait qu'elle ait les reins solides, mais elle ne devait pas être trop voyante.

— Pour mieux se fondre dans le décor et lui permettre de faire ses affaires, en toute discrétion, ajouta Théo.

— Parfaitement. A partir d'une société de cette taille, discrète et riche, Chronos a pu faire tous les montages financiers qu'il désirait, tissant sa toile, achetant des entreprises clés encore balbutiantes, sans grande valeur, mais dont lui savait qu'elles joueraient un rôle dans l'économie à venir. Il est ainsi à la tête de… »

Yu pianota sur son clavier, attendit un instant que s'affichent les chiffres :

« 176 748 entreprises, dont il possède les parts ou les actions, qui représentent la coquette somme, en chiffre d'affaires, de douze billions de dollars !

— Douze mille milliards de dollars ! s'écria Darlington, abasourdi.

— Avec ça, il peut faire la pluie et le beau temps, quand et où il veut.

— C'est bien pour ça que nous devons l'arrêter dans sa folie, dit Théo. Il est en train de faire main basse sur les richesses de ce monde. Sa puissance devient telle, que bientôt personne ne pourra plus rien contre lui.

— C'est un simple mortel... enfin, je crois, non ? douta tout à coup Lisa.

— Il faut l'espérer. Si c'est l'un de ces démons, comme Kovac ou Graham, nous avons du souci à nous faire… Bon, on le trouve où, ce Peter Loopsair ? »

Yu pianota encore avant de dire :

« Je ne trouve aucune information à ce sujet. A croire

que ce type n'est nulle part.

— Il fallait s'y attendre. L'homme est intelligent et rusé. En plus, il sait que nous sommes à ses trousses. Il a dû effacer toute trace pouvant mener à lui. Donc, nous avons maintenant une identité, mais nous ne pouvons pas encore le localiser. C'est un bon début, mais il va falloir trouver où il se cache très vite.

— Je pense que je devrais le trouver, affirma Yu. Laisse-moi un peu de temps pour ça.

— Tu sais que nous en avons de moins en moins devant nous. Fais vite. »

§

Le jet atterrit sur l'aéroport de Jaipur, dans l'État de Rajasthan, en Inde. Le soleil déclinait lentement sur l'horizon, enveloppant les monts des Ârâvalli d'une teinte rose orangée. La ville rose se paraît à son tour de ses plus beaux atours à cette heure de la journée, aux couleurs du couchant. Après un trajet d'une dizaine de kilomètres, à travers les rues de la grouillante cité où se côtoient automobiles, camions, charrettes, vélos, motos, vaches et poules, le puissant véhicule de location entra dans l'allée qui menait à l'hôtel Taj Rambagh, l'un des fleurons de la ville, autrefois palais du Maharadja de Jaipur. L'édifice, somptueux dans son écrin de verdure, était digne d'un palais de conte des mille et une nuits. La température, encore clémente à cette heure, descendait rapidement. La journée, à cette époque de l'année, elle pouvait atteindre trente degrés. Toutefois, l'absence de couverture nuageuse de cette région très aride de l'Inde, la faisait descendre jusqu'à douze degrés la nuit.

Théo jeta un coup d'œil admiratif sur le magnifique jardin de l'hôtel, depuis sa chambre, mélange de styles indien et britannique, luxueux et cossus. D'habitude, le jeune homme réservait des hôtels moins luxueux, soucieux de ne pas dilapider l'argent de Jessie, mais ici, pour les Européens qu'ils étaient, mieux valait être surclassés, afin d'être certains d'avoir toutes les commodités souhaitées.

Lutter contre le mal ne dispensait pas, après tout, d'un minimum de confort. Et puis, Théo savait que Jessie approuverait, qu'elle-même ne serait pas allée dans un établissement en dessous de cinq étoiles luxe.

Il fallait aussi que Yu puisse bénéficier d'un courant électrique d'excellente qualité, d'une tension stable, pour utiliser l'ensemble de son matériel. L'Inde n'était pas réputée pour cela. Les établissements tels que celui-ci possédaient leurs propres générateurs, en cas de défaillance du réseau, assurant aux riches clients un service sans faille.

La suite qu'ils louaient, Théo la partageait avec Yu. Le jeune Chinois s'affairait à installer et à connecter la batterie d'ordinateurs, de système de liaison satellite très haut débit, de brouilleurs de fréquences et autres gadgets dont il était désormais coutumier. Depuis que Jessie le finançait, le petit génie s'en donnait à cœur joie, dépensant sans compter pour assouvir sa passion. Les diverses missions qu'il devait remplir étaient souvent le prétexte pour commander un nouvel appareil, aussi sophistiqué que coûteux. Le jeune homme avait alors, dans les yeux, cet éclair de magie que l'on trouvait dans ceux des enfants, à Noël, lorsqu'ils découvraient leurs cadeaux, au pied du sapin.

L'on frappa à la porte de la suite. Théo, qui rêvassait sur la terrasse, devant le jardin, se précipita pour ouvrir. C'était Lisa. La jeune femme entra comme une tornade, l'air surexcité et lança aux deux garçons :

« Vous ne devinerez jamais qui je viens d'apercevoir dans le hall de l'hôtel ?... le père de Jessie !

— Oswald Graham ? fit Théo, à moitié étonné seulement.

— Je te le jure, c'était lui, j'en suis certaine !

— Mais, qu'est-ce qu'il fait ici ? se demanda Yu. Vous croyez qu'il nous a suivi ?

— Graham nous croit morts. Il n'y a aucune raison pour

qu'il nous ait suivis jusqu'ici, affirma l'Elu. Non, je pense qu'il s'est allié à Chronos et qu'il est ici pour le rencontrer. Nous tuer faisait sans doute partie des termes de l'alliance entre eux.

— Le point positif, c'est que nous n'avons plus le moindre doute sur le fait que Chronos soit ici, se consola Lisa.

— Tes informations étaient bonnes, encore une fois, Yu, reconnut Théo. Je ne le redirai jamais assez : tu es le meilleur. L'inconvénient du hasard de sa présence dans cet hôtel, est que nous allons devoir être très prudents et n'en sortir qu'en cas de nécessité. Il ne faut pas que Graham nous voie. Il faut prévenir le professeur. Tu veux bien y aller, Yu ?

— Moi ?

— Oui.

— J'ai encore pas mal de boulot.

— S'il te plaît », insista Théo.

Le jeune homme avait trouvé ce prétexte pour se retrouver un moment seul avec Lisa. Yu comprit, laissa tomber ce qu'il était en train de faire et quitta la suite, les laissant seuls.

Théo prit la main de la jeune femme, l'attira tout contre lui, l'enlaça, posa ses lèvres sur les siennes, l'embrassant avec fougue et passion. Les deux tourtereaux profitèrent de ce moment qu'il s'accordaient. Ils ne virent pas le temps passer, trop occupés à rattraper le temps perdu, qu'ils occupaient à toute autre chose qu'eux-mêmes.

Ce fut Lisa qui prit conscience de la trop longue absence de Yu. Théo redouta qu'il se soit produit quelque chose de grave. Il activa les bijoux de Paolo, sentit la force qui l'envahissait, la multiplication de ses connexions neuronales qui s'effectuait. Les deux jeunes gens décidèrent d'aller à la rencontre de leurs amis.

La chambre du professeur Darlington se trouvait à l'étage inférieur. Ils empruntèrent l'escalier, plutôt que l'ascenseur, de peur de tomber sur Graham. Lorsqu'ils arrivèrent derrière la porte qui donnait sur le couloir de l'étage, devant les ascenseurs, ils entendirent des voix. Théo put entendre clairement la conversation grâce aux bijoux. Il reconnut les voix de Yu, Darlington et Oswald Graham. Deux autres voix lui étaient inconnues, sans doute celles des gardes du corps de l'homme d'affaires. Graham semblait surpris de tomber sur eux, preuve qu'il les croyait bel et bien morts.

« Comment avez-vous fait pour vous en tirer vivants ? s'étonna le magnat. Je vous ai moi-même enfermés dans la cale de ce bateau au large des Bahamas ! C'est impossible !

— Pourtant, vous le voyez, nous sommes bien là, devant vous, fit le professeur, visiblement amusé de la tête de son interlocuteur.

— Alors c'est vous ! s'écria Graham, de la colère dans la voix.

— Quoi, nous ? rétorqua Darlington, interloqué.

— L'enlèvement de ma fille ! C'est vous, avec Théo ! J'aurais dû m'en douter.

— Mais… non, pas du tout ! »

Si Oswald Graham ne savait pas qui avait enlevé sa fille, cela voulait dire que Mila ne l'avait pas contacté pour faire l'échange avec son oncle. Mais alors, dans quel but l'avait elle enlevée ? Ce n'était pas logique. Mila avait une monnaie d'échange pour récupérer Dragan Kovac et elle ne s'en servait pas. Voilà encore un mystère qu'il faudrait éclaircir, pensa l'Elu.

« Où est-elle ? demanda Graham, sans ménagement, après avoir fait saisir Yu et Darlington par ses gardes du corps.

— Nous n'en savons rien, expliqua Yu. Nous avons voulu la libérer de l'endroit où vous la reteniez prisonnière, mais nous sommes arrivés trop tard.

— Qu'est-ce que vous me racontez ? Vous ne pensez pas que je vais croire de telles âneries !

— C'est la vérité, je vous le jure !

— Vous parlerez, croyez-moi ! Je vais vous arracher les yeux, puis les dents, vous couper les doigts, puis les bras, jusqu'à ce que vous parliez ! Je vous en donne ma parole ! »

Oswald Graham était entré dans une colère noire.

Théo jugea bon d'intervenir avant que les choses ne s'enveniment. Il poussa la porte qui le séparait du couloir, vit, dos aux portes d'ascenseur, Graham, en complet bleu pétrole, la main tendue vers ses amis, l'air menaçant. Yu et Darlington étaient tenus, bras dans le dos, par deux colosses d'au moins deux mètres chacun, larges et solides comme des joueurs de rugby, les visages fermés, les regards pleins de détermination. Le genre de type qu'il vaut mieux éviter si l'on tient à rester entier.

Théo déglutit, prit son courage à deux mains et s'avança en criant :

« Vous deux, lâchez-les ! »

Les deux colosses jetèrent un regard quasi indifférent sur le jeune homme qui venait d'entrer, considérant qu'il ne représentait pas une menace sérieuse. Oswald Graham regarda l'Elu, de la haine dans les yeux :

« Vous comptez faire quoi ? dit-il. Vous n'impressionnez personne, Théo. Vous n'avez plus vos colifichets pour cela !

— C'est ce que vous croyez. Dites à vos hommes de lâcher mes amis s'ils ne veulent pas que j'en fasse du pâté ! »

Graham éclata de rire, un rire nerveux. Les deux colosses ricanèrent, un large sourire aux coins des lèvres, sûrs d'eux, de leur force, de leur technique de combat. Ce n'était pas un gringalet comme Théo qui aurait pu les déstabiliser. Ils en avaient vu d'autres et des costauds.

Théo s'approcha de celui qui tenait Darlington, le plus proche de lui. Il se saisit de son avant-bras et tenta de le bouger, sans succès. L'homme avait des membres impressionnants. Le colosse ricana de plus belle, l'écarta d'un revers de la main, l'envoyant valser trois mètres en arrière.

Le jeune homme n'était pas encore habitué aux bijoux de Paolo et l'interaction entre lui et eux n'était pas toujours au point. Il se concentra, pensa très fort ce qu'il désirait obtenir d'eux, sentit une force puissante l'envahir, ressentit l'afflux de sang dans ses muscles et leur gonflement rapide. Il revint à l'assaut, perçut dans le regard du garde du corps une certaine frayeur qui soudain l'envahissait. Le jeune homme ne comprit pas pourquoi. Il ne se voyait pas. En quelques secondes, son corps s'était transformé. D'un frêle jeune homme de quinze ans, il était passé à une sorte d'Hulk, en plus petit tout de même, mais avec une musculature impressionnante, si volumineuse que les vêtements avaient craqué, découvrant un torse sculptural, des abdominaux en lignes saillantes et des biceps d'haltérophile. L'homme eut un mouvement de recul. Théo saisit à nouveau son avant-bras, le serra entre ses doigts qui étaient devenus de puissantes pinces, le retourna dans le dos du colosse et lui fit lâcher le professeur. La prise de Théo était si puissante que l'homme hurla de douleur et s'agenouilla, incapable de riposter. L'autre, voyant son collègue en difficulté, lâcha Yu et s'élança sur Théo, qui, de son bras resté libre, l'empoigna, le souleva et le fit voler sur une dizaine de mètres dans le couloir qui menait aux suites. Oswald Graham, impressionné par ce qu'il voyait, restait là, immobile, bouche bée. Il ne comprenait pas comment Théo avait pu récupérer les bijoux, car, visiblement, il les avait sur lui, pour pouvoir faire ce qu'il faisait.

« Dites à vos hommes de rester tranquilles ! cria Théo. Ne me forcez pas à leur faire du mal. »

Graham fit signe aux deux gardes de ne plus intervenir. Il reprit ses esprits, après toutes ces émotions. Revoir Théo et, qui plus est, à nouveau détenteur de la puissance de l'Archange, c'en était trop en une seule fois.

« Je crois qu'il faut que nous parlions, dit-il à l'Elu d'un ton calme et posé.

— Je crois aussi. » répondit le jeune homme sur le même ton calme.

§

La décoration du Polo bar était soignée, sans être ostentatoire. Les murs, crème, étaient relevés par une traverse de bois verni, à hauteur des tables, qui faisait le tour de la salle. De confortables fauteuils, de style anglais, entouraient des tables rondes, de bois exotique. Devant le comptoir du bar, dans le même bois verni, s'alignaient des tabourets hauts et derrière, un barman enturbanné, à la barbe courte et soignée, demeurait impassible, dans l'attente des commandes. La salle s'ouvrait sur une terrasse en partie couverte qui se prolongeait sur un jardin splendide et luxuriant, savamment mis en valeur par un jeu d'éclairage qui, à cette heure, donnait à ce palais toute sa splendeur et sa magie.

Oswald Graham était assis là, à l'intérieur de la salle, en compagnie de Lisa, Yu, le professeur Darlington et Théo, autour d'un verre.

« Si ce n'est pas vous qui détenez ma fille, alors qui ? demanda-t-il, les yeux plongés dans son verre, qu'il agitait pour que les glaçons rafraîchissent sa boisson.

— C'est la nièce de Dragan Kovac, répondit Théo.

— Sa nièce ? Mais, dans quel but ?

— Elle veut sans doute l'échanger contre Kovac.

— L'échanger ? fit-il, très étonné. Elle n'a aucun intérêt à faire ça. Elle est la seule héritière de l'empire de Kovac.

— Vraiment ? Pourtant, elle nous a sortis de la cale de votre yacht dans le but de récupérer son oncle… »

Théo s'interrompit, comprenant tout à coup qu'il avait été manipulé par Mila qui, depuis le début n'avait aucune intention de récupérer son oncle, mais bien d'enlever Jessie Graham. Mais dans quel but ? Que pouvait-elle vouloir en échange de la jeune américaine ?

« Qu'y a-t-il ? vous semblez avoir un problème ? s'enquit Graham.

— Je viens de comprendre que Mila nous a manipulés. Elle n'a jamais cherché à récupérer son oncle.

— C'est ce que je vous dis : elle n'a aucun intérêt à le faire.

— Tout ce qu'elle voulait, c'était que nous la conduisions à Jessie.

— Et vous êtes tombés dans le panneau, tête la première, se désola le magnat.

— Ce que je ne comprends pas, par contre, c'est le but de cet enlèvement. Si elle ne veut pas récupérer son oncle, que peut-elle vouloir en échange ?

— Je n'en sais rien, avoua Graham. Elle ne m'a pas contacté. Si elle voulait quelque chose de moi, elle m'aurait déjà fait part de ses desideratas, je suppose.

— Ce ne serait pas une vengeance, par hasard ? s'inquiéta soudain le jeune homme.

— Une vengeance ? pourquoi ? Je lui ai rendu un fier service en la débarrassant de son oncle. La voilà seule, à la tête d'une fortune colossale !

— Tout cela n'a pas de sens, dans ce cas, intervint Darlington. Mila doit forcément désirer quelque chose de vous. Vous ne voyez vraiment rien, ou vous ne voulez rien nous dire ?

— Je vous assure que je ne comprends pas plus que vous, se défendit Graham.

— Je suppose, dit Théo, que vous n'êtes pas ici, à Jaipur, par hasard ?

— Je suis ici pour affaires. Je ne savais pas que vous étiez ici, si c'est ce que vous voulez insinuer.

— Ce n'est pas ce à quoi je faisais allusion. Nous savons que vous êtes en *affaires*, comme vous dites, avec Chronos. Et nous savons que Chronos est ici. C'est pour ça que nous y sommes aussi.

— Vraiment ?

— Ne jouez pas les idiots, s'il vous plaît. » dit l'Elu sur un ton plus cassant. Il n'aimait pas que Graham le prenne pour un imbécile et là, il sentait bien que c'était ce qui se produisait.

« Nous sommes persuadés, reprit-il, que vous êtes ici pour le rencontrer, si ce n'est déjà fait. Je me trompe ? »

Théo plongeait ses yeux dans ceux de Graham, certain de ce qu'il disait. Oswald Graham prit le temps de la réflexion avant d'avouer :

« C'est vrai, je suis ici pour le rencontrer. Je n'ai pas eu le choix, à vrai dire. Il est à la tête d'un tel empire financier que je ne peux plus faire une affaire, sans traiter avec lui, directement ou indirectement. Il est devenu incontournable. De plus il a réussi à entrer dans le capital de nombre de mes entreprises et à acheter assez d'actions pour détenir, à lui seul, la minorité de blocage. Je suis pieds et poings liés.

— Quand et où devez-vous vous rencontrer ?

— Demain soir, lors d'une soirée qu'il donne dans sa propriété, un peu en dehors de la ville.

— Parfait, se félicita l'Elu. Nous profiterons de votre invitation pour entrer dans les lieux.

— Eh, attendez ! Il n'est pas prévu que je vienne avec quelqu'un.

— Eh bien, maintenant ce sera le cas. »

§

Chapitre XVI

« Le palais des mille et une nuits »

Le palais était niché dans un écrin de verdure, au fond d'une allée rectiligne bordée de photophores éclairés par de petites flammes vacillantes. Devant la majestueuse entrée, une vaste terrasse couverte dallée de motifs géométriques, était ceinturée sur trois côtés par un escalier aux marches larges éclairées par de petites lampes encastrées dans les contremarches. Des colonnes, qui se terminaient par des arches dentelées, typiques du style indien, entouraient la terrasse, soutenant un dôme aplati, se terminant en pointe à son sommet.

Au bas de l'escalier, une large esplanade, dallée elle aussi, surplombait le jardin. Des vasques sur pied recevaient l'eau qui s'écoulait de statues de divinités indiennes. Une autre volée de marches en permettait l'accès.

Le palais était bâti sur trois niveaux et comportait un corps central, flanqué de deux ailes. Le tout était dans les tons beiges, ocre rouge et rosé. Le splendide jardin, à l'anglaise, étendait une pelouse interminable devant la bâtisse, jusqu'aux massifs floraux et aux arbres qui entouraient la propriété.

Devant la grande terrasse couverte, un large espace, semé de petits gravillons blancs, était occupé, pour l'heure, par une ribambelle de voitures, plus luxueuses les unes que les autres. Depuis l'extérieur, l'on entendait la musique, qui provenait du palais ainsi que le murmure et les rires d'une foule, les tintements des verres et assiettes, le joyeux brou-haha de la fête.

Un voiturier en uniforme blanc, portant un turban, ouvrit la portière de la Rolls-Royce. Oswald Graham en sortit, suivi de James Darlington et de Lisa. Ils gravirent la pre-mière volée de marches, arrivèrent sur l'esplanade, qui avait été recouverte, pour l'occasion, de centaines de bou-gies formant un parterre d'étoiles.

Une allée avait été créée pour canaliser l'arrivée des in-vités, constituée de jardinières en bois, dans lesquelles étaient plantés orangés, citronniers, goyaviers et manguiers. Au bout de cette allée improvisée, deux colosses au teint acajou, portant l'habit traditionnel Rajasthani : tuniques blanches sur pantalons blancs, coiffés de turbans rouge orangé, filtraient l'entrée des invités. Graham présenta son invitation. Les deux cerbères dévisagèrent tour à tour le professeur et Lisa, semblèrent dubitatifs et perplexes. Gra-ham leur lança :

« Ils sont avec moi : mon conseiller financier et ma se-crétaire. Un problème ? »

Les gardes lui rendirent son carton d'invitation et s'écartèrent, devant l'assurance et l'importance de l'invité. Ils ne devaient en aucun cas commettre d'impairs.

Pendant ce temps, Théo ouvrit le coffre de la Rolls-Royce, dans lequel il était enfermé, grâce à une télécom-mande d'ouverture que Yu avait bricolée. Il sortit la tête, s'assura que personne ne pouvait le voir, sauta hors du vé-hicule, prit le lourd sac de toile qu'il avait emporté avec lui et referma le coffre, avant de disparaître dans le jardin, der-rière des massifs d'arbustes. Il se faufila dans le noir, jus-qu'à l'aile gauche du palais, déserte. Il gravit les quelques marches qui donnaient sur une large terrasse, éclairée par quelques lampions épars, encastrés dans les murs, au ras du sol. Il fut bientôt devant une porte-fenêtre en bois, blanche, aux vitrages à petits carreaux. Grâce à sa vision nocturne, procurée par les bijoux de Paolo, il put voir l'intérieur. Il s'agissait d'un petit salon, au décor typiquement indien : poufs bas, tapis moelleux, sofas, organisés autour d'une table basse en métal frappé, argenté. Il n'y avait personne à l'intérieur. Le jeune homme sortit son coupe-verre diamant et une ventouse. Il appliqua la ventouse, découpa le verre, tapota doucement pour le détacher et ouvrit la porte-fenêtre. Il s'introduisit dans le salon, referma derrière lui, s'avança jusqu'à la porte à deux battants, l'entrouvrit doucement, regarda par l'entrebâillement la large galerie qui desservait l'aile. Elle était éclairée par des lustres de cristal qui mettaient en valeur toute la richesse des stucs qui décoraient les murs, les niches, le riche plafond et les encadrements de portes. Le palais était tout entier d'un luxe raffiné, mélange des cultures indienne et européenne.

De là où il se trouvait, Théo entendait la foule, les rires et la musique qui résonnaient dans toute la bâtisse. Cette aile semblait toutefois déserte. La fête était apparemment cantonnée dans le corps central du palais.

§

Le grand salon était bondé. C'était une pièce immense, dont le centre était occupé par une grande fontaine, où les vasques, qui s'étageaient sur plusieurs mètres, se déversaient en cascade jusque dans une piscine circulaire, dans laquelle nageaient de nombreux convives, coupe de champagne à la main, dégustant des petits-fours qui flottaient sur des porte-plats gonflables.

Autour de la piscine, de nombreux sofas accueillaient d'autres invités qui buvaient, mangeaient et discutaient. Tout autour de la salle, aux couleurs blanc et or, des colonnes supportaient des arches dentelées et formaient une galerie où déambulaient de nombreux jeunes gens qui allaient et venaient entre ce salon et celui qui le jouxtait, dans l'aile droite du palais. C'est là que l'orchestre jouait. Cet espace était réservé en grande partie à la danse. C'est là également que se trouvait le bar, où de nombreux serveurs, tous habillés en tenue traditionnelle Rajasthani, officiaient, soit derrière le comptoir, soit en salle, soit sur la grande terrasse, sur laquelle s'ouvraient les nombreuses portes-fenêtres des deux grands salons.

C'est là aussi, au milieu de cette foule colorée et hétéroclite, où se mêlaient princes Rajasthani, Maharadjas, hommes politiques locaux, capitaines d'industrie de tout pays, stars du show-business et simples inconnus que Lisa, Darlington et Graham tentaient de se frayer un passage jusqu'à une table libre qui était réservée au richissime Américain, précédés par un domestique qui les guidait. Lorsqu'ils furent enfin installés et servis, Lisa, assise à la gauche de Graham, lui demanda :

« Vous êtes certain d'avoir un rendez-vous avec Peter Loopsair, ce soir ?

— Oui. Je savais qu'il donnait une fête. Il m'a dit que ce serait une bonne occasion de nous rencontrer.

— Vous savez à quoi il ressemble, physiquement ?

— Je n'en ai aucune idée. J'ai demandé aux journalistes du New York Times de faire des recherches sur lui. Ils n'ont rien trouvé d'autre que la biographie officielle et surtout, pas la moindre photo.

— Une preuve de plus que Loopsair est bien Chronos.

— Ça, je n'en ai aucun doute, depuis qu'il m'a contacté. » confirma Oswald Graham.

Le temps s'écoula, au rythme de la fête, des rires, des danses et de la joie ambiante.

§

Théo, dans l'aile gauche du palais, traversait la large galerie qui desservait les différentes pièces. Arrivé au centre, il posa son lourd sac et l'ouvrit. Il en sortit un appareil électronique qu'il posa sur le sol, avant de l'activer. Il entendit la voix de Yu dans son oreillette :

« Ok, je commence à recevoir les données. »

Théo regardait régulièrement autour de lui, de crainte de voir des gardes ou des domestiques arriver. L'appareil qu'il venait d'activer émettait une série d'ondes diverses qui scannaient l'ensemble du palais, sur un rayon de cent mètres. Le but était de concevoir un plan détaillé des lieux, afin de ne plus s'y déplacer à l'aveuglette. Les données étaient transmises à un boîtier, resté dans le coffre de la Rolls-Royce, lui-même relié aux terminaux de Yu, via satellite. Sur l'un des écrans du jeune prodige, le plan du palais se dessinait, pièce après pièce, étage après étage. Le logiciel traduisait les données reçues, non seulement en un plan, mais il créait également une représentation tridimensionnelle de l'édifice, jusque dans ses moindres détails. C'était un joué technologique dernier cri, que seule la fortune de Jessie permettait de s'offrir.

Les secondes s'écoulaient, laissant Théo vulnérable au centre de la galerie. Il s'était rapproché le plus possible du centre du palais, espérant ainsi couvrir la totalité de l'immense demeure, dont les dimensions étaient susceptibles de dépasser le rayon d'action de l'appareil.

« C'est bientôt fini ? demanda l'Elu, quelque peu inquiet.

— Presque. Encore quelques parties qui se dessinent, au bout, dans l'autre aile.

— Tu as tout ?

— Je crois. Pour l'instant, je ne peux pas l'affirmer.

— Fais vite, j'entends des pas qui viennent dans cette direction.

— Encore un instant.

— Combien de temps ? Ils approchent vite.

— Un instant.

— Je dois bouger ! Je vais me faire repérer.

— Ça y est presque.

— Je peux plus rester !

— Encore un peu… attend

— Yu, ils sont tout près !

— Ça va être bon… bouge pas… un dernier calcul…

— Yu !

— Vas-y, c'est bon ! »

Théo se saisit de l'appareil sur le sol, courut vers le petit salon d'où il était sorti quelques instants auparavant, se jeta sur la poignée de la porte, s'engouffra dans la pièce et referma derrière lui, délicatement. Les pas se rapprochèrent rapidement. Deux hommes discutaient entre eux, dans une langue que Théo ne reconnut pas, sans doute de l'hindi. Les deux hommes furent bientôt à sa hauteur. Le jeune homme se prépara à les recevoir s'ils franchissaient la porte, mais il entendit leur pas s'éloigner et le son de leur voix décroître rapidement.

« Yu, tu me reçois ?

— Cinq sur cinq, Théo.

— Tu as le plan du palais, complet ?

— Complet. C'est immense ! Y'a des pièces partout.

— Bon, tu penses pouvoir repérer le bureau de Loopsair ?

— J'y travaille. Ça ne devrait pas me poser trop de problèmes. Ce système de cartographie 3D est absolument génial ! dit-il, emballé.

— Tant mieux, au prix que ça coûte…

— Non mais, vraiment, c'est trop bien ! J'ai les pièces, les meubles, les conduits d'aération, les tuyauteries d'eau, les évacuations, le réseau électrique, les prises de courant…

— Bon, ok, c'est génial. » Le coupa Théo, qui ne voyait dans tous ces gadgets sophistiqués, que les moyens d'arriver à leur but, rien de plus, rien de moins.

« Il est à l'étage, affirma Yu. Juste en haut du grand escalier, sur la droite. La pièce donne sur une terrasse, au-dessus de l'entrée, face au dôme écrasé qui surplombe l'esplanade.

— Ok. Pour y accéder, à part l'escalier, j'ai quelle solution ?

— Hum, je regarde… Je crois qu'en escaladant la façade Est, devant le jardin, tu peux arriver sur le toit de l'aile dans laquelle tu te trouves. Ensuite, tu n'as qu'à longer le bord du toit jusqu'à la terrasse. De là, tu sais comment entrer dans une pièce par effraction.

— Si je lance le grappin, j'ai une chance qu'il s'accroche ?

— Oui, le toit se termine par un petit parapet. Le grappin s'y accrochera sans problème.

— Ok, je te recontacte quand je suis dans le bureau. »

Théo sortit du sac un grappin rétractable, qu'il déplia et bloqua. Il y attacha une corde d'alpiniste, sortit sur la terrasse juste devant le salon, après avoir pris soin de vérifier qu'il n'y avait toujours personne dans les parages. Le jeune homme activa les bijoux de Paolo, afin d'avoir suffisamment de force pour lancer le grappin sur le toit, sans risque d'échec. Lorsqu'il fut en position, bien arrimé, Théo grimpa à la corde, sans la moindre difficulté, aussi vite qu'un singe, toujours grâce à la force des bijoux. Il songea que, même s'ils n'étaient pas, loin s'en faut, aussi puissants que ceux de l'Archange, ils lui rendaient un fier service.

L'Elu longea le parapet, en direction de la terrasse, qu'il voyait clairement, celle-ci étant éclairée par deux lampadaires bas qui y diffusaient une lumière tamisée. Avant de sauter par-dessus le parapet qui donnait sur la terrasse, il s'assura qu'il n'y avait personne autour de lui. Il roula par-dessus, se laissa tomber délicatement derrière, attendit un moment, écoutant le moindre bruit. Il avança, longeant le parapet, accroupi, pour être sûr de ne pas être vu. Il arriva devant la porte-fenêtre du bureau. Celle-ci était entrouverte. De la lumière passait par l'entrebâillement. Théo ne s'en était pas rendu compte jusque-là, car les doubles-rideaux épais de la pièce étaient tirés. Il tendit l'oreille, qu'il pouvait amplifier à loisir, pour entendre parfaitement les sons à l'intérieur. Il entendit une conversation entre un homme et une femme :

« Il est arrivé, enfin, se félicita la voix féminine que Théo crut reconnaître, mais dont il douta sur le moment que ce fut celle de Mila.

— C'est parfait. » dit une voix masculine.

C'était la voix d'un homme mûr, entre quarante et cinquante ans, à première vue.

« Il n'est pas seul, ajouta la voix féminine.

— Pas seul ? Qui l'accompagne ? demanda l'homme, quelque peu surpris.

— Vous ne devinerez jamais.

— Je n'ai pas de temps à perdre en devinettes, s'agaça-t-il. Qui est-ce ?

— Il y a le professeur Darlington.

— Darlington !

— Et la jeune Lisa, l'amie de Théo Orgone.

— Et Théo ?

— Je ne l'ai pas aperçu. Il est peut-être au milieu de cette foule d'invités. »

Théo, à force d'entendre la voix de la femme, fut persuadé qu'il s'agissait bel et bien de Mila. Pourquoi était-elle ici ? Et avec qui parlait-elle ? Ce bureau était vraisemblablement celui de Peter Loopsair, alias Chronos. Alors l'homme avec qui elle parlait était-il Loopsair ? Si c'était le cas, les deux étaient alliés. Théo ne comprenait plus grand-chose à toute cette affaire. Il se sentait manipulé depuis le début, à la fois par Loopsair, Mila, Graham et même par Paolo et la Manu Dei. Et si Mila s'était alliée avec Loopsair, cela voulait dire que celui qui détenait Jessie, c'était lui, Loopsair. Ce qui voulait dire aussi que s'il avait invité Oswald Graham à venir ici le rencontrer, c'était probablement pour lui mettre un nouveau marché entre les mains, avec comme monnaie d'échange, sa propre fille. Que pouvait bien vouloir Loopsair de la part de Graham ? Il fallait le découvrir très vite.

« Je vais demander à mes hommes de fouiller le palais, dit Loopsair. S'il est ici, il faut le retrouver. Ce jeune homme est très dangereux.

— Dangereux, lui ? se gaussa Mila. Laissez-moi rire ! C'est un gamin à peine sorti de l'œuf. Il est crédule et stupide !

— C'est vous qui êtes stupide, Mila, lui claqua-t-il sèchement au visage. Si vous sous-estimez Théo, il ne fera qu'une bouchée de vous. Même privé des bijoux de l'Archange, il a encore des capacités qui me dépassent. Je vais aller à la rencontre de Graham et lui faire une petite surprise.

— Je n'en doute pas. Et pour les deux autres ?

— Mes hommes vont s'en charger. » ajouta Loopsair, satisfait de la tournure que prenaient les évènements.

Théo eut un haut-le-cœur. Ses amis étaient en danger. Il n'avait aucun moyen de les prévenir. Pour ne pas attirer l'attention des services de sécurité à l'entrée de la soirée, ils étaient venus sans le moindre équipement : pas d'armes, pas d'oreillettes, rien qui puisse compromettre leur couverture. Le jeune homme était partagé : d'une part, il devait rester ici afin de pirater l'ordinateur de Loopsair, pour tenter de soutirer un maximum de renseignements sur l'homme et son empire secret. D'autre part, il voulait rejoindre Lisa et Darlington pour les protéger.

La mission était la priorité, il le savait bien. Pourtant, laisser ses amis, seuls, face au danger, était au-dessus de ses forces. Que faire alors ? Devait-il abandonner son objectif, qu'il n'aurait sans doute pas deux fois l'occasion d'atteindre ou devait-il les abandonner, surtout Lisa, son amour. C'était pour lui un cas de conscience. Il resta prostré un long moment, à peser le pour et le contre de chacun des actes qu'il allait commettre dans les minutes à venir. Il finit par décider de poursuivre sa mission, au détriment de ses amis. Il espérait que, s'ils tombaient entre les mains des hommes de Loopsair, il ne leur arriverait rien. Il s'occuperait d'eux après.

C'est ainsi que lorsque Mila et Loopsair eurent quitté le

bureau, il s'y introduisit, dans le noir, s'installa dans le fauteuil de l'homme d'affaires et alluma son ordinateur. Il tira de son sac un petit appareil équipé d'un cordon USB qu'il brancha sur une prise du PC et, après avoir mis en route le boîtier, dont les LED se mirent à clignoter, rouges, vertes et oranges, il contacta Yu à nouveau :

« Le PC est connecté, Yu. Tu peux commencer.

— Oui, j'ai les images sur mon écran. Je lance le programme de recherche… voilà, c'est en route. On n'a plus qu'à patienter, le temps qu'il fasse son boulot. »

Théo resta calé dans le fauteuil, inquiet pour Lisa et le professeur. Il comptait les secondes, espérant que les gadgets hypers sophistiqués du jeune Chinois réussiraient à faire ce pour quoi ils avaient été conçus, c'est-à-dire pirater les systèmes informatiques les mieux protégés, dans un délai le plus court possible.

Les minutes s'égrenaient lentement au rythme du tic-tac de l'horloge accrochée au mur du bureau.

§

Durant ce temps, dans le grand salon, Lisa, Darlington et Graham, attendaient que quelqu'un vienne à eux. L'homme qui se présenta était très grand, mince, brun, les yeux noirs profonds, pétillants et vifs, reflétant une intelligence supérieure, vêtu d'un costume traditionnel Rajasthani, mais sans de turban. Son visage était fermé, sans la moindre once d'émotion. Il se planta devant Oswald Graham et s'adressa à lui :

« Je me présente : Peter Loopsair. Je suis ravi que vous ayez accepté mon invitation. »

Il lui tendit la main. Graham se leva, tendit la sienne et dit :

« J'étais impatient de faire votre connaissance, enfin. »

Loopsair le dévisagea d'un air étrange, un sourire entendu aux coins des lèvres. Il reprit :

« Puis-je m'asseoir à votre table ?

— Oui, bien entendu. N'êtes-vous pas chez vous, ici ?

— Je vous remercie. »

Loopsair s'installa face à Graham, ignorant complètement Lisa et Darlington. Il regarda Graham droit dans les yeux et ajouta :

« Je dois vous parler d'une affaire qui me tient à cœur. Mais avant cela, je tiens à ce que nous soyons seuls, sans oreilles indiscrètes. »

Il jeta un regard furtif sur Lisa et le professeur, attablés avec eux.

« Vous ne voyez aucun inconvénient à ce que je nous débarrasse des gêneurs ? » proposa-t-il.

Graham regarda Lisa et Darlington, leur décocha un sourire qui en disait long sur l'inimitié qu'il leur portait.

« Non, aucun, répondit-il avec un plaisir non dissimulé.

— Bien, dans ce cas… »

Loopsair leva le bras. Aussitôt, quatre gorilles enturbannés se présentèrent devant la table, entourant Lisa et le professeur. Loopsair s'adressa pour la première fois à eux :

« Vous nous excuserez, nous avons à parler. Si vous voulez bien vous donner la peine de suivre ces messieurs sans faire d'histoires, pour votre sécurité. »

Lisa et Darlington comprirent qu'ils ne pourraient rien faire contre ces quatre colosses qui ne semblaient pas avoir la plaisanterie comme distraction favorite. Ils se levèrent et les suivirent, encadrés de près.

Loopsair se tourna vers son hôte et lui dit :

« Si nous allions dans un endroit un peu plus calme pour parler, qu'en pensez-vous ?

— Je vous suis. » répondit Graham.

Théo regardait l'heure tourner. Cela faisait près de dix minutes que l'appareil de Yu était branché sur l'ordinateur de Loopsair et il n'avait toujours pas terminé son travail.

« Yu, tu m'entends ?

— Parfaitement, Théo. C'est long, je sais.

— Des problèmes ?

— Je me heurte aux mêmes types de protections que celles qui équipaient les serveurs de MGP à New York.

— Oui, mais je croyais qu'en te branchant directement sur l'ordinateur de Loopsair, tu contournerais les pare-feu ?

— C'est ce que je croyais, mais ici, les protections sont partout, même au sein du réseau interne. L'ordinateur se connecte sur les serveurs à l'aide de clés de chiffrement d'au moins 1024 bits, peut-être même 2048 bits !

— Tu sais que ça ne me parle pas vraiment toutes tes explications techniques, Yu, se désola l'Elu.

— Oui, bon. En gros ça veut dire que toutes les données sur les serveurs sont encodées avec des algorithmes qui chiffrent les données, les rendant totalement illisibles sans les clés de chiffrement/déchiffrement. Plus la clé utilise un nombre de bits élevé, plus le déchiffrement devient long et difficile sans ces fameuses clés.

— Je comprends mieux. Tu estimes que tu as une chance d'y arriver ou pas ?

— Je n'en sais rien. Ça risque d'être très long…

— Très long. Nous n'avons pas de temps devant nous, tu le sais bien. Si c'est mort, dis-le-moi, que nous ne perdions pas de temps avec ça. J'ai surpris une conversation entre Loopsair et Mila et j'ai peur pour Lisa et le professeur.

— Mila ? Elle est ici ?

— Oui, peu importe pour l'instant. Si on ne peut craquer les codes de cet ordinateur, autant que je m'occupe de les retrouver et de les sortir des griffes de Loopsair.

— Ok, fais comme tu le sens, Théo. Je ne peux rien garantir sur le succès du décryptage en cours. On n'a qu'à laisser tomber. »

À peine Yu avait-il fini sa phrase que Théo entendit des pas qui se dirigeaient droit vers le bureau. Il débrancha le boîtier de Yu, éteignit l'ordinateur, prit son lourd sac et ressortit par la porte-fenêtre. Il commença à traverser la terrasse lorsqu'il se ravisa, reconnaissant les voix de Loopsair et Graham. Il revint tout près de la porte-fenêtre et écouta la conversation entre les deux hommes.

« Je vous ai fait venir ici, commença Loopsair, pour vous parler d'une affaire qui me tient particulièrement à cœur.

— Vraiment ? Et je peux savoir de quoi il s'agit ? demanda Graham, un peu sur ses gardes.

— C'est assez délicat, hésita Loopsair. Je désire quelque chose de vous.

— J'ai déjà fait quelque chose pour vous en coulant le yacht, fit remarquer Graham. Que désirez-vous de plus ?

— Je voudrais que vous me livriez une personne.

— Une personne ? Qui ?

— Dragan Kovac. »

Le visage d'Oswald Graham se ferma. Il s'attendait à beaucoup de choses possibles de la part de Loopsair, mais là il était sidéré. Lui livrer Kovac, son pire ennemi, dont il avait dû attendre patiemment de pouvoir se débarrasser, c'était trop lui demander. Il ne pouvait accepter. Et puis, si Loopsair voulait Kovac, ce n'était sans doute pas innocent. Avec l'aide de Kovac, Loopsair pourrait se débarrasser de lui, éliminant d'un coup l'un des seuls contre-pouvoirs à l'hégémonie programmée de cet homme, dont l'ambition était aussi forte, sinon plus que la sienne. Il soupira et, avec un petit sourire en coin, répondit :

« Kovac ? C'est impossible. Je ne peux pas le sortir de là où il se trouve. »

Cette fois, c'est Loopsair qui eut un petit sourire, amusé celui-là. Il se dirigea vers un meuble-bar, qu'il ouvrit et proposa un verre à son hôte.

« Je me doutais de votre refus, reprit Loopsair. C'est pourquoi j'ai pris la garantie que vous accepteriez ma requête.

— Et de quelle garantie s'agit-il ? questionna Graham, curieux et surpris.

— De votre fille, Jessie. » laissa tomber Loopsair, jetant un froid entre eux. Graham devint livide, perdit un court instant le contrôle de ses émotions, avant de se ressaisir.

« C'est vous qui avez fait enlever ma fille ? Je comprends mieux maintenant pourquoi je n'avais pas de nouvelle de ses ravisseurs. »

Graham se tut. Il se plongea dans ses réflexions un moment, avant d'ajouter :

« Je ne peux pas vous livrer Kovac. C'est trop dangereux.

— Dangereux ? Pour qui ? Pour vous, ou pour moi ?

— Vous ne connaissez pas la nature de cet hom… de cet être. Il n'est pas humain.

— Oui, c'est ce que j'ai cru comprendre. J'ai cru comprendre aussi que vous ne l'étiez pas plus que lui. Je me trompe ? » laissa tomber Loopsair, plongeant ses yeux dans ceux de l'américain. Graham eut un petit ricanement avant de répondre :

« Nous sommes d'une nature très différente, Kovac et moi. Nous sommes diamétralement opposés sur presque tous les plans. Lui, c'est un véritable démon.

— Allons, allons, Oswald, vous permettez que je vous appelle Oswald ?... Nous savons bien vous et moi que toutes ces histoires de démons ne sont là que pour amuser la galerie.

— Si je vous livre Kovac, puis-je savoir ce que vous ferez de lui ?

— J'ai juste besoin de lui soutirer une information. Je ne peux pas vous en dire plus.

— Juste une information ? douta-t-il. Quel genre d'information ?

— Ça, c'est un secret. Sachez juste qu'une fois que j'aurai cette information, vous pourrez remettre ce… comment dites-vous ?... démon… dans sa cage.

— Vous me le livrerez à nouveau ?

— Je vous le promets.

— Oui, je n'en doute pas. Vous oubliez juste un détail : lorsqu'il sera sorti de cette cage, vous ne le contrôlerez plus et il ne se laissera pas reprendre de sitôt. »

Loopsair éclata de rire, songeant que ce pauvre Graham était loin de se douter de ce qu'il fomentait pour l'avenir de cette planète.

« Ne vous souciez pas de cela, Oswald. Je n'ai pas l'intention de le sortir de l'endroit où vous l'avez enfermé. Je m'y rendrai et l'interrogerai sur place. Ainsi, il ne risquera pas de nous échapper. Je vous rendrai votre fille à ce moment-là. C'est, je crois, un bon compromis entre nous, qu'en pensez-vous ?

— Je crois que je n'ai pas le choix, si je veux revoir ma fille, n'est-ce pas ?

— Vous avez parfaitement compris la situation.

— Et si je refuse ?

— Quoi ?

— Oui, si je refuse ? Alors c'est vous qui serez dans une situation délicate. Plus de Kovac. Plus rien pour l'échanger.

— Vous sacrifieriez votre fille ? douta Loopsair.

— Je ne peux laisser partir Kovac ainsi, sans garantie.

— Des garanties ? Quel genre de garanties ? demanda Loopsair, étonné de la position de Graham.

— Si je vous livre Kovac, rien ne m'assure que vous n'utiliserez pas les informations que vous voulez lui soutirer, contre moi.

— Vous avez ma parole.

— Allons, monsieur Loopsair. Vous et moi savons parfaitement que nous n'avons aucune parole tous les deux. Non, il me faut quelque chose d'autre, en plus de ma fille. Ce que vous m'aviez promis pour avoir tué Théo et ses amis.

— Je vois. Vous voulez sans doute parler des bijoux de l'Archange, c'est cela ? Il me semble que, malheureusement, vous n'ayez pas réussi à les tuer.

— Il me semble aussi que vous ayez utilisé Théo et ses

amis pour retrouver ma fille, rétorqua Graham. Je ne suis pas dupe. Vous vous êtes servi de moi et de Théo pour cela, afin de m'obliger à vous conduire à Kovac, n'est-ce pas ? »

Loopsair but une gorgée, regarda Graham dans le fond des yeux, sourit et ajouta :

« Vous êtes un être intelligent, Oswald, je suis bien obligé d'en convenir. Oui, je me suis servi de vous et de Théo pour parvenir à mes fins. Maintenant, j'ai les cartes en main et vous allez me conduire à Kovac, comme je l'exige. Je vous rendrai votre fille et j'y ajouterai les bijoux de l'Archange, si cela vous fait plaisir.

—Rendez-moi ma fille et les bijoux et vous aurez Kovac. Comme cela, même si vous décidez de vous servir de ce que vous voulez lui soutirer contre moi, j'aurais au moins la possibilité de me défendre.

— Mais, je croyais que seul l'Elu des Mikelians pouvait utiliser les bijoux ? Je me trompe ?

— C'est vrai. Toutefois, avant que vous ne me les subtilisiez, mes scientifiques étaient sur la question et avaient bien avancé sur le sujet. Nous commencions à nous interfacer avec eux et nous avions bon espoir de pouvoir les maîtriser. »

Loopsair prit le temps de la réflexion. Graham demandait beaucoup. Toutefois, Kovac avait une valeur bien supérieure aux bijoux. Les informations qu'il détenait valaient bien plus que ces accessoires guerriers. Il regarda Graham, lui tendit la main, lui fit un sourire et ajouta :

— C'est d'accord. Votre fille et les bijoux en échange de Kovac.

— Quand et comment voulez-vous que nous procédions à l'échange ?

— Je vous propose de laisser nos conseillers réciproques s'occuper des détails, qu'en pensez-vous ? Si nous allions profiter un peu de la fête, en attendant ? Venez. »

§

Théo traversa le jardin, longeant le palais, en direction du bout de l'aile gauche qu'il contourna, jusqu'à ce qu'il arrive au bout de la propriété, au bord d'un précipice. De là, entre les derniers arbres, il avait une vue magnifique sur Jaipur, en contrebas, éclairée de milliers de petits points lumineux rectilignes qui dessinaient les artères de la ville. Le palais était bâti au bout du terrain de la vaste propriété, accroché aux rochers qui surplombaient la cité rose sur les monts des Ârâvalli.

Depuis l'entrée principale, l'on ne pouvait distinguer cette particularité, surtout de nuit, après avoir traversé le terrain quasiment plat, depuis le portail. Sur sa droite, Théo voyait une vaste terrasse illuminée où de nombreux invités dansaient sur des rythmes endiablés, malgré la fraîcheur relative de la nuit. Le jeune homme se faufila entre la végétation en broussaille et le corps du bâtiment qui, à cet endroit, était surtout constitué d'un long et haut mur de briques rouges, entrecoupé de larges piliers de béton brut.

Il se trouva rapidement sous la terrasse, s'arrêta, se concentra pour tenter de ressentir la présence de Lisa et de Darlington. Les bijoux de Paolo n'avaient pas une très grande puissance mentale, contrairement à ceux de l'Archange et l'Elu devait concentrer ses efforts pour en tirer le meilleur. Il crut percevoir quelque chose : un tout petit lien mental qui semblait se dessiner, difficilement perceptible. Le jeune homme avança encore un peu, sentit le lien se renforcer, devenir plus qu'une vague impression. Il vit une porte sous la terrasse, s'en approcha, tenta de l'ouvrir. Elle était fermée bien entendu. Il se concentra sur la serrure, comme il l'aurait fait avec les bijoux de l'Archange, essaya de visualiser le mécanisme afin de l'actionner mentalement, mais n'y parvint pas.

Il ouvrit le sac, fouilla parmi les différents appareils qu'il avait emportés, trouva celui qu'il cherchait, l'appliqua sur la serrure, l'actionna, attendit un moment que les divers cliquetis de l'appareil et de la serrure cessent et qu'un dernier claquement discret se fasse entendre, avant de tourner la poignée et de pousser le battant. Après avoir remballé son matériel, il entra.

L'espace sous la terrasse, était presque vide, brut de décoffrage. Une allée bétonnée le traversait, longeant de gros blocs rocheux qui constituaient l'assise du palais. Sur le côté droit, un ensemble de murs de briques était en cours d'achèvement, percé d'ouvertures qui constitueraient sans doute les portes des pièces. Des dépendances très certainement, vu la nature de l'endroit où elles étaient édifiées. Au bout de l'allée, entre deux blocs de roche brun rouge, partait un couloir assez court, terminé par une porte. Là encore, Théo dut ressortir son matériel pour venir à bout de la serrure.

Derrière la porte, le couloir continuait, dans le noir total. Théo vit qu'il était creusé à même la roche. Il le parcourut sur quelques mètres avant de faire un arrêt. Le lien mental qu'il percevait faiblement jusqu'alors, devint soudain plus fort. Il ressentit clairement la pensée de Lisa et sentit que la jeune femme réagissait également. Il tenta d'établir la communication avec elle, mais n'y parvint pas encore. Elle ne devait pas être très loin. Il avança.

Le couloir tournait sur la gauche, débouchant sur un espace plus large d'où partait un escalier, d'un côté vers les étages supérieurs, de l'autre vers les profondeurs du palais. Théo n'hésita pas un seul instant, emprunta l'escalier en direction du bas, s'enfonçant plus avant dans le sous-sol.

Plus il descendait, plus il percevait la présence de Lisa. Arrivé presque au bas de l'escalier, il s'arrêta à nouveau. En plus de Lisa et du professeur, il ressentait la présence de plusieurs autres personnes. Il fallait être prudent. Il tenta à nouveau d'entrer en communication avec Lisa. Cette fois, il sentit que la liaison s'établissait, clairement, distinctement.

Il se vit soudain dans un pré, au milieu de vaches qui ruminaient en toute quiétude. L'herbe était grasse, les fleurs, colorées, odorantes et nombreuses, le ciel bleu, sans nuages, un grand soleil à son zénith. Au centre du pré, Lisa venait vers lui, vêtue d'une robe blanche à volants, le visage souriant. Lorsqu'ils furent face à face, yeux dans les yeux, la jeune femme lui dit :

« Théo, je suis si heureuse de te voir. Je ne sais pas où nous sommes exactement. Loopsair nous a fait enfermer.

— N'ait pas d'inquiétude Lisa. Je ne suis plus très loin.

— Sois prudent, mon amour. Je sais qu'il y a des gardes pour nous surveiller.

— Combien sont-ils ?

— Je ne sais pas trop : deux, trois peut-être. Ce sont des costauds.

— Je vais m'en occuper, sois tranquille. Préparez-vous à filer de votre cachot.

— D'accord. Je préviens le professeur. Nous t'attendons. »

Théo coupa la communication mentale. Il activa la force des bijoux, sentit ses muscles se gonfler, l'énergie envahir tout son être. Il descendit encore quelques marches. L'escalier tournait vers la gauche. Il perçut de la lumière, se concentra très fort et, après une trentaine de secondes, vit qu'elle avait disparu. La connexion mentale se renforçait chaque jour un peu plus avec les bijoux de Paolo et il réussissait désormais à mieux les utiliser.

Il entendit les gardes qui parlaient fort entre eux, paniqués de se retrouver dans le noir, sans doute. Il fallait agir vite, avant qu'ils n'allument des torches électriques, qu'ils ne devaient pas manquer d'avoir quelque part. Théo descendit l'escalier comme une tornade, déboula dans un couloir au bout duquel il vit trois gardes, grands, massifs, impressionnants, mais perdus, privés de leur sens le plus précieux : la vue.

Il fonça sur eux, les vit se retourner vers lui, tendre leurs bras, tâtonnants dans le noir, cherchant où était celui qui arrivait. Ils étaient incapables de réagir. Théo neutralisa le premier garde, d'une bonne manchette derrière la nuque qui l'envoya au pays des songes.

Les deux autres, entendant leur collègue tomber lourdement sur le sol dans un râle de douleur, s'agitèrent en tous sens, donnant du poing dans le vide avec l'espoir de toucher leur adversaire. Théo s'occupa du second, puis du troisième, qui ne put rien faire non plus contre un adversaire qui avait l'avantage, lui, de voir dans le noir.

Lisa vit la porte de sa geôle voler à travers la pièce et venir s'écraser à ses pieds. Dans l'encadrement, Théo, fier et fringuant, la regardait, un large sourire sur le visage.

« Allez, venez vite, nous devons filer d'ici avant que d'autres gardes ne se pointent. »

§

Chapitre XVII

« Sous la montagne »

Les rues de Venise étaient désertes, pas âme qui vive. Une brise légère caressait le visage, douce comme le printemps. Le silence était absolu. Seuls les pas de Théo, sur les pavés de la cité des Doges, rompaient ce calme qui faisait froid dans le dos. Le jeune homme avançait, mû par la curiosité qui l'entraînait à aller de l'avant. Il franchit un pont, au-dessus d'un canal, traversa une ruelle étroite qui débouchait sur la place Saint-Marc. Au beau milieu de celle-ci, assis sur une chaise, un moine regardait dans la direction opposée, vers la basilique qui offrait aux regards son magnifique fronton. Théo avança jusqu'au religieux, le devança et reconnut son visage. Il s'agissait de Fra Paolo. Le moine se tourna vers lui, souriant. Il tendit les mains vers lui en disant :

« Théo, soyez le bienvenu. J'espère que vous avez fait bon voyage jusqu'à moi ?

— Je n'ai pas voyagé, Fra Paolo, dit le jeune homme, surpris de se trouver là. Je viens de m'éveiller ici, je ne sais comment. »

Fra Paolo rit doucement.

« Pourquoi n'y a-t-il personne ici ? demanda le jeune homme.

— Ne vous inquiétez pas, Théo, vous êtes dans un rêve. Ce sont les bijoux que vous portez qui vous ont emmené ici, près de moi.

— Vos bijoux aussi permettent les rêves ?

— Oui, je les ai imaginés du mieux que j'ai pu, sans pour autant rivaliser avec ceux de l'Archange. Etes-vous satisfait de leurs capacités ? demanda-t-il, curieux.

— Ils m'ont déjà rendu bien des services. Ils sont très performants. Vous pouvez être fier, Fra Paolo.

— Ce n'est pas moi qui les ai conçus et fabriqués. Je n'en avais ni les capacités, ni la technologie, à mon époque. J'ai simplement décrit les caractéristiques et les fonctions qu'ils devaient avoir, au minimum, pour vous être utiles. Ce sont mes successeurs qui les ont réalisés.

— Ils ont fait du bon travail, soyez-en assuré.

— Tant mieux, se félicita le moine. Je suis ravi de vous l'entendre dire. Bien, il faut que je vous parle de l'horloge du temps.

— Je vous écoute, Fra Paolo.

— Je suppose que vous avez réussi à vous servir d'elle ? Sans cela, je ne pense pas que vous auriez pu vous trouver ici. Je me trompe ?

— Non, vous avez raison. Nous l'avons utilisée pour nous rendre dans le passé, à votre recherche.

— Bien. Je suppose que votre présent a dû être quelque peu chamboulé, n'est-ce pas ?

— C'est le moins qu'on puisse dire.

— Avez-vous déjà trouvé l'homme que vous recherchez et que vous nommez Chronos ?

— Oui, nous l'avons trouvé.

— Bien. Et savez-vous qui il est ? » demanda-t-il, en appuyant cette phrase, un peu d'inquiétude dans la voix.

« Oui, il se nomme Peter Loopsair. C'est tout ce que nous savons de lui, pour le moment. Vous qui savez qui il est vraiment, pouvez-vous m'éclairer, maintenant ?

— Chaque chose en son temps, Théo. Vous saurez ce que vous devez savoir, au moment opportun. Pour l'instant, permettez-moi de ne pas vous révéler son identité. Cela n'a pas d'importance, de toute manière. Je veux vous parler de l'horloge du temps. Celle-ci, en plus de pouvoir vous propulser dans le passé ou le futur, a été conçue avec une fonction supplémentaire qui vous aidera à remettre de l'ordre dans l'espace-temps. L'horloge, une fois connectée à Chronos, refera à l'envers tout le chemin qu'il a fait à travers le temps. Ainsi, tous les évènements qu'il a modifiés, se remettront en place et tout redeviendra comme cela aurait toujours dû être. Maintenant que vous avez retrouvé Chronos, il faut que vous le capturiez et que vous l'emmeniez, ainsi que l'horloge, au monastère des Météores de Grèce, là où vous l'avez trouvée.

— D'accord, mais pourquoi au monastère ?

— Parce que le mécanisme qui permet de le faire se trouve enfermé dans la roche, sous le monastère. Ailleurs que là, l'horloge ne peut réaliser ce retour en arrière.

— Bon, ok, nous capturons Chronos, nous l'emmenons au monastère avec l'horloge. Et après, comment on procède pour actionner le mécanisme ?

— Ne vous faites pas de soucis pour cela, Théo. L'horloge a été programmée pour reconnaître Chronos. Dès qu'elle sera au monastère et que Chronos sera assez proche d'elle, il suffira d'appuyer sur le dessus du bâti. Vous n'aurez rien à faire d'autre. Mais attention, une fois le processus enclenché, il ne sera plus possible de faire marche arrière.

— Tant mieux, nous voulons que tout redevienne comme avant.

— Bien. Alors, quoi que vous découvriez durant les jours à venir, promettez-moi de ne pas vous poser de questions et de faire ce qu'il faut, sans état d'âme. »

Théo fut un peu surpris par ces dernières paroles. Il regarda Paolo, droit dans les yeux et dit :

« Que pourrais-je découvrir qui fasse me poser des questions et avoir des états d'âme ?

— S'il vous plaît, Théo, promettez-le-moi. Je préfère ne rien dire de plus. J'ai confiance en vous, mon jeune ami. Je sais que vous êtes un être exceptionnel et que votre discernement vous guidera et vous fera prendre les bonnes décisions.

— Je vous le promets, Fra Paolo. Je ferai ce qui doit être fait, quoi que je puisse découvrir.

— Voilà qui me ravit. Je dois vous rendre à vos propres rêves, maintenant, Théo. J'ai été heureux de discuter avec vous.

— Fra Paolo.

— Oui ?

— Puis-je poser une question ?

— J'écoute.

— D'où me parlez-vous exactement ? Du passé, du présent ? Etes-vous réel, ou est-ce simplement un rêve ?

— Je suis mort depuis des siècles, Théo. Cette conversation que nous avons est une construction de l'esprit. Ce sont les bijoux qui vous parlent, à travers moi.

— Merci pour votre franchise. »

Le visage de Paolo s'estompa rapidement, ainsi que la place Saint-Marc. Théo replongea dans son sommeil, loin, très loin, de Venise.

§

Théo regardait le magnifique jardin de l'hôtel Taj Rambagh, baigné de lumière à cette heure avancée de la matinée. Il émergeait d'une nuit de sommeil difficile, avait un horrible mal de crâne, sans doute dû à la fatigue de la dure soirée de la veille. Il soupira, huma l'air rempli des senteurs de fleurs, mêlé à celles de la cuisine indienne. Il commençait à faire chaud et cette sensation était bien agréable, après le froid de l'hiver, là-bas, en Europe. Le jeune homme songeait à tout ce qu'il avait appris ces dernières heures. Il tentait de mettre de l'ordre dans ses idées, afin de savoir ce qu'il fallait faire pour la suite de sa mission. Plusieurs choses s'entremêlaient, qui compliquaient le choix des priorités. Devait-il tenter d'enlever Loopsair, le conduire au monastère des Météores, comme le lui avaient suggéré les bijoux de Paolo ? Devait-il le laisser libre, pour qu'il échange Dragan Kovac contre Jessie ? Devait-il tenter de savoir ce qu'il désirait de Kovac ? Etait-ce important ? Sans aucun doute, pour Loopsair. Mais pour Théo, cela avait-il une quelconque importance ? Il ne fallait pas perdre de vue l'essentiel de sa mission : remettre de l'ordre dans le temps. En toute logique, il aurait dû opter pour la première option : emmener Loopsair au monastère et le confronter à l'horloge du temps. Toutefois, quelque chose le titillait, la curiosité très certainement: que voulait Loopsair de Kovac ? Pourquoi échanger Jessie, mais surtout, les bijoux de l'Archange, contre le Russe ? S'il était prêt à se séparer des bijoux, alors que ceux-ci étaient tant convoités, c'est que ce qu'il désirait obtenir de Kovac devait être bien plus important. Mais qu'est-ce que cela pouvait être ? L'argent ? Loopsair, grâce à sa capacité d'anticipation, était certainement devenu l'homme le plus riche du monde. La puissance ? Il était déjà très puissant, cela ne faisait aucun doute, mais pour un homme dont l'ambition était mégalomaniaque, dominer le monde restait le but ultime. Alors oui, la puissance pouvait être ce que Kovac pouvait lui apporter. Mais comment ? Que possédait-il qui pouvait surpasser les bijoux de l'Archange ? Rien, puisque Kovac, lui-même, s'était emparé des bijoux afin d'assouvir sa soif de pouvoir. Alors, qu'avait-il à offrir ? Quelle était cette information qu'il détenait, que Loopsair était prêt à payer si cher ?

Le jeune homme fut tiré de ses réflexions par l'arrivée de Yu, qui s'avança sur la terrasse de la suite, où l'Elu s'était allongé dans un transat.

« Ça y est, j'ai fini de remballer le matos, dit le Chinois. Il est déjà parti pour l'aéroport. On va où maintenant, Théo ?

— On ne part plus. Affirma l'Elu.

— Ah bon ? Mais, cette nuit tu m'as pressé pour qu'on dégage au plus tôt.

— Oui, c'était cette nuit. J'ai changé d'avis. Nous devons changer nos plans.

— Il y a du nouveau ?

— Oui, et pas mal en plus. Nous allons devoir mettre sur pied un plan pour réussir à remettre le temps en place, mais avant nous devons découvrir ce que Loopsair a dans la tête. Je pense que c'est important. »

Lisa, accompagnée du professeur, entra dans la suite. Théo les accueillit et leur demanda de s'asseoir autour de la table.

« Bien, mes amis, nous ne partons pas. Du moins pas encore. »

Personne ne posa de questions, chacun sachant que Théo allait s'expliquer.

« J'ai surpris une conversation entre Loopsair et Graham. Loopsair veut échanger Dragan Kovac contre Jessie et… les bijoux de l'Archange.

— Mais, dans quel but ? s'interrogea Lisa.

— Il a dit qu'il désirait une information de la part de Kovac.

— Une information ? C'est tout ? s'étonna la jeune femme.

— Oui. J'ai réfléchi : si Loopsair est prêt à échanger cette information contre les bijoux de l'Archange, c'est qu'elle est très importante. Plus importante que les bijoux, en tout cas, pour lui.

— Et tu veux connaître cette information, c'est ça ?

— Si c'est important pour Loopsair, ça ne peut pas, ne pas l'être pour nous.

— C'est peut-être la clé de son coffre-fort, tout simplement, supposa Yu.

— L'argent ? Loopsair en a bien plus qu'il ne lui en faut. Non, c'est forcément autre chose.

— Une arme plus puissante que les bijoux, qui sait ?

proposa le professeur.

— Non, prof. Kovac ne se serait pas donné autant de mal pour les avoir, et m'avoir avec, s'il possédait une arme plus puissante.

— Je n'y avais pas songé, vous avez raison. Mais alors, Quoi ?

— C'est ce que nous devons découvrir. Graham et Loopsair doivent faire l'échange.

— Où et quand ? s'enquit Yu.

— Je n'en sais rien. C'est pour ça que j'ai pensé qu'il fallait que nous trouvions le moyen de les suivre.

— Et c'est pour ça que nous ne partons pas, si je comprends bien, dit Lisa.

— Oui. Yu, tu as une idée de comment suivre les deux ? »

Yu prit le temps de la réflexion avant de dire :

« Nous n'avons quasiment aucune information sur Loopsair. Nous n'avons pas pu avoir accès à ses serveurs et ne savons ni où il a des propriétés, hormis celle d'ici, ni quels sont ses moyens de déplacement. En revanche, Graham est plus accessible. Nous savons beaucoup de choses sur lui. Comme Loopsair, il cultive le goût du secret, mais n'est pas aussi protégé que lui. Je peux suivre son avion privé sans problème, par exemple.

— Voilà qui est parfait. Il devra se déplacer vers le lieu de l'échange. Que devons-nous faire pour ça ?

— Absolument rien. Je vais me connecter sur les réseaux de l'aviation civile, tout simplement. Tout avion doit établir un plan de vol. Où qu'il aille, nous le saurons dans les secondes qui suivent.

— Formidable ! Vas-y alors, connecte-toi et surveille le ciel. Dès que nous aurons le plan de vol, nous décollerons et le suivrons.

— Oui, mais une fois sur place ? se demanda le petit génie.

— Tu proposes quoi ? On place une balise ?

— Oui, c'est ce qu'il y a de mieux à faire. Seulement, le seul endroit où placer une balise efficace, c'est l'intérieur du corps de Graham. Ainsi, il peut changer de vêtements, de chaussures, de chapeaux, de véhicule, la balise sera toujours sur lui.

— Oui, mais comment est-ce qu'on peut mettre une balise dans le corps de quelqu'un sans lui faire subir une opération pour l'implanter ? Je te rappelle tout de même que Graham est entouré de gardes du corps, jour et nuit et qu'il est impossible de passer un seul instant, seul avec lui.

— Il existe des balises qui s'avalent, comme une gélule. Une fois dans l'estomac, elles se fixent à sa paroi et peuvent y rester une dizaine de jours avant d'être dissoutes par les sucs gastriques.

— Vraiment, il existe des choses de ce genre ? s'étonna le professeur. On n'arrête pas le progrès. J'aimerais savoir comment vous savez tout cela, jeune homme ?

— Je lis les revues spécialisées, tout simplement. Vous n'imaginez pas tout ce qui existe de nos jours pour l'espionnage, et en vente libre, en plus.

— Cela me paraît incroyable. Tous ces gadgets si sophistiqués sont à la portée de tout un chacun ?

— Oui, il suffit d'y mettre le prix.

— Ok, Yu. Tu penses pouvoir trouver ça, ici ?

— Bien sûr. J'ai une bonne adresse en ville. Je prends un taxi et j'y court. Il reste un dernier problème à résoudre, toutefois.

— Lequel ?

— Comment comptes-tu lui faire avaler la balise ? Ce n'est pas très gros, mais ça ne peut pas être mis dans une boisson ou dans un plat, sans qu'on se rende compte de sa présence en bouche.

— Pars chercher ce qu'il faut, nous allons réfléchir entre-temps. »

§

Oswald Graham entra dans le salon du bar de l'hôtel, toujours accompagné de ses gardes du corps. Il chercha du regard Théo, le vit en compagnie de Lisa, s'avança jusqu'à sa table.

« Merci d'être venu, dit le jeune homme.

— Vous vouliez me parler. Soyez bref, s'il vous plaît, j'ai des obligations par ailleurs, dit sèchement Graham.

— Je n'en ai pas pour longtemps. Asseyez-vous, je vous prie. »

Lorsque Graham se fut installé, Théo lui dit :

« Vous prendrez bien quelque chose ?

— Non, merci, je suis pressé, s'agaça-t-il.

— S'il vous plaît, prenez quelque chose, faites-moi plaisir. Je ne serai pas long, mais ce que j'ai à vous dire est important.

— Un café noir. »

Théo appela le serveur, passa commande et revint sur Graham.

« J'ai surpris une conversation entre Mila Kovac et Peter Loopsair, lors de la soirée.

— Ah ?

— Je pense que Mila a enlevé votre fille pour le compte de Loopsair.

— Vous pensez, ou vous en êtes sûr ?

— J'en suis sûr. Vous avez rencontré Loopsair hier soir, n'est-ce pas ?

— C'est possible.

— Il vous a certainement proposé un marché pour vous la rendre, je me trompe ? »

Le serveur apporta le café. Graham prit le temps de le déguster avant de répondre sur un ton cassant :

« En quoi cela est-il votre affaire ? »

Théo ne répondit pas. Il savait tout et cette entrevue n'avait d'autre but que de placer la balise dans son estomac. Pour cela, ils avaient préparé un plan simple : le pro-

fesseur devait soudoyer le serveur afin de verser une subs-
tance qui donnerait des maux de tête de façon quasi instan-
tanée à Graham. Ensuite, il suffirait de proposer un médi-
cament, que les femmes ont presque toujours dans leur sac
à main. Il attendit quelques instants, scruta les réactions de
son interlocuteur. Celui-ci cligna des yeux, soupira, se mas-
sa la tempe gauche, parut ne plus être là, l'espace d'un instant.

« Ça ne va pas, monsieur Graham ? s'inquiéta Lisa.
Vous semblez souffrir ?

— Ce n'est rien, un simple mal de tête. Les abus d'hier
soir, sans doute.

— Oh ! Ce n'est que ça. » dit-elle, plongeant sa main
dans son sac, dont elle retira un tube de paracétamol,
qu'elle tendit au père de Jessie.

Il regarda le tube avec une sorte de méfiance, plongea
ensuite son regard dans celui de la jeune femme, un moment, sans dire mot.

« Tenez, prenez, ce n'est que du paracétamol. Ça ne va
pas vous tuer ! »

Graham prit le tube, l'ouvrit, regarda longuement les
cachets qu'il contenait, en fit tomber deux dans sa main. Il
s'apprêtait à les plonger dans le verre d'eau qui accompa-
gnait son café lorsque Lisa s'écria :

« Non, ils ne sont pas solubles !05 Vous devez les avaler
avec de l'eau, tout simplement.

— Oh, merci du conseil. »

Graham mit les deux cachets dans la bouche, but une
gorgée d'eau et avala, au grand soulagement de Lisa et
Théo. La balise était en place.

« Je vous rappelle que Jessie est notre amie, reprit Théo.

— Elle ne le sera pas toujours, dit-il en se levant. Je
vous ai accordé assez de mon temps. Vous voudrez bien
m'excuser. »

Graham tourna les talons, suivi de ses sbires et quitta le
bar.

Théo fit un clin d'œil à Lisa :
« Voilà une affaire rondement menée. Il ne nous reste plus qu'à suivre notre cible. »

§

La route rectiligne traversait des paysages quasi désertiques. L'on y croisait quelques rares véhicules, qui semblaient s'être perdus dans cette immensité d'une aridité consternante. Le soleil était à son zénith et le thermomètre du véhicule affichait à peine plus de 16°. Au loin, sur la gauche, comme sur la droite, deux chaînes de montagnes encadraient l'immense plaine aride. Vus de la route, les monts, aux couleurs ocres et rouges, paraissaient dépourvus de végétation. Le ciel sans nuages était d'un bleu intense. Le silence extérieur n'était rompu que par le bruit du moteur et le bip entêtant qui rythmait la progression vers le sud. Le professeur Darlington était au volant et suivait les instructions que lui fournissait Yu, muni d'un GPS un peu particulier. C'était lui qui émettait le bip qui indiquait la position de la balise, dans l'estomac d'Oswald Graham.

Le magnat américain était parti de Jaipur pour se rendre d'abord à New York où il resta deux jours, avant de reprendre un jet pour se rendre sur un petit aéroport régional, à Grant, au Nouveau Mexique. De là, il était monté dans un gros 4x4 et avait pris d'abord la direction de l'Ouest, puis de l'extrême-sud de l'état, s'enfonçant toujours plus dans des régions désertiques et arides.

Grâce à la balise qu'il portait, Graham pouvait être suivi en toute discrétion, à une distance confortable maximum de cinq kilomètres. Pour être certains de ne pas le perdre, Théo et ses amis gardaient une distance moyenne de trois kilomètres, au plus. La route semblait interminable, droite comme un i dans ce paysage morne et brûlé où il n'y avait pas grand-chose à voir. Lisa somnolait. Théo rêvassait. Seul Yu restait en éveil, en dehors du conducteur, concentré sur le signal de la balise.

« Ah ! Ils quittent la route principale. » dit-il, sortant Théo de sa rêverie, Lisa de sa somnolence et le professeur de son ennui.

« Ils vont où maintenant ? demanda l'Elu.

—Je ne sais pas. D'après le GPS, ils ne sont plus sur la route.

— Plus sur la route ? Mais, où sont-ils alors ? s'interrogea le professeur.

— Aucune idée. Ils avancent toujours, mais perpendiculairement à la route, en direction de l'Est. Ils doivent emprunter une piste, je pense. C'est pour ça que mon GPS n'indique plus de route.

— A combien d'ici, cette piste ? s'enquit Théo.

— On devrait la voir, sur notre gauche, d'ici peu, à mon avis. Vous devriez ralentir un peu, professeur, pour ne pas la louper. »

Le commencement de la piste ne fut pas facile à trouver, ce qui ralentit fortement leur progression et leur fit perdre le contact avec la balise. Heureusement, dans cette immensité, les pistes et les routes ne couraient pas la campagne. Ils retrouvèrent le signal au bout de deux minutes, après que le professeur ait accéléré, sur les conseils de Théo.

La piste cahoteuse filait droit vers les montagnes, dont l'extrême aridité se confirmait au fur et à mesure que l'on s'en rapprochait. Dans la vaste plaine que traversait la piste, il n'y avait pas un arbre. Tout juste quelques arbustes rabougris, aux branches nues, sans la moindre feuille et une herbe séchée par le soleil, le vent et le manque d'eau.

« Ils viennent de tourner vers le Sud, à trois kilomètres cinq cents de nous, précisa Yu. »

La distance une fois parcourue, ils furent au pied des montagnes. La piste croisait une autre piste qui venait du Nord et continuait vers le Sud. Ils l'empruntèrent. Elle longeait la chaîne montagneuse, au relief plissé, très accidenté. Soudain, Yu s'exclama :

« Ils ont disparu !

— Quoi ? s'étonna Darlington.

— Oui, la balise n'émet plus !

— Elle est peut-être tombée en panne, suggéra Lisa.

— Non, c'est du bon matos. Elle est prévue pour tenir dix jours avant d'être dissoute.

— A combien d'ici, le signal a-t-il disparu ? s'informa Théo.

— Presque quatre kilomètres.

— Bon, pas d'affolement. On va se rendre à l'endroit exact, on y trouvera bien quelque chose. »

Le gros 4x4 franchit les kilomètres qui les séparaient de l'endroit où le signal avait disparu, en quelques minutes. Il roulait maintenant au ralenti. Sur la droite, s'étendait la plaine sur des dizaines de kilomètres, jusqu'à buter contre les montagnes, dont on distinguait les sommets dans le lointain. Droit devant, la piste serpentait, suivant le tracé des contreforts de la montagne. Sur la gauche, les pentes caillouteuses au pied des monts étaient creusées de rides profondes, provoquées par le ruissellement des eaux des rares pluies qui arrosaient parfois la région. Un peu plus loin, la plaine s'enfonçait entre des parois rocheuses ocre rouges, formant un petit canyon. Le 4x4 s'arrêta. Ses occupants en sortirent, scrutèrent les alentours, parfaitement désertiques, sans âme qui vive.

« Ils n'ont pas pu disparaître, tout de même. » dit Lisa, qui écoutait le silence, dans l'espoir d'entendre le ronronnement du véhicule de Graham. Théo marchait sur la piste, devant le 4x4, cherchant le moindre indice qui aurait pu les mettre sur la voie. Il fit ainsi quelques dizaines de mètres lorsqu'il vit des traces de pneus qui quittaient la piste, bifurquant sur la gauche et se dirigeaient droit dans le renfoncement, entre les rochers. Il les suivit dans le canyon. Celui-ci n'était pas très large et peu profond. Il tournait sur la gauche et se terminait très vite en cul-de-sac. Les traces de pneus s'achevaient au fond, contre la roche, qui formait un mur d'une quinzaine de mètres, à cet endroit. Théo leva les yeux au ciel, regarda partout alentour, se demandant comment ces traces pouvaient se terminer ainsi.

Il en conclut très vite que cette paroi rocheuse devait être une entrée dissimulée qui menait au cœur de la montagne. Oswald Graham devait y avoir fait creuser un lieu secret, dans lequel il détenait peut-être Kovac. Il fut persuadé que le lieu de l'échange entre Kovac, Jessie et les bijoux de l'Archange était bien ici, quelque part au cœur de ces roches. Il fallait trouver le moyen d'entrer. Le jeune homme voulait connaître le secret de Kovac, récupérer les bijoux et surtout, Jessie. Cela faisait beaucoup de choses en même temps, mais c'était une opportunité qu'il n'aurait sans doute pas deux fois. Il retourna auprès de ses amis, leur expliqua la situation et revint dans le canyon avec eux.

Devant la paroi rocheuse, chacun s'interrogeait : comment déclencher l'ouverture de cette porte secrète ? Après un examen minutieux des lieux, ils ne trouvèrent aucun mécanisme, aucun capteur, rien qui puisse indiquer la présence d'une technologie quelconque.

« C'est peut-être une de ces portes sur laquelle il faut se jeter, épaule en avant, suggéra Lisa.

— C'est fort possible, admit Yu. Je vais essayer. »

Le jeune homme prit son élan, regarda la paroi rocheuse et s'élança, épaule en avant. Il vint s'écraser contre la roche, rebondit et finit sa course sur le sol, dans un cri de douleur. Ses camarades se précipitèrent pour l'aider à se relever. Il avait très mal à son épaule. Il faut dire qu'il n'avait pas eu un instant d'hésitation pour se jeter contre le roc, sans retenue. Après plusieurs minutes, la douleur s'atténua. Il n'avait rien de cassé, en apparence.

« Bien, nous savons que ce n'est pas la technique utilisée ici, en tout cas, dit Lisa.

— Je n'en suis pas certain, pensa Théo, qui observait les traces de pneus. Et si le franchissement de la porte devait se faire à une certaine vitesse ? émit-il.

— Qu'est-ce qui vous fait penser cela ? demanda le professeur.

— Les traces de pneus. Observez bien. Si un véhicule qui veut entrer doit patienter le temps que la porte s'ouvre, il doit s'arrêter, d'accord ?

— C'est logique, oui.

— Dans ce cas, les traces de pneus devraient en rendre compte. Lors de l'arrêt, on devrait avoir une trace un peu plus appuyée et, lors du redémarrage, on devrait avoir un léger dérapage des roues, qui, lui aussi, devrait laisser une trace.

— Il se peut aussi que l'on ait actionné l'ouverture de la porte à distance et que, dans ce cas, le véhicule ne se soit pas arrêté, fit remarquer le professeur.

— Vous avez raison, je n'y avais pas songé, reconnut Théo. Pourtant, connaissant les technologies employées par les gens comme Graham, l'idée de Lisa me semble probable.

— Admettons, mais alors, comment comptez-vous vous assurer que votre idée est la bonne ?

— Nous n'avons pas le choix, il faut foncer sur la paroi.

— Vous n'y songez pas ! s'exclama Darlington, qui trouvait l'idée de son jeune ami, saugrenue.

— Si ce n'est pas ça, intervint Yu, nous risquons la mort, Théo. A pleine vitesse, contre un tel mur, nous n'avons pas droit à l'erreur. Il faut être sûr de soi.

— Tu en as l'intime conviction, Théo ? l'interrogea Lisa. Parce que, si c'est le cas, je fonce avec toi. Mais autrement je préfère laisser tomber.

— J'en ai l'intime conviction. » affirma l'Elu.

Le professeur recula le 4x4 jusqu'à l'entrée du canyon. Il regarda une dernière fois Théo, assis à ses côtés, soupira et dit :

« J'espère que vous savez ce que vous faites, Théo ?

— Allez, prof, foncez ! » se contenta de répondre le jeune homme.

Darlington fit ronfler le moteur, lâcha le frein à main, sentit les roues qui patinèrent un instant, avant d'accrocher le sol terreux et poussiéreux. Le 4x4 prit rapidement de la vitesse : 30 miles, puis 40, puis 50, et enfin 60 au moment de l'impact avec la roche. Darlington crispa ses mains sur le volant, ferma les yeux, se raidit en attendant l'impact qui risquait de les envoyer tous dans l'autre monde. Lisa, qui avait toute confiance en Théo, était détendue, certaine que le mur serait franchi sans encombre. Yu, un peu angoissé, se recroquevilla, la tête contre le fauteuil avant, prêt à encaisser l'onde de choc, au cas où, ce qui déclencha un petit rire amusé de la part de la jeune femme.

Le 4x4 entra en collision avec la roche. Il n'y eut aucun choc, pas la moindre vibration, pas le plus petit bruit. Darlington ouvrit les yeux sur un long tunnel creusé dans la roche, faiblement éclairé par une longue ligne de plafonniers. Le bout du tunnel n'était pas visible, ce qui indiquait qu'il devait avoir une bonne longueur. Le véhicule ralentit un peu et traversa le boyau rocheux durant de longues minutes, avant d'en apercevoir enfin le bout. Théo proposa de s'arrêter avant et de continuer les dernières centaines de mètres à pied.

Le tunnel débouchait sur un espace circulaire large, qui permettait le retournement, mais aussi le stationnement, des véhicules. Face à eux, une large porte métallique semblait le seul moyen d'aller plus avant. Sur le côté, un panneau avec un bouton suggérait qu'il s'agissait sans doute d'un ascenseur.

Sur le côté droit, deux immenses grilles d'aération, situées à deux mètres du sol, crachaient de l'air tiède qui venait se perdre dans le tunnel. Théo les montra du doigt.

« Regardez, il y a un système de ventilation, là. On devrait essayer de voir si on peut l'emprunter. L'ascenseur, c'est trop risqué. On va se faire repérer tout de suite.

— Attention ! alerta Yu. Il y a des caméras de surveillance ici. Je vais essayer de me connecter sur leur réseau pour les désactiver, le temps que l'on puisse se glisser dans les conduits. Le jeune Chinois déposa son lourd sac à dos, l'ouvrit et en sortit un ordinateur ainsi que deux périphériques qu'il brancha sur les ports USB. L'un d'eux était un puissant amplificateur de signal WI-FI. Si un appareil, dans cette base enterrée, utilisait ce type de signal, Yu pourrait s'y connecter. Le logiciel ne chercha pas le signal longtemps. Les caméras étaient reliées au système central en WI-FI. Yu entra dans le réseau, cassa quelques codes, grâce à ses puissants logiciels de piratage informatique, pénétra dans les serveurs et eut accès à la plupart des systèmes de commande. Il trouva celui des caméras, figea l'image de toutes celles qui étaient dans cette zone, leur permettant ainsi de se déplacer à loisir sans être vus.

Ils furent bientôt sous les grilles d'aération. Yu et Darlington firent la courte-échelle à Théo qui, muni d'un gros tournevis électrique, entreprit de démonter l'une d'elles. Elle était carrée, mesurait près de deux mètres de côté et était constituée de lames horizontales inclinées vers le haut. L'air était ainsi rejeté dans la partie haute du tunnel. En le traversant, ils avaient remarqué des ventilateurs à plusieurs endroits de celui-ci, qui permettaient certainement de chasser l'air vicié vers l'extérieur. Théo dévissa la dernière vis. Il s'accrocha à la seconde grille attenante à la première, permettant à Yu et au professeur de tenir par le bas celle qu'il avait démontée. Il l'accrocha du bras gauche et tira dessus avec force pour la décoller. Elle céda dans un bruit de déchirement. Sans doute les joints en caoutchouc qui s'étaient collés avec le temps. Théo retint la lourde grille que Yu et Darlington avaient du mal à tenir. L'Elu, grâce à la force que lui procuraient les bijoux de Paolo, les aida à la descendre en douceur sur le sol. Devant lui, à une dizaine de mètres, un gros ventilateur plus haut qu'un homme tournait à vitesse réduite. Impossible de le traverser sans se faire découper en rondelles.

Yu se remit sur l'ordinateur, chercha les commandes du

système de ventilation, repéra le ventilateur et le coupa. Il ralentit lentement jusqu'à s'arrêter complètement. Lisa fut hissée la première, tirée par Théo, puis ce fut le tour de Yu et de Darlington. Le conduit, cylindrique, était large et haut, permettant de le traverser debout. Le ventilateur fut passé sans encombre. Derrière lui, le tube continuait un court moment et se terminait abruptement, sur un conduit vertical d'un diamètre d'au moins dix mètres, qui descendait dans les entrailles de la terre, si profond, qu'on n'en distinguait pas le bas. Ils se trouvaient tout en haut. Autour du conduit vertical, à ce niveau, il y avait plusieurs conduits identiques qui expulsaient l'air vers l'extérieur, dans des directions opposées.

« Whaou ! c'est super haut ! s'exclama Yu. On va pas descendre là dedans, c'est de la folie !

— Il faudra bien, dit Théo, avec sang-froid. Nous n'avons pas le choix. Est-ce qu'on aura assez de câble pour descendre, ça c'est moins sûr.

— Nous avons un mini treuil motorisé, mais on n'a que trois cents mètres de câble, tout au plus, estima le Chinois.

— Ce n'est pas assez. »

Théo se pencha dans le vide pour tenter de voir s'il pouvait y avoir un étage intermédiaire où ils pourraient s'arrêter pour récupérer le câble et repartir vers le bas, mais il ne voyait rien. Il essaya de zoomer sa vision, y réussit, vit plus profondément et repéra des bouches comme celles dans laquelle ils étaient, quelques centaines de mètres plus bas.

« Il y a des conduits qui partent horizontalement, assez bas. Je ne suis pas certain que l'on ait assez de câble pour les atteindre. Je vais descendre voir. Si c'est bon, je vous ferai signe et vous descendrez l'un après l'autre. Autrement, je remonterai. »

Le treuil fut mis en place, fixé par des ventouses spéciales sous lesquelles on retirait l'air grâce à une petite pompe manuelle, leur assurant une accroche à toute épreuve. Théo enfila un harnais, que Lisa sortit de son sac à dos.

Ils avaient chacun été chargés de porter une partie de l'équipement qu'ils avaient jugé utile pour une intervention, quel que soit le lieu. Du coup, ils avaient tous au moins 20 kg de matériel à porter.

L'Elu actionna la commande qu'il tenait dans sa main gauche et commença à descendre rapidement, devenant de plus en plus petit aux yeux de ses amis. L'air qui remontait des profondeurs créait des turbulences, plus ou moins marquées, ce qui ne facilitait pas la stabilité du filin d'acier qui se balançait au gré des courants, entraînant Théo sur plusieurs mètres, de droite à gauche et d'avant en arrière. Le jeune homme n'avait pas peur, mais il trouvait la descente inconfortable. Il fut enfin en vue des conduits qu'il avait repérés. Ils étaient encore quelques cinquante mètres sous lui et il espérait que le filin serait assez long pour qu'il puisse les atteindre. Il réduisit sa vitesse de descente, ne fut plus qu'à une vingtaine de mètres du conduit horizontal. Il jeta un œil vers le haut, regarda le filin et pria pour qu'il en reste suffisamment. Il ralentit encore un peu, se retrouva à quelques mètres, descendit encore et s'arrêta net. Il regarda en l'air, puis vers le conduit, moins d'un mètre sous ses pieds. Il lui fallait encore deux mètres de filin pour atteindre le boyau et pouvoir s'y laisser tomber. Il remit en marche le treuil, sentit le filin descendre un peu, s'arrêter à nouveau, redescendre encore un peu et s'arrêter définitivement cette fois. Il lui restait à peine un mètre pour toucher, de ses pieds, le bas du conduit. Il estima la situation et agrippa le filin d'une main, tandis qu'il détachait le harnais de l'autre. Il mit ses pieds contre la paroi du puits d'aération et se propulsa en arrière, bien dans l'axe du conduit horizontal, dans un mouvement de balancier. Lorsqu'il revint vers la paroi, il se laissa glisser le long du filin au maximum et s'engouffra sans ménagement dans le tube. Il lâcha le filin et vint glisser dans le large boyau. Il se releva, revint jusqu'au puits, regarda plus bas pour s'assurer qu'ils pourraient continuer leur descente, vit plusieurs bouches de conduits d'aération à des niveaux différents, ce qui indiquait qu'il y avait de nombreux étages à partir de ce point. Il activa son talkie et appela Yu :

« Je suis dans un conduit, trois cents mètres plus bas. Tu peux remonter le filin.

— Ok. Tu vois quoi de là où tu te trouves ?

— Rien de particulier. Plus bas il y a pas mal d'étages, d'après le nombre de conduits que je vois. D'ici nous devrions pouvoir accéder au cœur de cette base.

— Bon. Je t'envoie Lisa en premier, puis le professeur. Je descendrai le dernier, pour être sûr que tout se passe bien.

— Faites au plus vite, nous devons arriver avant que Graham et Loopsair ne fassent l'échange. »

Après trois quarts d'heure, toute l'équipe était descendue dans le boyau. Lisa se pencha au-dessus du vide pour regarder vers le fonds du puits d'aération.

« Tu crois qu'il faut descendre encore beaucoup ? demanda-t-elle à Théo.

— J'ai vu qu'il y avait plus d'étages de conduits plus bas. Je pense qu'on ne doit pas être loin du centre de ce complexe. On devrait descendre encore sur quelques centaines de mètres.

— On ne pourrait pas utiliser l'appareil de cartographie 3D qu'on avait dans le palais de Loopsair, Yu ?

— Non, ça ne marcherait pas ici, expliqua le jeune Chinois. Nous sommes très profond sous la terre et tout ce qui est ici a été creusé dans la roche. Les ondes ne peuvent traverser de telles épaisseurs.

— Continuons notre descente, je ne pense pas que cette base secrète soit si étendue qu'on n'arrive pas à trouver ce que nous sommes venus y chercher. » conclut Théo qui déjà s'arrimait au filin, grâce au harnais.

Il descendit encore beaucoup plus bas et commença à

voir le fond du puits, encore quelques centaines de mètres sous lui. Les bouches des conduits d'aération horizontaux se faisaient plus nombreuses maintenant et s'étageaient, distantes de dix à vingt mètres les unes des autres. L'on arrivait sans doute au cœur du complexe. Le murmure régulier d'une soufflerie envahit le relatif silence du lieu. L'air qui montait était plus chaud, tourbillonnait plus fort et s'élevait vers le haut du puits. Le jeune homme s'arrêta dans l'une de ces galeries d'aération, dont le diamètre devait avoisiner les deux mètres environ.

Lorsque tous ses amis furent descendus également, il leur fit part de ses réflexions :

« Je me pose des questions : pourquoi les conduits d'aération sont-ils si grands ? Pourquoi l'air est si chaud ici ? Pourquoi avoir enterré aussi profondément ce qui se trouve ici ? »

Chacun sembla réfléchir aux questions posées. Ce fut Yu, encore une fois, qui tenta d'apporter un début de réponse :

« Je pense qu'il doit y avoir une source d'énergie, ce qui expliquerait l'air chaud et la dimension des conduits. Il faut certainement évacuer de grandes quantités de chaleur le plus vite possible, pour éviter la surchauffe. Pour la profondeur à laquelle se trouvent ces installations, je n'ai pas encore d'idée précise. Par contre j'ai pu constater que l'accès à certaines parties du système informatique était bloqué par de puissants pare-feu, les mêmes que ceux qui protégeaient les serveurs de Munchinson, Grobber et Pearlman trading à New York.

— Si cet endroit est celui où se trouve Kovac, ajouta Lisa, il doit y avoir une installation qui le maintient hors d'état de nuire.

— Sans doute, admit Théo. Mettons-nous en route, nous devons trouver Loopsair et Graham. Je pense que c'est ici qu'ils vont échanger Kovac contre les bijoux et Jessie. » conclut-il.

Le boyau courait sur une bonne distance, croisant d'autres tubes plus petits. Au bout de celui-ci un ventilateur tournait à plein régime, expulsant de grandes quantités d'air surchauffé. L'atteindre fut pénible et difficile. Le vent qu'il provoquait soufflait très fort et la température atteignait près de cinquante degrés. Yu sortit son ordinateur, brancha ses appareils afin de capter les signaux de connexion sans fil et se reconnecta au système, par lequel il put arrêter le ventilateur le temps qu'ils traversent.

Une fois de l'autre côté, il le relança, histoire de ne pas attirer l'attention et ne pas déstabiliser l'ensemble de la ventilation. Le boyau se terminait par une grille solide. Impossible de défaire les vis qui la maintenaient. Un ronronnement régulier et permanent parvenait à leurs oreilles. Une puissante machinerie semblait se trouver là. Théo utilisa les bijoux pour écouter les bruits de façon amplifiée, à la recherche de traces humaines. Il n'entendit rien. Ils pouvaient continuer d'avancer.

Après avoir sorti tout un attirail, ils se mirent à découper la grille, juste de quoi laisser le passage d'un corps. Heureusement le bruit de la scie circulaire était en partie couvert par celui des machines. La découpe fut déposée dans le boyau et Théo s'engagea le premier dans l'immense salle qui se trouvait là, dans la pénombre, éclairée seulement par des lampes de secours. L'on pouvait y distinguer d'énormes cylindres qui se terminaient par de gros renflements, tous les dix mètres environ. Le jeune homme se laissa glisser le long d'une corde d'alpinisme quelque cinq mètres plus bas. James Darlington le suivit. Lorsqu'il fut sur le sol, il regarda longuement l'impressionnante machinerie qui faisait un bruit régulier, presque assourdissant.

« L'on dirait une centrale électrique, constata-il.

— Ça y ressemble fortement. » confirma Yu qui arrivait avec toujours autant de difficultés quand il s'agissait de grimper ou de descendre une corde.

L'endroit était immense. Il y faisait très chaud. De là où

ils étaient, ils voyaient les murs de chaque côté, distants d'au moins cent mètres. Ils décidèrent de longer la machinerie, partirent sur la droite, passèrent sous trois énormes tuyaux flanqués de tubes plus petits, d'où s'échappait de la vapeur à intervalles réguliers. Plus loin, un ensemble de transformateurs confirma qu'il s'agissait bien d'une centrale de production d'électricité.

« A quoi peut-elle bien fonctionner ? se demanda Darlington. Vous croyez que c'est une centrale nucléaire ?

— Je ne pense pas professeur, répondit Yu. Une centrale nucléaire demanderait d'avoir un réacteur dans lequel les barres d'uranium, plongées dans une immense piscine d'eau, chaufferaient celle-ci pour produire de la vapeur. Je ne vois pas de réacteur. De plus, des panneaux devraient indiquer le danger de radiations, ce qui n'est pas le cas. Une centrale au fioul ou au charbon produirait des rejets de carbone qu'il faudrait impérativement évacuer dans l'atmosphère, sous peine de tuer tout ce qui bouge dans un endroit aussi confiné. Des cheminées en pleine montagne, crachant de la fumée noire, ça ne passerait pas inaperçu.

— Alors quoi ? s'interrogea Lisa.

— A cette profondeur, il peut y avoir des sources d'énergie géothermiques. C'est propre, ça ne produit pas de pollution et surtout c'est inépuisable.

— Un complexe entièrement autonome en énergie, pour des siècles, voire des millénaires, songea Théo. Ça a dû coûter des sommes colossales pour creuser jusqu'à une telle profondeur et installer tout ça. Mais dans quel but ?

— Je ne pense pas que ce soit juste pour enfermer Kovac. » douta Lisa.

Ils atteignirent le bout de la salle. Sur le mur de béton, à bonne distance, une petite lumière verte les attira. En approchant, ils distinguèrent une large porte métallique coulissante. Yu l'ouvrit depuis son ordinateur.

Un tunnel large et haut, creusé dans la roche, bien éclairé, s'étendait devant eux, long et rectiligne. Il n'y avait aucun signe d'activité humaine, ce qui commençait à les inquiéter un peu. Un complexe aussi grand, vide de toute présence, ce n'était pas normal. Ils traversèrent le tunnel qui courait sur plusieurs centaines de mètres.

Soudain ils se figèrent, se plaquèrent contre la paroi et demeurèrent immobiles. Des silhouettes se mouvaient droit devant, au loin. Elles étaient affairées et ne semblaient pas les avoir vus. Théo augmenta sa vision. Il distingua quatre hommes en costumes sombres, accompagnant un chariot monté sur chenilles qui roulait lentement dans la direction opposée à la leur. Sur le plateau du chariot se trouvait un cube sombre assez grand. Les hommes étaient armés de fusils-mitrailleurs et formaient une escorte pour cet étrange objet. Ils les laissèrent s'éloigner et les virent disparaître après quelques minutes.

Ils reprirent leur marche. Après un certain temps, le tunnel commença à s'incurver vers la droite sur une distance appréciable. Ils avançaient lentement, de crainte de se faire surprendre par les gardes. Le tunnel débouchait sur une large salle semi-circulaire, sur leur gauche, d'où partaient d'autres tunnels, distribués en éventail. Sur la partie droite se trouvait avait une large ouverture baignée de lumière. Au-delà de la salle le tunnel continuait, poursuivant sa course, virant toujours à droite. Le chariot et ses gardes armés avaient disparu.

Théo et ses amis traversèrent la salle et furent bientôt devant la large ouverture. Le spectacle qui s'offrit à leurs yeux était incroyable et impressionnant.

Au milieu d'une cavité d'apparence naturelle, de dimensions titanesques, trônait une sphère géante d'au moins deux cents mètres de diamètre, faite dans une matière sombre qui semblait ne pas refléter la lumière.

Tout autour, d'énormes tubulures couraient, tant verticalement qu'horizontalement. Certaines, arrivées au sommet de la sphère, partaient droit vers le sommet de la cavité, loin au-dessus d'elle. D'autres descendaient et s'enfonçaient dans le sol aussi lisse et noir que la sphère. Depuis l'endroit où ils se trouvaient, partait une large passerelle qui traversait l'espace entre eux et la sphère, suspendue au-dessus du vide, sur une distance importante qu'il était difficile d'apprécier. Ce qui interpellait, la concernant, était le fait qu'elle semblait posée dans le vide, sans que rien ne la soutienne. Le chariot et ses gardes, encore visibles au bout de ce pont, atteignirent la sphère et y disparurent.

« Je crois que c'est ici que nous devons aller, affirma Théo, montrant la sphère du doigt.

— Qu'est-ce que c'est ? s'interrogea Darlington, très impressionné par tout ce qu'il voyait.

— Sans doute ce pour quoi ce complexe a été bâti, répondit Lisa.

— Oui, j'entends, mais à quoi cela peut-il bien servir ?

— Nous le saurons une fois dedans, indiqua Théo.

— En tout cas, je n'ai jamais rien vu d'aussi impressionnant, reconnut Yu, fasciné lui aussi par tout ce gigantisme.

— Tu crois que tu pourrais en savoir plus en te connectant sur leur système ? interrogea l'Elu.

— J'ai déjà essayé tout à l'heure de pénétrer plus avant dans le cœur du système, en vain. Leurs protections sont trop élaborées. Je n'ai jamais rien vu d'aussi bien protégé. Je suis désolé. Je vais encore essayer, mais je ne te promets rien.

— Ce n'est pas grave. Si c'est aussi protégé, c'est que ce doit être quelque chose de très important. Nous devons poursuivre et découvrir de quoi il s'agit.

— Tu comptes traverser la passerelle comment ? » s'inquiéta Lisa.

Théo évalua la situation, regarda alentour, constata qu'il n'y avait aucune autre façon d'atteindre l'intérieur de la gigantesque boule sombre que ce fil tenu qui survolait le vide, à découvert. Impossible d'avancer sans se faire repérer.

D'étranges bruits leur parvinrent depuis l'un des tunnels. Ils se regardèrent, comprirent qu'un véhicule approchait, cherchèrent un endroit pour se cacher, s'engagèrent très vite dans l'un des tunnels adjacents qui partaient de là, se collèrent contre la paroi et attendirent, silencieux et immobiles. Une sorte de Jeep à moteur électrique déboula devant eux, traversa la salle semi-circulaire et emprunta la passerelle. Ils eurent tout juste le temps de voir les occupants et reconnurent Peter Loopsair et Oswald Graham à l'arrière. Deux gardes se tenaient à l'avant.

« Loopsair et Graham. Le lieu de l'échange doit se trouver dans la sphère. » en déduisit Lisa.

Un autre véhicule arriva, sortit d'un tunnel et se dirigea lui aussi vers la passerelle. Deux hommes étaient à l'avant, vêtus de costumes sombres. Un troisième était à l'arrière avec à ses côtés, une jeune femme blonde.

« C'est Jessie ! s'exclama Yu.

— Oui, c'est bien elle, constata Théo. L'échange va bien se faire à l'intérieur de la sphère. Nous devons y aller maintenant.

— C'est risqué, tu ne crois pas ? s'inquiéta Lisa.

— Si nous restons ici, nous ne pourrons pas récupérer Jessie, les bijoux de l'Archange et connaître le secret de Kovac. Nous sommes venus jusqu'ici, nous devons aller jusqu'au bout. Et puis n'oubliez pas que j'ai les bijoux de Paolo. Ils sont tout de même efficaces. Si ça se gâte, je pourrai toujours nous défendre. Par contre, je crois qu'il est inutile que nous prenions ce risque tous ensemble. Lisa et Yu devraient rester ici, en retrait.

— Eh ! Il n'en est pas question, objecta Lisa. Je viens avec toi !

— Bon, alors vous restez là professeur, avec Yu. Si nous ne sortons pas de cette sphère, nous comptons sur vous pour tenter de nous tirer de là, qu'en pensez-vous ?

— Ma foi, ce n'est peut-être pas une mauvaise idée.

— Je vais profiter de cette pause pour retenter d'entrer dans le cœur de leur système, on ne sait jamais, proposa Yu.

— Oui, fais ça en attendant. Nous, on y va. »

Lisa et Théo s'engagèrent sur la passerelle. La traversée était impressionnante. Lorsqu'ils furent à mi-chemin, ils regardèrent autour d'eux : vers le bas, la hauteur était vertigineuse. Vers le haut, elle l'était plus encore. La cavité naturelle dans laquelle était la sphère, était vraiment géante. Plus ils approchaient de celle-ci, plus ils ressentaient comme des vibrations dans l'air. Ils commencèrent à entendre un léger ronronnement, sentirent leurs poils et leurs cheveux se hérisser à l'approche de la masse sombre. Ils furent bientôt au bout de la passerelle. Devant eux, la froide et lisse matière dont était composée la sphère leur barrait le passage. Théo posa une main sur elle, ressentit la vibration qui en émanait. Ce matériau était étrange. Cela ne semblait pas être du métal, pas plus qu'une coque plastique ou en ABS, par exemple. Lisa la caressa à son tour. Elle l'observa longuement. La matière était très sombre et absorbait une grande partie de la lumière qui l'éclairait. Elle finit par dire :

« On dirait une sorte de céramique.

— Tu crois ? Je n'arrivais pas à déterminer ce que ça pouvait être, reconnut Théo.

— C'est ce à quoi ça me fait penser, en tout cas.

— Une céramique… songea-t-il. Ça veut dire que l'intérieur de la sphère est totalement isolé des influences électriques de l'extérieur.

— Possible. Et alors ?

— Ça veut dire aussi que l'extérieur est isolé des influences électriques venant de l'intérieur.

— Je vois. Tu penses à Kovac, c'est ça ?

— Souviens-toi de la bulle temporelle dans laquelle

nous nous sommes retrouvés, dans le sous-sol du Latran[26]. Je ne pouvais plus me servir des pouvoirs des bijoux. C'était une technologie que maîtrisait Graham. Pour neutraliser Kovac, qui est un être très puissant, il a dû l'enfermer dans une bulle temporelle sans doute bien plus puissante que pour nous.

— La sphère contiendrait la bulle temporelle ?

— C'est possible.

— C'est pour ça qu'ils font l'échange à l'intérieur. Kovac est inoffensif tant qu'il est là-dedans.

— Je crois.

— Comment on entre ?

— Le vieux truc du mur qu'on enfonce, peut-être ?

— Encore ?

— Pourquoi pas ? On peut essayer. »

Théo recula, prit son élan et s'élança contre la sphère, qu'il percuta un peu violemment et rebondit trois mètres en arrière, s'étalant de tout son long sur la passerelle. Il se releva, regarda Lisa, qui était partagée entre la compassion pour son ami et l'envie de rire.

« Bon, il va falloir trouver autre chose pour entrer, dit-il.

— Je ne vois pas quoi. C'est désespérément lisse devant nous. A mon avis, nous ne pourrons pas entrer.

— Il le faut pourtant. Réfléchissons un peu. »

Ils eurent beau réfléchir, chercher des solutions, ils ne trouvèrent rien qui leur permette d'entrer dans la sphère. Ils envisagèrent même de repartir, tenter de trouver une autre solution pour entrer par l'intérieur de l'un de ces tubes qui couraient autour de la boule géante, par exemple. Théo tenta même d'utiliser le pouvoir des bijoux pour forcer l'entrée, sans succès. La sphère restait hermétiquement close.

Un petit crépitement parvint aux oreilles des deux jeunes gens, suivi de la voix de Yu :

---

[26] (Cf. tome I, chapitre XXI.)

« Salut les tourtereaux ! Je vois que vous séchez devant la difficulté, dit-il, tout enjoué.

— Yu, tu crois vraiment que c'est le moment ? s'agaça Lisa.

— Lisa a raison, ajouta Théo. C'est pas le moment. On ne trouve pas la solution pour forcer cette entrée.

— Vous ne pouvez pas trouver de solution, évidemment, puisqu'il n'y a pas d'entrée.

— Comment ça pas d'entrée ? dit Lisa, interpellée.

— Oui, la sphère est composée d'un matériau composite, une sorte de céramique, qui a dû être coulée d'un seul bloc. Elle ne possède aucune ouverture.

— Et comment tu sais ça toi, d'abord ?

— J'ai les plans sous les yeux.

— Tu as… quoi ? dit Théo, interloqué.

— Oui, les plans de la sphère, mais aussi ceux de la base, des systèmes d'ouverture des portes, des conduits de ventilation, des tunnels, des caméras, etc, etc.

— Tu as percé leur système de protection, toi ! s'exclama Théo, d'une voix enjouée.

— Eh oui ! dit fièrement le petit génie.

— Tu peux nous faire entrer ?

— Bien sûr.

— Tu pouvais pas le dire tout de suite. Allez, ouvre-nous, s'impatienta Lisa.

— J'y travaille. Ça devrait être bon dans quelques secondes.

— Mais, dis-moi, s'interrogea Théo. Si la sphère n'a pas d'ouverture, comment est-ce qu'on peut entrer ?

— C'est une technologie très élaborée. La structure moléculaire de la céramique peut être modifiée par un programme informatique, ce qui la rend perméable. On peut alors la traverser.

— Comment c'est possible ?

— Aucune idée. J'ai juste pu accéder au programme qui gère le truc, c'est tout. Il y a ici un concentré de technologie. Des trucs à peine imaginables !

— Comment Graham peut-il posséder des technologies aussi avancées, c'est étrange, vous ne trouvez pas ? s'interrogea Lisa.

— Graham a dû investir des sommes faramineuses pour créer tout ça, songea Yu.

— Oui, mais quand même. J'ai l'impression de nager en pleine science-fiction avec cette sphère en céramique, cette base souterraine incroyable et tout ce qu'elle contient.

— Lisa n'a pas tort, reconnut Théo. On peut se demander comment Graham a pu obtenir tout ça. Nous devrons éclaircir ce mystère tôt ou tard.

— Ça y est, vous pouvez entrer ! » affirma Yu.

§

Chapitre XVIII

« La sphère »

La passerelle continuait sur une dizaine de mètres, jusqu'à une sphère qui semblait suspendue dans le vide. Celle-ci était relativement petite, à peine une vingtaine de mètres de diamètre. Au-delà, à peu de distance, une seconde sphère, toujours faite de cette céramique sombre, occupait tout l'espace restant. Entre la coque céramique de la sphère dans laquelle Lisa et Théo venaient d'entrer, et celle-ci, il y avait un espace plongé dans le noir, traversé par des éclairs violets, qui surgissaient de nulle part, perçant les ténèbres et éclairant une sorte de brume, qui flottait là. La passerelle traversait un tunnel transparent, offrant à la vue de ceux qui s'y trouvaient, un spectacle hallucinant.

Les deux adolescents s'engagèrent plus avant, avec prudence. Ils atteignirent la petite sphère, y pénétrèrent car il n'y avait pas la moindre porte, se trouvèrent dans le noir total. Théo voulut activer sa vision nocturne, mais n'y parvint pas. Présentant le danger, il décida d'activer la force des bijoux, mais là encore, ce fut un échec. Dans ce lieu, visiblement, les effets des bijoux n'opéraient pas. Il avait déjà connu cela, une fois, dans le sous-sol du Latran. La technologie de Graham avait alors complètement annihilé le pouvoir des bijoux de l'Archange. Il en était de même pour ceux de Paolo. Il entendit la voix de Lisa rompre le silence, de l'inquiétude dans la voix :

« Théo, tu vois quelque chose ?

— Non, rien. Je n'ai aucun pouvoir ici.

— Je n'aime pas ça. Ça sent le piège.

— J'ai exactement la même impression que toi. »

Il n'avait pas fini sa phrase que la lumière éclaira soudain la pièce dans laquelle ils étaient, découvrant une dizaine d'hommes en uniforme, puissamment armés, leurs fusils pointés sur eux. Derrière les gardes, debout, les regards fixés dans leur direction, Oswald Graham et Peter Loopsair, avaient des sourires de satisfaction. Sur le côté droit, des hommes en costumes sombres, se tenaient près du chariot à chenilles sur lequel était le cube noir. Juste derrière, l'on pouvait voir le véhicule dans lequel se trouvait Jessie.

« Ne faites plus un geste ! cria l'un des gardes. Posez vos armes à terre !

— Nous ne sommes pas armés. » expliqua Lisa.

Le garde, visiblement le chef de cette cohorte, ordonna à deux de ses hommes de venir les fouiller. Lorsqu'ils se furent assurés qu'ils étaient inoffensifs, ils leur attachèrent les mains dans le dos, à l'aide de colliers de serrage en plastique. Graham et Loopsair s'approchèrent d'eux. Le premier prit la parole :

« Bonjour jeunes gens. Je ne dirai pas que je suis heureux de vous voir, mais je dois saluer vos efforts, dit-il d'un ton calme, un brin admiratif. Vous avez de la ressource, il faut bien l'avouer. Vous avez réussi à nous suivre jusqu'ici, je ne sais par quels moyens. C'est très fort ! Je suppose que vous n'êtes pas venus seuls ? »

Les deux ados ne répondirent rien. Loopsair enchaîna :

« Nous trouverons vos amis, soyez-en sûrs. Ils ne pourront pas venir à votre secours, croyez-moi. »

Théo fixa le visage de Loopsair. Celui-ci lui rappelait vaguement quelqu'un, mais il ne savait pas dire qui. Et plus que son visage, c'était sa voix, ses intonations, qui provoquaient chez lui l'étrange impression de le connaître. Pourtant, c'était la première fois qu'il le voyait, même s'il l'avait déjà entendu parler.

« Vous avez bien fait de venir jusqu'à nous, reprit Graham, d'un ton détaché. Cela nous évite ainsi de devoir perdre notre temps avec vous. Nous avons essayé de nous débarrasser de vous, sans succès. Nous allons vous enfermer ici, dans cette prison, d'où vous ne pourrez jamais fuir. Ainsi, l'Elu des Mikelians ne sera plus qu'un mauvais souvenir pour nous.

— Nous devons bien l'avouer, ajouta Loopsair, vous avez été un adversaire à la hauteur. Je reste admiratif devant vos capacités. Même dépourvu des bijoux de l'Archange, vous avez réussi à remonter jusqu'à moi, alors que j'avais pris soin de dissimuler mon identité aux yeux de tous. Dommage que nous ne soyons pas dans le même camp, j'aurais aimé avoir quelqu'un comme vous à mes côtés. »

Théo les laissait parler et se gargariser de l'impression de victoire qu'ils ressentaient à ce moment précis. Lui savait qu'il ne moisirait pas ici, dans cette sphère prison, qu'il avait encore un destin à accomplir, que les hommes comme Graham et Loopsair, ou Kovac, ne gagneraient pas cette fois. Il était confiant dans l'avenir, avait l'optimisme vissé en lui. Il s'étonnait lui-même d'une telle force morale, se demandait s'il était normal, dans une telle situation, de ne pas avoir peur, d'avoir une telle confiance en lui, en sa capacité à vaincre, dans l'adversité. Peut-être était-il un peu inconscient ? Ou bien était-ce l'insouciance de la jeunesse qui opérait ? Il n'aurait pas su le dire.

« Bien, puisque vous avez fait tout ce chemin jusqu'à nous, nous allons vous garder ici, avec nous, dit Loopsair. Vous serez ainsi aux premières loges pour assister au spectacle. »

Loopsair se tourna vers Graham :

« Nous pouvons commencer, peut-être, qu'en pensez-vous ?

— Excellente idée, cher ami. »

Graham fit un geste en direction de ses hommes. Dans le fond de la pièce circulaire dans laquelle ils se trouvaient, se créa une ouverture, dans la paroi qui s'effaçait rapidement, laissant place à un rideau fait d'une brume opaque, traversée d'éclairs violets. Des gardes en armes traversèrent la brume et entrèrent dans la pièce, encadrant une silhouette vêtue d'une combinaison orange que Théo reconnut immédiatement. Les gardes et leur prisonnier avancèrent jusqu'au centre de la pièce. Ils s'écartèrent, découvrant l'homme, entravé par des chaînes aux pieds et aux mains. Le regard glacial de celui-ci croisa celui du jeune homme. Théo crut déceler une petite étincelle au fond de ces yeux inhumains.

Loopsair s'approcha de l'homme, le regarda de bas en haut, le dévisagea et dit :

« C'est donc vous, Dragan Kovac ? Je m'attendais à quelque chose de beaucoup plus impressionnant.

— Ne vous fiez pas aux apparences, le mit en garde Graham. Ce que vous voyez n'est que son enveloppe terrestre, celle qu'il a prise pour évoluer à la surface de notre planète en toute impunité. Ici, dans cette sphère, il est impuissant, neutralisé par les propriétés physiques qui y règnent. Hors d'ici, il est très puissant et, de toute façon, quasiment indestructible !

— Vraiment ? C'est très étonnant. »

Dragan Kovac, un homme de taille moyenne, le visage dur, la peau burinée, le regard froid, restait impassible et silencieux. Loopsair approcha son visage au plus près de celui-ci et plongea son regard dans le sien, pour bien lui faire comprendre qu'il ne le craignait pas, que c'était lui le maître de la situation :

« J'ai eu une petite conversation avec Mila, expliqua-t-il. Tu sais ce que je suis venu chercher. Alors, ne nous complique pas les choses, donne-le-moi. »

Le ton était devenu sec et cassant. Loopsair semblait déterminé à obtenir le secret de Kovac. Il était prêt à tout pour cela. Mais quel était ce secret ? Que pouvait bien détenir

Kovac qui justifie qu'il accepte de se séparer des bijoux de l'Archange ? C'est ce que se demandaient Lisa et Théo en cet instant. Kovac ne réagit pas plus aux propos de Loopsair. L'homme ne paraissait pas avoir peur, le moins du monde, ce qui n'étonnait pas Théo qui avait eu un petit aperçu de ce qu'il était lors du combat qu'il avait mené contre lui à Venise[27]. Le jeune homme ne savait pas précisément quelle était la nature de Kovac, simple démon ou Lucifer en personne, mais il savait qu'il n'était pas un humain comme les autres et même qu'il n'était pas humain du tout.

« Bien, j'ai accompli ma part du marché, dit Graham. Il est à vous, le temps que vous le jugerez nécessaire. A vous maintenant de tenir votre parole. »

Loopsair se tourna vers les hommes en costume sombre, fit un geste de la main pour les inviter à venir au centre de la pièce. Le chariot avança lentement et vint s'arrêter près de Kovac. Graham ordonna à ses hommes d'éloigner Lisa et Théo, qui furent plaqués contre les parois, au fond de la pièce.

Loopsair sortit de l'une des poches de sa veste, un petit boîtier, une télécommande, qu'il pointa vers le cube. Celui-ci s'illumina très vite d'une lueur blanche, vive, qui s'évanouit, laissant apparaître le cube en transparence, ses côtés s'animant de volutes d'un bleu profond, qui faisaient penser à de la fumée de cigarette. Au centre du cube, flottant dans les airs, un coussin de soie, couleur perle, portait... les bijoux de l'Archange...

§

Devant les yeux de Théo, la pièce s'estompa, jusqu'à disparaître totalement, remplacée par le désert. Il y faisait doux. Une brise tiède caressait son visage. Le soleil, haut

---

[27] Voir tome I, chapitre XIV

dans un ciel d'un bleu immaculé, brillait de tous ses feux, baignant d'une lumière crue le paysage. Au loin, de hautes montagnes, arides, aux couleurs ocre, brun et sable, se dressaient fièrement dans l'azur. Théo aperçut une silhouette au centre de la plaine, au milieu des arbustes desséchés. Il entendit le murmure du vent qui semblait porter des voix féminines. Il tendit l'oreille, essayant de comprendre ce qu'elles disaient. Il n'y parvint pas. Le jeune homme avança vers la silhouette, se frayant un chemin au milieu des cailloux et des arbustes morts. Plus il approchait d'elle, plus les voix se faisaient distinctes. Il entendit enfin ce qu'elles disaient :

« Théo, rejoins-nous, tu es des nôtres. »

Les voix répétaient inlassablement cette supplique. L'Elu sourit. Il savait qu'il s'agissait de la voix des bijoux qui l'appelaient. Ils étaient là, tout proches et cherchaient à entrer en communication avec lui. Il arriva à hauteur de la silhouette qu'il voyait de dos, vêtue d'une longue cape bordeaux aux motifs tissés de fils d'or. La cape se terminait par une capuche qui cachait la tête. Lorsqu'il fut presque à sa hauteur, la silhouette se retourna sur le visage radieux de Lisa. Elle plongea ses grands yeux verts dans ceux de l'Elu et lui dit :

« Théo, sois le bienvenu. Il y a longtemps que nous t'attendions.

— Je suis là. J'avais perdu votre trace.

— Nous étions dans un lieu qu'il est difficile d'atteindre et d'où il nous était impossible de sortir.

— Vous être proches, désormais. Nous pouvons à nouveau communiquer.

— Oui, tu nous as retrouvés, Théo. Nous ressentons en toi une étrange force, qui s'apparente à ce que nous sommes.

— C'est à cause des bijoux que je porte, sans doute. Ils ont été imaginés par Fra Paolo et façonnés par la Manu Dei.

— Nous ressentons cette force, Théo. Nous entrons en

communication avec elle et par son biais, avec toi. Ici, nous ne devrions pas pouvoir le faire. C'est très étrange.

— C'est à cause de l'endroit où nous nous trouvons.

— Nous le savons, Théo. C'est pour cela qu'il est étrange que nous puissions communiquer. Les bijoux que tu portes semblent avoir activé un canal de communication qui est adapté à l'environnement dans lequel nous nous trouvons.

— La Manu Dei aurait tout prévu ? s'étonna le jeune homme.

— Nous ne le savons pas. Théo, tu dois t'emparer du secret de la bête. Ensuite, détruis là.

— La détruire ? Comment ? Je croyais que Kovac ne pouvait être tué ?

— Seul, tu ne peux le faire, mais avec nous, les bijoux de Paolo et ton alter ego[28], tu y parviendras. Sois prudent, Théo, le mal te tend un piège. Aide-toi de l'horloge du temps. »

Le visage de Lisa devint flou, disparut à son tour, n'offrant plus au regard de l'Elu que la pièce avec ses occupants, le cube et les bijoux, froids et inertes.

§

Oswald Graham exultait. Il allait récupérer les bijoux, pour lesquels il s'était tant battu depuis des années. Deux hommes de Loopsair se saisirent du coussin et l'apportèrent à l'homme d'affaires américain. Il s'en empara, les observa longuement sous toutes les coutures, pour s'assurer que ce n'était pas de vulgaires reproductions. Un véhicule, sorte de fourgonnette, entra dans la pièce, venant de l'extérieur de la sphère. Deux hommes en blouses blanches, des scienti-

---

[28] L'alter ego de Théo est Lisa, elle-même Elue des Mikelians. (Cf. tome I, chapitre XX)

fiques sans doute, en sortirent. Ceux-ci prirent les bijoux et embarquèrent dans le véhicule dans lequel ils étaient venus.

Théo ressentit un froid intense, glacial, l'envahir de façon progressive. Des images étranges surgirent de façon aléatoire dans son esprit, comme des flashs : visions incohérentes d'espace, d'étoiles, d'animaux aux formes inconnues, de cataclysmes planétaires, de ciels en feu, de souffrance et de mort. Les flashs disparurent. Le jeune homme regarda Dragan Kovac. Les yeux, d'ordinaire froids et sans expression de l'homme, étaient soudain remplis d'interrogations. L'homme fixa Théo, fronçant légèrement les sourcils.

Le jeune homme était certain que ces flashs venaient de l'esprit de Kovac. Ce froid intense, il l'avait déjà ressenti, dans le sous-sol du palais Ça Dario, à Venise[29]. Comment était-ce possible ? Les bijoux s'étaient eux-mêmes étonnés de pouvoir communiquer avec Théo, dans cette bulle créée par la sphère, qui rendait normalement impossible toute utilisation de forces divines ou occultes. Etait-ce, là aussi, dû aux bijoux de Paolo ? Quel dispositif avait été conçu en eux pour qu'ils permettent les communications, ici ? Mais était-ce bien eux ? Après tout, rien n'était sûr. Ils n'avaient pas fonctionné lorsque Théo était entré dans la sphère et qu'il avait voulu voir dans le noir ou activer sa force physique. Cela demeurait un mystère.

Kovac continuait de fixer Théo. Il eut, un bref instant, une sorte de sourire discret aux coins des lèvres.

Oswald Graham s'adressa de nouveau à Peter Loopsair :

« Il ne vous reste plus qu'à me remettre ma fille et notre accord sera entériné.

— Je vous rends votre fille dans un instant, comme c'était convenu, mais avant, vous devez faire sortir vos hommes. Ensuite, je vous la rendrai et vous sortirez, avec elle. Je veux demeurer seul avec monsieur Kovac.

---

[29](Cf. tome I, chapitre XIV)

— Comme vous voudrez. »

Graham fit un signe à ses hommes qui s'éclipsèrent, l'un après l'autre, à part ceux qui gardaient Lisa et Théo, en direction de la sortie de la sphère. Loopsair donna l'ordre que l'on fasse sortir Jessie Graham du véhicule et qu'on l'amène auprès de son père. La jeune femme semblait en pleine possession de ses moyens et ne paraissait nullement affectée par sa captivité. Elle regarda Loopsair dédaigneusement, s'approcha de son père et lui dit, sur un ton de reproche :

« Qu'est-ce que tu as encore mijoté, pour te mettre en affaires avec ce type ?

— Bonjour ma chérie. » lui retourna Graham, d'un ton sarcastique.

Jessie émit un « pfff » de mécontentement et se tut, visiblement excédée par l'attitude de son père.

Les scientifiques sortirent de leur fourgon et vinrent s'entretenir avec Oswald Graham. Celui-ci se tourna vers Loopsair :

« Ce sont bien les bijoux de l'Archange. Tout est en ordre. Nous vous laissons seul avec Kovac. J'espère que vous obtiendrez ce que vous voulez de lui. »

Graham entraîna Jessie avec lui vers la sortie, suivi par le reste de ses hommes. Au passage, il regarda Lisa et Théo, leur décocha un sourire narquois. Jessie les regarda, leur fit un petit clin d'œil discret et dit à son père :

« Que vas-tu faire d'eux ?

— Ne te préoccupe pas de cela, c'est mon affaire.

— Ce sont mes amis. Si tu leur fais du mal !…

— Quoi ? Tu vas me faire quoi, hein ? » dit-il, agacé par le problème de cette amitié qui le contrariait tant.

« Je ne vais pas les tuer, si c'est ce qui te tracasse. Ils vont aller faire un petit séjour dans la sphère. Pendant ce temps, ils ne me mettront pas de bâtons dans les roues. »

Le père et sa fille sortirent de la sphère.

Un nouveau flash frappa l'esprit de Théo. Il s'agissait

d'une sorte de tourbillon de nombres qui s'enroulaient devant ses yeux, formant un vortex insondable, dans lequel des équations complexes venaient s'entrechoquer, se disloquer pour mieux se reformer, encore plus complexes. Les images disparurent aussi vite quelles étaient apparues. Théo posa son regard sur Kovac, dont l'œil pétillait de malice à cet instant précis. Que se passait-il ? Ces flashs étaient-ils l'œuvre de Kovac ? Si oui, que signifiaient-ils ? Le jeune homme était perplexe.

Le fourgon dans lequel étaient enfermés les bijoux de l'Archange, passa à proximité de Théo. Un nouveau flash le plongea à nouveau dans le désert.

La silhouette de Lisa se tenait debout, toujours au même endroit, plantée dans cette immensité aride. Théo entendait les voix qui l'appelaient :

« Théo, rejoins-nous, tu es des nôtres. »

Arrivé à la hauteur de la jeune femme, Théo l'écouta parler :

« Théo, nous sentons ta présence. Tu es ici, tout près de nous. Viens, Théo, viens. Rejoins-nous. Ne nous laisse pas partir.

— Comment puis-je faire ? J'ai les mains attachées, je suis encadré par des hommes armés et je n'ai pas l'usage de votre force.

— Nous t'aiderons Théo. Tu es l'Elu. Nous sommes parties de toi et tu es parties de nous. Sers-toi de l'horloge du temps Théo.

— L'horloge du temps ? Mais, comment ? Elle n'est pas à ma portée. »

Théo vit une silhouette se déplacer dans sa vision périphérique, sur la droite. Il se tourna et vit une femme qui approchait. Elle flottait dans les airs et fut très vite à sa hauteur. Il reconnut Jessie, vêtue d'une robe blanche, légère et aérienne. La jeune femme souriait.

« Bonjour Théo. Je suis contente de te voir.

— Jessie, que fais-tu ici ?

— Je ne sais pas, Théo, c'est toi qui m'as appelée.

— Moi ? Mais… »

Le jeune homme comprit ce que les bijoux attendaient de lui, d'elle, de l'horloge du temps. Les choses devinrent claires en lui, comme elles le devenaient toujours lorsque la symbiose avec les bijoux fonctionnait à plein.

« L'horloge du temps, Jessie, dit-il. Trouve le moyen de contacter Hessling. »

Jessie sourit, s'éloigna sans rien ajouter et disparut dans le lointain.

« Théo, empare-toi des bijoux… maintenant ! » cria Lisa.

Théo se retrouva plongé dans la pièce, les yeux sur le fourgon. Il sentit la force venir en lui. Une force bien plus grande que celle que pouvaient procurer les bijoux de Paolo. Une force immense, grisante, qui donnait la sensation de pouvoir soulever des montagnes. D'un coup sec, l'Elu des Mikélians brisa ses liens, s'empara du garde à sa gauche, lui asséna un coup derrière la nuque avant même qu'il ait pu faire le moindre mouvement. Il s'en prit ensuite au second, avec une telle rapidité, que lui aussi n'eut pas le temps de lever le petit doigt. Lisa regarda la scène qui se déroula sous ses yeux en à peine trois secondes. Elle comprit que Théo avait retrouvé toute sa force, toute sa puissance, et même plus encore.

Il tendit le bras dans la direction du fourgon. Celui-ci s'arrêta net, comme retenu par un bras invisible. La porte s'arracha dans un fracas de métal qui se déchirait. Peter Loopsair, qui tournait le dos à ce moment-là, n'eut même pas le temps de se retourner avant que Théo ne se soit emparé des bijoux de l'Archange qui flottèrent jusqu'à lui, attirés par ses puissantes capacités mentales. Le jeune homme ôta les bijoux de Paolo, les tendit à Lisa, les remplaça par ceux de l'Archange et lui dit :

« Tiens, met ça, nous allons en avoir besoin. »

La jeune femme passa la chevalière et le médaillon, ressentit l'espace d'un moment un flot d'informations qui entrèrent dans son esprit. Elle ne vacilla pas, n'eut aucune réaction. Il est vrai qu'elle avait reçu une telle quantité d'informations de la part de l'arche d'alliance[30], qu'elle en était morte. Sans l'intervention de Théo et des bijoux, elle ne serait pas là. Alors, la connexion avec les bijoux de Paolo n'était qu'une piqûre de moustique au regard de ce qu'elle avait déjà subi.

« Emparez-vous de lui, vite ! » cria Loopsair à ses hommes.

Les hommes en costume sombre se précipitèrent sur Théo. D'un geste ample du bras droit, main tendue dans son prolongement, l'Elu les repoussa, les plaquant contre les parois de la pièce. Ils ne pouvaient plus faire le moindre geste, se débattaient, en vain.

Loopsair était vert de rage. Lui qui avait espéré cette rencontre avec Kovac pour asseoir son pouvoir grâce au secret qu'il comptait obtenir de lui, se retrouvait dans une situation qu'il n'avait à aucun moment envisagée.

Le rire narquois, rauque et désagréable, de Dragan Kovac, se fit entendre. Il exultait à son tour de voir le renversement de situation. Il riait aux dépens de Loopsair, de sa stupidité autant que de sa cupidité et sa soif de pouvoir, qui l'avaient totalement aveuglé. Il riait car, connaissant Oswald Graham, il avait compris que l'échange qu'il avait organisé dans ce lieu était un piège, dans lequel Loopsair était tombé, tête la première. Il riait, car il se doutait que la sphère avait déjà été bouclée entièrement et que personne ne pourrait plus en sortir. Il riait car il savait que Graham avait tout prévu : récupérer les bijoux de l'Archange et sa fille, enfermer Loopsair et lui-même et, cerise sur le gâteau, l'Elu des Mikelians. Il riait enfin car il n'avait pas prévu que Théo s'emparerait des bijoux dans la sphère. Graham était coincé, lui aussi, à l'extérieur de la sphère. Il ne pou-

---

[30] (Cf. tome I, chapitre XX)

vait pas risquer de l'ouvrir à nouveau, avec les trois personnes qui, chacune à leur façon, étaient ses empêcheurs de tourner en rond. Bref, Dragan Kovac avait de nombreuses raisons de rire, mais tout de même il riait jaune, car lui aussi restait enfermé dans cette prison dont il savait qu'on ne pouvait fuir.

« Qu'est-ce qui vous fait tant rire ?! cria Loopsair, qui perdait son sang-froid.

— Vous, répondit Kovac, tout sourire. Vous vous êtes fait berner par Graham, comme un bleu ! Il a obtenu de vous tout ce qu'il désirait et vous a, en prime, enfermé ici. Vous êtes pitoyable !

— Je ne suis pas enfermé ici, rétorqua Loopsair. Je n'ai qu'à appeler et mes hommes m'ouvriront.

— En parlant de vos hommes, intervint Théo, dites-leur de se tenir tranquilles et je les libérerai. »

Loopsair donna ses ordres à ses hommes. Théo relâcha l'emprise qu'il avait sur eux.

« Bien, reprit Théo. Puisque vous pouvez sortir quand bon vous semble, demandez que l'on vous ouvre les portes de la sphère.

— Pourquoi ferais-je cela ? dit Loopsair dédaigneusement. Je n'ai aucun intérêt à vous voir sortir d'ici, surtout maintenant que vous avez retrouvé votre pouvoir.

— Bon, comme vous voudrez. Il faudra bien que vous sortiez à un moment ou à un autre. Nous patienterons. »

Kovac rit de plus belle, devant la partie de poker que jouaient Théo et Loopsair. Lui, savait que les portes ne s'ouvriraient pas, ce que les deux autres ignoraient, ou feignaient d'ignorer.

« Allons Loopsair, faites ouvrir les portes, dit-il, ironique. Que nous sachions une fois pour toute si vous maîtrisez la situation, ou si vous n'êtes plus maître de rien !

— Vous croyez, rétorqua Loopsair, en reprenant son calme, que je vais sortir d'ici sans avoir eu ce que je suis venu y chercher ? Non, n'y comptez pas. Si vous voulez que j'ouvre ces portes, vous devrez d'abord me donner ce que je veux. »

Dragan Kovac éclata d'un rire franc, qui résonnait dans la pièce.

« Vous n'avez plus une seule bonne carte en main, Loopsair. Ce que vous désirez de moi, jamais vous ne l'obtiendrez.

— Détrompez-vous, Kovac. J'ai encore plein de cartes à jouer. Ce cube, dans lequel étaient les bijoux, n'est pas là juste pour cela. Il va me permettre d'extraire les données de votre esprit. »

Loopsair fit un geste pour enjoindre à ses hommes de s'emparer de Kovac pour le mettre dans le cube, sur le chariot.

« Eh ! une minute ! cria Théo. Qu'est-ce que vous êtes en train de faire ? demanda-t-il à Loopsair.

— Théo, je vous en prie, laissez-moi m'occuper de lui. Il possède en lui des informations d'une valeur inimaginable ! Des connaissances qui pourraient faire faire à l'humanité toute entière un bon en avant aussi grand qu'entre l'homo erectus et nous !

— Vous ne ferez rien, ordonna l'Elu, d'un ton sec et déterminé.

— Vous ne vous rendez pas compte de ce qu'il est, de ce qu'il peut nous apporter, se désola Loopsair.

— Ce dont je me rends compte, monsieur Loopsair, c'est que, quelles que soient les informations que possède Kovac, vous n'êtes pas venu ici pour les partager avec l'ensemble de l'humanité. Tout ce que vous avez fait jusqu'à présent, au mépris des conséquences de vos actes, c'est changer la destinée de l'humanité au gré de vos besoins et ça ne plaide pas en votre faveur pour votre altruisme et votre désintéressement.

Vous êtes un homme dangereux, monsieur Loopsair et je vais mettre un terme à vos agissements, à commencer par vous empêcher de récupérer ces informations si cruciales pour l'avenir de l'humanité. »

Théo avait dit tout cela d'un ton ferme, qui n'appelait pas de contestation. Loopsair se tut, baissa les yeux, conscient qu'il n'obtiendrait pas ce qu'il voulait. Pas tout de suite, en tout cas.

« Maintenant, reprit l'Elu, impératif, appelez vos hommes à l'extérieur, qu'ils nous ouvrent les portes de cette prison. »

Loopsair ouvrit le canal de communication avec le reste de ses hommes, les appela avec insistance, sans jamais obtenir la moindre réponse. Il n'y avait plus personne avec qui communiquer.

« Il semble, se moqua Lisa, que Kovac avait raison. Vous vous êtes fait avoir comme un bleu, monsieur Loopsair ! Nous sommes prisonniers ici, tous autant que nous sommes. »

Lisa s'approcha de Théo et lui susurra :

« Espérons que Yu et le professeur ne se soient pas faits prendre. Autrement, je ne suis pas certaine que nous puissions sortir d'ici.

— J'ai confiance en eux. Ils sont plus malins que les hommes de Graham.

— En attendant, on fait quoi ?

— Nous allons essayer de résoudre l'énigme Loopsair.

— Que veux-tu dire ?

— Tu ne trouves pas que Loopsair à un air familier ?

— Familier ?

— Oui. Il me rappelle quelqu'un, aussi bien physiquement que dans l'intonation de sa voix et sa manière de s'exprimer. Ça ne te le fait pas ? »

Lisa observa Loopsair, qui essayait encore et encore de communiquer avec ses hommes, sans succès. Il est vrai qu'elle avait partagé le sentiment de Théo, la première fois qu'elle l'avait vu, à Jaipur. Ensuite, elle était passée à autre chose et ne s'était plus posé la question à son sujet. Maintenant que Théo remettait ça sur la table, il fallait bien reconnaître que Loopsair avait effectivement quelque chose de familier. Sa grande taille, son corps svelte et ses yeux lui rappelaient vaguement quelqu'un. Sa voix aussi. Seulement, comme Théo, elle ne parvenait pas à mettre un visage sur cette ressemblance.

« Il me rappelle quelqu'un que j'ai déjà vu, mais je n'arrive pas à dire qui, avoua-t-elle.

— Ça me fait exactement la même chose. Etrange, non ? Il faut que nous élucidions ça, tu ne crois pas ?

— Hum, hum, je crois. »

§

« Comment vivez-vous, ici ? demanda Lisa à Kovac.

— Comment je vis ?

— Oui, vous dormez où, vous mangez quoi ?

— Ah, ça. Dans la seconde sphère, là-bas, j'ai mes quartiers. Pour la nourriture, j'ai des surgelés. Il n'y a pas grand choix, mais c'est mieux que rien.

— Personne n'entre jamais ici ? s'enquit Théo.

— Non, personne. Vous êtes les premiers visiteurs depuis que je suis arrivé. Du reste, j'ai un peu perdu la notion du temps. Je ne sais pas vraiment depuis combien de jours je suis enfermé.

— Ça doit faire environ six mois, depuis que vous avez disparu, je suppose.

— Sans doute.

— Donc, personne n'est entré depuis six mois, songea Théo. Ça veut dire que la sphère est autonome et autosuffisante, qu'elle ne nécessite pas d'intervention de maintenance, du moins à l'intérieur.

— Vous pensez à quoi ? interrogea Loopsair, qui avait fini par admettre qu'il était prisonnier, comme les autres, dans ce lieu perdu, au fond d'un trou, à plusieurs centaines de mètres sous terre.

— J'essaye de réfléchir à une solution pour sortir d'ici.

— Je crois, mon jeune ami, que c'est inutile. La sphère est faite dans un matériau indestructible, qui ne peut ni être brisé, ni fondu, ni percé. Il est insensible au souffle des explosions, même celui d'une arme atomique ! Rien ne peut l'entamer.

— Comment savez-vous ça ?

— Parce que Graham me l'a expliqué, lorsque je suis arrivé ici. Et puis, c'est un matériau sur lequel certaines de mes entreprises travaillent depuis quelques années. Je ne savais pas que Graham possédait déjà la technologie.

— Nous n'avons donc aucune chance de sortir d'ici, constata Lisa.

— Aucune, confirma Kovac. Personne n'entre, personne ne sort, la sphère est indestructible et personne ne sait exactement où nous sommes. Autant dire que nous ne sommes pas près de quitter les lieux.

— Je suis sûr, dit Théo, s'adressant à Loopsair, que vous savez des choses que vous ne voulez pas nous dire.

— Pourquoi ferais-je cela, mon jeune ami ? Nous sommes tous dans la même galère, il me semble. Si j'avais une possibilité de sortir, croyez-vous vraiment que je serais encore ici ? » s'offusqua-t-il.

Théo s'isola avec Lisa, en sortant sur la passerelle, entre la petite sphère dans laquelle ils étaient et la sphère extérieure.

« Nous allons tenter d'utiliser les bijoux de l'Archange, couplés à ceux de Paolo, pour ouvrir une brèche dans la coque de la sphère, proposa-t-il.

— Comment allons-nous faire ?

— Nous allons nous placer devant la coque en céramique et utiliser toute la puissance des bijoux concentrée en un point, afin de tenter de la percer. »

Lisa et Théo se placèrent à quelques mètres de la coque en céramique, pointèrent leurs mains, les bras tendus et se concentrèrent. Deux puissants jets lumineux fusèrent et vinrent percuter la coque, provoquant des gerbes lumineuses qui rebondissaient et venaient se perdre dans l'espace vide entre les différentes sphères. Au bout d'une minute, ils cessèrent leur tentative et regardèrent le résultat. La coque n'avait même pas été entamée ! Ce que Loopsair avait dit était juste : la coque de la sphère était impossible à détruire. Théo soupira, Lisa baissa les bras.

« Inutile d'insister, dit-elle. Il est impossible de la percer.

— J'ai bien peur que nous devions compter sur Yu et Darlington. Espérons qu'ils soient encore libres et qu'ils puissent faire quelque chose. Dans le cas contraire, nous serons coincés ici pour Dieu sait combien de temps. »

§

Yu changea la batterie de son ordinateur portable. Il tenta de se connecter au système central du complexe, sans succès. L'endroit où ils se trouvaient, le professeur et lui, n'était pas couvert par le Wi-fi.

Quelques heures plus tôt, alors qu'ils attendaient leurs amis, cachés dans l'un des tunnels d'accès, proche de la sphère, ils avaient entendu soudain une alarme retentir dans toute la base souterraine. Ils comprirent immédiatement que les choses ne s'étaient pas déroulées sans encombre et que cette alarme n'annonçait rien de bon. Ils décidèrent de quitter le tunnel et de chercher un lieu plus discret où se cacher. C'est ainsi que de tunnels en puits d'ascension, d'escaliers en corridors, ils finirent par arriver dans une zone chaude et humide, sans doute au plus bas du complexe, là où personne ne devait s'aventurer en temps normal. Il y avait là un véritable dédale de passages creusés dans la roche, étroits, bas, qui pour la plupart ne conduisaient nulle part. Cela ressemblait à un chantier qui avait dû être abandonné, sans doute parce qu'en creusant, l'on était tombé sur de l'eau. Elle suintait de partout, ce qui expliquait le taux d'humidité. Et cette eau était chaude de surcroît.

Des hommes, très certainement à leur recherche, étaient venus, avaient fouillé les galeries, les obligeant à se mouvoir sans cesse pour leur échapper. C'était un tel gruyère qu'ils avaient fini par s'y perdre. Les hommes rebroussèrent finalement chemin, convaincus qu'il n'y avait personne dans ce dédale.

« Nous devons remonter, professeur, indiqua Yu. Je dois me reconnecter rapidement au système. Lisa et Théo sont sûrement enfermés dans la sphère et je pense que, sans nous, ils n'en sortiront pas. »

Darlington et Yu finirent par retrouver la sortie, non sans mal. Régulièrement, Yu vérifiait l'indicateur de liaison Wi-fi. Ils étaient encore hors de portée d'une borne et, bien entendu, il n'y avait pas non plus la moindre prise réseau qui trainait. Ils avançaient avec prudence, car de nombreux gardes patrouillaient encore, sans doute à leur recherche. Ils empruntèrent un escalier et entamèrent une ascension interminable. Parfois ils arrivaient sur le palier d'un étage. Yu vérifiait alors sa liaison Wi-fi. Ils étaient descendus si profond dans les entrailles de la terre, qu'ils se trouvaient dans des zones qui n'avaient même pas été aménagées. L'on aurait dit que toute une partie de la base avait commencé à être creusée, qu'au dernier moment l'on avait changé les plans et qu'on avait complètement laissé à l'abandon toute cette partie.

Après un temps certain, ils atteignirent le haut de l'escalier et débouchèrent sur un tunnel bien éclairé, dans lequel des caméras veillaient. Pour Yu, c'était le signe qu'enfin il allait pouvoir se reconnecter au système et libérer ses amis. Il eut accès au réseau et pianota pour rentrer à nouveau dans le cœur informatique de la base, dont il avait réussi à craquer les codes, non sans mal. Il commença par figer les caméras du tunnel dans lequel ils devraient s'engager sous peu. Cela était la chose la plus facile à faire, puisque les caméras n'étaient pas reliées à la partie la plus protégée du système. Ensuite, Yu voulut entrer dans la partie la plus difficile d'accès, celle où les pare-feu étaient les plus solides. Il pianota, entra des codes, patienta, saisit d'autres codes, patienta encore jusqu'à ce qu'il s'écrie :

« Ils ont renforcé la sécurité et changé tous les codes d'accès !

— Ah, c'est ennuyeux, convint le professeur. Et vous pensez pouvoir faire quelque chose ?

— Je l'espère. J'ai déjà réussi à entrer une première fois, je devrais pouvoir le faire une deuxième. Le seul truc qui m'ennuie, c'est qu'ils ont encore ajouté des parades à celles qui existaient déjà.

— Combien de temps pensez-vous qu'il vous faudra pour résoudre ces problèmes ?

— Aucune idée, mais je pense que ça va demander du temps. Et là, nous avons un nouveau problème...

— Vraiment ? De quoi s'agit-il ?

— J'ai utilisé toutes les batteries de mon ordinateur. Si je ne trouve pas une prise de courant au plus vite, jamais je n'aurai assez de jus pour terminer le travail ! »

Darlington évalua la situation un moment avant de dire :

« Bien, je crois que nous n'avons pas le choix : il nous faut trouver une alimentation électrique de toute urgence. Vous avez figé les caméras dans toute cette zone ?

— Oui.

— Bon, ne bougez pas. Je vais aller explorer les lieux. »

Yu demeura seul un long moment. Son ordinateur travaillait à percer les défenses de la base et le niveau de sa batterie chutait vertigineusement. La situation devint critique lorsqu'un message lui annonça qu'il ne lui restait plus que dix minutes d'autonomie.

Les défenses, soudainement renforcées, n'arrangeaient rien. Il fallait du temps, plus de temps et Yu n'en avait plus. Que faisait Darlington ? Pourquoi ne revenait-il pas ?

Le jeune homme commença à paniquer à l'idée de se retrouver seul ici, de ne pouvoir sortir Théo et Lisa de la sphère. L'ordinateur se mit en veille automatiquement, coupant du même coup toute possibilité de pénétrer dans le cœur sensible du système. Yu regarda autour de lui, fixa le long tunnel qui s'étendait droit devant, se redressa et se mit à marcher, dans l'espoir de trouver une prise de courant.

Il avait fait quelques dizaines de mètres lorsqu'il vit le professeur sortir d'un corridor, sur la gauche, suivi d'une autre personne…

Yu eut un haut-le-cœur. Il en bafouilla :

« Je… Je... Jess ! s'écria-t-il. Mais, comment ?... Qu'est-ce que tu fais ici ?

— Plus tard, Yu, dit la jeune femme d'un ton décidé. On doit filer d'ici au plus vite. Ils sont tout près.

— Qui ça, les gardes ?

— Venez Yu, lui intima le professeur. Ce n'est pas le moment de poser des questions. »

Yu suivit Jessie et le professeur à travers un dédale de couloirs. Ils empruntèrent un escalier en colimaçon qui les déposa sur une plate-forme, au-dessus du vide, dans la grande cavité où se trouvait la sphère.

Ils étaient juste au-dessus de l'énorme boule de céramique sombre, à l'opposé de la passerelle d'accès, accrochés à une vertigineuse paroi naturelle, à plusieurs centaines de mètres du sol. Un escalier de métal descendait depuis la plate-forme, vers une corniche creusée dans la roche, qui menait à une passerelle de service qui descendait droit vers le sommet de la sphère, sur laquelle l'on pouvait voir une excroissance, invisible depuis un autre point de vue, cachée par les énormes tubulures qui montaient vers le haut de la cavité.

« Ça va, vous avez encore de l'autonomie ? s'inquiéta le professeur.

— Non, je ne peux plus travailler.

— Venez, il y a une pièce de service au sommet de la sphère. On y trouvera sûrement des prises de courant. »

La traversée de la passerelle était impressionnante. Au-dessous, au moins trois cents mètres la séparaient du sol où l'on pouvait apercevoir des gardes qui allaient et venaient, toujours à leur recherche. Ils arrivèrent enfin au sommet de la sphère. L'excroissance était une construction circulaire, haute d'une trentaine de mètres, dont la base était large d'au moins vingt-cinq, sur une hauteur de quinze et qui se rétrécissait d'un coup, pour se terminer par une tour cylindrique dont le sommet se terminait en arrondi. Le tout était entouré par une dizaine d'énormes tubulures qui couraient le long de la sphère et filaient tout en haut de la cavité, disparaissant dans la roche. Une porte métallique condamnait l'accès de cette construction. Jessie tourna la poignée, poussa la porte et jeta un œil à l'intérieur.

« Venez, il n'y a personne, dit-elle. »

Ils entrèrent dans une grande salle circulaire, au centre de laquelle trônait une machinerie complexe, faite d'impressionnants vérins hydrauliques, d'énormes anneaux de métal qui tournaient lentement autour d'un axe démesuré, le tout entouré, à partir d'une certaine hauteur, de centaines de tiges de métal, fixées aux parois de la tour jusqu'au sommet, quelques dizaines de mètres plus haut. Depuis les anneaux en rotation, des éclairs fusaient régulièrement vers ces tiges avec un bruit de déchirement et d'explosion.

« Qu'est-ce que c'est ? se demanda le professeur.

— Aucune idée, répondit Jessie. Et ce n'est pas le moment de s'en préoccuper, je pense. Trouvons vite une prise de courant, que Yu puisse libérer Lisa et Théo. »

Il n'y avait pas de prise de courant ici. Ils firent le tour de la machine et trouvèrent une porte, dans le fond, avec un escalier qui descendait d'un étage. Là, se trouvait un petit atelier de réparation, avec de l'outillage. Sans doute pour la maintenance de la machinerie qui se trouvait juste au-dessus. Là, ils trouvèrent ce qu'ils cherchaient. Yu put enfin se connecter, mais il n'y avait pas de connexion Wi-fi à cet endroit. Sur le moment, Yu pesta, jusqu'à ce qu'il repère dans un recoin, une prise réseau. Il sortit de son sac un cordon de connexion et put reprendre son travail de piratage. Il lui fallut pas moins d'une heure pour trouver les solutions afin contourner toutes les parades mises en place, à la hâte.

C'est durant ce laps de temps que Jessie leur raconta comment elle avait faussé compagnie à son père et à ses gardes et les avait retrouvés.

« A peine étions-nous sortis de la sphère, expliqua-t-elle, qu'une alarme retentit, déclenchant une certaine panique. Le véhicule dans lequel nous étions est entré dans un ascenseur qui nous a conduit au poste de commandement central de la station. C'est là que nous avons appris que le fourgon qui contenait les bijoux de l'Archange avait subi une agression et qu'il n'était pas ressorti de la sphère, comme c'était prévu. C'est devenu très vite la pagaille dans le poste. Mon père hurlait des ordres, les hommes couraient dans tous les sens. Les techniciens se réunirent avec mon père pour tâcher de trouver la solution au problème qu'ils avaient. Du coup, personne ne s'est plus préoccupé de moi et je suis restée là, à attendre patiemment, écoutant toutes les informations qui parvenaient des quatre coins de la station. C'est comme ça que j'ai appris que vous aviez été repérés, après avoir établi la connexion avec l'ordinateur central, au niveau cinq, secteur trois. Le plus drôle, c'est qu'avec la confusion qui régnait, les hommes qui discutaient des solutions possibles pour récupérer les bijoux, ceux qui s'affairaient en tous sens pour tenter de sécuriser la station, personne n'a donné d'ordre pour qu'on vienne vous chercher. J'en ai profité pour m'asseoir devant un pupitre de l'ordinateur central et j'ai cherché les plans de la station. J'ai repéré le secteur dans lequel vous étiez, j'ai fait calculer l'itinéraire le plus direct pour vous rejoindre et j'ai filé discrètement. Personne ne s'est aperçu de mon départ.

— Ils sont pourtant descendus nous chercher, constata Yu.

— Quelqu'un a fini par tomber sur l'information, sans doute.

— Et ils ont décidé de faire quoi, pour récupérer les bijoux ?

— Je ne sais pas. Quand je suis partie, ils n'avaient pas encore trouvé de solution. Je les ai entendus dire qu'ils n'avaient pas beaucoup d'alternatives. Ils ont enfermé les pires ennemis de mon père, Théo en tête. De plus, ils ont compris que c'était l'Elu qui avait récupéré les bijoux. Il est le seul qui puisse l'avoir fait. S'ils ouvrent les portes de la sphère, ils libéreront Théo pourvu des bijoux, chose que mon père ne peut envisager. Ils doivent être encore en train d'étudier les options, mais je doute qu'ils puissent faire quelque chose.

— Ça y est, j'y suis ! s'écria Yu. Je vais pouvoir ouvrir un passage dans la sphère... »

§

Chapitre XIX

« La bête »

Dragan Kovac bondit vers la paroi de la sphère, en direction de la passerelle, surprenant tout le monde. Lisa et Théo s'étaient assoupis contre un mur de la petite sphère dans laquelle ils étaient tous réunis.

Lisa fut la plus prompte à se relever. Elle commença à courser Kovac, tandis que Théo lui emboîtait le pas en criant :

« Il ne faut pas qu'il sorte ! »

Lisa courait aussi vite qu'elle pouvait, mais l'homme, mû par l'énergie du désespoir, malgré les chaînes qui l'entravaient, ne se laissait pas rattraper. Théo, qui s'engageait sur la passerelle entre les sphères, se retourna vers Loopsair et lui cria :

« Surtout ne sortez pas ! Si Kovac sort de la sphère, il sera trop dangereux ! »

Loopsair ne dit mot, mais il savait que le Russe, une fois hors du champ qui annihilait ses pouvoirs, deviendrait vite incontrôlable. Il ordonna à ses hommes de se tenir tranquilles, pour l'instant du moins. Il espérait que Théo et sa copine se feraient mettre en pièces, ce qui lui laisserait le champ libre pour sortir en toute tranquillité. Quant à Kovac, il était déjà prêt à lui proposer un marché, qui devait satisfaire les deux parties.

Kovac traversa la courte passerelle qui menait jusqu'à la coque de céramique de la sphère principale et vers la sortie, grande ouverte depuis moins d'une minute. Il fut le premier à se rendre compte que de la lumière traversait la coque. Il comprit et ne réfléchit pas longtemps avant de prendre ses jambes à son cou pour recouvrer la liberté.

Lisa le rattrapa alors qu'il franchissait le seuil de l'ouverture vers l'extérieur. Elle bondit, aidée par les bijoux de Paolo, se retrouva sur lui et ils furent projetés en avant sur plusieurs mètres, hors de la sphère…

Théo, qui avait vu toute la scène, arriva juste derrière eux et sortit à son tour, mais il était déjà trop tard. Dragan Kovac avait brisé ses chaînes, écarté Lisa d'un revers de la main, s'était redressé à la vitesse de l'éclair et s'attaquait déjà à ses deux adversaires. Lisa ressentit un froid intense lui glacer les os, engourdir tout son être de l'intérieur, l'empêchant de se mouvoir et de réfléchir. Elle sentait l'emprise sur elle et comprit que, si rien ne venait perturber Kovac, elle n'y survivrait pas.

Théo ressentit également le froid l'envahir, mais à la différence de Lisa, lui, avait déjà goûté au châtiment qu'infligeait l'être qui se trouvait face à eux[31]. Les bijoux de l'Archange aussi avaient lutté pour la survie de Théo contre Kovac et ils savaient ce qu'il fallait faire pour le contrer. Théo sentit très vite une douce chaleur envahir tout son être, chassant le froid aussi vite qu'il était apparu en lui. Le jeune homme reprit le dessus sur son adversaire et se concentra sur Lisa, qui était en grande difficulté. Il lui envoya une partie de la force des bijoux afin d'arrêter l'emprise de Kovac. Il se produisit un fait totalement nouveau : les bijoux de l'Archange communiquaient avec ceux de Paolo et leur apprenaient comment lutter contre l'agression dont Lisa était victime. Cela surprit Théo, qui ne pensait pas que les bijoux pouvaient interagir ainsi. Le jeune homme se souvint que les bijoux lui avaient expliqué qu'il devait détruire la bête, avec l'aide de Lisa. Mainte-

---

[31] (Cf. tome I, chapitre XIV)

nant, il comprenait mieux ce qu'ils avaient voulu dire. Les deux forces conjuguées pourraient venir à bout de Kovac, la bête. L'Elu entra en communication directe avec Lisa par télépathie, ou plutôt non, par impression directe dans sa pensée. Les informations qu'il voulait donner à son amie, s'imprimaient directement dans son conscient. Ainsi, nul besoin de longues explications, qui, dans le cas présent, étaient une perte de temps.

Lisa sentit, elle aussi, la chaleur envahir son corps et repousser l'emprise glaciale de Kovac qui, conscient du danger soudain, recula et prit la fuite. Les deux jeunes gens se lancèrent à sa poursuite sur la longue passerelle qui reliait la sphère aux tunnels d'accès, dans les parois de la grande cavité. Théo tendit les bras vers Kovac et un flux continu d'éclairs brûlants fusa vers lui, l'arrêtant dans sa course. Lisa continua vers Kovac, qu'elle dépassa par un côté du large pont, pour aller se placer à l'opposé de Théo. Elle tendit les bras à son tour et projeta la même énergie destructrice que le faisait l'Elu. Kovac disparut presque complètement dans une boule de lumière vive. Il se débattait tant et plus, mais la puissance des deux flux l'empêchait de se mouvoir et de prendre la fuite. Il commença à se transformer, devint plus grand, déployant d'immenses bras au bout desquels s'agitaient de longues mains griffues. Le visage se déforma et s'allongea. Sa bouche devint une gueule d'animal monstrueux, ses yeux devinrent deux immenses brasiers violets, son crâne se scinda en deux bulbes proéminents de chaque côté de sa tête. Des cris terrifiants emplirent la cavité faisant vibrer l'air alentour. La bête montrait son vrai visage.

Elle avança d'un bond, lança un bras en direction de Théo, qui faillit se faire cueillir au passage et recula, se cabrant au maximum pour l'éviter. L'assaut de la bête continua. Elle avança encore, obligeant le jeune homme à relâcher son emprise sur elle, lui donnant plus de latitude pour attaquer. Théo se retrouva vite à l'entrée de la sphère. La bête voulait l'y faire entrer, car elle savait que ses pouvoirs s'en trouveraient diminués.

Lisa suivait le mouvement et se concentrait au maximum afin de compenser l'absence du flux de Théo, mais la bête résistait et ne faiblissait pas. Théo était acculé. Il était devant l'entrée de la sphère et la bête fondait sur lui. Il s'élança et fit un bond prodigieux par-dessus celle-ci, assez haut pour qu'elle ne puisse pas l'attraper au vol et vint atterrir derrière elle, près de Lisa. Il se remit en position pour attaquer et son flux puissant frappa de plein fouet la bête qui se retourna prestement et fit, elle aussi, un bond impressionnant, pour venir terminer sa course très près des deux adolescents. D'un revers de la main, elle jeta à terre Lisa qui fut à moitié assommée, puis elle frappa violemment Théo et lui planta les griffes dans le bras gauche. Le jeune homme hurla de douleur mais ne relâcha pas son emprise sur elle, les bijoux ayant fait disparaître sa douleur presque instantanément.

La bête lui assena alors plusieurs coups sur le corps et un à la tête qui fit vaciller le jeune homme et perdre connaissance l'espace d'un moment. La bête se jeta sur lui et le martela de coups. Théo essayait bien de lutter, mais il était à moitié inconscient et ne maîtrisait plus rien. Il sentit les bijoux qui tentaient de le remettre sur pied, faisant leur possible pour qu'il reprenne ses esprits, mais les coups que portait la bête étaient en train de le tuer. Théo crut pour la seconde fois[32] que Kovac aurait raison de lui.

Lisa, un peu sonnée, se releva péniblement. Lorsqu'elle vit Théo se faire rouer de coups par la bête, elle entra dans une rage folle et mit toutes ses forces et sa hargne dans le combat. Son flux percuta violemment la bête, l'obligeant à lâcher prise sur Théo. Elle se retourna vers la jeune femme et avança vers elle. Lisa criait sa rage et plus elle criait, plus son flux devenait puissant. Sa hargne devenait si forte, son

---

[32](Cf. tome I, chapitre XIV)

flux si puissant, que la bête commença à ployer et mit un genou à terre, incapable d'aller plus loin. Ses cris couvrirent ceux de Lisa. Des cris de douleur et de haine mêlés. Lisa avançait sur elle, mue par l'inconscience du danger que procurait la colère. Le flux consumait la bête, dont les hurlements terrifiants glaçaient le sang. Théo sortit enfin de sa torpeur, encouragé par les bijoux qui lui apportaient soins et réconfort, atténuant ses douleurs, irriguant ses muscles d'un puissant fluide vital.

Il vit Lisa qui terrassait la bête, seule, dans un accès de furie, qui déformait son doux visage en une expression fantasmagorique, presque aussi terrifiante que celle de la bête. L'Elu prit son courage à deux mains, faisant fi de la douleur qui broyait encore son corps et vint se joindre à la jeune femme, pour achever le travail.

Les deux flux combinés vinrent à bout de la bête, qui se consuma dans un feu électrique d'une incroyable intensité. Lorsque Lisa et Théo s'arrêtèrent, il ne restait devant eux que des cendres dispersées et un trou dans la passerelle. Kovac était vaincu. La bête était morte. Les deux jeunes gens, épuisés par ce combat titanesque, se rejoignirent et tombèrent dans les bras l'un de l'autre. Ils restèrent ainsi enlacés et immobiles, un certain temps, le temps de digérer ce qu'ils venaient de vivre et de reprendre des forces.

§

Une silhouette apparut, sortant sur la passerelle, depuis le départ des tunnels, marchant d'un pas rapide vers eux. Ils reconnurent Jessie, se regardèrent et retrouvèrent le sourire. La jeune femme arriva et les embrassa, heureuse de retrouver ses meilleurs amis.

« Jessie, tu es là, enfin ! s'exclama Théo, ivre de bonheur. Tu nous as tellement manqué !

— Vous aussi vous m'avez manqué, avoua-t-elle, de l'émotion dans la voix. Je suis si heureuse que nous soyons à nouveau réunis. »

Des bruits de bottes emplirent l'espace. Des gardes, lourdement armés, firent irruption sur la passerelle. Ils arrivaient en courant. Jessie s'écria :

« Vite ! il faut fuir, ils sont nombreux et ils nous cherchent depuis des heures ! »

Lis et Théo se regardèrent, sourirent, haussèrent les épaules et se placèrent entre les gardes et Jessie, bien face à eux, callés sur leurs deux jambes, prêts à les accueillir.

« Qu'est-ce que vous faites, vous êtes fous ! Ils sont des dizaines ! » cria Jessie paniquée.

Lisa et Théo tendirent chacun un bras dans la direction des gardes. Ceux-ci tombèrent comme des quilles, percutés par une boule de bowling invisible. Leurs armes volèrent dans les airs par-dessus la passerelle et finirent leur course cent cinquante mètres plus bas. Les hommes se relevèrent, regardèrent les jeunes gens et fuirent, pour la plupart. Seuls deux téméraires avancèrent encore, tenant des grenades en main, prêts à les lancer, mais ils ne purent que rebrousser chemin quand celles-ci leur échappèrent des mains et allèrent exploser plusieurs dizaine de mètres en contrebas.

Les jeunes gens rirent à la vue des solides gardes qui fuyaient, apeurés par ce qu'ils venaient de subir, disparaissant dans les tunnels au-delà de la passerelle.

« Lisa, toi aussi tu as des pouvoirs maintenant ? s'étonna Jessie.

— Ce sont les bijoux de Paolo, répondit-elle.

— Les bijoux de Paolo ?

— Oui, laisse tomber, on te racontera tout plus tard.

— D'accord, d'autant que nous avons un rendez-vous à honorer. »

Jessie regarda sa montre :

« Dans moins d'une demi-heure. Il faut nous dépêcher si nous ne voulons pas le rater.

— Un rendez-vous ? Quel rendez-vous ? demanda Lisa

— Demande à Théo, c'est lui qui m'a demandé de

l'organiser. »

Lisa regarda le jeune homme, l'air interrogateur. Il lui sourit et dit :

« Je t'expliquerai plus tard, moi aussi. Tu as prévu le rendez-vous où ? s'enquit-il auprès de Jessie.

— Au sommet de la sphère. Il y a une construction qui la chapeaute.

— Ok, je vous rejoins. Allez, vous deux. Moi, je me charge de récupérer Loopsair. Il va venir avec nous. »

Les filles quittèrent la passerelle et Théo entra dans la sphère.

Loopsair se tenait au milieu de ses hommes qui, armes au poing, attendaient Théo de pied ferme. Le jeune homme s'approcha, traversa la passerelle entre les deux sphères et entra dans celle où était Loopsair. Les fusils-mitrailleurs étaient pointés sur lui.

Il regarda Loopsair dans les yeux et lui dit :

« Vous croyez vraiment que vous allez pouvoir m'échapper grâce à ces gadgets ?

— Laissez-moi tranquille ! cria Loopsair. Allez-vous en ou mes hommes vont tirer !

— Vous ne vous avouez jamais vaincu, hein ? Mais cette fois vous n'avez aucune chance de m'échapper. Je suis l'Elu des Mikélians, ne l'oubliez pas et j'ai de nouveau les bijoux en ma possession. Ce ne sont pas quelques fusils qui m'arrêteront. Venez avec moi, sans faire d'histoires, s'il vous plaît. Ne m'obligez pas à recourir à la force. »

Loopsair hésita un moment. Il savait qu'il était perdu, mais il ne voulait pas se l'avouer. Dans un geste désespéré, il ordonna à ses hommes d'ouvrir le feu sur Théo, conscient qu'il avait peu de chances d'en venir à bout, surtout maintenant qu'il avait vu ce que le jeune homme avait fait à Kovac.

Les fusils commencèrent à tirer mais aucune balle ne sortit de leurs canons. Les hommes crurent qu'ils s'étaient enrayés et essayaient de manipuler les percuteurs, en vain.

Théo avait désarmé les hommes, sans faire le moindre geste, juste par la force de son esprit et des bijoux, bien entendu.

« Baissez vos armes ! cria Loopsair. Il est beaucoup trop fort. »

Il s'avança jusqu'à Théo et lui dit, la mort dans l'âme :

« Vous avez gagné. Je vous suis. »

§

Monsieur Flemming entra dans la salle de contrôle, la traversa jusqu'à Oswald Graham qui, épuisé et dépité, s'était affalé dans un fauteuil, derrière un pupitre de commande et s'était pris la tête entre les mains, l'air complètement démoralisé.

« Ah, Flemming, dit-il. Donnez-moi au moins une bonne nouvelle, s'il vous plaît.

— Hélas, Monsieur, je n'ai pas beaucoup de bonnes nouvelles, se désola l'homme. Toutefois, dans le lot de mauvaises nouvelles, il y en a une qui devrait vous mettre quelque peu en joie.

— Vraiment ? dites toujours.

— Kovac est mort.

— Mort ? vous en êtes sûr ? Nous avons essayé de le tuer plus d'une fois, pourtant il a toujours survécu. Je le croyais indestructible.

— Il faut croire que non, Monsieur. Il est mort, bien mort. Je l'ai vu de mes propres yeux.

— Où ? Et quand ?

— Pas plus tard qu'il y a une demi-heure, sur la passerelle d'accès à la sphère. J'étais avec le détachement de gardes qui devaient retourner s'emparer des bijoux. Lorsque nous sommes arrivés en vue de la passerelle, nous sommes tombés sur Théo et Lisa Dubois qui combattaient contre Kovac. Il avait repris sa forme première et se battait comme un beau diable, mais les deux autres étaient plus forts. Ils l'ont littéralement désintégré.

— Les deux, dites-vous ? Lisa Dubois combattait Kovac ?

— Oui Monsieur, elle avait les mêmes pouvoirs, semble-t-il, que le jeune Théo.

— C'est impossible, songea Graham. Il est le seul Elu. Le seul à pouvoir manipuler les bijoux. Et puis, il n'y a que deux bijoux. Comment aurait-elle pu avoir les mêmes pouvoirs que Théo ?

— Je n'en sais rien, Monsieur, mais le fait est que je l'ai vu faire. »

Oswald Graham demeura un long moment silencieux, plongé dans ses réflexions, avant de dire :

« Ah, je comprends mieux maintenant, comment Théo a pu nous échapper et libérer ses amis, à Jaipur. Il avait sur lui une arme puissante… mais de quel genre ? »

Il se demandait quel type d'armes il pouvait bien posséder et surtout, de qui il la tenait.

« Bien, la mort de Kovac est en effet une bonne nouvelle, dit-il, reprenant le dessus. Vous avez bien fait de commencer par là. Et pour le reste, je suppose que Théo et ses amis ont pu nous échapper ?

— Malheureusement oui, Monsieur. Mais la plus mauvaise nouvelle est que votre fille Jessie est partie avec eux.

— Jessie ! Encore ! »

Graham se tourna vers les gardes qui étaient censés la surveiller :

« Je vous avais chargés de rester près d'elle ! hurla-t-il. Vous êtes virés ! »

D'autres gardes s'emparèrent des deux pauvres malheureux qui n'avaient pas fait leur travail correctement et les emmenèrent.

« Et Loopsair ? s'informa-t-il.

— Parti avec Théo et les autres. »

Graham réfléchit longuement, silencieux et immobile dans son fauteuil. Il finit par conclure :

« Ça, c'est plutôt une bonne nouvelle, je pense. Théo va se charger de Loopsair, ce qui nous laissera désormais le champ libre pour accomplir notre destin.

— Vous oubliez Théo, justement.

— Avec les secrets de Kovac, je pense que Théo ne sera plus longtemps un obstacle sur notre chemin.

— Vous croyez ? douta Flemming. Ce jeune homme est plein de ressources. Il nous l'a prouvé plus d'une fois déjà. Je serais vous, Monsieur, je garderais un œil sur lui.

— Merci du conseil Flemming, mais je ne vous ai pas attendu pour cela, répondit sèchement Graham. Il est sous surveillance permanente et le restera. Vous vous chargerez de veiller à ce que cette surveillance soit sans faille.

— Bien, Monsieur.

— Dès que nous aurons décrypté les données que Kovac à mises à l'abri et que nous avons interceptées, plus rien ne pourra barrer notre route ! »

§

La plaine de Thessalie s'étendait à perte de vue au pied des monts Météores. Le soleil brillait dans un grand ciel bleu dépourvu de nuages. La température était douce, printanière.

Théo se tenait debout, devant la fenêtre de sa cellule, à contempler la vue exceptionnelle qu'il avait devant les yeux. Il repensait à tous les évènements qui s'étaient déroulés depuis des semaines et particulièrement à ceux de ces dernières heures. Kovac était mort et c'était une bonne chose, même si le jeune homme éprouvait quelques remords à l'idée de lui avoir ôté la vie, car bien que d'une nature différente des humains, il n'en demeurait pas moins un être vivant, doué d'intelligence. Tuer n'était pas dans l'esprit de Théo, fut-ce pour une bonne cause. Après cela, il avait retrouvé Jessie, ce qui était une autre bonne chose. Ensemble, avec ses amis, ils avaient rejoint le sommet de la sphère, dont la jeune américaine avait réussi à transmettre les coordonnées à Hessling, afin de quitter la base souterraine au plus vite. A l'heure précise qui avait été convenue, Hessling actionna l'horloge du temps et rapatria toute l'équipe accompagnée de Loopsair, à Munich, dans les locaux de sa société. Dès le lendemain, une partie de l'équipe avait rejoint le monastère des Météores où devait être remontée l'horloge du temps pour remettre définitivement de l'ordre dans le chaos qu'avait provoqué Loopsair. Yu et Jessie étaient restés avec Hessling pour démonter le mécanisme de l'horloge qui avait été couplé à la machine à voyager dans le temps. Convaincre Hessling de le faire ne fut pas chose aisée, mais Théo et ses amis eurent suffisamment d'arguments pour l'y obliger. La récupération des éléments de l'horloge était une opération délicate qui demandait de procéder avec méthode et patiente. Il ne fallait surtout pas détériorer le moindre élément de celle-ci, sous peine de la rendre inopérante. Jessie avait contacté Théo peu de temps auparavant, pour lui annoncer que les éléments de l'horloge avaient été récupérés et qu'ils partaient pour l'aéroport afin de rejoindre le monastère.

Loopsair, Lisa, le professeur et Théo, s'étaient envolés à bord d'un avion de ligne. Ils étaient arrivés la veille au soir et avaient passé la nuit là, grâce à la gentillesse du Père Nikólaos, le supérieur du monastère. Celui-ci fut ravi d'apprendre que son horloge serait bientôt de nouveau complète.

Dans quelques heures, l'horloge du temps serait là. Il faudrait encore la remettre dans son bâti, vérifier qu'elle fonctionne correctement, avant de lancer le processus qui remettrait tout en ordre.

L'on frappa à la porte. C'était Lisa. Elle entra, vint jusqu'à Théo, passa ses bras autour de sa ceinture et se colla à lui, dans son dos.

« Tu as l'air songeur. A quoi penses-tu ?

— A tout ce que nous avons vécu ces derniers temps.

— Et alors ?

— Je me dis que si notre vie doit ressembler à ça tout le temps, je ne suis pas certain de le vouloir vraiment.

— Je te comprends. Moi aussi, parfois, je suis fatiguée de courir partout, à cent à l'heure, pour sauver le monde. J'aimerais retrouver ma vie paisible d'avant, mais, d'un autre côté, je dois bien avouer que cette vie aventureuse et trépidante n'est pas pour me déplaire. Je suis partagée.

— Comment vois-tu ton avenir ?

— Difficile à dire. Je n'y pense plus trop depuis quelque temps. Je rêvais de faire de belles études, d'avoir un métier qui me plairait, de fonder un foyer et tout ce que l'on voit dans ce schéma tout tracé que la société nous impose. Et puis, vous êtes arrivés dans ma vie, Jessie, Yu et toi. Vous m'avez entraînée dans cette course folle, me plongeant dans un univers de fantastique et de magie. Sans m'en rendre compte, je me suis vite prise au jeu et j'avoue que je n'échangerais ma vie d'aujourd'hui pour rien au monde. Et toi, comment tu le vois ton avenir ?

— Avec toi », répondit-il, sans rien ajouter d'autre.

Lisa serra ses bras très fort autour de Théo. Ils restèrent ainsi longuement, à contempler le paysage.

L'on frappa de nouveau à la porte. Cette fois, c'était le professeur Darlington qui arrivait.

« Bonjour mes amis, dit-il. J'ai dormi comme un bébé ! Je n'y aurai pas cru hier soir, en voyant ma cellule de moine. Leur couche en paille est extra ! »

Le professeur semblait enjoué et en pleine forme ce matin. Il tâta la couche de Théo et ajouta :

« La vôtre m'a l'air très bien aussi. Vous venez déjeuner, les moines nous ont préparé un bon petit buffet. »

Ils rejoignirent le réfectoire du monastère, vide à cette heure tardive pour les moines, mais dont la table avait été dressée avec de nombreuses victuailles. Ils s'installèrent autour de la table tandis qu'un moine arrivait, un plateau chargé de café, de thé et de jus de fruits frais. Lorsqu'il eut quitté le réfectoire, ils déjeunèrent tout en conversant :

« Ce qui est dommage, songea Lisa, c'est que nous n'ayons pas pu connaître le secret de Kovac. J'aurai bien aimé savoir ce qu'il avait de si important à cacher, pour que Loopsair veuille s'en emparer à ce point, pas vous ?

— De quoi pouvait-il s'agir d'après vous ? s'interrogea Darlington.

— Je n'en sais rien, répondit-elle. Il faudrait le demander à Loopsair…

— Nous ne saurons peut-être jamais de quoi il s'agit, ajouta Théo, et c'est dommage, en effet, mais l'essentiel est que ni Loopsair, ni Graham ne s'en soient emparés. J'ai le sentiment que ça aurait pu être très dangereux pour nous tous. »

Le smartphone de Théo sonna. C'était Jessie qui annonçait qu'ils venaient d'atterrir à Athènes. Dans quelques heures ils seraient là, avec l'horloge du temps.

§

Chapitre XX

« Chronos démasqué »

« Asseyez-vous, monsieur Loopsair. »

Théo lui indiqua l'un des bancs du réfectoire. L'homme, grand, mince, les cheveux courts, le visage émacié, les yeux profonds et intelligents, s'installa sans dire mot. Il avait l'air fatigué. Face à lui, Lisa, Jessie, Yu et le professeur le dévisageaient, curieux de cet homme qui leur avait causé tant de soucis.

Théo était debout près de l'une des fenêtres, le regard perdu dans le lointain. Il se tourna, regarda Loopsair et dit :

« Nous avons des questions à vous poser. J'espère que vous daignerez y répondre. »

Loopsair leva les yeux vers ceux qui étaient face à lui, les dévisagea tour à tour, puis se tourna vers Théo :

« Je peux vous poser une question ? dit-il.

— Je vous en prie, faites, l'autorisa le jeune homme.

— Maintenant que vous me tenez, que comptez-vous faire ?

— Pourquoi, que craignez-vous ? »

Loopsair partit d'un rire moqueur :

« Je ne crains rien, je suis juste curieux, c'est tout. Vous pensez que vous allez pouvoir m'arrêter, comme ça ?

— Pourquoi pas ?

— Allons, ne soyez pas stupide mon jeune ami. Je maîtrise le temps depuis près de six siècles maintenant. Vous pensez vraiment que je n'ai pas tout prévu ?

— Que voulez-vous dire ?

— Que j'ai pris mes précautions, mon ami. Vous ne me détiendrez plus très longtemps.

— Je vois, le temps pour vos employés de vous extraire d'ici, c'est ça ? »

Loopsair partit à rire de plus belle.

« Vous ne pourrez arrêter ce qui est en marche. Ni vous, ni qui que ce soit d'autre. Ce monde a besoin de quelqu'un pour le diriger.

— Et ce quelqu'un, autant que ce soit vous, précisa Jessie en ricanant.

— Parfaitement. Vous trouvez que ce monde va bien ? Vous trouvez qu'il est juste ? vous trouvez qu'il respire le bonheur ? Vous trouvez qu'il ne mérite pas d'être changé ?

— Ce monde est sans doute loin d'être parfait, répondit l'Elu, mais il n'appartient pas à une seule personne de le modeler, selon ses idées et son bon vouloir. Vous êtes mégalomane, vaniteux, narcissique et stupide ! Vous êtes comme tous les dictateurs qui jonchent les sentiers de l'Histoire, aveuglé par votre soif de pouvoir et de reconnaissance ! Comme eux, vous voulez être Dieu ! Et comme eux, vous finirez aux pages faits divers des manuels d'Histoire ! »

Loopsair applaudit en riant.

« Bravo ! Votre petit discours péremptoire était très émouvant. Je crois que notre vision des choses est très divergente et de ce fait, nous n'avons plus rien à nous dire. »

Loopsair ferma les yeux et se réfugia dans le mutisme.

Théo ne répondit rien. Quelque chose trottait dans son esprit. La façon de s'exprimer de Loopsair, particulièrement lorsqu'il prononçait l'expression : *mon jeune ami*, lui faisait penser à quelqu'un de précis. Il ne connaissait que deux personnes qui utilisaient cette manière de s'adresser à lui. La première était le professeur Darlington. Pour la seconde, il préférait d'abord avoir l'avis de ses amis. Il les entraîna hors de la pièce et leur lança :

« Je crois que j'ai trouvé qui se cache derrière Loopsair.

— C'est marrant, j'allais te dire exactement la même chose, avoua Lisa.

— D'accord. Vas-y, dis moi ?

— Paolo ?

— Paolo, reconnut Théo, triste et désabusé. Jamais je n'aurais cru ça possible de sa part.

— Attends, peut-être qu'on se trompe. Ce n'est pas forcément lui.

— Toi et moi avons eu la même idée, en même temps. C'est lui, j'en suis certain. Il est plus jeune, est coiffé différemment, à la peau moins ridée, porte un beau costume à la place de sa vieille toge, mais c'est lui ! C'est pour ça qu'on n'arrivait pas à trouver à qui le vieux Paolo avait donné tous ses secrets, songea-t-il. Il était retourné dans le passé pour les confier à lui-même, jeune.

— Vous en êtes sûrs ? demanda Darlington. J'ai un doute.

— C'est lui, prof. Ça faisait un moment que je me demandais à qui Loopsair me faisait penser. Il est physiquement très différent du vieil homme que nous avons connu à Venise, mais c'est lui, Lisa et moi en sommes certains.

— Mais pourquoi avoir fait ça ? s'interrogea Jessie. Quel intérêt pensait-il y trouver ?

— Va savoir ce qui a pu lui passer par la tête. Il a sans doute voulu pouvoir profiter de ses découvertes tardives en étant plus jeune. Peut-être qu'il s'est dit qu'en possédant ces secrets plus tôt, il réussirait à percer d'autres mystères, qu'il résoudrait quelques-unes des questions que se posaient les hommes depuis la nuit des temps, qui sait.

— Oui, mais il ne se connaissait pas bien lui-même visiblement, se désola Lisa. Le jeune Paolo a tenté de tuer le vieux Paolo dès qu'il a été en possession de ses secrets.

— C'est pour cela que le vieux Paolo a créé la Manu Dei ! comprit soudain le professeur. Il a voulu se racheter de ses erreurs. Il se connaissait sans doute plus que vous ne le pensez, en fait. Tout ce qu'il a fait, ce qu'il a créé et mis en place, l'était justement parce qu'il s'était mis à la place de son double jeune et qu'il avait imaginé ce qu'il aurait fait dans ce cas.

— Oui, et c'est pour ça qu'il nous a laissé des indices et des armes ! poursuivit Théo. Pour que nous puissions le combattre, lui, enfin… son double.

— Mais pourquoi ne pas avoir dit la vérité, tout simplement ? se demanda Lisa. Personne, même les membres de la Manu Dei ne semblaient savoir que chronos, c'était lui.

— Paolo devait être honteux de ce que son double faisait. Je crois sincèrement qu'il regrettait ses actes, mais qu'il ne maîtrisait plus rien. Il a passé le restant de ses jours à mettre au point des outils et des armes pour que nous puissions vaincre son double. Il savait que nous étions capables de le faire et il se doutait que le futur serait chamboulé, que nous aurions besoin d'aide. Paolo est sans doute l'un des hommes les plus intelligents qui ait jamais existé. Il a anticipé les actes de son double, a prévu que nous serions ceux qui pourraient le combattre et le vaincre.

— Maintenant, il ne reste plus qu'à espérer que l'horloge du temps fonctionne et efface définitivement les changements que Loopsair a faits, souhaita Lisa

—Nous allons le savoir dans quelques minutes, si tout va bien.

§

« Vous ne voulez toujours rien dire ? » demanda Théo à Loopsair.

L'homme resta prostré dans le mutisme, jetant parfois un coup d'œil à sa montre, comme s'il attendait quelque chose. Théo, loin de perdre son calme et son sang-froid, sourit avant d'ajouter :

« Comment croyez-vous que l'on doive nommer une

personne qui tente d'assassiner sa propre personne ? Un égocide peut-être ? plaisanta le jeune homme. Il est vrai que ce cas est pour le moins unique, vous ne trouvez pas ? »

Loopsair perdit son sourire. Il comprenait ce que Théo voulait lui dire et commençait à être mal à l'aise.

« Vous en pensez quoi, monsieur Loopsair ? Ou plutôt devrais-je dire monsieur Pietro Paolo Sarpi, dit Fra Paolo, n'est-ce pas ? »

Yu eut soudain un flash. Il pianota sur son ordinateur et après quelques secondes, dit :

« Bon sang ! c'était sous nos yeux pourtant !

— Qu'y a-t-il Yu ? s'inquiéta Jessie.

— Dans P.A. Loopsair, on trouve toutes les lettres pour faire Paolo Sarpi ! Il reste ensuite le prénom Peter, Pietro en Italien ! c'était là, il suffisait de le voir !

— Eh oui, il suffisait de le voir, se gaussa Loopsair. Mais vous ne l'avez pas vu.

— Ce que nous aimerions savoir, continua Théo, c'est ce qui vous a fait basculer ?

— Basculer. Que voulez-vous dire ?

— Vous étiez un homme de foi, un homme de Dieu. Votre destin était la théologie, la philosophie et la science. Qu'est-ce qui fait que vous êtes devenu l'homme que vous êtes ? »

Loopsair regarda le ciel bleu à travers les fenêtres. Son regard partit dans le vague. Il se remémorait sa vie, son parcours, tout ce qu'il avait fait, sa rencontre avec son destin. Il regarda ses interlocuteurs, soupira et finit par dire :

« J'étais un jeune théologien. Ma vie était toute tracée. L'époque dans laquelle j'étais était difficile. Nous vivions tous avec le carcan de l'Eglise. La religion était toute puissante, régissait tout. Croire était la seule option, le seul chemin pour qui n'était pas noble de naissance, afin d'atteindre une reconnaissance de ses pairs.

Un jour, un vieux fou est venu me trouver. Il m'a raconté des choses incroyables. Il tenait des propos hérétiques, au point que je l'ai menacé de le dénoncer ! Il me disait qu'il venait du futur, qu'il était moi, qu'il voulait me confier les secrets du voyage dans le temps et autres technologies qu'il avait mises au point. Ne voulant l'écouter et le croire, il me proposa de me faire voyager avec lui. Je refusais, pensant que cet homme était le diable en personne qui venait me tenter pour me détourner de Dieu.

Il m'a alors montré une vieille cicatrice qu'il avait à la jambe, faite à l'adolescence. J'avais la même cicatrice exactement au même endroit. Il m'a raconté ma vie, depuis mon enfance jusqu'à un âge avancé. Il a fini de me convaincre en me montrant les calculs et les plans de sa machine. Je l'ai suivi dans un voyage dans le temps. Nous avons visité plusieurs époques, vu le passé, le futur, contemplé la construction des pyramides d'Egypte, la naissance de la démocratie en Grèce, l'érection des gratte-ciel de New York, l'invention de l'automobile, de la télévision et tant d'autres merveilles.

Lorsque nous sommes rentrés, j'étais si chamboulé que j'ai cru devenir fou ! Tout ce qu'il m'avait montré était, pour un homme de mon temps, impensable, irréel et diabolique. Je tentais alors de me réfugier dans la foi. Je priais sans cesse pour que Dieu me vienne en aide, pour qu'il me montre la voie, qu'il me fasse un signe. Mais il n'en fit rien. Je restais désespérément seul face à ma conscience.

Les jours, les semaines, passèrent. Le vieil homme m'expliquait le fonctionnement de la machine, m'apprenait tout ce que je ne savais pas encore pour maîtriser les sujets essentiels de cette nouvelle science.

Vint alors le jour où je fus fin prêt. J'étais capable, non seulement de manipuler la machine, mais aussi de la construire, de l'améliorer. J'avais entre les mains un pouvoir colossal, un pouvoir absolu. Je pouvais connaître l'avenir. Je pouvais aller n'importe où dans l'espace et le temps. J'ai envisagé mon avenir et j'ai compris qu'il pourrait être radieux, que je pourrais être un homme puissant, riche, respecté, que je pourrais influer sur le déroulement de l'Histoire de l'humanité, que je pourrais la modeler pour éviter au monde les terribles catastrophes que j'avais pu voir dans le futur : la Première et la Seconde Guerre mondiale, celle du Vietnam, d'Irak et d'Afghanistan, par exemple. Je voulais créer un monde plus juste, plus humain, dans lequel j'aurais été le guide spirituel, le grand timonier qui aurait piloté le navire de l'humanité sur la mer de l'Histoire, lui évitant les écueils.

— Vous étiez déjà un vrai mégalo ! constata Jessie.

— Je voulais sauver l'humanité !

— Ben voyons ! Et devenir son Dieu incontesté, surtout !

— Son guide ! objecta-t-il.

— Et c'est pour ça que vous avez tenté de tuer le vieux Paolo ? lui rappela Lisa.

— J'ai parlé de mes projets au vieil homme, s'agaça-t-il. Il m'a formellement interdit de modifier quoi que ce soit dans le passé, le présent ou le futur. Je lui ai dit que je n'avais pas besoin de son assentiment pour agir, que ce qu'il m'avait confié et appris faisait partie de ma destinée. Dieu m'avait envoyé les signes que j'attendais, mais je n'avais pas su les voir tout de suite. Le vieil homme et ses découvertes étaient les signes !

Il me menaça, me dit que si je persistais dans cette voie, il modifierait le passé afin d'effacer sa rencontre avec moi, pour que je ne puisse pas avoir accès à ses inventions.

C'est là que j'ai décidé de me débarrasser de lui. Je n'avais pas le choix. Ce vieux fou aurait mis ses menaces à exécution.

— Vous étiez conscient que l'homme que vous alliez tuer était votre propre personne ? interrogea Théo.

— Non, pas vraiment. C'est étrange, mais je n'ai jamais considéré cet homme autrement que comme une sorte de providence, de destin. Pour moi, il n'a jamais été rien d'autre. Alors le tuer ne fut pas un problème. Il m'aurait causé trop de problèmes si je l'avais laissé vivre. »

Loopsair n'exprimait ni regrets, ni remords. Il parlait de Paolo froidement, sans une once d'humanité. Cet homme était sans empathie, sans coeur, sans âme. Son ego avait pris le pas sur toute forme de sentiment autre que l'amour de soi. Il était profondément désespérant de voir à quel point un homme de bien pouvait basculer de l'autre côté, du côté du mal, sans même avoir le sentiment de faire le mal. Tous les dictateurs, tous les oppresseurs ont toujours agi en ayant le sentiment profond de bien faire pour leur peuple, sans jamais regarder la vérité en face et le mal qu'ils semaient.

Loopsair était de ceux-là. Théo songea que le moment était venu d'actionner l'horloge du temps, de remettre les pendules à l'heure, de redonner au monde le cours de sa destinée, quelle qu'elle fût.

« En tout cas, vous nous avez convaincus d'une chose essentielle, ajouta-t-il.

— Ah, et laquelle ? questionna Loopsair, curieux, jetant furtivement de petits coups d'œil à sa montre.

— Que nous avons bien fait de vous pourchasser et de vous arrêter dans votre folie. »

Loopsair rit à nouveau. Il était si sûr de lui, si arrogant, si imbu de Lui-même qu'il restait persuadé que rien ni personne ne pourrait jamais arrêter sa soif de pouvoir.

« Je suis désolé pour vous, lança-t-il, mais je crois que je vais devoir vous quitter. J'ai été ravi d'avoir eu cette petite conversation avec vous. Nous aurons je pense, l'occasion de nous revoir, mais cette fois ce sera vous qui serez mes prisonniers ! »

Tous le regardaient. Un léger halo de lumière commençait à se former autour de lui. D'abord à peine perceptible, il devenait de plus en plus visible au fur et à mesure des secondes qui s'égrainaient.

Théo comprit qu'il fallait agir vite. Il regarda Yu et lui

cria :

« Yu ! l'horloge, vite ! »

Le jeune Chinois se précipita vers le vaisselier, dans lequel l'horloge du temps avait été placée bien en évidence à côté des assiettes. Il ouvrit la vitrine et appuya sur le dessus de l'horloge qui s'enfonça très légèrement. Le jeune homme recula, regarda dans la direction de Loopsair, priant pour qu'elle fonctionne.

Il ne se passa rien.

Loopsair, entouré de son halo lumineux, commençait à disparaître, lentement. Il riait, se moquait de Théo et ses amis, persuadé d'avoir gagné la partie.

« Il ne se passe rien ! cria Lisa. L'horloge ne marche pas !

— Yu ? questionna Théo.

— J'en sais rien Théo. Nous avons tout remonté comme il faut, avec Hessling et ici j'ai tout remis dans le bâti. Ça s'est parfaitement emboîté. Je ne comprends pas !

— Il va nous échapper ! s'écria Jessie. Il faut faire quelque chose ! »

Soudain, un éclair bleuté très lumineux déchira l'espace entre l'horloge et Loopsair. Un tourbillon de lumière se forma autour de lui, le faisant disparaître à la vue de tous. Une intense vibration s'empara de tout ce qui se trouvait là. Des éclairs fusaient de toutes parts. Les aiguilles des cadrans de l'horloge du temps se mirent à tourner de plus en plus vite, jusqu'à ne plus devenir que tâches floues. La vibration s'amplifiait, donnant l'impression à tous ceux qui étaient là, de se disloquer en mille petits morceaux. Leur vue se troublait, leurs membres tremblaient de plus en plus fort, leurs corps leurs donnaient l'impression de se fissurer de toutes parts. Ils avaient mal, aussi bien dans leur chair que dans leur esprit. Tout devint si trouble, tout vibrait si fort qu'ils sombrèrent dans le néant...

§

Chapitre XXI

« Les secrets dévoilés »

Théo émergea de son sommeil, ouvrit les yeux, regarda son réveil, soupira, s'étira et repensa à l'affreux cauchemar qu'il avait fait. Dans celui-ci Fra Paolo était devenu un fou mégalomane qui modifiait le temps pour devenir le maître absolu de ce monde. Il fut soulagé de constater que ce n'était qu'un mauvais rêve. Il se leva, s'habilla et descendit jusqu'à la terrasse devant la piscine et le jardin de la propriété familiale.

Déjà, sa mère et sa petite sœur étaient là, prenant leur petit déjeuner.

« Ah ! Théo, tu es levé, constata Madame Duval. Rappelle Jessie dès que tu auras terminé ton déjeuner. »

Il vint les embrasser avant de s'asseoir et de se verser du lait chaud dans un bol, dans lequel il trempa un croissant.

« Jessie ? Qu'est-ce qu'elle voulait ? questionna-t-il.

— Je n'en sais rien. Elle m'a juste dit qu'il fallait que tu l'appelles. Rien d'urgent m'a t-elle assuré. »

Théo avait une étrange impression ce matin. Quelque chose ne tournait pas rond. Il ne savait pas dire quoi, mais il avait une sensation bizarre au fond de lui.

« Tu te sens bien, mon chéri ? s'inquiéta sa mère qui le voyait préoccupé.

— Oui ça va maman. J'ai mal dormi je crois. Ce n'est rien, juste un peu de fatigue.

— Prends de la vitamine C. Ça te fera le plus grand bien. »

Théo regarda sa mère avec un sourire et un regard tendre. Elle était là, aimante et rassurante, comme devaient l'être la plupart des mères sans doute. Elle était sa bouée, à laquelle il se raccrochait chaque fois qu'il avait l'impression de perdre pied et de se noyer dans le tumulte de sa vie de sauveur de l'humanité.

Soudain, des images traversèrent son esprit, nombreuses et fugaces. Des équations, des formules mathématiques, qui tournoyaient, se disloquaient pour mieux s'assembler un peu plus loin.

Il fronça les sourcils, essayant de comprendre ce qui lui arrivait. Ces images, il les avait vues dans son cauchemar. Un nouveau flash, plus persistant cette fois, lui montra des équations d'une rare complexité se construire et se décons- truire sous ses yeux. Il ne comprenait pas ce que cela vou- lait dire, pourquoi il avait ces flashs, semblables à ceux de son cauchemar. Il termina son petit déjeuner en famille, quitta la table et après avoir pris une bonne douche et s'être changé, il téléphona à Jessie qui lui fit part de son malaise, suite à un cauchemar dans lequel elle était tour à tour enle- vée par son père, une femme nommée Mila et un type du nom de Loopsair, alias Chronos....

Théo prit son Scooter, direction le port de Genève, où l'attendait la jeune femme, dans sa suite de l'hôtel Kam- pinski.

§

« Ah ! Théo te voilà ! se rejouit Jessie. Cette histoire est à peine croyable ! Je viens de joindre Yu à Hong Kong. Il a fait un peu le même genre de rêve que moi, ajouta-t-elle, à la fois excitée et un peu paniquée. Tu penses que ça veut dire quoi ?

— Jessie, il faut que je t'avoue que moi aussi j'ai fait le

même genre de cauchemar.

— Quoi ?! s'exclama-t-elle abasourdie. Ce n'est pas possible ! mais, qu'est-ce que ça veut dire ?

— Je n'en sais rien mais si nous sommes trois à avoir fait le même rêve, ça veut dire que ça n'était peut-être pas un rêve.

— Tu crois que…

— Possible.

— Tout serait vrai ? Nous aurions bien vécu ce que nous avons pris pour un cauchemar ? Mais…

— Mon rêve se terminait dans le réfectoire d'un monastère, en Grèce, dans la chaîne des Météores…

— Oh ! moi aussi ! le coupa-t-elle. Nous avions une explication avec Loopsair et ensuite il a commencé à s'effacer devant nous. Alors Yu a actionné une horloge et tout s'est mis à tournoyer, à vibrer, à devenir trouble.

— Et puis ce fut le néant.

— Oui ! exactement. Pour toi aussi ?

— J'ai vécu la même chose, Jessie. Ça ne peut pas être une coïncidence.

— J'appelle Lisa et le professeur Darlington. Ils étaient avec nous.

— Oui, je me souviens. »

Jessie contacta Lisa. Elle confirma, elle aussi, avoir fait ce cauchemar. Le professeur Darlington fit de même. De toute évidence ce qu'ils avaient pris pour un mauvais rêve se trouvait être la réalité.

« Mais alors, se demanda Jessie, si nous avons vécu tous les cinq la même chose, si après avoir actionné l'horloge du temps, nous nous sommes éveillés chacun dans un lieu différent, ça veut dire que ça a fonctionné ?

— C'est mon sentiment. L'horloge était censée remettre tout en ordre, effacer tous les changements que Loopsair avait opérés dans l'espace-temps. Le fait que nous nous en souvenions, malgré le fait que nous ne sommes plus au monastère, veut sans doute dire que tout est rentré dans l'ordre.

— Alors, nous avons réussi ! s'exclama-t-elle, enjouée.

— Oui, nous avons réussi, grâce à Paolo. »

Jessie se jeta dans les bras de Théo et l'enlaça de joie. Ils avaient remis de l'ordre dans l'espace-temps. Tout était redevenu comme avant, comme cela aurait toujours dû être. Tout au moins, le pensaient-ils.

« Tu viens, dit-il, allons nous promener le long des quais. Il fait froid mais c'est une belle journée d'hiver ensoleillée. Ça nous fera du bien.

— D'accord », répondit-elle.

Elle regarda sa montre et ajouta :

« Il est déjà onze heures passées. Je t'invite dans une bon restaurant à midi, ça te dit ?

— Pourquoi pas. »

Les deux jeunes gens flânaient le long des quais du port de Genève. L'air glacé piquait les visages, mais le soleil qui brillait dans un ciel immaculé, réchauffait déjà la peau. Au bout d'un moment à marcher dans le silence, Jessie s'arrêta et dit :

« Ça y est, je ne vois plus les évènements qui se sont déroulés, comme un cauchemar. Je sais que c'était bien la réalité.

— Ça me fait exactement la même chose. Je n'ai plus cette impression étrange, ce malaise qui m'a pris en me réveillant ce matin et qui ne m'avait pas quitté depuis. Je me souviens bien de tout et je sais que ce n'était pas un rêve.

— Nous sommes les seuls en dehors de Yu, Lisa et le professeur, à nous souvenirs, tu crois ?

— A part nous cinq, il ne doit pas y avoir grand monde qui ait eu la moindre conscience de ce qui s'est produit.

— Nous avons sauvé le monde et personne ne le saura jamais, regretta-t-elle.

— C'est comme ça. Nous ne l'avons pas fait pour en retirer quelque gloire que ce soit, il me semble.

— Oui, mais un petit merci de temps en temps, ça ne fait pas de mal », plaisanta-t-elle.

Alors qu'ils riaient, une petite musique retentit sur le mobile de Théo. Il venait de recevoir un SMS :

« Bonjour Théo,

J'ai trouvé quelque chose qu'il faut que vous voyez, de toute urgence. Venez au monastère, je vous attends.

Père Jean-Marie. »

Théo fronça les sourcils, dubitatif. Jessie, voyant son ami embarrassé, lui demanda :

« Un problème ? Tu as l'air soucieux.

— Non, mais je viens de recevoir un SMS du Père Jean-Marie, de l'abbaye Saint-Honorat[33].

— Le Père Jean-Marie ? s'étonna à son tour la jeune femme. Qu'est-ce qu'il veut ?

— Tiens, lis son texto, dit-il en lui tendant son smartphone.

— Tu penses que c'est sérieux ?

— Le plus simple, pour en être certain, c'est de lui passer un petit coup de fil et de le lui demander. »

§

Le Père Jean-Marie, supérieur de l'abbaye Saint-Honorat, situé sur une petite île au large de Cannes sur la Riviera française, était un homme entre soixante-cinq et soixante-dix ans qui portait un collier de barbe sur un visage sévère. Il accueillit Jessie et Théo avec un grand sourire :

« Soyez les bienvenus mes enfants, leur dit-il, heureux de les revoir. J'attendais votre visite avec impatience, je vous l'avoue.

---

[33] (Cf. tome I, chapitre IV)

— Merci mon Père pour votre accueil chaleureux, dit Théo. Nous sommes très heureux de vous voir. Mais je vous avoue que votre message nous a troublé. Qu'y a-t-il donc de si important pour que vous nous demandiez de venir jusqu'ici ? »

Le Père Jean-Marie regarda autour de lui, s'assura que personne ne passait dans les parages et leur dit :

« Venez avec moi dans mon bureau, j'ai à vous montrer ce que j'ai trouvé dans la bibliothèque, caché derrière des livres, dans une cache aménagée. Vous verrez, c'est éloquent. »

Le Père les précéda dans les couloirs du monastère jusqu'à son bureau. Celui-ci était austère, mais sans froideur. Une bibliothèque occupait deux pans de murs, derrière et sur le côté droit d'un bureau massif et rustique. Deux chaises avaient été disposées devant pour recevoir ses hôtes. Il les pria de s'asseoir, alla jusqu'à un secrétaire qu'il ouvrit après avoir sorti une clé de sa toge. Il en retira un petit coffret de bois précieux sculpté qu'il déposa sur le bureau, face à eux. Jessie et Théo reconnurent le coffret qu'ils avaient récupéré quelque six mois plus tôt, ici même.

« Vous reconnaissez ce coffret, j'imagine ? demanda le Père.

— Oui bien sûr, répondit Jessie. Mais, comment peut-il être ici ? Nous l'avons emporté.

— C'est le même, mais ce n'est pas celui que je vous ai remis alors, puisque vous êtes partis avec.

— L'avez-vous ouvert ? s'enquit Théo.

— Je n'avais aucune instruction m'interdisant de le faire cette fois.

— Vous avez vu ce qu'il y a à l'intérieur alors ?

— Oui, je l'ai vu et lu. Le plus étonnant savez-vous, c'est qu'à l'endroit où je l'ai trouvé, avant il n'y avait rien.

— Comment ça ?

— Oui, rien. Pas de cache avec un coffret.

— Mais alors, la cache et le coffret sont apparus quand ?

— Je n'en sais rien. C'était derrière des livres. J'ai juste été surpris, car ils n'étaient plus rangés dans l'ordre dans lequel je les avais moi-même mis.

— Très étrange, reconnut Théo.

— Oui, je ne vous le fais pas dire. Mais vous allez voir, vous n'êtes pas au bout de vos surprises, comme je l'ai été aussi en lisant le contenu du coffret. »

Le moine l'ouvrit et en retira un ensemble de feuilles de papier liées entre elles par une cordelette rouge. Le papier semblait ancien. Le Père Jean-Marie tendit le document à Jessie et Théo qui lurent en même temps :

« Cher Théo,

J'espère que vous lirez cette lettre que je vous adresse depuis le XVIIe siècle, mon époque. Si tel est le cas, cela veut dire que vous aurez réussi à remettre le temps sur le chemin qu'il n'aurait jamais dû quitter. Cela veut dire aussi que vous savez tout de ce que j'ai fait. Pour tout cela je voudrais vous présenter mes plus plates excuses. Je sais que je vous ai causé bien du tracas. De cela je ne suis pas fier. J'ai pris ma plume pour vous donner quelques explications sur le pourquoi et le comment tout est arrivé, mais aussi pour quelques autres petites choses qui, vous le verrez, vous étonneront.

J'ai utilisé la machine à voyager dans le temps pour me rendre dans le passé et dans le futur. J'ai voulu voir et vivre les plus grands évènements de l'Histoire du monde, non pour en retirer une quelconque vanité mais pour comprendre, m'informer et me cultiver de vérités et non d'histoires écrites et réécrites au gré du bon vouloir de tel ou tel autre puissant qui jalonna l'Histoire. J'ai vu et compris comment les Egyptiens bâtirent leurs temples monumentaux et leurs pyramides gigantesques. J'ai parlé philosophie avec Platon et Aristote et fait tant d'autres choses que m'envieraient tous les érudits de la terre. J'ai vu aussi l'avenir, son progrès, l'amélioration de la condition humaine, la fin du dictât de la noblesse et de la royauté, la démocratie, l'institution du mérite comme principal moteur de l'accomplissement de l'homme et j'ai trouvé tout cela formidable et encourageant pour l'avenir de l'humanité. Mais j'ai aussi vu de quoi l'homme était capable lorsqu'il avait accès à des technologies puissantes et destructrices. J'ai vu les guerres mondiales, les millions de morts, les camps de concentration, la déportation du peuple juif, la froideur avec laquelle fut organisée son extermination programmée, les bombes atomiques lancées sur Hiroshima et Nagasaki, toutes ces horreurs qui préfigurent l'enfer. J'ai pleuré et j'ai eu mal pour l'humanité tout entière. J'ai eu honte d'appartenir à cette espèce capable des pires atrocités envers ses congénères. Et puis j'ai vu les nations s'unir autour d'une idée commune : plus jamais cela. J'ai vu l'Europe débarrassée de ses démons millénaires, marcher d'un même pas, dans la même direction. Cela m'a redonné foi en l'homme, même si je n'ai pu oublier ce que j'avais vu de plus terrible dans l'âme humaine.

J'ai eu la prétention de penser qu'à mon humble niveau je pourrai faire quelque chose pour changer le cours des évènements pour éviter les guerres et les atrocités, pour débarrasser l'humanité de la haine et du mal qui la rongeait. J'ai pensé qu'il fallait mettre au point des technologies qui permettraient d'éviter tous les malheurs futurs. Mais j'étais, hélas, bien vieux et je savais que je ne pourrai accomplir mes rêves. C'est pourquoi j'ai eu l'idée de retourner dans mon propre passé, retrouver mon double jeune, plein de fougue et de vie, afin de lui confier les secrets que j'avais et de lui donner le but de sa vie : sauver l'humanité.

Tout se passa bien et nous avons travaillé ensemble à l'élaboration de ce projet pour lequel mon moi jeune était emballé. Cependant, quelle ne fut pas ma déception lorsque je me rendis compte que le jeune Paolo que je fus jadis, loin de vouloir sauver l'humanité, n'avait d'autre ambition que d'en devenir le maître tout-puissant. Je tentais alors de le raisonner, de le dissuader de prendre cette voie, de retourner à nos idées premières, en vain.

Je reçu pour toute réponse de sa part, un coup de couteau dans le flanc et un séjour dans les eaux croupies d'un canal de Venise.

Je ne dus mon salut qu'à la main généreuse d'un passant qui me secourut et me sauva la vie. Ce passant, vous savez bien entendu de qui il s'agit.

Lorsque je fus en état de me remettre au travail, je me suis mis dans la peau de mon double et j'ai supposé que ce que j'aurais fait alors, serait ce que lui aurait fait également. Partant de ce postulat, j'ai imaginé les parades possibles pour l'empêcher de nuire. C'est ainsi que j'ai créé, avec l'aide de mon ami Fra Anselmo, la Manu Dei, cheville ouvrière de mon plan. Mais il me manquait l'essentiel, le bras armé qui arrêterait définitivement les desseins de ce double malfaisant. C'est ainsi que j'ai tout misé sur vous, mon cher Théo. Je savais que vous étiez le seul être humain digne de toute ma confiance, capable de mener à bien le plan que j'avais mis au point.

Nous devions vous mettre sur la voie, sans pour autant vous dévoiler les plans que nous avions mis au point, la Manu Dei et moi. Pour ce faire, un membre de la confrérie alla trouver le sage Gopal, au Bhoutan. Il réussit à le convaincre d'écrire la lettre qui vous est parvenue et fut le point de départ de votre quête.

Longtemps avant cela, nous dûmes envoyer en Grèce un prêtre français, le Père Benoît, membre du diocèse de Cannes, qui faisait partie lui aussi de la Manu Dei, afin qu'il confie l'horloge du temps aux moines du monastère des météores et qu'il installe, avec leur aide, le mécanisme dévoué à la remise en ordre du temps.

La lettre que vous lisez actuellement prouve que vous avez réussi. Je vous remercie de tous les efforts et les sacrifices que vous avez consentis pour cela.

Ce qui est étrange, mon cher Théo, c'est qu'après avoir créé la Manu Dei, il se soit produit certains évènements que j'ai pu suivre durant les quelques années qui me restaient à vivre, en faisant de fréquents aller-retour dans le futur pour constater la bonne marche du plan. Evènements qui piquèrent ma curiosité autant qu'ils me laissèrent perplexe et dont aujourd'hui encore je ne peux expliquer les causes et les effets.

En 1821, un certain Georges Hubert Trahan, descendant d'Hubert Trahan, écuyer de Geoffroy Chastelain, grand maître de l'Ordre des Mikelians[34], se lança dans la recherche des bijoux de l'Archange. Le hasard fit, du moins je suppose que ce fut le hasard, qu'il fit une halte à Venise et vint demander le gîte et le couvert à l'abbaye de San Gregorio. Me déplaçant fréquemment d'une époque à l'autre, je ne tardais pas à faire le rapprochement entre cet homme, les Mikelians et la recherche des bijoux sacrés. J'eus alors la bonne idée de faire suivre Georges Trahan par deux moines, membres de Manu Dei. Georges Trahan trouva la chevalière, bien loin de l'église de la Couvertoirade où vous, Théo, l'avez trouvée. Les changements opérés par mon double avaient-ils conduit à ce fait étrange ? Le fait est que j'en doutais, pour la simple et bonne raison que les bijoux avaient été cachés vraisemblablement au XIVe siècle et que mon autre moi n'avait aucune raison valable de faire des changements si loin dans le passé. Bien sûr, le doute subsistait. Que fallait-il faire ? Georges Trahan était censé être mort sans avoir découvert l'emplacement des bijoux, pour vous permettre de les découvrir, vous, l'Elu des Mikelians. Nous prîmes la décision de donner un coup de pouce au destin et ordonnâmes à nos valeureux moines de récupérer la chevalière, ce qu'ils firent. Quant à Georges Trahan, malade et affaibli, il mourut peu de temps après. Il fut décidé de mettre la chevalière là où vous la trouveriez près de deux siècles plus tard. Afin de vous guider sur le chemin qui vous y conduirait, nous créâmes les indices : le

---

[34] (Cf. tome I, chapitre IV)

tableau sur lequel l'on voyait la chevalière, qu'un prêtre fut chargé de remettre à l'un de vos ascendants, avec une rente à vie, qui se perpétua de génération en génération afin de garantir que jamais l'un d'eux ne s'en séparerait. Le faux journal de Georges Trahan, réécrit en partie d'après son vrai journal, dans lequel nous glissâmes les indices pour vous conduire à trouver le lieu où nous avions caché la chevalière. Nous installâmes des moines, membres de Manu Dei, dans le monastère Saint-Honorat dans la baie de Cannes, afin que le coffret contenant ce journal vous parvienne. Et enfin, plus près de vous, la Manu Dei fut chargée de pirater votre liaison Internet, afin de diffuser un reportage qui fut tourné juste pour l'occasion afin de vous donner le dernier indice pour vous rendre à la Couvertoirade.

Pour que vous veniez jusqu'à moi dans le passé, il a fallu que vous trouviez tous les indices vous menant aux bijoux de l'Archange et que vous accomplissiez votre destin. Mais pour que vous trouviez la chevalière il aura fallu que ce soit moi, par l'entremise de Manu Dei, qui place la chevalière au bon endroit.

Vous comprenez maintenant ma perplexité. Tout ceci est paradoxal. Ce qui m'a amené à me poser la question suivante : ne sommes-nous pas enfermés dans une boucle infinie du temps qui nous obligerait sans cesse à commettre les mêmes actes, pour arriver toujours au même résultat ?

Voilà Théo, vous savez tout. Puissiez-vous me pardonner pour toutes mes fautes, toutes mes vanités. Je souhaitais le bien et j'ai fait le mal. Que Dieu me pardonne.

Votre dévoué

Fra Paolo »

Jessie et Théo demeurèrent silencieux, à la fois heureux d'avoir eu les éclaircissements de Fra Paolo et inquiets des révélations qu'il avait faites. Théo remit la lettre dans le coffret qu'il referma avec précaution.

« Vous comprenez maintenant, expliqua le Père Jean-Marie, les raisons pour lesquelles je vous ai demandé de venir de toute urgence. Cette lettre m'a ébranlé. J'ai tout de suite pensé qu'il fallait que vous soyez au courant.

— Vous avez bien fait mon Père, reconnut Théo. Nous avions besoin d'avoir les explications de Fra Paolo.

— Je peux vous poser une question ?

— Bien sûr, mon Père.

— Tout ce qui est écrit dans cette lettre est-il vrai ? Ces histoires de voyage dans le temps sont-elles la réalité ? » Théo regarda le moine dans le fond des yeux, hésita quant à la réponse à lui apporter, avant de dire :

« Mon Père, vous êtes un homme de Dieu. Quelle que soit la vérité, ne perdez jamais la foi. La foi est votre salut, la bouée à laquelle vous raccrocher quand tout semble vous échapper. »

Le Père Jean-Marie sourit.

« Je vous remercie, mon fils, pour m'avoir rappelé le but ultime de ma vie de religieux. Je prierai pour vous deux car je crois que vous en aurez besoin.

— Nous vous remercions, mon Père. » conclut Jessie.

§

Théo se réveilla en sursaut. Il venait de faire l'un de ces rêves dans lequel des myriades de nombres, d'équations complexes, flottaient dans l'espace, se disloquaient et reformaient sans cesse en équations de plus en plus complexes. Il eut un sentiment étrange, comme si quelqu'un était entré dans sa tête et lui avait gravé un message dans l'inconscient. Il se leva, prit la bouteille d'eau minérale qui trainait sur la table de nuit et but une grande gorgée, avant de venir ouvrir les doubles-rideaux pour regarder au dehors. Il faisait encore nuit. La Croisette, promenade qui longeait la mer à Cannes, était quasiment déserte. Seuls quelques véhicules passaient de temps à autres. Le jeune homme bailla, se gratta la tête et voulut aller se recoucher lorsqu'un autre de ces flashs qui l'assaillaient depuis quelque temps, se manifesta. Encore des équations, des formules complexes qui défilaient, s'entrechoquaient, partaient dans toutes les directions et revenaient se reformer. Cette fois pourtant, ces visions étaient légèrement différentes. D'étranges signes venaient se mêler aux nombres et aux signes mathématiques courants. Théo n'était pas encore à un niveau d'études en mathématiques suffisant pour les connaître tous, mais il lui semblait que ce qu'il voyait n'était pas très courant. Il eut même l'impression, ou l'intuition peut-être, que ces signes n'étaient pas des signes mathématiques. Mais alors, qu'était-ce ?

Le flash disparut aussi vite qu'il était apparu. La tête du jeune homme semblait saturée et prête à exploser sous le flot de données qui s'était manifesté en peu de temps. Pourtant, c'était la première fois, depuis que les flashs étaient apparus, qu'il ressentait cela. Jusque-là ces suites de nombres, ces équations et tous ces calculs compliqués n'avaient rien provoqué en lui. Il secoua la tête, comme pour se débarrasser de cette impression de pression qu'il ressentait. Rien n'y fit. Une douleur lancinante lui traversait le crâne de part en part. Il se mit à regarder un bloc note qui se trouvait sur un petit secrétaire, entre deux portes-fenêtres de sa suite. Il lui vint un besoin impérieux de s'asseoir devant le secrétaire, de s'emparer d'un stylo et d'écrire. Il commença à griffonner et à noircir les pages, de façon inconsciente. Son bras et sa main bougeaient seuls, comme commandés par une entité extérieure. Il n'eut pas un seul instant la notion du temps qu'il mit pour en remplir presque toutes les pages et, lorsqu'il eut terminé, il sombra dans un profond sommeil.

A son réveil Théo ne se souvenait pas avoir écrit durant cette nuit. Il se leva, prit une douche, s'habilla et, lorsqu'il voulut prendre sa montre, posée sur le secrétaire, il fut surpris par ce qu'il vit sur la première page du bloc note.

Il le prit en main, resta un moment à regarder les calculs qui étaient inscrits, l'air perplexe. Il reconnut son écriture, ce qui provoqua son plus grand étonnement. Il tourna les pages et se rendit compte qu'il en avait noirci des dizaines. Incapable de déchiffrer le moindre de ces calculs, il décida de scanner le tout et de le faire parvenir au petit génie qui se trouvait actuellement à Hong Kong. Il dut pour cela se rendre à la réception de l'hôtel et demander au personnel de lui permettre d'utiliser leur matériel informatique.

Lorsqu'il eut terminé de scanner et d'envoyer le tout par mail à Yu, Théo remonta dans les étages rejoindre Jessie dans sa suite, lui raconter ce qui s'était produit.

Alors qu'ils prenaient le petit-déjeuner dans la suite de la jeune américaine, Yu se manifesta sur l'ordinateur de celle-ci.

« Salut Jess, salut Théo. J'ai bien reçu ton mail. J'ai jeté un coup d'œil et j'avoue que je n'y comprends rien, dit-il, désolé et un peu dépité.

— Toi, un génie en informatique, tu ne comprends rien à ces calculs ? dit Théo sur le ton de la plaisanterie. Tu n'es pas si fort qu'on croyait alors ?

— Ces équations sont incroyablement complexes, Théo. D'où les sors-tu ?

— J'ai la conviction que c'est Dragan Kovac qui me les a transmises. J'ai des flashs depuis plusieurs jours et ce matin en me levant, j'ai trouvé le bloc note de l'hôtel rempli de ces calculs écrits de ma main. Je n'ai aucun souvenir de l'avoir fait

— Qu'est-ce que ça peut bien être alors ? s'interrogea Jessie.

— Je ne crois pas me tromper en disant que c'est le secret de Kovac que j'ai écrit sur ce bloc note, laissa-t-il tomber.

— Le secret dont Loopsair voulait absolument s'emparer ? demanda Jessie, abasourdie.

— Oui, celui-là même.

— Mais pourquoi Kovac t'aurait-il confié ce secret ?

— Parce qu'il ne voulait pas qu'il tombe entre les mains

de Loopsair et Graham, sans doute. Je crois qu'il ne me l'a pas confié en réalité, mais qu'il l'a transféré dans mon esprit.

— Pour le sauvegarder en quelque sorte, en déduit Yu.

— J'en ai la conviction. Kovac a senti qu'il pouvait le faire, grâce sans doute aux bijoux de Paolo et ceux de l'Archange réunis. Il a préféré mettre ses secrets en lieu sûr. Il s'est dit qu'il les récupérerait plus tard, lorsqu'il n'y aurait plus de danger pour lui.

— Heureusement qu'il l'a fait, se réjouit Yu. On va pouvoir connaître ce fameux secret.

— Tu viens de nous dire que tu ne comprenais rien à ces équations.

— Oui, mais il y a des scientifiques qui sauront sans doute les déchiffrer. Il ne nous reste qu'à les trouver.

— Bien, nous verrons ça plus tard. Le monde s'est passé de ces secrets jusqu'ici, il pourra s'en passer encore un certain temps. » conclut Théo.

§

Il ne faisait pas très chaud. Le vent soufflait sur la mer, soulevant les vagues qui venaient se briser sur les rochers des digues qui ponctuaient la plage de Juan-Les-Pins, une station balnéaire située entre Cannes et Nice sur la commune d'Antibes.

Jessie et Théo faisaient une promenade le long du bord de mer, désert en cette saison hivernale. Les immeubles du front de mer semblaient se dresser comme un rempart aux assauts des intempéries, essuyant les embruns et la furie du vent lorsqu'il soufflait en tempête. Le sable jaune de la plage était ramassé en tas, contre les murs de soutènement de la promenade. Les constructions des plages privées étaient fermées, livrées elles aussi à l'assaut de l'hiver. Sur la plage, des vagues de plus en plus hautes et puissantes venaient se briser, atteignant par endroits les tas de sable.

Quelques promeneurs téméraires, engoncés dans leurs manteaux et imperméables, bravaient la mer, fuyant par moments lorsque celle-ci décidait d'occuper tout l'espace de la plage. Ce vent violent qui soufflait de l'Ouest, c'était le Mistral. Il apportait en général le beau temps et le froid sur la Côte d'Azur. Pour le moment les nuages étaient encore nombreux, le ciel bas et la pluie tombait par intermittence en violentes averses qui noyaient les sols en quelques minutes seulement.

« J'aime cette région l'hiver lorsqu'elle n'est pas envahie de touristes. » avoua Jessie qui marchait bras dessus bras dessous avec Théo, bien emmitouflée dans un long manteau noir, le visage à moitié caché par un col de fourrure et coiffée d'un bonnet qui descendait sur ses oreilles.

« Tu crois que Fra Paolo a raison de penser que nous sommes peut-être dans une boucle du temps ? ajouta-t-elle.

— Ce qu'il nous a avoué dans sa lettre penche en ce sens, en tout cas.

— Si c'est vrai, ça veut dire que tout ce que nous vivons, avons vécu et vivrons se répète et se répétera encore et encore, alors ?

— J'espère que non.

— Comment en être sûrs ?

— Je n'en ai aucune idée pour l'instant mais j'utiliserais la puissance des bijoux de l'Archange pour connaître la vérité et modifier le cours du temps, si tel était le cas. En attendant, nous devons reprendre le cours de nos vies, préparer la prochaine lignée des Mikelians, afin de mener la lutte et débarrasser le monde du mal qui le gangrène. »

A SUIVRE...

NOTE DE L'AUTEUR

Je suis un écrivain amateur, auto éditeur. Cela veut dire que je ne vie pas de l'écriture de mes histoires. J'ai un travail qui me prends huit heures par jour en moyenne. J'écris souvent le soir tard, les week-end et durant mes congés.

Écrire un roman de 400 pages est un travail long, parfois fastidieux, mais toujours un plaisir pour moi.

J'essaye de produire un travail de qualité, aussi bien quant au contenu que dans la forme. Une fois le roman écrit, je passe de très longues heures à le relire et à le corriger, afin de donner au lecteur l'œuvre la plus parfaite possible. D'autres personnes le lisent et le corrigent, au premier rang desquelles, mon épouse Caroline.

Je n'ai pas derrière moi une maison d'édition et la ribambelle de spécialistes de l'édition (du moins je pense que c'est ainsi que cela doit être) et le travail final que je produit pour vous, lecteurs, peut comporter quelques petites coquilles, quelques fautes passées au travers de nos séances de correction (faites la plupart du temps le soir tard elles aussi).

Ces petites imperfections, je vous prie de bien vouloir les excuser. Mes livres sont vendus sur la plate-forme Amazon. C'est pour moi l'unique moyen de faire connaître mon travail.

Si l'histoire que vous venez de lire vous a plu, rendez-moi service en allant sur la page Amazon de ce livre, postez un commentaire et notez-le.

Parlez-en autour de vous, sur les réseaux sociaux, soyez l'ambassadeur(drice) de ma modeste œuvre.

Aidez-moi à me faire connaître. Aidez-moi à continuer de vous raconter mes histoires. Je ne fais pas cela pour espérer vivre de l'écriture car pour cela il faudrait que je sois connu, célèbre même, que j'écrive des livres sérieux et compliqués à écrire et a lire.

Ce ne sera jamais le cas en ce qui me concerne. Je veux

juste continuer à avoir le plaisir d'écrire des histoires en me disant qu'elles seront lues et, je l'espère, appréciées.

Si elle ne vous a pas plu, ayez un peu d'indulgence pour mon travail.

Dans tous les cas, nous pouvons dialoguer, si cela vous tente, via mon e-mail : antoine.priolo@free.fr

Je vous remercie d'avoir porté votre attention sur ce livre et espère avoir de vos nouvelles.

Antoine Priolo

SOMMAIRE

Chapitre I 1

« Il faut sauver le monde »

Chapitre II 17

« L'horloge du temps »

Chapitre III 35

« Munich »

Chapitre IV 51

« 1944 »

Chapitre V 69

« Le cristal »

Chapitre VI 87

« Venise »

Chapitre VII 107

« Au revoir, Fra Paolo »

Chapitre VIII 131

« A la recherche du savant »

Chapitre IX 157

« Le retour de l'Archange »

Chapitre X 173

« Le Yacht »

Chapitre XI 195

« Mila »

Chapitre XII 215

« La tempête »

Chapitre XIII 247

« Enigme, énigme… »

Chapitre XIV 265

« L'héritage de Paolo »

Chapitre XV 277

« La firme »

Chapitre XVI 295

« Le palais des mille et une nuits »

Chapitre XVII 315

« Sous la montagne »

Chapitre XVIII 345

« La sphère »

Chapitre XIX 369

« La bête »

Chapitre XX 383

« Chronos démasqué »

Chapitre XXI 393

« Les secrets dévoilés »